Wir sind für die Ewigkeit

Hoffnung

Astrid Töpfner

Band 1 der Spanien-Saga

ASTRID TÖPFNER

Wir sind für die Ewigkeit

HOFFNUNG

AT

Impressum

Wir sind für die Ewigkeit – Hoffnung
4. Auflage August 2023

Lektorat: Jona Gellert
Korrektorat: Claudia Heinen
Buchsatz: Mary Kuniz
© **Covergestaltung:** Laura Newman – design.lauranewman.de

Herstellung: PRINT GROUP Sp. z o.o.
ul. Cukrowa 22, 71-004 Szczecin (Polen)
Vertrieb: Nova MD GmbH, 83377 Vachendorf

Astrid Töpfner
Calle la Selva 17
E-17480 Roses (Spanien)
astrid@astrid-topfner.com
www.astrid-topfner.com

Bibliographische Information der Deutschen Nationalbibliothek: Die Deutsche Nationalbibliothek verzeichnet diese Publikation in der deutschen Nationalbibliographie; detaillierte bibliographische Daten sind im Internet über dnb.dnb.de abrufbar.

ISBN: 978-3-96698-859-9

An alle starken Frauen

Perpignan
Elne
Argelès-sur-Mer
Cadaqués
Figueres/Figueras
Girona/Gerona
KATALONIEN
Barcelona
Madrid
Barcelona
SPANIEN
Málaga

KAPITEL 1

Ein Fluss aus dunklen Gedanken

Barcelona, 27. Januar 1939

»Flieht!«

Der Ruf ihres Vaters hallte immer noch in Mercedes' Ohren, seine letzten Worte, dann war er abgeführt worden. Nicht einmal vierundzwanzig Stunden waren seitdem vergangen. Mit zitternder Hand zog sie die Haustür hinter sich zu. Wann würden sie zurückkehren? Sie drückte ihrer schluchzenden Mutter die Tasche mit dem Proviant in die Hand – ein Brotlaib, ein großes Stück getrockneter Schinken, eine Flasche Olivenöl. Drei Äpfel, für jeden einen, sowie eine Handvoll Nüsse. Ein Messer, in eine Leinenserviette gewickelt. Sie selbst nahm den Lederkoffer, in dem sich einige Kleidungsstücke, Decken und das Hochzeitsfoto ihrer Eltern befanden, das ihre Mutter in letzter Sekunde dazugelegt hatte. Felix, ihr zehnjähriger Bruder, hatte instinktiv nach der kleinen Holzente gegriffen, die Vater für ihn geschnitzt hatte, und hielt sie nun fest in seiner Faust, so fest, dass die Knöchel weiß hervortraten. Mercedes hingegen dachte wie immer praktisch und zog zusätzlich zu ihrem Mantel noch den ihres Vaters darüber. War das alles, was ihnen von ihm bleiben würde? Die

Kälte des Januartages schlug ihr mit voller Kraft ins Gesicht, aber es war die Kälte in ihrem Inneren, die sie frösteln ließ. Sie konnte sich nicht vorstellen, dass ihr Vater, ein angesehener Kinderarzt, sich etwas Schwerwiegendes hatte zuschulden kommen lassen, und doch war er verhaftet worden. Was wusste sie mit ihren sechzehn Jahren schon? Aber der aufgelöste Zustand ihrer Mutter beschwor eine Angst in Mercedes herauf, die ihrem klaren Verstand einen rostigen Riegel vorschob.

Orientierungslos stand sie vor dem Haus auf der Straße. Wohin nun? Die etwas erhöhte Lage gewährte Mercedes einen Blick auf die Stadt. Rauch lag immer noch über dem Hafen; die Bombardierung hatte die Stadt während der letzten Tage und Nächte in Atem gehalten. Apokalypse und Schutt und Asche. Irgendwo dort unten, dachte Mercedes grimmig, saßen der *Generalísimo* Franco und seine Entourage und beglückwünschten sich gegenseitig zur Einnahme der Stadt. Tränen stiegen ihr in die Augen. Ihr wunderschönes Barcelona, geschunden und geschlagen. Aber noch war der Krieg nicht verloren, sagte sie sich und straffte ihre Schultern. Noch gab es Hoffnung. Bald würden sie zurückkommen. Vater in die Arme schließen können. Ihr Leben in Frieden weiterleben können. Und bis es so weit war, würden sie eben in Figueres ausharren, bei *oncle* Jaume, dem Bruder ihres Vaters.

»Felix«, rief sie ihren Bruder zu sich. »Bleib immer an meiner Seite. *Mare*«, sie drückte ihrer Mutter einen Kuss auf die feuchte Wange. »Wir müssen jetzt gehen. *Vinga, anem.*«

Mit jedem Schritt, den sich Mercedes von ihrem Haus entfernte, entfernte sie sich einen Schritt von allem, was ihr lieb und teuer war. Ein Schritt – ihr geliebtes Klavier. Noch ein Schritt – ihre Bücher. Ein Schritt – ihre beiden Katzen, die sie in den Garten gescheucht hatte, damit sie sich ihr Essen für die nächsten paar Tage allein jagen konnten. Nächster Schritt – ihre Freundinnen. Noch ein Schritt – die Schule, so sehr sie auch immer gestöhnt hatte. Nur mühsam bekam sie Luft durch die eng gewordene Kehle, aber sie unterdrückte den Drang, aufzuschluchzen. Stattdessen nahm sie die Hand ihres Bruders. Alles würde gut werden.

Schon bald merkte sie, dass sie nicht die Einzigen waren, die die Stadt verlassen wollten. Die Straße in Richtung Norden war voller Menschen, die, je nachdem wie lange sie bereits unterwegs waren, noch forsch marschierten oder müde schlurften. Ein Fluss aus dunklen Mänteln und dunklen Gedanken, die über den Köpfen der Menge schwebten wie unheilverkündende Krähen. Einige zogen kleine Handwagen mit Kindern oder Gepäck. Andere schleppten sogar Matratzen mit sich mit. Es gab Autos, die sich mit wildem Gehupe versuchten, Platz zu schaffen, und Laster mit zehn oder zwanzig Personen auf der Ladefläche, die nur wenig schneller als im Schritttempo vorwärtstuckerten. Die Abgase reizten Mercedes' Hals, aber es war die Trostlosigkeit, die ihr die Luft abschnitt, und für einen Augenblick verlangsamten sich ihre Schritte, überwältigt von der Aufgabe, die vor ihnen lag. In Gedanken kalkulierte Mercedes, wie lange sie bis Figueres unterwegs sein würden. Zwei Tage? Oder drei? Der Koffer wog schwer, so schwer wie das Leben ihrer Familie. Sie musste ihn alle paar Minuten absetzen, um ihn von einer eiskalten Hand zur anderen und dabei Felix ebenfalls von einer Seite zur anderen zu wechseln. Der Kleine hatte seit gestern kein Wort mehr gesprochen und stolperte mit gesenktem Kopf neben ihr her.

»*Vols una poma,* Felix?«, fragte sie ihn auf Katalanisch. Wieder setzte sie den Koffer ab, dieses Mal, um ihre Mutter am Ärmel zu zupfen, damit sie stehen blieb. Mercedes griff in die Provianttasche und holte einen Apfel heraus. Aber Felix schüttelte den Kopf. Um seine Mundwinkel zuckte es verräterisch.

»*Pare*«, flüsterte er. Vater. Das Wort verpuffte in einer kleinen, kalten Wolke vor seinem Mund. Ihre Mutter begann zu schluchzen. Mercedes presste die Lippen zusammen und schloss für einen Moment die Augen.

»Wir werden Vater bald wiedersehen«, versprach sie ihm und versuchte dabei, das Weinen ihrer Mutter auszublenden. Sich nicht davon anstecken zu lassen, egal, wie sehr sie eigentlich weinen wollte. Nichts wollte sie gerade mehr, als sich einfach auf den Boden setzen und weinen, die Angst aus sich herausfließen lassen und sich danach leichter fühlen. Aber ändern würde es nichts an ihrer Situation. Wenn ihre Mutter es schon nicht konnte, musste zumindest sie einen klaren Kopf behalten. Es ging schließlich nur darum, der Menge zu folgen, das sollte wohl zu schaffen sein, sprach sie sich selbst Mut zu und legte ein forsches Tempo vor, um gleichzeitig gegen die Kälte und die Zeit und die Angst anzukämpfen. Außenstehende mussten denken, sie führte einen Tanz auf: Zehn Meter Marschschritt, stehen bleiben, Koffer von links nach rechts schwingen, Felix von rechts nach links wechseln, und weiter. Dabei redete sie ohne Unterbrechung auf ihren kleinen Bruder ein. »Schau mal, Felix, da hat jemand ein Rad liegen gelassen. Schau mal, Felix, dort vorne, die haben ein Schwein dabei. Sieh doch, die Frau balanciert ihr Gepäck auf dem Kopf! Felix, erinnerst du dich denn noch an Onkel Jaumes lustige Nase? Letztes Mal hat er uns Schleckwaren gekauft, erinnerst du dich?« Sie erzählte ihm die Abenteuer von Don Quichotte, die ihm sonst so gefielen, rezitierte ihre Lieblingsgedichte von Antonio Machado und Miguel de Unamuno. Versuchte, irgendwie eine minimale Regung auf sein Gesicht zu zaubern, aber seine Züge waren erstarrt. Irgendwann gingen ihr die Strophen aus, wurden die Pausen zwischen den Geschichten länger, die Schritte kürzer. Hinter sich hörte Mercedes ihre Mutter murmeln. Wüsste sie es nicht besser, würde sie meinen, sie betete.

Auf einmal kam in der Menschenmenge Unruhe auf. Mercedes beobachtete verwirrt, wie einige Leute die Straße verließen und sich ins Gebüsch schlugen. Der Laster vor ihnen hielt an. Die Menschen zeigten in den Himmel, schrien wild durcheinander und sprangen von der Ladefläche. All ihr Hab und Gut blieb zurück.

»Flugzeuge!«, rief nun auch ihre Mutter mit schriller Stimme.

Mercedes sah nach oben. Aasgeiern gleich zogen hoch über ihnen zwei Flugzeuge ihre Kreise. Felix begann zu weinen.

»Unter den Wagen«, schrie Mercedes und schubste ihren Bruder zu Boden. Ihre Mutter ließ die Proviantasche fallen – klirrend zerbrach die Ölflasche – und krabbelte zu ihnen. Mercedes atmete hektisch, zu schnell, zu flach, als dass wirklich Luft in ihre Lungen gelangen konnte. Beruhigen, beruhigen, befahl sie sich, atmen, atmen. Die Flugzeuge würden bestimmt nicht auf Zivilisten schießen. Eine gespenstische Stille lag über der Straße, als ob alle für ein paar Sekunden die Luft anhalten würden. Das Öl durchtränkte langsam die Tasche vor ihnen und eine dunkle Lache breitete sich auf der staubigen Straße aus.

Nach wenigen Minuten war der Spuk vorbei, die Flugzeuge davongeflogen, ohne einen Schuss abgegeben zu haben. Erst jetzt bemerkte Mercedes, dass sie einen Stein umklammerte, sie konnte sich nicht daran erinnern, ihn in die Hand genommen zu haben. Wahrscheinlich hatte er hier vor ihr gelegen, einer von vielen. Es lagen überall kleine Steine auf der Straße, und sie hatte sich an ihm festgeklammert, als ob er ihr Halt geben könnte. Sie wünschte sich, es wäre die Hand ihres Vaters, die sie hielt, und sie musste die Augen zusammenkneifen und noch einmal, zweimal tief und langsam einatmen und ausatmen. Sie wollte einfach nur nach Hause. Warum bloß waren sie nicht geblieben? Felix neben ihr klapperte mit den Zähnen. Sie krochen unter dem Wagen hervor. Mercedes öffnete den Koffer und wickelte ihren Bruder in eine der Decken, gab ihrer Mutter eine zweite. Dann begutachtete sie den Schaden an ihrem

Proviant. Das Brot hatte sich mit Öl vollgesaugt und war ganz schwammig. Niedergeschlagen warf sie es in die Büsche und schickte ihm die Glasscherben gleich hinterher. Auch die Tasche tropfte ölig. So gut es eben ging, wischte Mercedes sie mit trockenen Blättern aus, legte Schinken und Nüsse wieder hinein. Zwei der Äpfel sahen noch gut aus, der dritte war aufgeplatzt. Sie hielt ihn Felix hin, aber der schüttelte stumm den Kopf, also biss sie in eine Hälfte und gab ihrer Mutter die andere. Der Apfel war mehlig und schmeckte nach Oliven, und eigentlich hätte sie ihn am liebsten zu den Scherben ins Gebüsch geworfen, aber sie würgte ihn hinunter. Satt war sie danach trotzdem nicht.

Der Menschenstrom um sie herum setzte sich wieder in Bewegung. Aus dem Augenwinkel nahm Mercedes wahr, wie sich eine vermummte Person dem Laster näherte, kurz innehielt und dann zögerlich die Hand ausstreckte und am Riemen eines Rucksacks zog, der über die Ladefläche hinaushing.

»He!«, rief sie bestimmt und trat einen Schritt auf die Gestalt zu. Sofort ließ diese – ein Mann, wie Mercedes nun erkannte – die Tasche los und rannte davon.

»Danke«, ertönte es hinter ihr. Sie wirbelte herum. Ein junger Mann stand vor ihr. Mercedes schirmte die Augen vor der tief stehenden Januarsonne ab. Nicht, dass sie ihn dadurch viel besser erkennen könnte. Und doch fühlte sich seine Stimme, seine Silhouette vertraut an. »Das ist mein Rucksack. Danke, dass du ihn verteidigt hast.« Mit diesen Worten schwang er sich auf die Ladefläche. »Und ein kleiner Ratschlag für nächstes

Mal: Versteckt euch nie unter einem Wagen. Die Fahrzeuge nehmen sie immer als Erstes ins Visier.«

Nächstes Mal? Ohne es zu wollen, suchte sie bereits den Himmel ab, aber da war nichts außer einer blauen Leinwand mit einigen trügerisch friedlichen Wolkentupfern. »Aber ...« Sie schüttelte den Kopf, als ob sie sich selbst davon überzeugen wollte, dass sie ihn falsch verstanden hatte. »Aber warum sollten sie auf Zivilisten schießen?«

Die anderen Mitfahrer drängten sich an ihr vorbei auf den Laster, der Motor startete tuckernd.

»Weil wir der Feind sind, Kleine.«

Die Fahrzeuge kamen nur langsam voran, aber trotzdem verlor Mercedes den Laster nach einiger Zeit aus den Augen. Der junge Mann hingegen spukte ihr weiterhin im Kopf herum. Sie war sich sicher, ihn noch nie gesehen zu haben. Und ihn doch zu kennen. Aber wahrscheinlich hatte ihr die Angst nur einen Streich gespielt. Oder der Durst. In dem ganzen Durcheinander hatten sie nichts zu trinken mitgenommen. Mercedes hatte gedacht, vielleicht an Brunnen vorbeizukommen, was für eine naive Idee, schalt sie sich jetzt. Hin und wieder passierten sie Autos, die verwaist am Straßenrand standen; ihnen musste der Treibstoff ausgegangen sein. In einigen der Fahrzeuge saßen immer noch Menschen, zu erschöpft, um weiterzugehen. Es dämmerte bereits, die Kälte riss Mercedes in ihre eisige Umarmung. Felix torkelte mit halb geschlossenen Augen neben ihr her; bei jedem Stolpern verlor auch sie das Gleichgewicht. Ihr Gesicht spürte sie seit Stunden nicht mehr. Ihre Füße dafür umso mehr.

»Wir müssen ... wir müssen ...« Die Zähne ihrer Mutter klapperten dermaßen, dass sie kaum sprechen konnte. »Halt machen. Essen. Ausruhen.«

Vom Meer her drangen dumpfe Schüsse, bei jedem zuckte Mercedes zusammen. Mittlerweile wussten sie, dass sie auch vom Wasser her beschossen wurden, aber die Schiffe waren zu weit weg, um sie zu treffen. Wahrscheinlich ging es ihnen auch gar nicht darum, sie zu treffen. Vielleicht aber doch. Diese allgegenwärtige Bedrohung zermürbte Mercedes zunehmend. Wäre sie allein unterwegs, sie würde die ganze Nacht durchmarschieren, um so rasch wie möglich nach Figueres zu gelangen. Ein Blick auf ihren zitternden Bruder jedoch überzeugte sie davon, dass eine Pause erforderlich war. Trotz der einbrechenden Dunkelheit marschierten nach wie vor viele weiter, andere saßen oder lagen erschöpft am Straßenrand. Mercedes bereute es, nicht beim letzten verlassenen Fahrzeug angehalten zu haben, um sich dort für die Nacht einzurichten. Sie teilte das Gebüsch, das neben der Straße wuchs. In einiger Distanz erblickte sie etwas, das wie ein kleines Gebäude aussah. Vielleicht würden sie dort Unterschlupf finden, um der Kälte zu entgehen? Behutsam, um niemanden sonst darauf aufmerksam zu machen, schob sie Felix und ihre Mutter durch die Büsche. Sie fühlte sich schäbig dabei, dachte an den alten einbeinigen Mann, der sich mühsam auf Krücken vorwärtsbewegt hatte, an die Mutter mit zwei kleinen Kindern, noch kleiner als sie, die am Straßenrand gesessen hatten, weinend vor Erschöpfung. Aber wie auf Kommando fing Felix an zu wimmern und seine Knie knickten ein.

»*Vinga, Felix, només una mica més!* Nur noch ein kleines Stückchen!« Der Junge setzte sich auf den Boden und schluchzte haltlos. Ratlos sah Mercedes ihre Mutter an. Aber die starrte auf einen Punkt irgendwo im Nichts, ohne auf das Weinen ihres Sohnes zu reagieren. Kurz entschlossen drückte Mercedes ihr den Koffer in die Hand, ging in die Knie und lud sich Felix auf den Rücken. Sie keuchte auf unter dem Gewicht des Zehnjährigen und jeder Schritt über das unebene Feld war ein Straucheln und Schwanken. Aber sie würde ihren Bruder nicht hier draußen schlafen lassen. Unter keinen Umständen.

Das Gebäude entpuppte sich als kleine Steinhütte, in der irgendwann vermutlich Ziegen oder Schafe untergebracht gewesen waren. Vorsichtig drückte Mercedes die verwitterte Holztür auf, aber sie ließ sich nur einen Spalt breit öffnen, bevor sie auf Widerstand stieß.

»Hier ist kein Platz mehr«, zischte eine Frauenstimme. Als wäre sie auf eine Schlange getreten, sprang Mercedes zurück. Wie hatte sie nur denken können, dass die Hütte unbesetzt war? Ihre Mutter starrte unglücklich auf den Boden. Ärger wallte in Mercedes hoch. Musste sie wirklich alles selbst in die Hand nehmen?

Beherzt klopfte sie an die Tür. »*Si us plau*, bitte, wir haben ein kleines Kind bei uns.« War sie nicht selbst noch ein Kind?

Eine leise Diskussion begann. Mit jedem Wortwechsel im Inneren fiel die Temperatur im Freien um ein Grad. Ihr Atem wolkte weiß gegen die einbrechende Nacht, und obwohl Mercedes den Mantel ihres Vaters ganz eng um sich zog, steckte die Kälte in jedem einzelnen Knochen, so kalt wie Eiszapfen, die jederzeit zerbrechen konnten. Schließlich machte sich jemand an der Tür zu schaffen.

»Rein mit euch. Kein Lärm. Ihr könnt in der Ecke hier schlafen.« Es war stockfinster in der Hütte, und es roch scharf nach menschlichen Ausdünstungen, Urin und Angst. Der Mann, der sie hereingelassen hatte, ergriff sie am Ellbogen und lenkte sie, so gut wie möglich, über Arme und Beine. Mercedes konnte nicht abschätzen, wie viele Personen sich in der Unterkunft befanden, aber die Körper strahlten genug Wärme ab, um die Kälte erträglicher zu machen. Auf jeden Fall in der Mitte des Raumes. Je näher man an der Wand lag, desto kälter war es. Neidisch dachte sie an die Leute, die trotz der Strapazen eine Matratze mitschleppten. Ihnen hingegen blieb nichts anderes übrig, als eine der Decken auf dem Boden auszubreiten, und sich mit der zweiten und dem Mantel ihres Vaters, wie es eben ging, zuzudecken. Felix, zwischen ihr und ihrer Mutter gebettet, schlief sofort ein.

»Kannst du etwas vom Schinken abschneiden?«, fragte ihre Mutter mit so dünner Stimme, dass sie beinahe an Mercedes vorbeiwehte, bevor sie sie einfangen konnte. Wäre das nicht die Aufgabe einer Erwachsenen? Kommentarlos griff Mercedes nach der Provianttasche. Der Schinken war ganz schlüpfrig vom Olivenöl, das Messer auch. In der Dunkelheit würde sie sich eher den Finger abschneiden. Der Geruch des würzigen Fleisches brannte sich in ihren Magen, aber sie würde wieder mit einem Apfel vorliebnehmen müssen und drückte auch ihrer Mutter einen in die unsichtbare Hand. Er schmeckte nicht gut, löschte aber ein klein wenig das Durstgefühl.

Es herrschte ein ständiges Rascheln, Ächzen und Husten. Mercedes' Gedanken hinkten müde durch die Ereignisse des Tages, bis sie bei ihrem Vater verweilten. Warum nur hatte er sie angewiesen, zu fliehen, und warum hatte Mutter darauf gedrängt, gleich am nächsten Tag, ohne jegliche Vorbereitung, das Haus zu verlassen? Sie könnten jetzt in ihren warmen Betten liegen, mit einem halbwegs vollen Bauch. Nie hatten die Erwachsenen mit ihr über Politik gesprochen. Wozu auch, sie war doch nur ein Kind. Ein Mädchen. Das Einzige, was sie zu verstehen glaubte, war, dass die Nationalisten die Bösen waren und die Republikaner die Guten. War das nicht so in einem Krieg? Gut gegen Böse? Und ihr Vater war nun in den Händen der Bösen. Mercedes drückte den Mantel an ihre Nase, in der Hoffnung, so seine Nähe herbeizuzaubern. Sie stellte sich vor, wie er ihr jetzt eine gute Nacht wünschen würde: das Kitzeln seines Schnauzers auf ihrer Wange, die warme Stimme, der vertraute Geruch nach Pomade und Rasierwasser. Aus einer Ecke hörte sie ein unterdrücktes Schluchzen wie ein Echo ihrer eigenen Gedanken. Jetzt, in der Dunkelheit, erlaubte auch sie ihrem Körper, auf die Ängste und die Erschöpfung zu antworten; lautlos liefen ihr die Tränen über die Wangen, bis sie wegdämmerte.

Ein eisiger Luftstrom weckte sie auf. Durch halb geschlossene Lider beobachtete Mercedes, wie drei dick eingemummte Gestalten in die Morgendämmerung verschwanden. In dem kurz einfallenden Licht konnte sie erkennen, dass sich noch mindestens zwanzig Frauen, Männer und Kinder in der Hütte befanden, in mehr oder weniger wachem Zustand. Sie hatte die ganze Nacht auf ihrem linken Arm geschlafen, er war ganz taub. Dumpfe Kopfschmerzen erinnerten sie daran, dass sie viel zu wenig getrunken und gegessen hatte. Auch der restliche Körper wollte ihr noch nicht gehorchen; der Rücken schmerzte vom kalten, harten Boden, die Füße und Beine fühlten sich geschwollen an vom langen Marschieren. Ihre Mutter stöhnte. Wenn es für Mercedes als junges Mädchen schon schwer war, die Kälte und die Anstrengung zu ertragen, wie musste es erst für sie sein?

Wieder verließ eine Gruppe die Unterkunft. Auf der anderen Seite der Mauer plätscherte es kurz, als jemand seine Notdurft verrichtete. Der penetrante Geruch erfüllte sofort den kleinen Raum. Auch sie verspürte einen Drang, aber ganz sicher würde sie dem nicht in der Nähe von so vielen Menschen nachgehen. Allein der Gedanke daran, mit Unbekannten im gleichen Raum geschlafen zu haben, verknotete nun ihren Magen. Oder war es der Hunger? Zärtlich strich sie Felix über die Stirn, um ihn aufzuwecken.

»Wo hast du den Sack mit dem Essen hingelegt?«, fragte ihre Mutter mit heiserer Stimme.

Mercedes tastete hinter sich, fand den Koffer, fand einen öligen Fleck. Aber keine Tasche. Ruckartig setzte sie sich auf, schob die Decke zur Seite und suchte im Halbdunkel den Weg zur Tür, ohne Rücksicht zu nehmen auf im Weg liegende Schlafende. Aber auch das Licht half nichts.

»Jemand hat unser Essen gestohlen!« Ihre Stimme überschlug sich. Felix begann zu weinen, ein Kleinkind stimmte mit ein. Jemand, wahrscheinlich der Vater, fluchte verhalten. »Unser Essen ist weg, unser Schinken«, wiederholte Mercedes leiser, konnte nur mühsam die Tränen zurückhalten. »Wer tut so etwas?« Sie blinzelte und suchte die Tasche zwischen den Mänteln und Decken und Leibern auf dem Boden. Aber natürlich waren die Diebe schon auf und davon. Niemand reagierte auf sie, aber wach waren nun alle, und ohne viel zu reden, verließen die meisten nach und nach die Hütte. Ihre Mutter lehnte apathisch an der Wand, ihr sonst zartes, liebevolles Gesicht glich seit zwei Tagen einer ausdruckslosen Maske. Ach, Mutter ... Mercedes wollte sie umarmen, ihr sagen, dass sie nicht traurig zu sein brauchte. Bestimmt wäre dieser Albtraum in wenigen Tagen vorbei. Bestimmt würde sich Vaters Verhaftung als Missverständnis herausstellen und sie wären alle wieder beisammen. Aber ihr fehlte die Kraft.

Felix schniefte. »*Tinc gana*, ich habe Hunger!« Er wischte sich den Rotz an seinem Jackenärmel ab.

Es brach Mercedes das Herz, ihn so zu sehen. Sie blickte zu dem verbleibenden Paar, das gerade dabei war, ihre Decke zusammenzurollen. »*Si us plau*, bitte, haben Sie nicht ein klein wenig Brot für meinen Bruder übrig?« Ihre Wangen brannten. Bettelte sie gerade?

Die Frau seufzte und packte weiter.

»Er hat seit gestern Morgen nichts mehr gegessen«, fuhr Mercedes fort, als ob sie das Paar damit daran hindern wollte, aufzubrechen. »Unsere Ölflasche ist zerbrochen und das ganze Brot hat sich damit vollgesaugt und war voller Scherben, und am Abend waren wir zu müde, mein Bruder ist erst zehn, er muss etwas essen. Wir müssen doch nach Figueres.«

»Mercedes«, flüsterte ihre Mutter. »*Deixa'ls*. Lass sie in Ruhe.« Die eben so zärtlich besorgten Gedanken ihr gegenüber machten wieder dem Ärger über die Untätigkeit ihrer Mutter Platz. Wieso ließ sie all das über sich ergehen?

Entsetzt sah sie, wie sich Felix den Daumen in den Mund steckte, etwas, was er nicht mehr getan hatte, seit er ein Baby gewesen war. In seiner Faust hielt er immer noch die Holzente.

Wieder seufzte die Frau und stand auf, ohne sie anzublicken. Der Mann aber blieb sitzen.

»Warum nur bis Figueres?«, fragte er.

»Mein Onkel wohnt dort, wir wollen bei ihm unterkommen, bis das alles hier vorüber ist.«

Der Mann lachte freudlos auf. »Das hier wird noch lange nicht vorbei sein, Kind. Es hat gerade erst angefangen, glaub mir.« Die Frau schlurfte grußlos an ihnen vorbei ins Freie. Der Mann schickte sich an, ihr zu folgen, blieb dann aber vor ihr stehen. Jetzt konnte sie sein Gesicht sehen – hager und schmutzig. Er kramte in seiner Manteltasche und reichte ihr ein daumengroßes Stück *fuet*, eine Hartwurst. Zögerlich nahm sie es und wusste in dem Moment nicht, weswegen sie sich mehr schämte: Weil sie gebettelt oder weil der Mann wahrscheinlich selbst kaum genug zu essen hatte.

Nicht weit von ihrem Nachtquartier, am Rand des Feldes, fanden sie endlich einen Brunnen. Der Eimer war verrostet und wies einige kleine Löcher auf, womit sich Mercedes erklärte, warum ihn noch niemand mitgenommen hatte. Sie musste ihn schnell hochziehen, um wenigstens eine halbe Ladung Wasser zu bekommen; es schwammen einige Eisstückchen drinnen, an denen Felix sofort zu lutschen begann. So etwas wie die Ahnung eines Lächelns erhellte sein Gesicht.

Ihre Mutter, gänzlich unerwartet dem Instinkt ihrer Rolle folgend, warnte sie davor, zu viel des kalten Wassers zu trinken. »Ihr werdet Bauchweh bekommen.«

Mercedes spritzte ihr etwas Wasser ins Gesicht. Ihre Mutter quietschte erschrocken auf, Felix ließ vor Lachen den Eiswürfel fallen. Es war das schönste Geräusch in Mercedes' Ohren, sie aß sich satt daran. Als sie ihren Marsch wieder aufnahmen, waren ihre Hände rot von der Kälte, und sie konnte ihre Finger kaum bewegen. Aber immerhin hatte sie etwas im Magen. Wenn auch nur Wasser und Lachen.

KAPITEL 2

Nebel über dem Meer

Figueres, 28. Januar 1939

Wieder auf der Straße umfing sie die gedrückte Stimmung wie ein klebriges Spinnennetz. Je weiter sie voranschritten, umso kleiner wurde die Wahrscheinlichkeit, daraus entkommen zu können, dachte Mercedes und griff in einem plötzlichen Anflug von Panik nach Felix' Hand. Sie verspürte das Bedürfnis, zu rennen, einfach wegrennen, raus aus diesem Strom eingemummter, hungriger und erschöpfter Menschen. Sie wollte keiner von ihnen sein. Stattdessen musste sie die Geschwindigkeit drosseln, um sich dem Schritt ihrer Mutter anzupassen, die angeboten hatte, eine Zeit lang den Koffer zu tragen. Sie schloss die Augen, kurz nur, ganz kurz, um ihren rasenden Puls zu beruhigen. Als sie sie wieder aufschlug, fiel zehn Meter vor ihr gerade eine Person um. Sie brach einfach zusammen wie eine Marionette, der man die Fäden durchgeschnitten hatte. Und niemand, außer ihre Wegbegleiter, nahm Notiz davon. Mercedes eilte zu ihnen. »*Necesiteu ajuda,* braucht ihr Hilfe?«

Es war ein älterer Mann, der auf dem Boden lag, reglos. Eine Frau kniete daneben und schüttelte schluchzend den Kopf. »*Ha mort.* Er ist tot.«

Sprachlos sah Mercedes zu, wie die Frau den alten Mann auf die Stirn küsste und dessen Gesicht mit seiner Mütze bedeckte, aufstand und Anstalten machte, mit bebenden Schultern weiterzugehen.

»Aber ... aber ihr könnt ihn doch nicht hier liegen lassen!«

Der Begleiter der Frau, wahrscheinlich ihr Ehemann, drehte sich um. »Soll ich vielleicht einen Arzt rufen?« Die Hilflosigkeit in seiner Stimme schnitt wie ein Messer durch die Luft. Beschämt senkte Mercedes den Kopf.

Es war nicht der letzte Tote, der ihnen auf dem Weg begegnete. Mercedes und ihre Familie waren erst seit einem Tag unterwegs, aber anderen sah sie die Strapazen und Entbehrung einer viel längeren Reise an, alle auf der Flucht vor dem Krieg und auf der Suche nach einem Ort ohne Bomben und Gewehrsalven. Nur, dass nicht alle diesen Ort erreichen würden. Manche wachten am Morgen nach einer eisigen Nacht am Straßenrand einfach nicht mehr auf. Einige erlagen Verletzungen – wie der Soldat, dem ein junger Mann versuchte, die Jacke vom steifen Körper zu ziehen. Und niemand kümmerte sich um die anderen. Bald tat es Mercedes dem Rest der Leute um sich herum nach und richtete den Blick nur noch auf den unmittelbaren Weg vor ihr. Ein Schritt nach dem anderen.

Dermaßen abgeschottet, konnte sie nicht sagen, wie viel Zeit vergangen war, als Felix sie an den Straßenrand drängte. Von hinten näherte sich ein Heuwagen, gezogen von einem Gaul, der auch schon bessere Tage gesehen hatte. Statt Heu transportierte er zehn

Personen, wie Mercedes rasch zählte, plus etwas Gepäck. Trotzdem war noch Platz vorhanden. Ohne weiter zu überlegen, lief sie hin, hob Felix hoch und schob ihn hinauf.

»Bitte, nehmt uns ein Stück mit!«, bat sie, nahm ihrer Mutter den Koffer aus der Hand und trieb sie an, ebenfalls auf den Wagen zu steigen. Die Leute murrten, aber waren wahrscheinlich alle selbst zu erschöpft, um sich ernsthaft zu wehren. Nur der Mann, der als Kutscher fungierte, begann, das Pferd mit Peitschenhieben anzutreiben, als er merkte, dass nach Mercedes noch weitere Personen zusteigen wollten. Kaum war sie oben, verfiel der Gaul in einen wackeligen Trab.

»*Gràcies, moltes gràcies.*« Mercedes bedankte sich bei dem Mann und nickte freundlich in die Runde. Niemand reagierte. Das konnte ihre Stimmung nicht trüben; endlich, endlich ging es voran. Spätestens am Abend wären sie in Figueres bei Onkel Jaume. Ihre Mutter tat es den anderen gleich, wickelte sich in die Decke und schloss die Augen. Felix kroch zu ihr. Mercedes hingegen legte den Kopf in den Nacken. Der Himmel spannte sich in einem satten, wolkenlosen Blau über ihr. Die strahlende Sonne tröstete sie über das Elend der letzten paar Stunden hinweg. Selbst der Hunger war schon so groß, dass sie ihn gar nicht mehr spürte. Sie fühlte sich frei auf diesem Wagen, unbeschwert beinahe, als ob sie eine Spazierfahrt unternähme, in einer Zeit ohne Krieg, ohne Bedrohung, ohne Entbehrung. Ihre Gedanken schwebten hoch oben, den Vögeln gleich, Raum und Zeit vergessend. Sie sah sich selbst über ein Feld rennen, duftendes Gras, saftig grün. Die Halme kitzelten ihre nackten Füße. Felix sprang neben ihr umher wie ein Rehkitz. Auf einmal fand sie sich in einem Wald wieder, die Sonnenstrahlen filterten durch das Blätterdach und fächerten sich vor ihnen auf wie eine goldene, durchscheinende Wand, Grenze zwischen Traumwelt und Feenreich. Sie sprang vor und zurück, hin und her zwischen den zwei Welten. Felix' fröhliches Singen klingelte in ihren Ohren. Weiter hinten sah sie ihre Eltern, sie winkte ihnen zu, kommt her, schaut, wie schön! Wie herrlich! Wind kam auf, erst ganz leicht, dann fuhr er mächtig rauschend durch die Baumkronen über ihrem Kopf. Die goldene Grenze wackelte. Ihre Mutter begann zu lachen, laut, immer lauter, als wollte sie das Rauschen übertönen, warum so laut, Mutter? Ihr Mund wurde immer größer, das Lachen zu einem Schrei, vervielfältigte sich zu tausend Schreien.

»Mercè! Mercè!«

Jemand schubste sie.

Erschrocken richtete sich Mercedes auf. Um sie herum Schreie, Lärm. Ein Flugzeug flog dicht über sie hinweg, gefolgt von einem zweiten. Das Pferd scheute, der Kutscher sprang ab und rannte davon. Metallisches Knattern, der Mann brach zusammen, der Gaul knickte ein, der Wagen kam abrupt zum Stillstand.

»Felix, *mare,* runter!«, schrie Mercedes, zerrte an Felix, der sich mit Panik im Gesicht an der Seitenwand festklammerte. »Runter!« Aus dem Augenwinkel sah sie, wie die Flugzeuge abdrehten, eine Schleife flogen und wieder auf sie zuhielten. Ihre Mutter sprang herab, Felix folgte ihr. Schreie, Staub, Maschinengewehrsalven. Mercedes ergriff

Felix' Hand, rannte, zog ihn vom Wagen fort. Sah zurück. Es knatterte. Ihre Mutter strauchelte. Mercedes ließ Felix' Hand los. Rannte zurück.

Eine dunkle Lache breitete sich unter ihrer Mutter auf der Straße aus.

»*Mare! Mamá!*«, schrie Mercedes und begann hektisch, den Mantel zu öffnen. Noch einmal ratterten die Maschinengewehre, Kugeln schlugen dicht neben ihr ein, kleine Fontänen spritzten hoch. Sie kreischte, schluckte Staub, hustete. Hastete unter den Heuwagen. Sie hörte sich selbst hysterisch weinen, die Augen auf ihre Mutter gerichtet, während sie, die Knie umklammert, darauf wartete, zu sterben. Aber bald danach zogen die Flugzeuge ab, der Staub legte sich. Langsam wagten sich die Ersten aus ihren Verstecken in den Büschen. Mercedes kroch unter dem Wagen hervor, ein Sirren in den Ohren, das ihr erst nach und nach erlaubte, die verschiedenen Geräusche um sie herum herauszufiltern. Die Verletzten stöhnten, die Verschonten weinten und riefen nach ihren Angehörigen. Die Augen ihrer Mutter starrten sie erstaunt an. Mercedes schüttelte sie sanft, als wollte sie sie aufwecken, streichelte ihre Wangen, die weichen Wangen, strich ihr eine dunkle Haarsträhne hinter das Ohr. Der Kopf rollte zur Seite.

»Mutter«, flüsterte sie weinend, »Mutter, lass mich nicht allein.« Sie umarmte sie, so wie sie es am Tag zuvor hatte tun wollen und doch nicht getan hatte. Warum bloß nicht? So viel Blut überall, Blut an ihren Fingern, auf dem Mantel ihres Vaters. Vorsichtig nahm sie die Hände ihrer Mutter, faltete sie vor der Brust, da war ihr Ehering, vielleicht wollte Vater ihn als Andenken. Sie zog den Ring vom Finger, steckte ihn sich an. Er war zu groß.

All das war zu groß für sie.

Auf einmal sprang sie auf.

»Felix!« Sie drehte sich im Kreis, wischte sich die Tränen, die ihr die Sicht verschleierten, aus den Augen. Ein lautes Klagen erklang weiter vorne, wo eine Frau ein kleines Kind an ihre Brust drückte. Mercedes presste ihre Faust vor den Mund. Einige Leute begannen, die Toten an den Straßenrand zu ziehen, um sich, so gut es ging, von ihnen zu verabschieden. Andere, die erst jetzt an der Stelle des Luftangriffs ankamen, schienen automatisch zu beschleunigen, Blick gesenkt, als ob sie durch einen dunklen Fluss tauchten und weiter vorne nach Luft schnappend am sicheren Ufer ankämen. Aber ihren Bruder sah sie unter all den Leuten nicht.

»Felix«, rief sie und lief in die Richtung, in die sie ihn gezogen hatte, bevor sie seine Hand losließ. Sie hatte seine Hand losgelassen, warum hatte sie seine Hand losgelassen?

»Felix, *on ets*, wo bist du? Komm heraus!« Hatte er sich im Gebüsch versteckt? Hektisch teilte sie die Büsche, die Zweige kratzten ihre Hände blutig, aber sie spürte den Schmerz nicht. »Felix!«, schrie sie, lief gegen den Menschenstrom, lief und lief, schrie seinen Namen, riss, ungeachtet der Proteste der Eltern, jedes Kind zu sich heran, das von der Größe zu ihrem Bruder passen könnte. Warum bloß hatte sie ihn losgelassen? Schwarze Punkte tanzten vor ihren Augen, sie strauchelte. Jemand fing sie auf, sie wollte weiter, aber die Arme hielten sie fest.

»Immer mit der Ruhe. Du läufst in die falsche Richtung.«

Sie wehrte sich gegen den Griff des Mannes. »Ich muss meinen kleinen Bruder suchen!«

»Bist du nicht das Mädchen, das gestern meinen Rucksack verteidigt hat?«

Mercedes hielt einen Moment inne und erkannte den jungen Mann. Er trug eine schmutzige Uniform. Rasch sah sie sich um. »Der Laster, wo ist er? Damit können wir ihn schneller suchen.« Wieder wurde ihr kurz schwarz vor Augen, sie fiel kraftlos gegen den Mann. Ohne Widerstand zu leisten, ließ sie sich von ihm an den Straßenrand führen, wo er ihr seine Wasserflasche reichte und ein Stück Brot aus den Tiefen seines Rucksacks fischte.

»Ich bin Agustí«, stellte er sich vor und wischte ihr sanft einen Brotbrösel aus dem Mundwinkel. Die Berührung war wie eine unendliche Umarmung.

»Mercedes.« Er hatte graue Augen. Grau wie der Nebel über dem Meer, in den die Schiffe eintauchten und verschluckt wurden. Genau so wollte sie in diesem Moment in ihnen verschwinden und nie wieder auftauchen. Sie begann zu weinen.

»Vielleicht ist er zum Wagen zurückgelaufen«, sagte Agustí, nachdem sie ihm erzählt hatte, dass sie von den Flugzeugen attackiert worden waren. Dass ihre Mutter ... Ihr Hals wurde ganz eng. Und dass ihr Bruder verschwunden war.

»Natürlich!« Sofort sprang Mercedes auf und zerrte an Agustís Ärmel. Während sie im Laufschritt die Strecke zum Ort des Unglücks zurücklegten, rief sie trotzdem immer aufs Neue nach Felix. Er musste hier irgendwo sein! Die Angst, ihn nicht zu finden, schnürte ihr die Luft ab. Agustí erzählte zwischen ihren Rufen, dass dem Laster das Benzin ausgegangen und er nun allein unterwegs war. Seine Truppe war kurz vor Barcelona in einen Hinterhalt geraten und ihm war gesagt worden, er sollte sich nach Frankreich durchschlagen. Sie hörte ihm nur mit einem Ohr zu. Wie weit konnte ein zehnjähriger Junge schon laufen in so kurzer Zeit? Bitte, bitte, sie musste ihn finden! Als sie beim Wagen ankamen, realisierte sie erst, wie viele Todesopfer der Angriff gefordert hatte. Fassungslos zählte sie achtzehn Menschen jeden Alters und das Pferd. Feige abgeschlachtet. Jemand hatte ihre Mutter an den Straßenrand gebettet und ihr die Augen geschlossen. Beschämt darüber, dass ein Fremder ihr diesen Dienst erwiesen hatte statt sie selbst, brach sie erneut in Tränen aus.

Felix sah sie nirgends. Mercedes weigerte sich, ohne ihn weiterzugehen, und Agustí willigte ein, mit ihr auszuharren. Immer wieder fragte sie die vorbeigehenden Personen, ob sie einen kleinen Jungen gesehen hatten, allein unterwegs. Vielleicht verletzt? Verwirrt, verängstigt? Aber sie wusste ja selbst, dass die beste Art, diesen Weg hinter sich zu bringen, die war, auf nichts und niemanden zu achten.

Der Lauf der Sonne verriet ihr, dass es mittlerweile früher Nachmittag sein musste. Sie saß neben dem starren Körper ihrer Mutter und obwohl sie vor Kälte zitterte, konnte Mercedes sich nicht dazu durchringen, ihr den Mantel auszuziehen. Er war voller Blut und Löcher und ohne Leben. Der Koffer mit Kleidern und Decke war mittlerweile verschwunden, gestohlen von jemandem, der weniger Skrupel hatte als sie.

»Warum bin ich nur eingeschlafen?«, warf sie sich immer wieder vor. »Warum habe ich seine Hand losgelassen?«, flüsterte sie. Was er nur für eine Angst ausstehen musste, ganz allein. Und sie war schuld. Vater würde entsetzlich böse sein auf sie, wenn er davon erführe. Felix und er, sie waren unzertrennlich.

Schließlich brachte Agustí sie dazu, sich von ihrer Mutter zu verabschieden, um weiterzugehen. Vielleicht war Felix mittlerweile in dieselbe Richtung unterwegs, meinte er, vielleicht war er mitgenommen worden und sie würden sich in Figueres wiederfinden. Es war nichts mehr als ein vielleicht, aber nichtsdestotrotz ein Hoffnungsschimmer. Kurz nur streichelte Mercedes die Wange ihrer Mutter, sie war kalt, so erschreckend anders, so unfassbar fremd. *A reveure,* auf Wiedersehen, Lebwohl, all diese Abschiedsfloskeln waren nicht dazu gedacht, sie an einen toten Menschen zu richten. Es gäbe so viel zu sagen und dennoch kamen Mercedes keine Worte in den Sinn. Ein letzter Kuss auf die kalte Stirn, ein letztes Zögern. Dann brachen sie auf.

Kurz darauf konnten sie wieder auf die Ladefläche eines Traktoranhängers aufspringen. Die gleichen erschöpften Gesichter, das gleiche müde Schweigen wie heute Morgen. Mercedes wurde flau im Magen. Mit Tränen in den Augen wandte sie sich an Agustí: »Du hattest mich noch vor Fahrzeugen gewarnt gestern.«

Er zuckte mit den Schultern. »Und trotzdem sind sie das einzige Mittel, schneller vorwärtszukommen.«

Mitten in der Nacht erreichten sie Figueres.

Mercedes hatte kein Auge zugetan aus Angst vor weiteren Fliegerangriffen, und obwohl Agustí das bisschen harte Brot, das er noch bei sich trug, mit ihr teilte, war sie vom Hunger der letzten beiden Tage geschwächt. Es begann zu nieseln; die feuchte Luft verstärkte das Kältegefühl noch, es klammerte sich regelrecht an ihren Körper. Nur kurz währte die Verlegenheit, als sie sich eng an Agustí presste und den Mantel ihres Vaters, so gut es ging, über sie beide legte. Scham musste eine der ersten Empfindungen sein, auf die verzichtet wurde, wenn man hungerte und fror. Da standen sie, in der nassen, erdrückenden Dunkelheit und wussten nicht, wohin. Irgendwann fiel das Wort Notunterkunft und sie folgten einfach dem Strom. In der Wohnung roch es nach feuchter Wolle, Ausdünstungen und der Verzweiflung von mindestens fünfzig weiteren Personen, die jeden freien Platz in Anspruch nahmen. Ein Kleinkind weinte. Mercedes legte sich direkt auf den blanken Boden. Agustí schmiegte sich, ohne zu fragen, von hinten an sie. Sie protestierte nicht, sondern stellte sich vor, es wäre Felix. Aber sie musste sich den Fingerknöchel in den Mund stecken und darauf beißen, um nicht laut aufzuschluchzen.

Am nächsten Morgen ging das Gerücht um, dass einige Restaurants kostenlosen Kaffee ausgeben würden. Als Mercedes die Tasse mit dem heißen *café con leche* in der Hand hielt, lag das ganze Glück der Welt in diesem ersten Schluck. Kurz schloss sie die Augen, um den Moment zu genießen – wie das warme Getränk ihren Mund ausfüllte, die Kehle hinabrann und den Eisklumpen in ihrem Magen auflöste. So gestärkt machten sie sich auf die Suche nach der Wohnung ihres Onkels Jaume. Bestimmt würde er wissen, was mit seinem Bruder, ihrem

Vater, geschehen war, und wann mit seiner Freilassung zu rechnen wäre.

»Warum willst du überhaupt hierbleiben?«, fragte Agustí sie unwillig. »Francos Truppen stehen vor Girona, es ist nur eine Frage der Zeit, bis sie auch Figueres einnehmen. Wir müssen nach Frankreich.«

Mercedes schüttelte den Kopf. »Hast du den Mann vorhin nicht gehört? An der Grenze stehen ganze Wagenladungen voller Waffen für die Republikaner. In ein paar Tagen werden wir nach Hause zurückkehren können.«

Agustí lachte. Es klang ein wenig gemein. »Was verstehst du schon von diesem Krieg? Wie alt bist du überhaupt?«

»Sechzehn«, antwortete sie schmollend. »Und ich verstehe gar nichts von diesem Krieg. Ich will nicht nach Frankreich. Ich will nach Hause. Ich will, dass mein Vater freigelassen wird, meine Mutter noch lebt und ich meinen Bruder finde. Das ist alles, was ich will, verstehst du?« Unversehens war sie laut geworden. Agustí starrte sie erschrocken an, die Augen so grau wie die nassen, blinden Fensterscheiben um sie herum. Dann drehte sie sich um und stampfte davon. Insgeheim jedoch war sie froh, als Agustí bereits nach wenigen Metern wieder neben ihr herlief.

Das letzte Mal, als sie ihren Onkel in Figueres besucht hatte, hatten die Platanen, die die Rambla säumten, in voller Blätterpracht gestanden, die Leute waren durch die Gassen flaniert, die Sonne hatte die Stadt in ein mildes, warmes Schimmern getaucht. Schatten und Licht hatten miteinander gespielt, den Häuserfassaden Leben eingehaucht. Heute dominierte eine kalte Farblosigkeit die Straßen. Schutt und Asche klagten in einigen Abschnitten der Stadt wie stumme Zeugen über die Bombenangriffe der vergangenen Wochen und Monate. Mercedes hatte Mühe, das Haus zu finden, in dem ihr Onkel lebte, und als sie endlich davorstanden, war die Wärme des Kaffees schon lange wieder dem Klappern ihrer Zähne gewichen. Bevor sie auf den Klingelknopf drücken konnte, öffnete sich die große Eingangstür quietschend und eine Frau trat heraus.

»*Qui sou,* wer seid ihr?«, fragte sie und beäugte Mercedes, und vor allem Agustí in seiner Uniform, misstrauisch.

»*El meu oncle viu aquí,* mein Onkel wohnt hier«, erklärte Mercedes. »Jaume Sants. Zweiter Stock.«

Die Stirn der Frau glättete sich. »*La petita Mercè, oi?* Wie groß du geworden bist.« Sie blockierte weiterhin die Tür, ihr Gesicht nicht unfreundlich, aber auch nicht erfreut. Dann seufzte sie auf und trat zurück. »Kommt mit.«

Zu dritt stiegen sie die knarrende Treppe hinauf. Die Tür zur Wohnung ihres Onkels war nur angelehnt.

»Ich habe den Schlüssel noch nicht gefunden und habe sie deshalb offen gelassen«, erklärte ihr die Nachbarin und seufzte erneut. Mercedes verstand nicht, warum die Frau den Schlüssel brauchen sollte, aber bevor sie fragen konnte, wurde sie dem Chaos gewahr, das sie drinnen erwartete. Die Möbel im Wohnzimmer waren umgeworfen worden, Papiere lagen auf dem Boden. Ein Fenster wies ein Einschussloch auf, wie ein filigranes Spinnennetz breiteten sich die Risse rund herum aus. Mercedes konnte ihren Blick nicht davon abwenden.

»Sie haben ihn mitgenommen. Gestern.«

Nur langsam sickerte die Bedeutung der Worte in ihr Bewusstsein. Mercedes schlug die Hände vors Gesicht und sank auf die Kante eines am Boden liegenden Stuhls.

»Aber wieso? Wieso?« Sie verfluchte ihre Naivität, ihre Unwissenheit. Warum nur hatte sie niemals nachgefragt, worum sich dieser Krieg drehte? Immer hatte sie sich nur allzu leicht abwimmeln lassen. Das wäre kein Thema für Kinder, sagten die Erwachsenen jedes Mal, und erleichtert, dass sie sich nicht den Kopf darüber zerbrechen musste, hatte sie sich wieder ihrem Piano und ihren Gedichten gewidmet.

»Kann ... kann ich ihn besuchen? Im Gefängnis?« Sie traute sich kaum, die Frage zu stellen. Und tatsächlich lachte Agustí hinter ihr leise auf. Die Nachbarin hingegen schenkte ihr einen Blick, der ihr ein ganz neues Gefühl der Kälte über den Rücken rieseln ließ.

»Nein, *cor meu*, mein Herzchen. Das kannst du nicht.«

Was würden sie ihm antun? Was musste ihr Vater durchleiden?

Die Nachbarin wollte sich zurückziehen, da sprang Mercedes auf. »Kam hier vielleicht ein kleiner Junge vorbei, mein Bruder?« Aber sie bekam nur ein Kopfschütteln zur Antwort.

Langsam wandelte sie durch die Wohnung. Das Wohnzimmer war verwüstet, ihr Onkel musste sich gewehrt haben. Oder die Polizei, oder wer auch immer ihn geholt hatte, hatte etwas gesucht. Alles, was ihr lieb und teuer war, blieb in diesem klebrigen

Spinnennetz hängen, gewoben von Politik und Krieg, Intrigen und Verrat.

Agustí hob einige der Papiere vom Boden auf und überflog sie. »Katalane mit Leib und Seele«, sagte er düster, als ob dies eine schlechte Nachricht sei.

»Selbstverständlich«, entgegnete Mercedes. Sie verstand seine Reaktion nicht, und er gab keine weitere Erklärung ab. In der Küche fanden sie zu ihrer großen Überraschung noch einige Lebensmittel; ein kleines Stück Käse, etwas Hartwurst, einige Gläser eingemachtes Gemüse vom letzten Sommer. Das Brot war eigentlich nicht mehr verzehrbar, hart wie es war, aber Agustí zerklopfte es in kleine Stückchen, die sie lutschten, bis es weich genug war, um es zu kauen. Beim Anblick der Ölflasche auf dem Küchentisch musste Mercedes an die dunkle Lache auf der staubigen Straße denken und unwillkürlich stiegen ihr Tränen in die Augen. Sie suchte in der Manteltasche nach dem Ring ihrer Mutter und drückte ihn.

Es tat gut, sich wieder einmal halbwegs satt zu fühlen. Natürlich war es auch kalt in der Wohnung, aber bei Weitem nicht so eisig wie auf der Straße. Das Einfachste wäre, hier in der Wohnung der Dinge zu harren, die kommen würden.

Agustí jedoch widersprach ihr heftig. »Wir müssen so rasch wie möglich über die Grenze. Die Lage wird sich nur noch verschlimmern. Glaub mir. Ich weiß, wovon ich rede!«

»Aber das hier ist meine Heimat«, protestierte Mercedes. Sie ärgerte sich über ihn. Sollte er doch allein gehen, wenn er so viel wusste. »Ich muss Felix suchen. Er wird sich bestimmt nach Figueres durchgeschlagen haben. Wenn ich das kann, kann er das auch. Und was ist mit deiner Familie? Lässt du sie einfach zurück?«

Der trotzige Zug in seinem Gesicht verdeutlichte ihr, dass er wahrscheinlich selbst noch keine zwanzig war. Die Tatsache, dass Agustí eine Uniform trug, ließ ihn älter erscheinen. »Um meine Familie geht es hier nicht«, antwortete er steif. »Und wenn du hier dein Leben aufs Spiel setzen willst, bitte. Ich gehe.«

Ach, sollte er doch. Sie würde auch allein zurechtkommen.

Er wandte sich tatsächlich zum Gehen, hielt aber an der Tür inne.

»Was?«, blaffte ihn Mercedes an, mit Absicht etwas schroffer als nötig.

Er presste die Lippen zusammen, sah sie nicht an. »Kann ich vielleicht eine Decke mitnehmen?«

KAPITEL 3

Luftkampf, Herzenskampf

Figueres, 29. Januar, 1939

Nachdem Agustí die Tür hinter sich und der Decke zugezogen hatte, stellte Mercedes den umgeworfenen Stuhl richtig hin und setzte sich darauf. Mit sichtbar schlechtem Gewissen hatte Agustí auch noch ein paar Esswaren in seinen Rucksack gepackt. Sie versprach ihrem Onkel in Gedanken, ihm die Decke und die Lebensmittel zurückzuerstatten, wenn all das hier vorbei wäre. Wann würde das sein? Eine tiefe Erschöpfung schlang ihre Tentakel um sie. Sie schaute in den Spiegel vor ihr an der Wand. Ein Sprung zog sich quer über ihr Antlitz. Aber nicht deswegen erkannte sie sich kaum wieder; die vergangenen drei Tage hatten die letzten Spuren an kindlichen Zügen aus ihrem Gesicht radiert. Es war dünn geworden, die Wangenknochen traten stärker hervor, die braunen Augen schienen größer. Die Unschuld war daraus gewichen. Ihre dunkelbraunen Haare, die sich zu ihrem Kummer widerspenstig lockten, hatten sich aus den Spangen gelöst und hingen ihr wirr über die Schultern. Wie hatte sie immer ihre Freundin Penelope um deren glatte, glänzende Haare beneidet. O süße Penelope, wie sehr vermisste sie ihre beste Freundin!

Sie sprang auf. Riss die Tür auf und polterte die Treppe hinunter. Über ihr fiel die Tür krachend ins Schloss.

»Agustí!«, rief sie, kaum dass sie die Straße erreicht hatte. Vielleicht war er noch in der Nähe.

Aus einem Portal drei Häuser weiter vorne löste sich ein Schatten und kam durch den Regen auf sie zu.

»Agustí.« Erleichtert warf sie sich in seine Arme. »Lass mich nicht allein.«

»Ich hätte hier gewartet, bis du die Wohnung verlassen hättest«, gestand ihr Agustí. »Die ganze Nacht, wenn nötig. Wir sollten zusammenbleiben, Mercè. Allerdings habe ich nicht damit gerechnet, dass du die Wohnungstür hinter dir zuknallst. Die Nachbarin hat doch gesagt, dass sie den Schlüssel nicht gefunden hat.« Die Nachbarin reagierte nicht auf ihr Klingeln, sie war wohl noch außer Haus. Auch andere Parteien öffneten die Tür des Wohnhauses nicht. Argwohn und Vorsicht lagen in der Luft. Sie waren ausgesperrt.

Mercedes zog den Mantel ihres Vaters enger um sich und starrte auf den Boden vor ihr. Die Vorstellung, die nächste Nacht wieder zusammengepfercht mit unzähligen anderen, ihr unbekannten Personen in einer fremden Wohnung zu verbringen, behagte ihr gar nicht. Wie dumm sie gewesen war! Entmutigt trat sie gegen einen Stein.

»Wir werden schon ein Plätzchen finden.« Agustí schien ihre Gedanken gelesen zu haben. »Und in der Zwischenzeit suchen wir nach Felix. Zwei Tage, in Ordnung? Danach gehen wir nach Frankreich, bis sich die Lage beruhigt hat.«

Zwei Tage, was waren schon zwei Tage? Und wenn der Kleine erst nach drei Tagen in Figueres eintreffen würde? Aber sie lächelte ihn an, dankbar für diesen kleinen Aufschub.

»In Ordnung.« In zwei Tagen würde sie weitersehen.

Stehen bleiben bedeutete frieren. Sie bewegten sich ohne Pause, liefen durch die Gassen und die breite Rambla rauf und runter. Der Nieselregen tauchte die Stadt und ihre Trümmer in ein unheilvolles Zwielicht. Trotz der imminenten Gefahr gab es genug Einwohner, die die Routine ihres täglichen Lebens weiterführten: Frauen, die am Markt mit den Bauern plauderten, während sie ihre kümmerlichen Einkäufe tätigten. Männer, die mit hochgeschlagenem Mantelkragen und in die Stirn gezogenem Hut unterwegs waren, vielleicht in Richtung einer Bank oder einem Geschäft, wo sie arbeiteten. Mercedes wunderte sich, wie diese Leute so ruhig ihren Tätigkeiten nachgehen konnten, während so viele andere ihr Haus, ihre Arbeit, Familie und Freunde zurückgelassen hatten. Warum hatte ihr Vater darauf bestanden, dass sie gingen? Das Wort fliehen wollte sie nicht benutzen, schließlich hatten sie nichts angestellt, vor dem sie fliehen mussten. Oder? Vielleicht war ihr Vater längst wieder zu Hause und wartete auf sie. Und sie würde ihm unter die Augen treten müssen und beichten, dass Mutter tot war und Felix verschwunden. Nein. Wenigstens ihren Bruder wollte sie mit nach Hause bringen.

Sie könnte schwören, dass die Menschenmasse sich in den letzten vierundzwanzig Stunden verdoppelt hatte. Hin und wieder versuchte sie, jemanden anzuhalten. »Haben Sie einen kleinen Jungen gesehen, der allein unterwegs ist? Zehn Jahre alt, grauer Mantel, braune Haare …« Aber die Leute beachteten sie gar nicht. Es war ein nutzloses Unterfangen. Wie viele Jungen entsprachen dieser Beschreibung? Wer achtete schon darauf, ob ein Kind allein unterwegs war? Aber überall, wo sie nur konnte, hinterließ sie eine Nachricht an ihren Bruder. Auch bei der Essensausgabe, wo sie gefühlte zwei Stunden hatten anstehen müssen, um ein wenig Reis mit Stockfisch zu bekommen.

»Ein kleiner Junge, der seine Schwester Mercedes sucht. Sagen Sie ihm, dass ich in der Nähe bin. Ich komme morgen wieder vorbei.« Sie fühlte sich elend und wünschte sich nichts mehr, als in ihrem warmen Bett zu liegen, sich den gesunden Schlaf aus den Augen reiben zu können und zu realisieren, dass alles nur ein schlechter Traum gewesen war.

Ein Raunen flog durch die ganze Stadt, als bekannt wurde, dass Frankreich seine Grenzen nun auch für Flüchtlinge öffnete, die keine Einreisebewilligung vorweisen konnten.

»Ich bin doch kein Flüchtling«, wehrte sich Mercedes gegen die Bezeichnung. »Das würde ja heißen …«

»Dass du Hals über Kopf aus deinem Zuhause geflohen bist, um woanders Schutz zu suchen?« Agustí zwinkerte ihr zu, und seltsamerweise schmolz ihr Unmut dahin.

»Das war die Entscheidung meiner Mutter. Ich musste ihr folgen«, murmelte sie mit gesenktem Kopf, weil sie nicht verstand, warum ihre Wangen plötzlich so heiß geworden waren. Ausführlich begutachtete sie die Knöpfe am Mantel ihres Vaters.

Eine Sirene zerriss den Moment und mit einem Schlag erstarrte Mercedes. Hektik machte sich um sie herum breit. Agustí griff nach ihrer Hand, zog an ihr, aber Mercedes konnte sich nicht bewegen. So sehr sie auch wegrennen wollte, ihre Beine rührten sich nicht. Schon erklang das Brummen der Flugzeuge, gedämpft und unsichtbar durch die Wolken. Ein Teil der Leute rannte in eine Richtung – wahrscheinlich war dort ein *refugi*, ein Schutzraum. Andere trotteten unbeirrt weiter, taub und abgestumpft gegenüber der Gefahr, die vom Himmel drohte. Sie sah die Angst in Agustís Gesicht, hörte, wie er sie anschrie, sich endlich in Bewegung zu setzen. Die Sirene heulte in ihren Ohren, eine Explosion zerfetzte irgendwo Mauern und Fenster und Menschen, noch eine, irgendwo. Mercedes ließ sich fallen.

»Mach das nie wieder!«, schrie Agustí. Der Angriff war vorbei, sie saßen auf dem nassen Boden, um sie herum ging das Leben weiter, als ob nichts geschehen wäre. Mercedes weinte. In den zähen Minuten, die sie auf der Straße zusammengerollt gelegen hatte, hatte sie an ihre Mutter denken müssen, an ihre sanfte, leise Mutter. An ihre Finger, die sich tröstend auf ihre Stirn legten, die melodiöse Stimme, die sie zum Klavier begleitete. Eigentlich war das Leben schon in dem Moment aus ihr gewichen, in dem sich die Tür hinter ihrem Mann geschlossen hatte, und nicht erst auf der staubigen Straße. Vater würde zurückkehren, ganz bestimmt. Mutter nicht. Schwerfällig erhob sich Mercedes, trocknete die

Tränen mit dem Mantelärmel, der auch zweimal umgeschlagen noch zu lang war.

»Wir brauchen einen Platz zum Schlafen«, sagte sie müde zu Agustí. Die Angst stand ihm immer noch mit nassem Staub ins Gesicht geschrieben. Er war selbst erst achtzehn, hatte er ihr erzählt. Hatte sich den Republikanern aus Überzeugung angeschlossen, so jung und so idealistisch. Während sie von nichts eine Ahnung hatte. Er überragte sie beinahe um einen Kopf, weshalb sie zu ihm aufschauen musste, als ob sie ihn anhimmeln würde. Irgendwie störte sie dieser Gedanke aber nicht. Er war nett anzusehen. Dunkle Haare, die dringend einen Schnitt nötig hätten, ein Gesicht, dem anzusehen war, dass er seit Wochen wenig aß und schlief. Und doch lächelte er meistens, und an diesem Lächeln hielt sie sich fest. Es war das Seil, das sie, um ihre Seele geschlungen, vor dem Fall ins Leere bewahrte. Ein Lächeln, das sie schon in ihren Träumen gesehen hatte, dessen war sie sich sicher.

»Komm«, sagte sie und zog an seiner Hand, wie er vorhin an ihrer gezogen hatte. Lange, schlanke Finger. Sie fragte sich, ob er wohl auch Piano spielte. Er rappelte sich auf, wandte sich dabei ein wenig von ihr ab, als ob es ihm unangenehm wäre, vor ihr Schwäche gezeigt zu haben. Warum meinten die Jungs immer, sie müssten so stark sein? Als er sich wieder zu ihr umdrehte, gefestigt und lächelnd, spürte sie, wie ihre eiskalten Wangen erneut angenehm warm wurden.

Der Regen verstärkte sich. Mercedes huschte von Hauseingang zu Hauseingang, um der schlimmsten

Nässe zu entgehen, pausierte unter den Arkaden und sehnte sich nach einem Schirm. Und noch viel mehr danach, in ihrem Zimmer zu sitzen und zuzuhören, wie dieser Regen gegen die Fensterscheiben pladderte statt auf ihren Kopf. Es war schmerzhaft, dieses Sehnen, und das erstaunte sie. Bis vor Kurzem hatte sie nie etwas vermissen müssen und jetzt vermisste sie plötzlich alles. Vor allem ihren Bruder. Mercedes stattete jedem Geschäft, jedem Restaurant und jeder anderen Anlaufstelle, an der sie für Felix ihren Namen zurückgelassen hatte, einen Besuch ab. Ihre Zuversicht sank mit jedem Kopfschütteln ein wenig mehr. Zwei Tage, hatte sie Agustí versprochen. Und einer davon war nun fast vorbei.

»Mercè!« Ruckartig fuhr sie herum, aber es war nur Agustí. »Sie haben Lastwagen organisiert, die Frauen und Kinder über die Grenze bringen sollen. Los, komm, die Schlange ist immens, wir müssen uns anstellen!«

Mercedes entzog sich seinem Griff. »Du bist weder Frau noch Kind. Ich gehe nicht ohne dich. Außerdem hatten wir uns auf zwei Tage geeinigt.« Und danach wollte sie ihn zu einem weiteren überreden. Erst jetzt merkte sie, dass er seine Uniform gegen Zivilkleidung getauscht hatte. Er zitterte. »Wo hast du die Kleider her? Die sind ja ganz nass und schmutzig.«

Agustí zeigte vage auf die Straße. »Die Leute lassen alles zurück, um einen Platz auf den Lastern zu bekommen. Ich dachte ... weniger auffällig.«

»Du wirst dir den Tod holen. Auf keinen Fall stellen wir uns jetzt stundenlang in eine Warteschlange.« Unter ihrem bestimmten Tonfall zuckte er leicht zusammen, aber Mercedes packte ihn am Arm und zog ihn hinter sich her in dieselbe Wohnung, in der sie letzte Nacht geschlafen hatten.

Der nächste Morgen brachte die Sonne zurück. Auch wenn weiterhin kalte Temperaturen herrschten, merkte Mercedes, wie sich die allgemeine Stimmung verbesserte. Vielleicht lag es aber auch daran, dass die Evakuierungsmaßnahmen nach einer nächtlichen Unterbrechung wieder aufgenommen worden waren. Der Milchkaffee, der erneut ihr Frühstück darstellte, war heute nur lauwarm, aber selbst das vermochte ihre Laune nicht zu trüben. Mercedes streckte ihr Gesicht der blassen Sonne entgegen und wies Agustí an, es ihr nachzutun. Seine Kleidung war immer noch feucht.

»Du riechst wie ein nasser Hund«, sagte sie und musste kichern, als er das Gesicht verzog. »Bleib schön hier sitzen und schau, dass du trocken wirst«, befahl sie ihm. »Ich werde meine Runde drehen.« Er widersprach ihr nicht, wie sie erstaunt zur Kenntnis nahm, sondern kauerte sich auf den Boden und schlang die Arme um die Knie. Kurz entschlossen zog Mercedes den Mantel ihres Vaters aus und legte ihn Agustí über die Schultern. »Ich will ihn aber wiederhaben!«

Auf der Rambla herrschte Chaos. Obwohl versucht wurde, eine Warteschlange zu bilden, brachen die Leute immer wieder daraus aus und kletterten auf den nächstbesten Laster. Sahen sie denn nicht, dass sie anderen, die vielleicht länger warteten, den Platz wegnahmen? Es wurde geschrien und befohlen, die Fahrzeuge schnauften und tuckerten, die Abgase reizten Nase und Lunge. Mercedes war froh, dass sie jetzt nicht in dieser Menge stehen musste, in der die Nervosität mit den Händen greifbar war. Morgen wären die meisten bestimmt schon weg. Und wenn sie Felix bis morgen nicht gefunden hätte, würde sie Agustí dazu überreden, noch einen Tag zu warten. Hatte es nicht geheißen, an der Grenze stünden ganze Wagen voller Waffen? Bestimmt waren diese bereits verteilt worden und die Truppen der Gegner kurz davor, zurückgeschlagen zu werden. Sie war sich sicher, dass ihr kleiner Bruder den Weg nach Figueres finden würde. Heute, morgen, übermorgen. Sie würde hier warten. Bald wäre dieser Albtraum vorbei und sie könnten zusammen nach Hause gehen. Die Euphorie in ihr klatschte in die Hände, als sie an all das dachte, was sie hatte zurücklassen müssen und nun bald wiedersehen würde. Nie zuvor hatte sie einen Gedanken daran verschwendet, was für ein Privileg es darstellte, in einem Bett schlafen zu können, mit warmen Decken. Das Wasser lief Mercedes im Mund zusammen, als sie an das Frühstück ihrer Kindheit dachte: dickflüssige heiße Schokolade, in die sie Kekse oder Gebäck stippte. In den letzten zwei Jahren waren viele Lebensmittel rationiert gewesen, Schokolade natürlich schon lange ein Luxus. Aber nur die Erwägung eines Tellers Suppe mit etwas Reis und Gemüse darin, dazu ein Stück knusprigen Brotes führte dazu, dass ihr Magen anfing, zu knurren. Bei ihrer nächsten Anlaufstelle würde sie anstehen, um für sich und Agustí etwas Essbares zu bekommen.

In diesem Moment begannen die Sirenen wieder zu heulen.

Mercedes erstarrte.

Um sie herum rannten die Menschen in Panik in alle Richtungen. Sie wurde hin- und hergeschubst, verlor beinahe das Gleichgewicht. Wohin? Wohin nur? Ihre Beine liefen los, bevor sie ihnen den Befehl dazu gegeben hatte, immerhin funktionierten sie, liefen in Richtung der Rambla, wo die Wartenden wild durcheinander schrien. Einige warfen sich, wo sie standen, auf den Boden. Die Flugzeuge flogen dicht über sie hinweg, das ohrenbetäubende Brummen der Propeller versetzte Mercedes drei Tage zurück – waren erst drei Tage vergangen, seit ihre Mutter gestorben war? – und sie bekam kaum mehr Luft. Die Detonation einer Bombe ließ den Boden beben, Fensterscheiben zerbrachen. Mercedes schrie. Alle schrien. Sie sah ihren Vater auf sie zu rennen, nein, es war Agustí, Agustí, ihr Beschützer, im Mantel ihres Vaters. Er rief ihr etwas zu, was sie nicht hören konnte. Aber er lachte. War er verrückt geworden? Ein neues Geschwader tauchte auf.

»*L'aviació republicana,* die republikanische Luftwaffe!«

Beim Geräusch der Maschinengewehre, die über ihren Köpfen feuerten, gefror Mercedes das Blut in den Adern. Sie würde sterben. Dieses Mal würde es sie treffen. Sie wollte nur noch hier weg. Weg von alldem, dem Krieg, der Angst. Weg davon, Menschen zu verlieren, die sie liebte.

Agustí an ihrer Seite hingegen reckte auf einmal die Faust in die Luft. »*Vinga, vinga,* los, los! Kämpft!« Andere taten es ihm nach, und die Straße füllte sich mit Jubelschreien. Man könnte meinen, der Krieg wäre gewonnen. Aber Mercedes wusste es plötzlich besser. Sie spürte es mit einer Gewissheit, die keinen Raum ließ für Zweifel: Es war das Ende, und es würde nur noch schlimmer werden. Es war das Ende ihres bisherigen Lebens. Hier und jetzt. Nicht das Verlassen ihres Hauses, nicht der Tod ihrer Mutter waren es gewesen. Hier und jetzt, denn sie musste eine Entscheidung treffen, Kopf gegen Herz, Leben gegen Tod. Ein feindliches Flugzeug fing Feuer, taumelte durch den blauen Himmel und schlug irgendwo außerhalb der Stadt auf. Die Menge tobte. Wild entschlossen griff Mercedes nach Agustís Hand und riss ihn mit sich, drängte sich durch die Leute, die weiterhin den Kampf anfeuerten, als hinge ihr Leben davon ab. Vielleicht tat es das ja auch. Aber sie würde nicht mehr warten. Ganz nach vorne lief sie, dort, wo die Fahrzeuge standen. Zum vordersten lief sie, einem Lastwagen mit offener Ladefläche, gerade im Begriff, loszufahren, schluckte ihre Angst hinunter, die die Erinnerung lostrat, und die Scham, anderen den Platz wegzunehmen. Schon war sie oben. Agustí folgte ihr im letzten Moment, bevor der Fahrer Gas gab. Sie klammerte sich an ihn, vergrub ihr Gesicht im Mantel ihres Vaters.

»Felix, es tut mir leid. Es tut mir leid«, flüsterte sie in den grauen Wollstoff. »Ich werde zurückkommen. Versprochen.«

Sie waren vielleicht seit einer halben Stunde unterwegs, als eine Serie heftiger Explosionen das bedrückte Schweigen der Flüchtlinge zerriss. Hinter ihnen stieg eine enorme Rauchwolke in den Himmel.

»*El castell de Sant Ferran!*«

»Die Festung von Sant Ferran, sie haben die Festung gesprengt!«

»*Visca la República,* ein Hoch auf die Republik!«

Mercedes verstand den Jubel nicht. Agustí erklärte ihr, dass die Republikaner selbst die Waffen und Munition, die in der Festung gelagert worden waren, in die Luft gesprengt hätten, damit sie nicht dem Feind in die Hände fielen. Er deutete auf ein ausgebranntes Autowrack am Straßenrand. Alles, was dem Feind in irgendeiner Form nützlich sein könnte, wurde willentlich vernichtet.

»Wenn wir den Krieg schon verlieren, Mercè, dann wollen wir es den verdammten Schweinen wenigstens nicht einfach machen.« Er sagte es mit einer Unbekümmertheit in der Stimme, die Mercedes nicht nachvollziehen konnte. Sie waren dabei, ihre Heimat zu verlieren. Dieser Krieg hatte ihr in weniger als einer Woche ihre ganze Familie genommen, und nun musste sie das Land verlassen. Und weshalb? Weshalb?

»Weil wir anders denken, anders leben, andere Ideale und Ideen haben, Mercè. Darauf bauen Kriege auf. Eine Seite möchte der anderen ihre Denkweise aufzwingen.«

»Und wäre es nicht besser, sich einfach anzupassen?«, fragte Mercedes.

Agustí lachte. »Wo bleibt denn dein Stolz?«

Ja, wo war ihr Stolz geblieben? Sie sah sich um, als müsste sie die Antwort suchen. Dabei kannte sie sie genau: auf einer staubigen, von Maschinengewehrkugeln gelöcherten Straße.

KAPITEL 4

Sand, überall

Argelès-sur-Mer, Februar 1939

Je näher sie der Grenze kamen, umso langsamer bewegte sich der Konvoi. Mercedes konnte immer noch nicht fassen, wie viele Menschen unterwegs waren; in Autos, auf Lastern, Eltern, die ihre Kinder und ihr Hab und Gut in einem Leiterwagen zogen. Zu Fuß. So viele Leute, die zu Fuß unterwegs waren, tagelang, vielleicht sogar schon wochenlang. Zu Tausenden strömten sie der Grenze entgegen, dieser dünnen Linie, die zwischen Krieg und Frieden unterschied, ein Schritt nur. Erlösung von Angst und Verzweiflung, zum Preis des Verlusts der Heimat. Fahrzeuge, denen der Treibstoff ausging, wurden von ihren Besitzern über die Klippen ins Meer gestoßen, flogen durch die Dämmerung wie dicke Käfer, drehten sich unbeholfen, bevor sie in den schäumenden Wellen versanken. Zu hören war nur das Schnaufen der Motoren, das Brummen der feindlichen Flugzeuge, mal gefährlich nahe, sodass Mercedes hektisch die Umgebung nach einem Versteck absuchte, mal weit weg, trügerisch einschläfernd. Und das Weinen der Kinder, müde, hungrig, verängstigt.

»Wo kommen all diese Menschen her?«, fragte sie Agustí.

Er lachte. Es war ein gut gemeintes Lachen, aber es verletzte sie trotzdem. »Du weißt wirklich gar nichts über diesen Krieg, stimmt's?«

Sie verschränkte die Arme vor der Brust. »Nein. Nein, ich weiß gar nichts über diesen Krieg. Du bist ein Mann, du hast sogar selbst gekämpft. Ich bin nur ein Mädchen. Man hat es nicht für nötig gehalten, mir mit Brutalitäten Angst einzuflößen. Und wenn ich doch nachgefragt habe, haben sie mich trotzdem abgewimmelt. Er war da gewesen, der Krieg, und auch wieder nicht, bis die Truppen wirklich näher rückten.« Sie sah Agustí an, dass ihm sein Lachen leidtat.

»Schau mal«, sagte er und malte die Landkarte Spaniens in die Luft. »Katalonien liegt im Nord-Osten der spanischen Halbinsel. Die Schlinge hat sich einfach zugezogen«, erklärte er ihr leise. »Die Truppen kamen vom Süden und vom Westen und trieben die Menschen vor sich her, die, die flüchteten vor den Kämpfen und den Bomben. Vor den Grausamkeiten, die Soldaten im Blutrausch begehen können, egal, welcher Seite sie angehören, egal, welcher Ideologie sie folgen. Spanien war in den letzten Jahrzehnten eine Republik, also von Sozialismus und Demokratie geprägt. Die Aufständischen unter diesem Franco sind Faschisten, also extreme Nationalisten. Sie sehen die Republik als einen Sündenpfuhl voller Kommunisten, Bolschewisten und Freimaurern an, in dem Anarchie herrscht, in dem Recht und Ordnung abhandengekommen sind. Verstehst du?« Mercedes zuckte mit den Schultern, eine ganz leichte Bewegung, damit Agustí sie im Hereinbrechen der Dunkelheit nicht sehen konnte. Sie konnte mit den meisten Bezeichnungen nichts anfangen, aber Agustí redete schon weiter. »Der ganze Konflikt ist furchtbar kompliziert, da steckt ganz viel Ressentiment von früheren Auseinandersetzungen dahinter. Es geht nicht einfach nur um Gut gegen Böse. Im Detail kann ich dir das auch nicht erklären. Aber gerade Katalonien will sich schon lange von Spanien abspalten. Und das ist den Nationalisten natürlich ein Dorn im Auge. Ich denke, die Menschen«, er machte dabei eine Bewegung mit dem Arm, um zu zeigen, wen er meinte, »fliehen aus Angst vor dem politischen Massaker, das jedem drohen wird, der anders denkt.«

»Das wird nicht passieren«, wisperte der Mann, der direkt vor ihnen saß. »Wir können immer noch gewinnen.«

Niemand antwortete ihm.

Schließlich lag sie vor ihnen, die Grenze. Auf einmal ging alles ganz schnell.

»*Allez, allez, allez!*«, befahlen die Grenzwächter, weitergehen, weiterfahren. Gerade eben noch in Spanien, in ihrem geliebten Katalonien. Nun in Frankreich. Der Laster tuckerte einfach weiter. Mercedes drehte sich um und konnte buchstäblich sehen, wie sich ihr bisheriges Leben in der Dunkelheit verlor. Ihre eigene Geschichte, Träume und Familie blieben zurück, prallten an einer unsichtbaren Wand ab. Der Schmerz zog an ihrem Herzen, als wollte er ihr es aus der Brust reißen. Einerlei wäre es.

Im ersten Dorf, das sie nach der Grenze passierten, standen die Einwohner vor ihren Häusern in der kalten Nacht, das flackernde Licht der Scheinwerfer malte Mitleid und Bestürzung auf ihre Gesichter. Eine

Frau mit einem friedlich schlafenden Kleinkind auf dem Arm streckte sich hoch und drückte Mercedes einen Apfel in die Hand. Ein kleiner, schrumpeliger Apfel, und doch rührte sie diese Geste so sehr, dass sie in Tränen ausbrach. Sie rückte näher an Agustí heran, der den Mantel ihres Vaters über sie beide legte, und teilte die Frucht mit ihm. Die Süße in ihrem Mund besänftigte sie ein wenig und hob ihre Stimmung. Sie waren in Sicherheit! Keine Flugzeuge mehr, keine Maschinengewehre, keine Bomben. Sie erlaubte sich, ihren Kopf an Agustís Schulter zu legen und die Augen zu schließen.

Das Stoppen des Fahrzeugs weckte Mercedes wieder auf. Immer noch war es stockfinster, aber etwas hatte sich verändert: Sie hörte das Meer rauschen.

»Wo sind wir?«, flüsterte sie. Als Antwort bekam sie nur das regelmäßige Atmen eines schlafenden Agustís. Irgendwann, dachte sie, müsste diese Reise ein Ende haben. Irgendwo müssten sie Unterschlupf finden, bis sie wieder nach Spanien zurückkehren konnten. Aber dieses wann und wo spielte im Moment keine Rolle. Sie kuschelte sich an den jungen Mann, vertrauensselig, denn sie wusste – wenn sie zusammen waren, würde alles gut werden.

Die Sonne stand blassgolden am Himmel und tauchte den breiten Strand vor Mercedes in eine funkelnde Fläche, immer wieder unterbrochen von den vielen Menschen, die wie sie die Umgebung erkundeten. Von der Straße über die weite Sandfläche bis hin zu den träge schwappenden Wellen konnten sie sich frei bewegen. Versuchte hingegen jemand, in eine andere

Richtung zu wandeln, wurde er von den französischen Soldaten sofort zurechtgewiesen. Sie konnten hier nicht weg. Mit Sorge beobachtete Mercedes gemeinsam mit Agustí, wie immer mehr Lastwagen mit französischen Soldaten und Rollen über Rollen an Stacheldraht ankamen.

»Es ist nur eine Umzäunung«, versuchte sich Agustí an einer Erklärung. »Irgendwo müssen sie uns ja unterbringen. Als Nächstes werden sie wohl Baracken bauen. Wie ein kleines Dorf, verstehst du?« Er wandte sich ab und hustete.

Mercedes hob die Schultern. Sie wusste nicht, was sie davon halten sollte. Aber alles, was jetzt kam, wäre nur vorübergehend und würde kaum schlimmer sein können als die gesamte letzte Woche. Ihr Magen knurrte so laut, dass sie erschrocken die Hand vor den Mund hob. Solange es eine Küche in diesem kleinen, provisorischen Dorf am Strand von Argelès-sur-Mer geben würde, wäre sie zufrieden. Im Augenblick mussten sie sich mit dem letzten Stück Käse aus der Wohnung ihres Onkels begnügen. Mercedes lutschte ihre Bissen, als handle es sich dabei um exquisite Schokoladenpralinen. Ein weiterer Lastwagen näherte sich, aber sie schenkten ihm keine Beachtung, bis sich eine laute Menschentraube drum herum versammelte. Die Soldaten warfen etwas in die Menge, und entsetzt beobachtete Mercedes, wie sich die Leute darauf stürzten, ja sich sogar darum stritten.

»Ist das Brot?«, fragte sie Agustí ungläubig. Der Käseklumpen in ihrem Mund schmeckte unversehens bitter. Diese Männer, Frauen und Kinder vor ihnen benahmen sich wie Tiere. Nein, anders herum. Die Soldaten behandelten sie wie Tiere. Wie Tiere im Zoo, die zur Belustigung der Zuschauer um ihr Fressen kämpfen mussten. Am nächsten Tag passierte das Gleiche, mit dem Unterschied, dass der Lastwagen sich weiter von den bereits aufgestellten Stacheldrahtzäunen entfernte, und auch Mercedes und selbst Agustí sich anstellten. Wenn der Hunger das Kommando übernahm, blieb der Stolz auf der Strecke.

Während der nächsten Tage entwickelten sie eine Routine: Sie schliefen auf einem der Laster, spazierten nach dem Aufwachen strammen Schrittes über den Sand, um die eisige Kälte aus den Gliedern zu schütteln. Die Wintersonne strahlte von einem wolkenlosen Himmel und liebkoste den Strand mit ihren weichen Strahlen. Es war ein ganz eigenartiges Licht, so früh am Morgen, fand Mercedes. Fast greifbar teilte es den Raum in Sein und Schein, in Traum und Realität. Und sie tauchte gerne ein in diese Unwirklichkeit, denn sie war leichter als das, was darunterlag. Wie der feine Sand, der über dem nassen, schweren und kalten lag. Es gab Momente, in denen fühlte sich ihr Spaziergang an wie ein unschuldiger Tag am Meer; sie bückten sich, um Muscheln zu inspizieren, spielten Fangen, um sich zu wärmen, lachten und lachten und Mercedes' Herz fühlte sich ein wenig leichter an. Sie redete viel und Agustí erzählte wenig; es fiel ihr auf, aber sie wollte ihn nicht drängen. In dieser Unwirklichkeit tat es ihr gut, über ihren Vater zu sprechen, an Felix und ihre Mutter zu denken. Niemand war tot, verhaftet oder verschwunden. Sie würden bald nach Hause zurückkehren und sich nicht mehr an diese albtraumhaften Tage erinnern. Erst, wenn sie zu den Wagen zurückkehrten, blies der Wind den feinen Sand hinfort und hinterließ nichts als Kälte und Schwere. Dann standen sie in der Menge zwischen all den anderen hungrigen Menschen, warteten darauf, dass ihnen Brot zugeworfen wurde, und sahen den Soldaten dabei zu, wie sie Meter um Meter die Einzäunung vervollständigten.

Dieser Zaun war vielleicht an die zwei Meter hoch; sieben, acht, neun Reihen stacheligen Drahtes spannten sich zwischen Eisenstangen. An die fünfhundert Meter lagen zwischen Meer und dem an den Strand angrenzenden Umland. In der Länge waren es bestimmt drei Kilometer. Unterteilt wurde die Fläche von einem größeren und mehreren kleineren trockenen Flussläufen. Möwen versuchten kreischend, ihren Lebensplatz gegen die schier unermessliche Zahl an Menschen zu verteidigen. Mercedes konnte sie kaum schätzen. Zehntausend? Dreißigtausend? Täglich kamen mehr dazu, die an diesem Strand der Dinge harrten, die kommen würden, notgedrungen. Alle diese Leute hatten wie sie ihre Heimat zurücklassen müssen und waren hier am Strand gestrandet.

Am fünften Tag nahm Agustí ihre Hand, während sie auf und ab wandelten, ohne Ziel, strandauf, strandab, gebadet von warmer Unwirklichkeit, und sie fühlte sich wohl dabei. Es war nicht das gleiche Gefühl, das sie von ihren Eltern her kannte, sondern eine neue Empfindung. Ein warmes Kribbeln, ein Lächeln, das sich wie von selbst auf ihr Gesicht zauberte. Manchmal strich er mit dem Daumen über ihre Handfläche, leicht, federleicht, auf der kalten Haut kaum spürbar, und doch entfachte die Berührung eine glückliche Wärme in ihrem Inneren. Seine Augen glänzten grau wie der Horizont, wenn die fahle Februarsonne gerade unterging, ohne Kraft für Rottöne; in einem Moment blickten sie ernst und wissend wie die eines Erwachsenen, im anderen traurig und verletzlich wie die eines Kindes, das schon zu viel gesehen hatte. Mercedes wurde nicht satt davon, in diesen Augen zu versinken, jede Regung, jedes Gefühl, das darin schwamm, in sich aufzunehmen. Sein Gesicht war in den letzten Tagen noch dünner geworden, mehr Mann und weniger Junge. Dasselbe, was sie im Spiegel in der Wohnung ihres Onkels an sich selbst beobachtet hatte. Sie waren dabei, den letzten Rest ihrer Kindheit zu verlieren. Was unschuldig und leichten Schrittes über die Jahre hinweg geschehen sollte, hatten ihnen die Entbehrung, die Angst und der Schrecken in wenigen Tagen entrissen.

Sie kamen mit anderen Flüchtlingen ins Gespräch, jede Geschichte war auf ihre eigene Art erschütternd. Hier hörte Mercedes zum ersten Mal, dass Familienangehörige von Inhaftierten unter Repressalien zu leiden hatten. Das, was Agustí auf dem Lastwagen im Dunkel der Nacht erklärt hatte, schien eingetroffen. Das politische Massaker.

»Meinen Sohn haben sie verhaftet, weil er der kommunistischen Partei angehörte. Zwei Tage später verlor ich meine Arbeit.«

»Mein Vater wurde erschossen, meine Schwester ist seitdem verschwunden.«

»Sie haben uns unser Haus weggenommen, weil mein Sohn bei einer pro-katalanischen Zeitung arbeitete.«

»Sie haben uns bedroht …«

»Sie haben meine Mutter verprügelt …«

Die Worte stachen wie Nadeln in Mercedes' Herz. Ihr Vater hatte geahnt, dass ihnen etwas zustoßen könnte. Deswegen hatte er sie fortgeschickt. Was mochte mit ihm passiert sein? Und mit *oncle* Jaume?

Am nächsten Tag stellten sie während ihres morgendlichen Spaziergangs fest, dass der Zaun vollständig geschlossen war, bis auf einen einzigen Durchgang. Er wurde bewacht von zwei Soldaten. Vielleicht sollten sie ein Gefühl der Sicherheit vermitteln, aber Mercedes erschauerte bei ihrem Anblick. Ihre Wachsamkeit war nur ein Vorbote von etwas, das sie noch nicht in Worte fassen konnte. Und als sie bei ihrem Laster angekommen waren, sah sie ihre Ahnung bestätigt: Französische Soldaten versperrten ihnen den Weg und redeten und schrien auf sie und alle anderen ein, die sich in der Zone aufhielten. Unwillkürlich trat Mercedes hinter Agustí. Einige packten hektisch ihre Siebensachen und versuchten, in alle Richtungen davonzulaufen. Hinter sich hörte Mercedes durch die Rufe ein Geräusch, das die Erde zum Beben brachte, und drehte sich um. Entsetzt schrie sie auf und klammerte sich an Agustí. Ihr Schrei wurde weitergetragen über die Köpfe der Menge und fand Widerhall; Frauen und Kinder, ja sogar Männer stimmten mit ein.

»*Espahíes!*«, rief Agustí. »Die algerischen Söldner, die für Frankreichs Armee arbeiten! Und ... Senegalesen!« Selbst er drängte rückwärts beim Anblick der Afrikaner, die auf Pferden ohne Rücksicht direkt in die Menge hineingaloppierten.

»*Allez, allez!*«, schrien sie. »Los, los!« Mit ihren Stöcken droschen sie auf die Leute ein, die versuchten, Reißaus zu nehmen.

Mercedes packte Agustí am Ärmel und riss ihn mit sich, durch den Durchgang hindurch auf die Sandfläche. Einfach nur weg von diesen schreienden Männern mit ihren schwarzen Gesichtern, so schwarz, wie sie noch nie einen Menschen gesehen hatte, mit weit aufgerissenen gelben Augen voller Hass und Verachtung. Was hatten sie getan, um so behandelt zu werden?

Sand.

Der Sand war in Mercedes' Haaren, in ihren Ohren, in den Augen, schon ganz empfindlich vom Reiben, vom Salz.

Die berüchtigte *tramuntana*, der Nordwind, blies nun bereits seit Tagen mit über hundert Stundenkilometern, verwandelte die Sandkörner in Geschosse, die denen der Kriegsmaschinen einzig in dem nachstanden, dass sie nicht tödlich waren. Zerriss das schöne Gefühl der Unwirklichkeit in tausend unbrauchbare Stücke.

Der Sand war im Essen. Beinahe musste Mercedes lachen. Was hieß da schon Essen. Der übliche Brocken Brot, vom Wind zu Stein getrocknet. Für den Rest mussten sie selbst sorgen. Sie konnten nur von Glück reden, dass Agustí seinen Rucksack immer bei sich trug. Die wenigen Essensvorräte, die ihnen noch von Onkel Jaumes Vorratskammer geblieben waren, halfen ihnen über diese ersten Tage in der Sandhölle von Argelès. Aber es blieb nicht mehr viel übrig: Zwei Gläser eingeweckte Zucchini, das war alles.

Der Sand war auch im Wasser. Im Meerwasser. Dem einzigen Wasser, das ihnen zum Trinken zur

Verfügung stand. Es war, nun ... untrinkbar. Anfangs hatten sie das Lager noch verlassen dürfen, eskortiert, um bei einer Quelle Wasser zu holen. Mercedes und Agustí hatten extra dafür ein ganzes Glas Gemüse in sich hineingestopft, denn sonst hätten sie kein Gefäß gehabt. Das war dann auch alles an Trinkbarem, was sie mitnehmen konnten. Ein Einmachglas. Aber die ganze Aktion wurde zu aufwendig für ihre Bewacher – denn Gefangene schienen sie zu sein – und nach zwei Tagen blieb der Durchgang geschlossen. Zwanzig Meter vom Ufer entfernt installierten Soldaten Pumpen. Die Rohre reichten nicht tief genug, das Wasser war salzig, und doch tranken sie es, alle. Nur, um danach noch mehr zu leiden, unter dem drängenden Durst, dem zwickenden Bauch, dem folgenden Durchfall.

Agustí lag zusammengekrümmt neben ihr und stöhnte. Hustete. Sie hatten noch versucht, mit Schilfrohren und angeschwemmten Stöcken eine Art Gerüst zu bauen und die ihnen noch verbliebene Decke darüberzulegen, aber der Wind hatte ihr Zelt, wie das aller anderer, in Stücke geblasen. Kartenhäuser, in sich zusammengefallen. Nun lagen sie in Kuhlen, die sie in den Sand gegraben hatten, hineingepresst, so flach wie möglich. Den ganzen Tag. Außer, wenn Brot verteilt wurde, der Durst so brennend wurde, dass das Wissen um die Konsequenzen ignoriert werden musste. Oder, wenn die Konsequenzen eintraten. Es gab keine Toiletten. Das Meer war schließlich groß und der Strand war weit.

So vergingen die Tage. Blies der Wind, war die Luft dermaßen trocken, dass die Lippen aufsprangen und zu bluten anfingen. Blies kein Wind, sorgte die vom Meer aufsteigende Feuchtigkeit dafür, dass die Februarkälte sich in die Knochen fraß. Agustí hustete stark und sie beide litten nach wie vor unter Darmkoliken. In der Zwischenzeit waren die Wasserpumpen abgelöst worden durch Tankwagen mit Süßwasser, eine unendliche Erleichterung. Die tägliche Hygiene allerdings stellte nach wie vor ein Problem dar: Sie bekamen zwar ein kleines Stück Seife, aber wer keinen Eimer oder Topf sein Eigen nennen konnte, musste mit dem Meer vorliebnehmen und danach trotzdem wieder die schmutzige Wäsche anziehen. Im Februar im eiskalten Wasser zu baden, von mittlerweile zweifelhafter Sauberkeit, und anschließend stundenlang mit nassen Haaren herumzulaufen, das hatte Mercedes erst einmal über sich gebracht. Seitdem beließ sie es, wie die meisten anderen auch, bei Katzenwäschen. Die Folgeerscheinung trat indes rasch ein: Innerhalb kürzester Zeit litt ein Großteil der Lagerinsassen unter Krätze und Läusebefall.

Es gab bereits Küchenbaracken, in der sie unzuverlässig Mahlzeiten bekamen – in salzigem Wasser gekochte Kichererbsen und getrockneten Stockfisch. Würde sie jemals dieses Lager verlassen, woran Mercedes immer öfter zweifelte, würde sie nie wieder Salz essen.

Ihre Tage waren geprägt von träger Monotonie ohne Aussicht auf Besserung. Nichts passierte. Sie waren Gestrandete, wortwörtlich, doch würden sie gerettet werden oder waren sie dazu verdammt, hier, von der Welt vergessen, zu verrecken? Jeden Morgen gab es Wehklagen, gab es Kleiderhaufen, die vom harten, kalten Boden nicht mehr aufstanden.

Kleinkinder, Neugeborene praktisch, deren Mütter unter der Entbehrung keine Milch mehr produzierten. Sie verhungerten schlicht. Nie wieder würde Mercedes den Gesichtsausdruck der Frau vergessen, die ihrem ausgemergelten, vor Hunger schreienden Kind, wenige Monate alt, nach einem letzten Kuss auf die Stirn Mund und Nase zuhielt, um es vor weiterem Leiden zu erlösen. Es brach Mercedes das Herz. Wie konnte man unter diesen Umständen ein Kind zur Welt bringen, geschweige denn dafür sorgen, dass es wuchs und gedieh? Sie wollte, sie könnte ihre Augen davor verschließen, sich einfach in ihre Kuhle legen und wegdenken, die Tage verschlafen, die Nächte verschlafen, bis die Welt wieder normal war. Aber sie konnte nicht. Sie hatte eine Aufgabe: Immer wieder erkundigte sie sich in allen Ecken des Lagers nach Felix. Vielleicht hatte er die dieselbe Route genommen wie sie, hatte sich einer Familie, einer Gruppe angeschlossen und war hier gelandet. Aber mittlerweile wusste sie, dass sich über siebzigtausend Personen innerhalb dieses Stacheldrahts aufhielten, über siebzigtausend. Ein menschlicher Ameisenhaufen. War vielleicht Agustís Familie auch hier? Wenn sie ihn darauf ansprach, erntete sie wie immer nur ein abweisendes Schulterzucken.

»Verheimlichst du mir etwas?«, musste sie ihn einfach fragen. Er wusste alles über sie, alles. Warum erzählte er nie etwas über sich?

»Da gibt es einfach nichts zu erzählen, Mercè. Ich habe meine Familie schon lange aus den Augen verloren. Ich ... ich ...« Er starrte zum Horizont, als suchte er ihn nach den richtigen Worten ab. »Ich habe akzeptiert, dass ich sie nicht wiedersehen werde, und muss sie nicht in Erinnerung halten, indem ich von ihnen erzähle. Ich habe einen Schnitt gemacht«, er fuhr mit der Handkante rigoros durch die Luft, »früher, jetzt. Es stimmt so für mich.« Aber glücklich sah er dabei nicht aus.

Einen Schnitt machen. Mercedes verstand nicht, wie Agustí seine Familie in die Schwärze der Vergessenheit schieben konnte und ja, es traf sie, dass er ihr gar nichts über sie erzählen wollte. Sie würde nie aufhören, nach ihren Angehörigen zu suchen, so gut sie konnte. Tatsächlich gab es mittlerweile eine Postbaracke. Eine Postbaracke, aber sie schliefen immer noch auf dem nackten Sand. Andere Insassen – oder wie sollte sie sie nennen? Flüchtlinge, Mitbewohner, Häftlinge? Was waren sie? – andere bekamen Post von Angehörigen, adressiert an das Internierungslager Argelès-sur-Mer, mit Nachricht aus der Heimat, mit ein wenig Geld. Für Essen, für Briefmarken. Zwei Briefmarken, so hatte Mercedes gehört, solle man kostenlos bekommen, pro Monat. Mit der ersten schrieb sie gleich an ihre eigene Adresse in Barcelona, an ihren Vater, mit der zweiten an Onkel Jaume in Figueres. Die Nachbarin würde bestimmt seinen Briefkasten leeren. Noch hatte sie keine Antworten erhalten. An der Wand, an der die eingegangene Post ausgeschrieben wurde, pinnte sie einen Zettel, um ihren Bruder wissen zu lassen, dass sie hier war und nach ihm suchte: »*Felix Sants Duran, et busco. Mercedes.*« Noch blieb er verschwunden. Manchmal erklang zwischen all den provisorischen Zelten und Kaninchenbauten, wie ihre Behausungen spöttisch genannt wurden, Kinderlachen. Kinderlachen, unschuldig und schillernd wie eine Perle, fortgetragen vom Wind, von einer vorwitzigen Bö über den Stacheldrahtzaun gehoben. Hinfort, hinfort. Ein kleiner Hoffnungsschimmer dafür, dass es ihrem Bruder gut ging.

Wollten sie nicht erfrieren, mussten sie eng aneinandergedrängt schlafen. Sie hatten eine Decke, die ihnen mehr oder weniger als Zelt diente, und den Mantel ihres Vaters, in den sie sich einwickelten. Mercedes hatte die Scham schon lange verloren; obwohl, bei Agustí hatte sie diese Scham gar nie empfunden. Von Beginn an hatte es sich einfach richtig angefühlt. Geborgen. Oder vielleicht auch etwas anderes. Manchmal, fand Mercedes, war Agustís Nähe nämlich näher als unbedingt notwendig. Dann ging ihr Atem schneller als normal und trotz ihrer wahrhaftig misslichen Lage musste sie kichern. Oder zumindest lächeln.

»Dein Lächeln macht alles wett«, flüsterte er ihr dann ins Ohr, was sie genüsslich erschauern ließ. »All das hier ist nicht schlimm, wenn ich dich ansehe.« Er strich ihr mit dem Daumen über die Handinnenfläche und es fühlte sich so gut an, dass sie beinahe miaute wie ihre Katze. In diesen Momenten konnte sie die Kälte ausblenden, den Hunger ignorieren, der in ihrem Inneren schmerzhaft rumorte. Das Licht der Morgensonne hatte seinen Zauber verloren, aber hier, bei Agustí, hatte sie ihn wiedergefunden. Da war dieses Gefühl in ihr, von dem sie zwar schon gelesen hatte in Büchern und Gedichten, aber trotzdem mit eigenen Worten kaum zu beschreiben vermochte. Es war einmal wie ein Knistern im Bauch, dann wie warmes Wasser, das durch sie hindurchlief, dann wiederum raste ihr Herz so unangenehm schnell, dass sie glaubte, es flöge ihr aus der Brust, wenn sie den Mund öffnete. So fühlte sich Liebe also an, dachte Mercedes, und allein beim Gedanken an diese Liebe musste sie lächeln. Nur, um gleich darauf irritiert den Kopf zu schütteln. Durfte man glücklich sein inmitten all dieses Unglücks? Aber es war mächtiger als sie, dieses Glück, und vor allem: Sie wollte mehr davon.

Mit der Zeit hatten sie festgestellt, dass sie wärmer schliefen, wenn sie sich sowohl in Decke als auch Mantel einwickelten, anstatt die Decke dafür zu opfern, als Zelt zu dienen. An diesem Abend, als sie sich also wieder in ihrer Kuhle eingenistet hatten und sich Agustí wie gewohnt von hinten an sie schmiegte, drehte sich Mercedes auf den Rücken.

»Schau nur, Agustí, schau dir die vielen Sterne an.« Der Himmel wölbte sich über ihnen, gesprenkelt mit Lichtern. Sie hatte dieses Spektakel noch gar nie richtig wahrgenommen, den Nachthimmel nur als das angesehen, von wo die Kälte, der Wind oder die Dunkelheit kam. Aber heute sah er aus, als ob er sich nur für sie herausgeputzt hätte, alle Wolken davongeschoben, den Mond bis auf eine hauchfeine Sichel ausgeschaltet, damit die Sterne Zeugen sein konnten von dem, was sie vorhatte, die leichte Brise als musikalische Begleitung. Ihr Herz klopfte wild. Agustí hustete bellend. Ungeduldig wartete sie, bis er sich wieder beruhigt hatte.

»Sind sie nicht schön?«

»Deiner Schönheit kann nichts das Wasser reichen, *carinyo*, mein Liebling.«

Spürte er, was sie tun wollte? Sie drehte sich noch ein Stückchen weiter, bis sie ihm direkt ins Gesicht sah. Nicht, dass sie viel gesehen hätte in der Finsternis. Aber in seinem Atem hörte sie sein feines Lächeln. Sie könnte blind ein Bild von ihm malen in diesem Augenblick. Vorsichtig zog Mercedes ihren Arm unter der Decke hervor und strich ihm mit dem Zeigefinger über die stoppelige Wange. Sie war kalt. Weiter fuhr sie, berührte seine Lippen. Warm. Sie kräuselten sich unter der Berührung und sie merkte, wie sich Agustís Körper versteifte. Behutsam drückte sie ihren Mund gegen seinen. Machte sie es richtig?

»*Deu meu,* o Gott«, stöhnte Agustí auf, und die Sterne hingen nicht mehr am Himmel, sondern tanzten in ihrem Inneren. Ihre Lippen besiegelten den Pakt, den ihre Herzen schon vor geraumer Zeit geschlossen haben mussten. Der Wind wob seinen Namen in ihre Haare und verflocht sie bis in alle Ewigkeit miteinander.

Das Lager war in Abschnitte unterteilt, durch die die Rambla führte, wie die Hauptstraße genannt wurde. Eine zynische Anspielung auf die prachtvolle Rambla in Barcelona oder selbst die bescheideneren Ausgaben anderer Städte und Dörfer. Zynisch, und doch barg der Begriff allein ein Stück Heimat, eine Orientierung, eine Erinnerung. Dort hatten Händler aus dem Dorf Argelès einige Stände errichten dürfen, und auch einige findige Insassen boten ihre Dienste an. Es gab Uhrmacher, Schuhmacher, Barbiere. Frisches Gemüse, Brot und Konserven ließen den Hungernden das Wasser im Mund zusammenlaufen. Da das republikanische Geld seinen Wert verloren hatte, musste man entweder einen grauenhaften Kurs in Kauf nehmen oder tauschen.

Das Einzige, was Mercedes tauschen könnte, war der Ring ihrer Mutter. Jedes Mal, wenn sie durch die Rambla spazierte, spielte sie mit ihm in der Manteltasche. Und doch brachte nicht einmal die Vorstellung des spritzigen Safts einer reifen Orange in ihrem Mund sie dazu, den Ring herzugeben. Er war alles, was sie ihrem Vater von Mutter noch geben konnte. Und doch wollten sie unbedingt ein Tuch, eine Decke, irgendetwas, um sich ein wenig Intimität zu verschaffen. Ende Februar war es immer noch zu kalt, um auf die Decke zu verzichten. Schließlich fanden sie ein Tischtuch. Es war eine schöne Tischdecke aus Leinen, an den Rändern mit einer Spitzenborte versehen, und sie wies sogar gestickte Initialen auf. Diese B. F. R. hatte das Tuch aus ihrer Heimat mit ins Exil geschleppt; Mercedes fragte sich, ob es vielleicht ein Teil ihrer Aussteuer gewesen war.

»Ganz frisch habe ich das«, beteuerte der Verkäufer, als er ihr Interesse bemerkte. »Greift zu, solch gute Ware bleibt nicht lange liegen!«

Wie aus einem Reflex sah sich Mercedes um, in der Erwartung, die Frau noch hinter der nächsten Ecke verschwinden zu sehen. Wofür hatte sie es eingetauscht? Lebensmittel? Oder etwa Seife? Kleidung? Agustí hatte sich am Vorabend ein letztes Mal mit seinem Rasiermesser, das er in seinem Rucksack mitgeführt hatte, rasiert. Nun reichte er das Messer dem bartlosen, unscheinbaren Franzosen. Ganz kurz überschlug Mercedes im Kopf die wenigen Dinge in ihrem Besitz, die noch als Tauschgut herhalten konnten, aber dieses Tuch war wichtig.

Sie konnten damit etwas errichten, das wie ein Zelt aussah. Wenn Agustí sich ausstreckte, schauten seine Füße hervor, was Mercedes jedes Mal zum Lachen brachte. Es war klein, es war instabil, aber es stellte ihr Zuhause dar. In dieser bescheidenen Unterkunft verlor sie zwei Nächte später ihre Unschuld.

»Vielleicht könntet ihr nächstes Mal etwas leiser zur Sache gehen?«

Mercedes zuckte zusammen und spürte, wie sie rot anlief. Eine junge Frau stand mit in die Hüften gestemmten Fäusten vor ihr. Sie war vielleicht um die zwanzig, schwer zu sagen. Der Hunger nahm ihnen ihre weibliche Form, und so gesehen könnte sie auch jünger sein. Aber ihre Haltung und ihr Gesicht mit den harten Zügen um die Augen legten die verlorenen Jahre gleich wieder dazu, wie schwere Gewichte eine Waage wieder ausbalancierten. Hilfesuchend sah sich Mercedes nach Agustí um, aber der war zu den Latrinenhäuschen gegangen, die seit einigen Tagen das Verrichten der Notdurft erleichterten. Auch wenn die Türen in der ersten Nacht schon den Draufgängerischsten unter den Internierten zum Opfer gefallen waren, um sie zu verheizen oder stabilere Unterkünfte zu bauen. Das hatte zur Folge, dass sich die Senegalesen weiterhin ihren Spaß daraus machten, den Frauen unverfroren dabei zuzusehen, wie diese verschämt versuchten, keine nackte Haut zu zeigen. Allein bei dem Gedanken, wie sie sich dabei in die Hose fassten, musste Mercedes angewidert das Gesicht verziehen.

Ihr Gegenüber lachte, ohne Überleitung und ohne jeglichen Groll. »So hässlich bin ich also schon? Du siehst aus, als ob du mich anspucken wolltest!« Sie kicherte und trat einen Schritt auf Mercedes zu. »Ich bin Teresa. Wir wohnen gleich um die Ecke«, fügte sie sarkastisch hinzu und zeigte auf ein Gebilde aus verschiedenen Decken, Jacken und Tüchern ungefähr zehn Meter entfernt.

»Mercedes. Ich ... es tut mir leid, wenn ...«

Wieder lachte Teresa, dann legte sie ihr in einer tröstenden Geste die Hand auf den Arm. »*No t'amoinis, maca,* mach dir keine Sorgen, Süße! Ich wollte dich nur aufziehen. Keine Ahnung, was ihr zwei Turteltauben unter eurem Tischtuch so treibt. Ich wusste nur nicht, wie ich dich ansprechen sollte.«

Mercedes war sich nicht sicher, ob die junge Frau sie nur beruhigen wollte oder die Wahrheit sagte. Zaghaft lächelte sie, nicht ohne einen nervösen Blick in die Richtung zu werfen, in der viel weiter vorne die Latrinen standen. In den drei Wochen, die sie nun schon im Lager waren, hatten sie keinen Kontakt zu anderen Insassen gesucht. Sie fühlte sich überrumpelt von Teresas Offenheit und die ihren sechzehn Jahren zuzuschreibende Verlegenheit ließ sie um die richtigen Worte ringen. Auf der anderen Seite schmeichelte es ihr, dass diese stark auftretende Frau sie kennenlernen wollte. Sie straffte die Schultern.

»Mit wem wohnst du dort?«, fragte sie Teresa und wies, so selbstsicher wie es ihr möglich war, mit dem Kinn in Richtung des improvisierten Zeltes.

»Mit Rosa, Joana und Asunción. Wir haben uns während der Flucht kennengelernt. Ich komme aus Vic. Und du?«

So stellten sie sich gegenseitig vor. Nach und nach trudelten auch die übrigen drei Frauen ein, alle zwischen zwanzig und dreißig, und auch Agustí kam dazu. In kürzester Zeit entwickelte sich eine angenehme Freundschaft.

Teresa war eine patente Frau. Erst seit zehn Tagen im Lager, hatte sie in dieser Zeit schon einen Topf organisieren können, den die vier Frauen dafür verwendeten, Wasser zu kochen oder auch um sich und Stück für Stück ihre Kleidung waschen zu können. Oder sie mischten ihr karges, salziges Essen mit einem Teil ihres Trinkwassers, um es in eine heiße Suppe zu verwandeln. Wie sich herausstellte, hatte Teresa Familie in Frankreich und sprach ein rudimentäres Französisch. Das half ihr dabei, ab und an von den lokalen Händlern Waren zugesteckt zu bekommen, die schon so zermanscht oder ungenießbar waren, dass sie sie für Geld nicht mehr losbekamen.

»Euch muss man mal waschen«, mahnte sie gleich am ersten Tag ihres Kennenlernens, und schon krempelte sie die Ärmel ihrer Jacke zurück. Mercedes war fasziniert von ihrer Energie und ließ sich gerne davon anstecken. Sie spürte direkt, wie sie nach und nach aufblühte. Die Beziehung zu Agustí, die Zweisamkeit und das bisschen nackte Haut, das sie des Nachts der Unwirtlichkeit des Lagers abtrotzten, erfüllten sie zwar mit Wärme und Sicherheit. Die Freundschaft zu Teresa und ihren Freundinnen hingegen mit Selbstvertrauen und innerer Kraft. Immer noch herrschten Hunger und Kälte, der Körper schmerzte vom harten und kalten Boden, auf dem sie schlafen mussten. Sie kratzte sich die Haut blutig wegen der Krätze und die Läuse nisteten sich am ganzen Körper ein. Am ganzen. Erniedrigend. Aber statt sich, wie gewohnt, in ihrem behelfsmäßigen Zelt zu verkriechen, wusch sie nun ihre Kleider und Haare so oft es nur ging mit heißem Wasser. Sie spazierte mit den Frauen durch die Rambla, lernte Händler kennen und schaute sich von Teresa die Tricks ab, mit denen sie beinahe alles bei ihnen erreichte. Sie wanderte mit ihrer neuen Freundin den Stacheldrahtzaun entlang bis zu den abgelegeneren Stellen, an denen man untendurch kriechen konnte, um im Garten der Dorfbewohner Holz zu stehlen oder vielleicht sogar etwas Essbares. Sie prägte sich die Standorte ein, unterließ es jedoch, sie zu benutzen. Andere Leute bestehlen, dazu konnte sie sich nicht überwinden.

»Wenn man hier schon unbemerkt rauskommt, warum kommt ihr dann wieder zurück?« Unmöglich, die Frage zurückzuhalten. Freiheit, vor ihrer Nase. Und niemand nutzte sie.

Teresa lachte. »Wie weit, meinst du, würdest du kommen? Mit spanischen Papieren, ohne Passierschein? Im Nullkommanichts wärst du wieder hier. Und die Strafen sind drastisch.«

Agustí blieb oft im Zelt oder überwachte die Feuerstelle der Frauen. Mercedes sorgte sich um seine Gesundheit; der Husten nahm nicht ab und so wie sie sich immer mehr anpasste, wurde er zunehmend apathischer.

»Komm mit uns«, forderte Mercedes ihn oft auf, »anstatt hier allein Trübsal zu blasen.«

»Was soll ich schon mit euch fünf verrückten Weibern?«, blaffte er jeweils zurück und senkte hustend den Kopf.

So gerne hätte Mercedes ihm von ihren neu erweckten Lebensgeistern weitergegeben, Agustí jedoch schottete sich ab. Er war schwach, körperlich schwach, bereits der Gang zur Latrine oder der Wasserausgabe fiel ihm von Tag zu Tag schwerer. Sie wusste, dass er versuchte, diesen Umstand vor ihr geheim zu halten, und das machte ihr Angst. Sie war eine Wolke aus schwarzen Stechmücken, diese Angst, sirrend und störend und gierig, und so oft Mercedes sie auch wegscheuchte, kam sie wieder, attackierte immer wieder von Neuem. Einzig in ihrem Zelt waren sie davor sicher und des Nachts, wenigstens, fand Agustí für kurze Zeit zurück zu der Zärtlichkeit, mit der er sie sonst auch tagsüber zu überschütten pflegte.

»Wir werden für immer zusammenbleiben«, flüsterte er ihr ins Ohr, wenn sie mit noch fliegendem Atem, die Hände verschränkt, nebeneinander lagen. »Du und ich, Mercè, wir sind füreinander bestimmt. Dein Name stand schon in meinem Herzen geschrieben, bevor ich dich traf. Wir zwei, wir sind für die Ewigkeit.«

In den Momenten sah ihre Zukunft gar nicht mehr so dunkel aus, fand Mercedes und schmiegte sich an diesen Mann, der sie so glücklich machte, dass es angesichts der Umstände schon beinahe unpassend war. Er hatte sich in ihr Herz gestohlen. Der Krieg würde irgendwann enden müssen, sie würden nach Barcelona zurückkehren. Zusammen. Diese Gedanken ließen Kälte und Hunger in den Hintergrund treten. Für ein gemeinsames Leben mit Agustí würde sie alles ertragen.

Dann kam der 27. Februar.

KAPITEL 5

Und über dem Strand hing Rauch

Argelès-sur-Mer, Februar-Mai 1939

So wie die Lagerinsassen Briefe von ihren Angehörigen erhielten, in denen von den anhaltenden Kriegshandlungen und Repressalien berichtet wurde, so erreichten sie auch in unregelmäßigen Abständen Zeitungen nicht mehr ganz aktuellen Datums. Die Nachricht, die sie an diesem Tag erhielten, war allerdings noch keine vierundzwanzig Stunden alt. Mercedes wusste nicht, wie sie sich zu verbreiten begann – ob tatsächlich jemand eine Zeitung vom gestrigen Tag ins Lager gebracht oder, wahrscheinlicher, ob die französischen Soldaten die Neuigkeit verkündet hatten. Aber sie konnte regelrecht spüren, wie das Lager von einer Unruhe ergriffen wurde, lange bevor sie den Grund dafür kannte. Ängstliches Flüstern, ungläubige Aufrufe, rohes Schimpfen, wellengleich fluteten die Emotionen über die Massen, bis jeder Bescheid wusste: Frankreich erkannte die Regierung von Burgos, präsidiert vom *Generalísimo* Franco, als rechtmäßig an. Mercedes verstand das komplizierte Geflecht, aus dem dieser Krieg gewoben war, immer noch nicht vollständig, aber das klang selbst in ihren Ohren wie ein schlechter Witz: Die Aufständischen, die Nationalisten, die diesen Krieg angezettelt, die sie alle aus ihrer Heimat vertrieben, die die Grundsätze der Republik mit den Füßen getreten und mit ihren Gewehrkugeln zerfetzt hatten, waren von dem friedenverheißenden, durch und durch demokratischen und republikanischen Frankreich legitimiert worden. Agustí fluchte leise durch die Zähne hindurch, schüttelte die Teilnahmslosigkeit der letzten Tage ab und stampfte schwankend davon. Verwundert wollte ihm Mercedes folgen, aber Teresa hielt sie zurück.

»Bestimmt wird er sich unter die Männer mischen, um mehr Information zu erhalten.«

Vielleicht, dachte Mercedes, hielt die Situation, in all ihrer Schande, doch noch etwas Gutes für sie bereit. Es war nur ein seidendünner Faden der Hoffnung, aber sie klammerte sich an ihm fest. Vielleicht bedeutete sie, dass Frankreich die Tore der Lager öffnen würde, war das Land doch jetzt eine Art Partner und Unterstützer Spaniens. Nur noch ein paar wenige Tage und sie könnten sich wieder frei bewegen, Arbeit suchen, essen, in einem Bett schlafen, unter weichen Decken aufwachen und über den Albtraum lachen, der sie wochenlang paralysiert hatte. Ihre Zukunft würde in Kürze beginnen. Sie zermalmte die salzigen Linsen zwischen ihren Zähnen und stellte sich vor, es wäre safrangelber Reis, wie sie ihn noch aus ihrer Kindheit in Erinnerung hatte und wie sie ihn in wenigen Tagen wieder würde essen können. Sie musste selbst schmunzeln über den Ausdruck, den sie verwendet hatte. Aus ihrer Kindheit. Sie war wohl immer noch ein Kind, aber sie fühlte sich nicht mehr so. Die Tatsachen verlangten von ihr, erwachsen zu sein, aber auch das war sie nicht.

Es schien Stunden zu dauern, bis Agustí zurückkam. Und schon von Weitem erkannte sie, dass ihr Wunschdenken genau das bleiben würde, was es war: ein Traum. Selbst die Natur um sie herum hielt die Luft an. Das Dämmerungslied der Vögel verstummte. Kein Wind sorgte dafür, die Feuchtigkeit, die vom Meer her ihre klammen Finger nach ihnen ausstreckte, in Schach zu halten. Schweigend setzten sich die fünf Frauen zu Agustí, der das Feuer mit ruhigen, beherrschten Bewegungen anfachte, bis die Flammen hoch loderten.

»*La República* existiert nicht mehr«, erklärte er schließlich. Das Flackern der Flammen warf unruhige Schatten auf die Gesichter ihrer Freundinnen, sodass sie nicht mit Sicherheit sagen konnte, was sie ausdrückten. Aber der Verdacht stieg in ihr auf, dass sie die Einzige war, die die komplette Botschaft hinter diesem Satz nicht verstand.

»Was bedeutet das denn nun für uns?«, unterbrach sie das Schweigen, das auf Agustís Aussage gefolgt war, und warf einen Ast ins Feuer, sodass die Funken hoch stoben.

Asunción, mit dreißig die Älteste unter ihnen, legte ihr beruhigend die Hand auf den Arm. Ihr Mann war vor zwei Jahren im Gefecht um Guernica ums Leben gekommen. Während Teresa Kummer, Hunger und Ratlosigkeit mit einem Lachen resolut wegwischte, fand Asunción immer tröstende Worte. Sie war die Mutter der Gruppe. Sofort entspannte sich Mercedes unter ihrer Berührung.

»Frankreich hat Francos Regierung legitimiert«, sagte Asunción. »Großbritannien auch. Andere Länder werden nachziehen. Der Krieg ist somit zu Ende, obwohl die Kämpfe noch andauern. Die Nationalisten haben gewonnen und nun Gnade Gott den Verlierern. Es bedeutet, dass die, die nicht geflohen sind, sehr leiden werden. Es bedeutet auch, dass alle von der Republik ausgestellten Dokumente null und nichtig geworden sind. Wir haben keine gültigen Papiere mehr.«

»Es bedeutet für uns«, mischte sich Teresa grimmig ein, »dass sie uns erst unsere Heimat genommen haben. Und jetzt auch noch den Rest unserer Identität.«

»Ohne Identität keine Freiheit«, murmelte Agustí.

Das verstand nun selbst Mercedes. Aber wer waren sie jetzt? Oder was? Existierten sie für die Welt überhaupt noch? Ihre Augen begannen zu tränen. Vom Rauch, versuchte sie sich einzureden, vom Rauch, der über dem Lager hing, erzeugt von den unzähligen Feuerstellen, an denen das Ereignis diskutiert wurde wie an ihrer. Ihre Zukunft, in Asche aufgelöst und vom Winde fortgetragen.

Das Leben im Lager nahm seinen normalen Lauf. Was sollte man auch sonst tun? Man dachte von Mahlzeit zu Mahlzeit: vom wässrigen Kaffee am Morgen zum salzigen Stockfisch mit den ewigen Linsen, die nun nicht mehr wie Safranreis schmeckten. Brot, entweder steinhart oder angeschimmelt. Eine Ration Wasser. Nach wie vor war es kalt, auch wenn Mercedes vermeinte, eine gewisse Milde zu spüren, wenn die Sonne im Zenit stand. Agustís Husten jedoch wurde nicht besser und sie bestand darauf, ihn zum Arzt zu bringen.

»Was soll das bringen?«, fragte Agustí. Zwei Stunden mussten sie ausharren, bis der Arzt endlich einen Blick auf ihn werfen konnte, seine Brust abhorchte, den abgemagerten Körper taxierte. Bronchitis. Erschöpfung. Die Diagnose hätte sie als Arzttochter auch stellen können.

»Aspirin oder Brühwürfel?«, fragte der Arzt.

Mercedes lachte, obwohl sie weinen wollte. Weder die eine noch die andere Option würde irgendetwas ausrichten. Agustí entschied sich für den Brühwürfel. Ein wenig Salbe für die juckende Krätze gab es noch obendrauf. Umsonst versuchte sich der Arzt an einem Späßchen, und wieder radierte Mercedes die Sinnlosigkeit seiner Worte mit einem zynischen Lachen aus. Sie verabschiedeten sich und wandelten dann über die Rambla, als handelte es sich um einen Sonntagsspaziergang. Vorbei an der Postbaracke – sie hatte immer noch keine Antwort von ihrem Vater bekommen, auch keine Nachricht von Felix –, vorbei an den Ständen der Händler mit ihren Eiern, Kartoffeln und Kohlköpfen, Kerzen und Seifen, bis zum Barbier, bei dem sich Agustí einmal die Woche rasieren ließ. Er tauschte diese Leistung gegen scheinbar unbedeutende Kleinigkeiten wie seine Briefmarken, die er niemals verwendete, oder die Schnürsenkel seiner Schuhe. Weit hinter ihnen ertönten wieder die Lautsprecher, die, auf einem Laster montiert, seit Tagen die gleiche Botschaft durch das Lager trugen: *»Poneros a merced del Caudillo Franco y regresad.«*

Auf die Gnade Francos vertrauen und nach Spanien zurückkehren? Das war das Gesprächsthema unter den Insassen. Scheinbar wollte Franco allen Republikanern, die keine Bluttat begangen hatten, eine sichere Rückkehr in die Heimat garantieren. Viele hatten tatsächlich gleich am ersten Tag der Durchsage ihre zwei Habseligkeiten gepackt und das Lager verlassen. Raus aus diesem Elend. Mercedes dachte daran, wie sie sich eben dies noch vor einigen Tagen gewünscht hatte. Ein Bett. Essen. Wärme. Jetzt erst wurde ihr bewusst, dass sie dabei gar nicht weiter gedacht hatte als bis zum Tor des Lagers. Nach Spanien zurückkehren? War sie denn jetzt überhaupt noch Spanierin? Sie ließ Agustí in der Obhut des Barbiers zurück und marschierte zu ihrem Tischtuchzelt. Die Frage beschäftigte sie ohne Unterlass und so war sie froh, als sie Joana entdeckte, die das Feuer mit dünnen Ästen fütterte. Joana redete nicht gerne, schüchtern versteckte sie sich hinter Teresas burschikosem Auftreten, Asuncións Wärme und Rosas Sarkasmus. Sie war auf der Flucht von ihrer Familie getrennt worden, hatte aber herausfinden können, dass ihre Eltern und ihr Bruder in einem anderen Lager in den Pyrenäen untergebracht worden waren. Mercedes gesellte sich zu ihr, schob beiläufig ein Stück Holz weiter in die Flammen hinein, setzte sich davor und steckte die Hand in die Manteltasche, wo sie mit dem Ring ihrer Mutter spielte.

»Was meinst du?«, fragte sie Joana.

»Hm?« Die junge Frau zuckte zusammen.

»Wirst du nach Spanien zurückkehren?«

»N-n-natürlich. So-sobald ich N-Nachricht von meiner Fa-Fa-Familie habe. Wo wir uns tref-fen.« Das blasse Gesicht wies hektische rote Flecken auf, aber Mercedes hatte gelernt, geduldig zu sein mit Joana. Und tatsächlich fragte diese sie nach einer kurzen Pause: »Und du?«

Natürlich hatte Mercedes die Frage kommen sehen. Diese Frage hatte sie dazu veranlasst, überhaupt an das Feuer zu treten. Es war diese Frage, die ihr im Kopf herumspukte, seit sie den Aufruf zum ersten Mal gehört hatte, die ihr die Brust zusammenquetschte, bis sie glaubte, keine Luft mehr zu bekommen. Es war auch diese Frage, die sie bis jetzt mit Agustí noch nicht angesprochen hatte, obwohl sie selbst in den Nächten zwischen ihnen lag. Sie wollte, sie könnte mit der gleichen Bestimmtheit antworten wie Joana. War es nicht das, was sie sich am meisten wünschte? Zurück in die Heimat? Die Finger in der Manteltasche drehten und wendeten den Ring, polierten ihn, steckten ihn an den Daumen und nahmen ihn wieder ab. Wenn sie den Blick heben würde, wüsste sie, dass sie direkt die Bergkette des Albera vor sich hätte, wo die Pyrenäen grün und sanft aus dem Meer emporstiegen, nur um wenige Kilometer westlich bereits schroffer zu werden, schneebedeckt. Und dahinter lag Spanien. So nah, und doch so fern. Der springende Punkt war eben dieser: Es fühlte sich nicht mehr an wie ihre Heimat. Nicht mehr so richtig, nicht mehr gleich wie noch vor einem Monat. Es steckte ein Stachel darin. Heimat war, wo man sich wohlfühlte, geborgen, wo die Familie war. Wo man wohnte. Aber ihre Heimat war geschändet worden, ihre Familie auseinandergerissen, verschwunden, tot. Die tief reichenden Wurzeln aus dem Boden, aus ihrer Verankerung gerissen. Ihr schönes Elternhaus, mit größter Wahrscheinlichkeit in den Besitz eines Regimeanhängers übereignet. Immer wieder warnten Angehörige in ihren Briefen, wenn auch zwischen den Zeilen, davor, zurückzukehren. Aus diesen

Briefen, die oft in Gruppen halblaut vorgelesen und diskutiert wurden, hatte Mercedes einiges über die Politik und den Krieg gelernt. Das katalonische Autonomiegesetz war von Franco mir nichts, dir nichts außer Kraft gesetzt worden. Die republikanischen und in Katalonien zum Teil kommunistisch und anarchistisch angehauchten Grundsätze wurden fortlaufend durch Gedankengut ersetzt, das in seinen faschistischen Zügen erschreckend dem nationalsozialistischen Deutschland und dem Italien Mussolinis ähnelte. Alle, die sich in irgendeiner Form gegen diese Idee stellten, wurden in irgendeiner Form aus dem Weg geräumt. Sie konnte nicht verhindern, sich zu fragen, was ihrem Vater vorgeworfen worden war und ob er immer noch im Gefängnis saß. War er vielleicht Opfer einer dieser sogenannten Säuberungen geworden und in ein Arbeitslager gekommen, in denen prekärere Bedingungen herrschen sollten als hier bei ihnen? Fest schloss sie die Faust um den Ring ihrer Mutter. All diese Schandtaten, die begangen worden waren, und immer noch wurden, sollte sie einfach vergeben und vergessen und zurückgehen, als ob nichts geschehen wäre?

»Es herrscht immer noch Krieg«, war aber alles, was sie hervorbrachte.

Joana lachte bitter auf, ein Geräusch, das beide Frauen gleichermaßen erschreckte. »Ist da-das hier der F-Frieden, den du dir vo-vo-vorgestellt hast? Die Front ist n-nicht mehr in Ka-talonien. Bald ist d-der Krieg wirklich vorbei.«

Mercedes schüttelte langsam den Kopf. Wenn der Krieg vorbei wäre, würde sie erneut darüber nachdenken. Aber solange dieses Klima des Mordens, der

Vergeltung und der Unterdrückung herrschte, würden ihre Wurzeln keinen spanischen Boden durchgraben, um die Verankerung zu suchen, aus der sie so brutal gerissen worden waren. Ihre Entscheidung hinterließ ein kaltes Gefühl der Leere in ihr.

Tatsächlich verließ Joana eine Woche später das Konzentrationslager von Argelès-sur-Mer. Mercedes und ihre Freundinnen brachten sie zum Tor, wo sie sich umarmten, der jungen Frau Glück wünschten und ihr zusahen, wie sie mit ihrem Passierschein hinaustrat in die ungewisse Freiheit. Ihre Entscheidung war in der Gruppe aufgenommen, aber nicht weiter diskutiert worden. Mercedes kam es so vor, als ob, insbesondere zwischen ihr und Agustí, ein stilles Abkommen herrschte. Sie wusste nicht, ob er aus denselben Gründen wie sie nicht zurückwollte. Oder konnte. Aber sie blieben. Nie wieder fragte sie ihn nach seiner Familie. Sie wusste nicht, ob seine Eltern noch lebten, ob er Geschwister hatte, was mit ihnen geschehen war. Er hatte sie aus den Augen verloren ... Das konnte vieles bedeuten. Es schmerzte sie, dass er sich ihr nicht öffnete. Standen sie sich nicht nah genug, dass er ihr alles anvertrauen konnte? Waren sie nicht eins? Und doch, dachte sie, ging jeder Mensch anders um mit Verlust, dem Gefühl des Vermissens, dem Verdrängen der Erinnerungen. Also respektierte sie sein Schweigen, wie er ihre Trauer respektierte, die sie immer wieder überkam, wenn sie an den kleinen Felix denken musste, ihren Vater in einer dunklen Gefängniszelle vor sich sah oder die toten Augen ihrer Mutter sie im Schlaf verfolgten. In dem Moment aber, in dem der französische Soldat im Begriff war, das Tor hinter Joana zu schließen, verspürte Mercedes einen unbändigen Drang, zu rennen, sich hindurchzuquetschen, sich die klobigen Schuhe von den Füßen zu reißen, um noch schneller zu laufen. Der Soldat hielt kurz inne, als ob er ihre Gedanken erraten hätte, und ihr Herzschlag beschleunigte sich. Dann erkannte sie, dass er nur darauf wartete, einen der senegalesischen Söldner hereinzulassen, der wahrscheinlich auf der Außenseite des Stacheldrahts patrouilliert hatte. Spöttisch grinste der Mann in die Richtung der jungen Frauen, weiße Zähne in schwarzem Gesicht, und machte mit den Händen eine obszöne Geste. Schnell drehte sich Mercedes um. Das Tor fiel ins Schloss.

Der Tag verlief schweigsam und wollte nicht enden. Insgeheim fragte sich Mercedes, ob ihre Entscheidung richtig war. Noch herrschte Krieg, ja, aber vielleicht hatte Joana recht und er würde bald enden. Hätte sie ihre Chance vertan? Würde Francos zweifelhaftes Angebot auch dann noch gelten? Gegen Abend verdunkelte sich der seit Wochen strahlendblaue Himmel. Besorgt beobachtete Mercedes zusammen mit Agustí, wie sich die grauen Wolken immer dichter zusammenschoben, schwärzer wurden. In der Ferne grummelte es bereits. Sie drehte sich einmal im Kreis, auf der Suche nach einer Lösung, nach einem Unterschlupf, obwohl sie genau wusste, dass sie nicht fündig werden würde. Sie waren den Gezeiten hilflos ausgeliefert. Wie üblich war es Teresa, die reagierte.

»Wir müssen Bretter finden. Agustí«, sie packte ihn am Ärmel. »Erinnerst du dich an den Platz mit den Schrottteilen?«

Alle fünf zogen los. Schon rasch bemerkte Mercedes, dass sie nicht die Einzigen mit dieser Idee waren. Aber die Soldaten bewachten den Schrottplatz, und kein Bitten und Flehen half. Erst, als das Gewitter kurze Zeit später mit voller Gewalt über den Strand hereinbrach, konnten sich die bewaffneten Männer die wütende Menge nicht mehr vom Leib halten.

»Wir brauchen Schutz«, schrie ein älterer Mann neben ihr, und andere stimmten mit ein.

»Unterkünfte!«, hörte Mercedes und »Gebt uns diese Blechteile wenigstens!«

In einer unerwarteten Geste des Aufbegehrens und unter Mobilisierung all seiner Kräfte erkämpfte Agustí ein Stück Wellblech, das er nun versuchte, so an Teresas Zelt zu befestigen, dass es nicht gleich zusammenklappte. Es goss in Strömen, und Mercedes fragte sich, wozu er sich die Mühe machte, wenn doch eh schon alles und alle klitschnass waren. Ein Kichern stieg in ihr hoch, unbeholfen und völlig unpassend, aber sie unterdrückte es nicht. Im Gegenteil, sie öffnete ihren Mund und lachte, lachte, breitete die Arme aus und drehte sich im Kreis. Die eisigen Tropfen trommelten auf ihr Gesicht, als sie es dem Himmel entgegenstreckte, betäubten es, aber sie fühlte sich in diesem Moment lebendig. Stärker als je zuvor, wie sie den Elementen trotzte, den Donner zum Duett herausforderte und der Regen die Ausweglosigkeit ihrer Lage von ihr wusch. Nein, ihre Entscheidung war richtig gewesen. Bei Kriegsende würden auch die Lager aufgelöst und dann könnte sie mit Agustí zusammen nach Spanien zurückkehren. Bald schon.

Es dauerte Tage, bis ihre Kleider und Decken auch nur annähernd trockneten. Natürlich hatte sich Mercedes eine Erkältung eingefangen – Aspirin oder Brühwürfel? – und auch Agustís Husten, dem sie kurzzeitig eine gewisse Besserung hatte nachsagen können, verstärkte sich wieder. Nach dem Regen kam die *tramuntana* und mit dem Wind der Sand in den Augen, dem Essen, dem Trinkwasser. Der Monat März flog Mercedes davon, so wie früher die gemeinsame Zeit mit Freundin Penelope davongeflogen war, nur dass sie sich in diesem Fall darüber freute. Mit dem Wind und der Zeit brausten auch Gerüchte durch das Lager, dass die Truppen der Nationalisten vor Madrid stünden und es sich nur mehr um Tage handeln könnte, bis dieser unsägliche Krieg, und damit ihre Zeit hier im Lager, endgültig der Vergangenheit angehören würde. Als am 1. April die Lautsprecher das Ende des Krieges und damit den Sieg Francos verkündeten, hielt sich der Jubel in Grenzen; der Krieg war vielleicht vorüber, aber die meisten befürchteten, dass Franco seinen Feldzug auch abseits der Schlachtfelder weiterführen würde. Wieder fuhren die Laster durch das Lager und forderten die Insassen auf, nach Spanien zurückzukehren, propagierten Frieden und Amnestie. Und trotz vieler Rückkehrer leerte sich das Lager nicht. Im Gegenteil, es kamen jeden Tag Neuankömmlinge dazu. Die Stimmung war gereizt, was bei über siebzigtausend Menschen, verteilt auf vielleicht hundert Hektar, an jeder Ecke spürbar war. Die Wachen waren nicht zimperlich, und es machte keinen Unterschied, ob sie nun Senegalesen, *espahíes* oder französische Soldaten waren: Wer sich über die Lebensmittelrationen beschwerte, dem wurden sie gekürzt, wer mehr Wasser wollte, musste Löcher in den Sand graben. Wer aufsässig wurde, wurde verprügelt, wer versuchte, im kalten Meer seine Rettung zu suchen, wurde erschossen. Wer das Pech hatte, eine Frau zu sein, lief Gefahr, vergewaltigt zu werden. Mercedes selbst konnte sich einmal nur in letzter Sekunde verstecken, als einige Frauen, sogar Mädchen waren darunter, zusammengetrieben wurden. Sie mussten sich unter dem Gespött der Soldaten ausziehen. »*Saloppes, cochonnes, allez, allez*«, beschimpften sie sie. Huren, Schweine. Eine versuchte davonzulaufen, und während die anderen Frauen schluchzend zusehen mussten, wurde sie von drei oder vier Männern vergewaltigt, bis sie sich nicht mehr rührte. Mercedes dachte, dass sie nach diesem Anblick nie wieder die Hand eines Mannes auf ihrem Körper spüren wollte, aber als sie am Abend neben Agustí unter dem Tischtuchzelt lag, warf sie sich weinend in seine Arme und hoffte darauf, dass die Zärtlichkeiten und die Liebe die Erinnerung an das Bild löschen würde. Wenn sie zusammenlagen, dann stülpte sich seine Haut beschützend über ihre, sie wurden eins, zu einem Körper, zu einer Seele. Unwiderruflich vereint in Sicherheit.

Es wurde wärmer, die Tage länger. Mercedes musste sich eingestehen, dass sie den Mantel ihres Vaters nicht mehr anziehen konnte, ohne gehörig darunter zu schwitzen. Sie steckte den Ring ihrer Mutter in die Tasche ihres Kleides, legte den Mantel sorgfältig zusammen und benutzte ihn von nun an als Kopfkissen. Oft lag Mercedes zusammen mit Agustí in ihrem

Zelt und sie dösten vor sich hin, spannen Zukunftsträume oder Mercedes erzählte ihm Geschichten aus den Büchern, die sie hatte zurücklassen müssen. Außer darauf zu warten, dass der Tag vorüberging, hatte es bislang nichts zu tun gegeben. Aber die wärmeren Temperaturen brachten endlich etwas Schwung in den Alltag der Lagerinsassen. Agustí fing an, Schachfiguren zu schnitzen, die sie eines Tages aus Ermangelung an Feuerholz verbrennen mussten. Seit Neustem gab es eine Kulturbaracke, wo hin und wieder Französischunterricht erteilt wurde. An dem nahm Mercedes teil. An manchen Abenden spielten die Lautsprecher Musik und sie ging zusammen mit Teresa, Rosa und Asunción hin, um zu tanzen oder zu singen. Selbst Agustí, der, wie es sich herausstellte, ein begnadeter Tänzer war, kam einige Male mit, je nach Verfassung. An diesen Abenden konnte Mercedes beinahe vergessen, dass sie eingesperrt waren. Ein paar Stunden Normalität, in denen sie sich vorstellte, auf einem Dorfplatz zu sein, ein Fest, vielleicht zu Ehren des Dorfheiligen, vielleicht zu Ehren des Sommers. So war dieses Lager schlussendlich doch wie ein kleines Dorf geworden, wie Agustí am ersten Tag vorausgesagt hatte. Es ersetzte keine Heimat, denn es war kein Ort, an dem sie länger bleiben wollte als unbedingt notwendig. Sie sehnte sich nach einem Platz, an dem sie ihren Wurzeln erlauben konnte, sich neu auszubreiten. Sie wiegte sich in Agustís Armen zur Musik, um sie herum fröhliche Gesichter, Lachen, Gesang, der das Knurren ihres Magens übertönte. Seine grauen Augen, groß und geheimnisvoll in seinem hageren Gesicht, strahlten sie voller Liebe an. Und sie wusste, dass sie überall zu

Hause sein konnte, solange Agustí an ihrer Seite war. In all ihrem Unglück, dachte sie, hatte sie eben doch großes Glück erfahren.

Mitte Mai kam dieses Glück kurz ins Wanken, als der Arzt ihr nach einem Schwächeanfall nüchtern eine Schwangerschaft attestierte. Zu gratulieren wagte er nicht. Mercedes erinnerte sich an die Mütter, die im Februar ihre Neugeborenen im Sand begraben mussten, und ihr Herz zog sich vor Angst zusammen. Auch ihr Kind würde im Winter geboren werden. Wären sie dann immer noch hier, auf dem Boden schlafend, mit so wenig Essen und Wasser, dass selbst der eigene Körper nicht satt wurde, geschweige denn ein zweiter?

Agustí versuchte, sie zu beruhigen: »Egal, was passiert: Ich bin bei dir. Zusammen schaffen wir das! Du wirst sehen, wir werden hier draußen sein, bevor man deinen Bauch auch nur sieht.« Sein Gesicht glühte vor Stolz. Dass sie erst sechzehn war, schien er vergessen zu haben. Sanft streichelte er mit dem Finger über ihre Handfläche. »Nichts und niemand kann uns trennen. Wir sind füreinander bestimmt, vergiss das nicht. Dieses Kind ist der Beweis dafür.«

Sein Lächeln verzauberte sie Mal für Mal, wischte ihre Sorgen und Ängste weg, so unbedeutend klein im Vergleich zu ihrer Liebe. Sie trug Agustís Kind in ihrem Bauch! Felix tauchte vor ihrem inneren Auge auf. Immer noch vertraute sie darauf, dass sie ihn wiederfinden würde.

Die Euphorie überwog zum Glück die Momente der bleiernen Müdigkeit und der Übelkeit. Obschon das Kind nicht vor Dezember oder Januar geboren werden würde, begann Mercedes jetzt schon zu überlegen, wie sie an Kinderkleidung und -nahrung kommen könnte. Sie hatte gehört, dass manchmal Arbeitertrupps zusammengestellt wurden, die in der Umgebung auf den Feldern halfen. Dort würde sie sich anmelden, um ein wenig Geld zur Seite legen zu können. Agustí überraschte sie eines Tages mit einem Babystrampler fragwürdiger Farbe; er war durch das ganze Lager gelaufen auf der Suche danach. Sprachlos vor Freude streichelte sie den Stoff, den in ein paar Monaten schon ein kleiner menschlicher Körper ausfüllen würde, weiche, duftende Haut, feine Haare, ein schmatzender Mund. Der Frage, wie er dafür bezahlt habe, wich er aus. Aber an seinem Mantel, den er aufgrund seiner angeschlagenen Gesundheit selbst bei den angenehmen Maitemperaturen trug, fehlten nun alle Knöpfe.

»Mercè«, flüsterte er eines Nachts.

»Ja?«

Agustí schwieg und sie dachte, er hätte im Schlaf gesprochen. »Mercè«, fing er dann noch einmal an, hustete, atmete schwer. »Ich kann dir nicht viel bieten außer dem Versprechen, dich immer zu lieben. Aber wenn dir das genug ist: Willst du meine Frau werden?«

Agustís Gesundheitszustand bereitete ihr Sorgen. Mal ging es ihm etwas besser, dann wiederum erbrach er vor lauter Husten sogar sein Essen. Die Erschöpfung schnitt tiefe Furchen in sein Gesicht.

»Du hast Fieber«, stellte sie eines Abends fest, vielleicht drei Tage nach ihrer nächtlichen Verlobung. Sie wusste, dass Teresa ein kleines Fest für sie vorbereitete. Fest, das klang so groß. Einige Leute würden kommen, sie würden gemütlich um ihr Feuer sitzen und die laue Mainacht genießen, und wenn Teresa ihre Verbindungen spielen lassen konnte, vielleicht sogar so viel essen, dass sie sich für einen kurzen Moment satt fühlten. Aber sie würden diese Feier verschieben müssen.

Agustí schüttelte sachte den Kopf. »Das ist das Feuer, das für dich brennt, *carinyo.*« Sie lächelte, wie immer geschmeichelt von seinen Komplimenten. Schnell wurde sie aber wieder ernst.

»Und die roten Flecken, hier«, sie zeigte auf seinen Hals, »und hier«, sie zog den Hemdkragen nach unten.

Er packte ihre Hand und zog sie in eine enge Umarmung. »Ich kann dir auch woanders Flecken zeigen.«

Quietschend versuchte sie, sich aus seinen Armen zu befreien, gab jedoch rasch auf. Sie wollte seine Kraft nicht verschwenden.

»Na los, dann zeig mal her«, hauchte sie und lachte.

Das Fieber verschwand nicht, ebenso wenig die Flecken. Schüttelfrost umklammerte ihn bald Tag und Nacht, und die wenigen Male, die er überhaupt den Mund öffnete, klagte er über die Schmerzen, die ihn auffressen wollten. Mercedes sah keinen anderen Weg, als wieder einmal den Arzt aufzusuchen. Teresa half ihr, einen kleinen Leiterwagen aufzutreiben, um den apathischen Agustí zur Arztbaracke zu karren, und blieb während der Untersuchung bei ihr.

Der Arzt seufzte. »Typhus. Sieht nicht gut aus.«

Mercedes blinzelte und dann, als das Gehörte endlich einen Sinn ergab, schüttelte sie den Kopf. »Das ist alles? Sieht nicht gut aus?« Ein Knoten bildete sich in ihrem Hals, Wut oder Angst, es war ihr egal. »Was soll das heißen, es sieht nicht gut aus? Sie müssen doch etwas tun können!« Es kostete sie doppelte Anstrengung, die Worte durch die enge Kehle herauszupressen. Das Blut rauschte in ihren Ohren.

»Aspirin oder ...«

»Nein!«, schrie sie den Knoten raus und schlug mit der flachen Hand auf den Tisch. »Nein! Es muss eine andere Möglichkeit geben!«

Der Arzt leckte sich nervös die Lippen und schielte zur offen stehenden Tür. Teresa begriff sofort, stand auf, verließ den Raum und zog die Tür hinter sich zu.

»Ich könnte veranlassen, dass er nach Perpignan ins Krankenhaus gebracht wird. Aber ...«

»Was, aber?«

»Wer in dem Zustand ins Krankenhaus kommt, auf den wird keine Mühe mehr verschwendet. Wenn du verstehst, was ich meine?« Er fixierte ihren Bauch. Sah sie Mitleid in seinen Augen? Schließlich wusste er von der Schwangerschaft. »Es sei denn ...« Der Arzt räusperte sich.

»Es sei denn?«

»Es sei denn, man bezahlt dafür.«

Mercedes musste sich setzen, bevor ihre Beine nachgaben. »Mit ... Geld?«, flüsterte sie, nur um jedes Missverständnis auszuschließen. Sie hatte kein Geld. Aber instinktiv schloss sich ihre Faust um den Ring ihrer Mutter.

»Natürlich Geld.« Der Arzt schien gekränkt.

Sie sah zum Tisch, auf dem Agustí lag. Er hielt die Augen geschlossen, seine Atmung war ganz flach. Flach und rasselnd. Selbst von ihrer Position aus konnte sie die Schweißperlen des Fiebers auf seiner Stirn erkennen. Sie bekämpfte das Gefühl der Ohnmacht, das von allen Seiten an ihr zerrte. Alles täte sie, um Agustí zu helfen. Alles. Er war er ihr Verlobter, der Vater ihres Kindes. Er war die Zukunft. Wie könnte sie auch nur eine Sekunde zögern, diesen Schritt zu tun? Es tut mir leid, Vater, dachte sie. Sie würde ihm nichts von Mutter übergeben können. Agustí musste überleben. Für sie und für das Baby.

»Ich habe Geld«, sagte sie dem Arzt mit fester Stimme.

KAPITEL 6

Freiheit, süße Freiheit!

Argelès-sur-Mer, Mai-September 1939

Agustí wurde am nächsten Tag, zusammen mit einigen anderen Kranken, nach Perpignan gefahren. Als sich das Tor hinter ihnen schloss, musste Mercedes sich an Teresa festhalten, so sehr zitterte sie.

»Alles wird gut«, versuchte Teresa, sie zu trösten. »In ein paar Tagen ist er wieder hier, hat der Arzt gesagt. In der Zwischenzeit schläfst du bei uns im Zelt.«

Mercedes nickte ergeben und hoffte inständig, dass der Erlös des Ringes hoch genug ausgefallen war, um Agustí die bestmögliche Pflege zukommen zu lassen. Sie war mit dem Ring an einen Oberst herangetreten, der bekannt dafür war, Schmuck zu kaufen. Wahrscheinlich hatte er eine anspruchsvolle Geliebte. Aber als er ihr die Summe nannte, die er zahlen wollte, kamen ihr beinahe die Tränen. Tränen der Wut, darüber, dass dieser Mann ihre Lage dermaßen ausnützte. Selbst das schmierige Lächeln ersparte er ihr nicht. Wenn Agustí am nächsten Tag ins Krankenhaus gebracht werden sollte, musste sie das Geschäft annehmen, ob sie wollte oder nicht. Noch einmal setzte sie den Ring auf ihren viel zu dünnen

Finger und rief sich das pragmatische Wesen ihrer Mutter in ihre Gedanken. Sie hätte gleich gehandelt.

In dieser Nacht fand sie lange keinen Schlaf. Es war mittlerweile Ende Mai, warm genug, um vor dem Zelt zu sitzen, bis es dunkel wurde. Erst dann kroch die klamme Feuchtigkeit vom Meer her über den Strand. Mercedes' Eltern hatten sie nicht religiös erzogen, deshalb wusste sie nicht, wie sie mit Gott reden sollte. Sie sah hinauf in den Sternenhimmel, der immer klarer wurde, umso weniger Feuer im Lager brannten. Der Halbmond hing wie ein schräges Bild über dem Horizont. Saß Gott dort oben irgendwo?

»Lieber Gott ...«, begann sie. Was konnte sie ihm schon anbieten, sie, die nicht einmal ein simples Gebet kannte?

»Lieber Gott, wenn du mich hörst ... Es tut mir leid, dass ich gesündigt habe ...« Sich der körperlichen Liebe vor der Ehe hinzugeben, war doch eine Sünde? Obwohl, wenn sie an das kleine Wesen in ihrem Bauch dachte, tat es ihr überhaupt nicht leid.

»Lieber Gott, bitte leg deine schützende Hand über Agustí.« Das klang gut. »Mach, dass er wohlbehalten zurückkommt zu mir. Zu uns. Wenn er wieder gesund wird ... werde ich lernen, richtig zu dir zu beten, und jeden Sonntag in die Kirche gehen.« Besser, dem lieben Gott seine Seele zu verkaufen als dem Teufel. »Und wenn ich schon dabei bin: Bitte passe auf Vater auf, und lass mich Felix wiederfinden. Amen.«

Sie musste eingeschlafen sein in der wohligen Überzeugung, Gott würde den Armen und Kranken helfen. Aber bereits bevor die Sonne ihren blassgelben Körper morgenmüde über die feine Linie zwischen Meer und Himmel geschoben hatte, war

Mercedes wieder wach, ruhelos und zweifelnd. Das Lager schlummerte noch. Die Stille und die Abwesenheit menschlicher Aktivität hätten beruhigend wirken können, aber Mercedes fühlte sich stattdessen vollends allein. Sie schlich, im Zickzack, um die selbst nach Monaten noch provisorischen Zelte bis hinunter zum Wasser, das sich dem neuen Tag glatt und unaufgeregt präsentierte. Es roch nach feuchtem Sand. Weit draußen lag noch ein Rest nächtlichen Nebels, grau wie Agustís Augen; sie wollte, sie könnte danach greifen, um sich darin einzuhüllen. Wann würde sie ihn wiedersehen? Die Frage riss an ihr wie Wind an diesem sonst windstillen Tag, ließ sie schwanken und zittern. Direkt am Ufer lag etwas im Sand. Durchsichtig, gallertartig. Zögernd ging sie darauf zu.

»He!«

Erschrocken fuhr Mercedes auf. Einer der algerischen Söldner stand breitbeinig vor ihr. Sie durfte sich nicht so nahe am Wasser aufhalten. Entschuldigend hob sie die Hände und wich langsam zurück. Der Mann lächelte sie an, ein freundliches Lächeln.

»Kennst du?« Er zeigte auf die gelatinöse Masse. Sein Spanisch war stark französisch gefärbt.

Mercedes schüttelte den Kopf.

»Meduse.« Seine Schuhspitze brachte das Tier zum Wackeln. »Weg. Ins Wasser.« Verstohlen sah sie sich um, aber sie waren allein am Strand. Der Nebel über dem Meer hatte sich aufgelöst. »Du.« Eine Kopfbewegung bedeutete ihr, dass sie diese Aufgabe erledigen sollte. Vorsichtig stupste sie die Qualle mit ihrem Schuh an, aber der Mann schnalzte unwillig mit der Zunge.

»Werfen. Hand.«

Waren Medusen nicht giftig? Am Strand von Barcelona hatte sie nie eine gesehen, aber ihr Vater hatte sie vor ihnen gewarnt. Der Soldat lächelte wieder. Sie presste ihre Lippen zusammen, versuchte, das Tier zu fassen zu bekommen, aber es rutschte ihr aus den Fingern. Beherzter glitt sie mit beiden Händen unter die Qualle, um sie aus dem Sand zu heben. Und ließ sie sofort wieder fallen. Ihre Finger verkrampften sich und Mercedes schrie gequält auf. Der Soldat lachte lauthals.

»Werfen. Los!«, wiederholte er. Durch die Tränen sah sie, wie er eine Hand locker auf seine Pistole legte.

Ihre Finger brannten, rote Quaddeln und Striemen stachen wie Feuermale hervor. Der Mann trat einen Schritt auf sie zu. Ohne weiter zu überlegen, packte sie die glitschige Masse und warf sie, so weit es ihre schmerzenden Hände zuließen, ins Meer. Weinend fiel sie auf die Knie und hoffte, der Söldner würde sein boshaftes Spiel damit als beendet ansehen.

»Hände vor.«

Mercedes folgte seinem Befehl mit gesenktem Kopf. Heiß und unerwartet traf der Urinstrahl auf ihre brennende Haut. Sie schrie und zuckte zurück, der Geruch ließ sie würgen, der Geruch und die Demütigung und der Schmerz. Der Mann lachte schallend, über ihr stehend wie ein Gott über einem Wurm. Er könnte sie einfach so zertreten. Sie war nichts. Nichts und niemand.

Die nächsten drei Tage vergingen schleppend. Ihre Hände erholten sich nur langsam, jede Berührung fachte das Feuer von Neuem an. Sie zog es vor, Teresa die wahre Begebenheit zu verschweigen. Nicht einmal vor ihrer Freundin wollte sie diese Erniedrigung erwähnen. Aber sie blieb in ihr Gedächtnis gebrannt, als hätte die Qualle nicht ihre Finger berührt, sondern ihre Seele. Sie war nichts hier im Lager, und sie war allein. Jeden Tag stellte sie sich in die Warteschlange vor dem Arzt, nur um zu erfahren, dass er keine Neuigkeiten hatte. Am dritten Tag fing sie einen der Männer ab, die mit Agustí ins Krankenhaus gebracht worden waren. Er sah immer noch schlecht aus, war aber aus Platzmangel für gesund genug erklärt worden, um zurückzukehren. Er erinnerte sich knapp an Agustí, konnte ihr aber nicht sagen, wie es um ihn stand. Zu viele Menschen auf zu wenig Raum, informierte er sie. Wer sich mit Glück von seiner Krankheit erholte, steckte sich mit etwas Neuem an.

Mercedes brachte unterdessen vor lauter Angst um ihren Agustí kaum mehr einen Bissen hinunter.

»Du musst essen!«, schimpfte Teresa mit ihr und stellte eine Dose Milch vor sie hin. »Denk auch an das Kind!« Mercedes wollte gar nicht wissen, wo sie die Milch her hatte. Solche Dosen hatte sie hier im Lager noch nie gesehen.

Jeden Abend unter dem Sternenhimmel erinnerte Mercedes Gott an ihre Abmachung. Aber die Tage vergingen, ohne dass Agustí zurückkam. Der Arzt konnte ihr nichts sagen, aber sein Blick wurde von Tag zu Tag trauriger, wenn er sie durch die Tür kommen sah, seine Aufmunterungen kläglicher. Sie durchforstete das ganze Lager nach Leuten, die aus dem Krankenhaus zurückgekehrt waren, aber niemand konnte ihr Auskunft geben. Irgendjemand musste doch etwas wissen, musste ihn doch gesehen haben!

»Mercè ...« Teresa setzte sich zu ihr vor das Zelt und legte einen Arm um ihre Schulter. »Er war schon zu geschwächt ...«

Mercedes heulte auf. »Sprich nicht in der Vergangenheit von ihm! Er ist nicht tot!« Er konnte nicht tot sein. Er hatte gesagt, er wäre immer für sie da. Er hatte gesagt, sie würden heiraten. Er war ihr Leben. Er war sie. Ohne ihn existierte sie nicht.

Teresa drückte sie enger an sich. »Aber vielleicht musst du dich doch an den Gedanken gewöhnen, dass er nicht wiederkommt.« Ihre Stimme klang gepresst, als versuchte selbst sie, die Tränen zurückzuhalten.

»Nein!« Nein, wie könnte sie sich daran gewöhnen, mit seinem Kind unter ihrem Herzen? War er nicht alles, was ihr noch blieb? Wie sollte sie in dieser Hölle ohne ihn zurechtkommen, ja überleben, allein schwanger, allein mit einem neugeborenen Kind, im Winter? Die Panik rauschte ihr so laut durch die Ohren, dass sie Teresas tröstende Worte nicht verstand. Selbst wenn das Lager aufgelöst, sie freikommen würde, wohin allein? Sie wollten sich doch eine gemeinsame Zukunft aufbauen! Teresa hielt ihr die Dose hin, vor einigen Tagen noch mit Milch gefüllt. Jetzt war sie ausgewaschen und beinhaltete etwas Wasser. Beim Anblick der Dose erinnerte sich Mercedes an das Schlupfloch im Zaun. Ein Gedanke zog die Fetzen ihres aufgelösten Verstandes zusammen wie ein Magnet.

Sie wusste, dass es eine unüberlegte Aktion war. Aber sie hatte weder Zeit noch Geld für eine bessere Planung, so schwierig konnte es wohl nicht sein. Sie musste hier weg, bevor sie unterging. Sie musste Agustí finden, um ihre Zukunft nicht zu verlieren.

Ihr Leben passte in eine Manteltasche: der Babystrampler, den Agustí ihr geschenkt hatte, und ihre Papiere, selbst wenn sie ungültig waren. Auf diesem unnützen Stück Papier stand ihr Name, und sie würde sich daran festhalten, bis der Ausweis sich in Staub auflösen würde. Er war alles, was sie noch hatte. Ein Name.

Der Mond, der ihr nächtelang Gesellschaft geleistet hatte, zeigte sich nur noch als dünne Sichel am Himmel. Sie würde im Schutz der Dunkelheit unter dem Zaun durchkriechen, sich nach Perpignan durchschlagen, Agustí im Krankenhaus suchen und dann ... weiterschauen. Was ihr wehtat, war, dass sie sich nicht von Teresa und ihren Freundinnen verabschieden konnte. Sie würden nur versuchen, sie davon abzuhalten. Aber sie wusste, dass Agustí nicht tot war. Das hätte der Arzt gewusst, bestimmt wäre es ihm mitgeteilt worden. Es gab doch Listen. Er hätte es ihr gesagt.

Rosa bewegte sich im Schlaf, als Mercedes die Zeltdecke vorsichtig zurückschlug. Unwillkürlich hielt sie den Atem an, obwohl sie in diesem Moment noch jede Ausrede benutzen konnte – Latrinenbesuch, Schlaflosigkeit, Hitze. Erst später würde es schwierig werden. So leise es ihr auf dem knirschenden Sand möglich war, huschte sie von Zelt zu Zelt, von Abschnitt zu Abschnitt. Hörte sie Geräusche, spürte sie Bewegungen, presste sie sich auf den Boden und biss in den Mantel. Obschon sie wusste, dass es unmöglich war, glaubte sie, dass ihr Herzschlag von Weitem zu hören sein musste, viel zu schnell, viel zu laut, wie sich nähernde Panzerwagen. Ihr wurde schwindlig. Sie zwang sich, langsam und regelmäßig zu atmen, aber allein die Anstrengung brachte ihren Pulsschlag zum Rasen. Sie schlich trotzdem weiter, merkte, wie sie unvorsichtiger wurde, je näher sie dem Schlupfloch kam. Die Zone rund herum war wie ein schwarzes Loch – keine Zelte, keine Lagerfeuer, selbst das Rauschen der Wellen nicht wahrzunehmen. Wie zufällig hingeworfen lagen ein paar Äste vor dem Stacheldrahtzaun, die genauso zufällig die richtige Höhe besaßen, um die unterste Drahtreihe nach oben zu schieben. Bevor sie das tat, lauschte sie gefühlte fünf Minuten lang und versuchte, die Dunkelheit mit ihren Augen zu durchbohren, um etwaige Patrouillen zu erfassen. Dann robbte sie unten durch.

Freiheit.

Aber noch nicht frei genug, um aufzuatmen.

In beiläufigen Gesprächen hatte Mercedes sich erklären lassen, in welcher Richtung Perpignan lag und wie man am ehesten in die Stadt gelangte. Schwierig war es nicht; mit dem Meer zur Rechten einfach in Richtung Norden der Straße folgen, etwas mehr als eine Stunde, bis Saint-Cyprien. Dann nordwestlich halten. Unverfehlbar. Die Straßen jedoch konnte sie nur jetzt benutzen, solange sie in der Dunkelheit lagen, und sie war geschwächt. Mit sechs Stunden Marschzeit würde sie rechnen müssen. Tatsächlich kam sie ganz gut voran, aber nach wahrscheinlich zwei Stunden überkamen sie die Müdigkeit, der Hunger und vor allem der Durst. Sie hatte auf einen Brunnen gehofft, aber bis jetzt war sie noch auf keinen gestoßen. Eine kleine Rast würde ihr guttun, sagte sie sich, nur kurz hinsetzen, unter einem Busch versteckt.

Als sie wieder aufwachte, schob sich die Sonne eben über den Horizont und tauchte die Landschaft um sie herum in ein sanftes rosa-goldenes Licht. Mercedes ärgerte sich kurz darüber, dass sie eingeschlafen war. Aber nach Monaten des Sandes endlich wieder Vegetation zu sehen, ließ Ärger und Nervosität verstummen. Tief saugte sie den Duft nach Oleander, Pinien und dürrem Gras in ihre Lungen. Er war ihr Frühstück, so viel besser als der wässrige Kaffee, den sie üblicherweise bekamen und von dem ihr in den letzten Tagen immer übel geworden war. Mercedes zupfte einen dicken Halm aus und steckte ihn in den Mund. Ein angenehmer Geschmack, der ihren Durst etwas zu lindern vermochte und der sie entfernt an die kleinen weißen, runden Bonbons erinnerte, die Onkel Jaume immer gelutscht hatte. Sie wollte, sie könnte tanzen vor Freude darüber, hier unter diesem Busch zu liegen und an einem Fenchelhalm zu nuckeln, anstatt im Zelt auf dem Sand gesalzene Linsen essen zu müssen. Sie wollte, sie könnte auf die Straße treten, ihre Arme ausbreiten und rennen, lachen und weinen vor Glück, dem Elend entkommen zu sein. Auf dem Weg zu ihrem Geliebten, ihrem Verlobten zu sein. Der Impuls füllte ihren ganzen Körper aus, brachte sie zum Vibrieren, sodass sie schlussendlich erneut in den Mantel biss, um die Kontrolle wiederzuerlangen. Nachdem sie sich aufgerappelt hatte, erlaubte sie sich dennoch einen kleinen Freudensprung und marschierte dann, hinter den Büschen halbwegs versteckt, weiter. Freiheit, süße Freiheit!

Die Mittagssonne brannte mittlerweile vom Himmel, wolken- und windlos. Vereinzelt musizierten Zikaden. Ab und zu ratterte ein Fahrzeug an ihr vorbei, oder ein Bauer auf einem Heuwagen trieb seine Esel an. Mercedes war versucht, einen davon zu bitten, sie mitzunehmen, aber auch wenn sie sich gestern noch gewaschen hatte, Haare inklusive, sah man ihrer abgenutzten Kleidung spätestens beim zweiten Blick an, dass sie aus dem Lager kam. Sie war erschöpft, die Zunge klebte ihr dick am Gaumen. Selbst wenn sie Speichel im Mund gehabt hätte, sie könnte ihn nicht schlucken, so trocken war ihre Kehle. Nach einer Wegbiegung tauchten einige Bäume vor ihr auf. Sie traute erst ihren Augen nicht, aber doch, sie waren vollbehangen mit Kirschen. Wenn sie sich ein bisschen streckte, konnte sie sie pflücken. Es waren keine saftigen dunkelroten Kirschen, wie sie sie einmal als Kind gegessen hatte. Sie waren noch nicht ganz reif; wahrscheinlich würde sie Bauchschmerzen bekommen, aber das war ihr egal in diesem Moment. Ihr Mund zog sich zusammen, als die saure Frucht zwischen ihren Zähnen zerplatzte, aber der Geschmack erschien ihr wie das größte Geschenk auf Erden. Sie schloss die Augen, um den Augenblick zu genießen, nur ganz kurz schloss sie sie. Beim Öffnen sah sie, wie ein Polizeiwagen um die Biegung gerattert kam, und erstarrte mitten in der Kaubewegung. Instinktiv wusste sie, dass es zu spät war, um sich zu verstecken. Wo auch, hinter dem Baum? Mühsam schluckte sie, die Säure brannte nun in ihrem Magen und die Tränen in ihren Augen.

Das Tor schloss sich hinter ihr. Freiheit, o Freiheit. Ein kurzer Augenblick des Glücks nur, ein bisschen Goldstaub, der sich viel zu schnell als Asche entpuppte.

Der *Gendarme* hatte sich ihr gegenüber anständig verhalten, aber unnachgiebig. In ihrem allzu holprigen Französisch hatte sie versucht, ihm zu erklären, dass sie ins Krankenhaus müsste, *je suis enceinte,* sie sei schwanger, ihr Mann dort, *malade*, krank. Aber ohne Passierschein kein Erbarmen. Und nun war sie auf dem Weg zum Kommandanten des Lagers, ihre Füße schlurften über den verhassten Sand, das elende Gekreische der Möwen verhöhnte sie. Es spielte keine Rolle, was mit ihr geschehen würde. Ihr Leben war so nicht mehr lebenswert. Ohne Agustí. Gefangen. Sand. Sand überall. Aussichtslos, ausweglos. Selbst für ihr Kind wäre es besser, nicht geboren zu werden. Was wollte sie, sechzehn Jahre alt, mit einem Kind, allein? Einen kurzen Augenblick lang spielte sie mit dem Gedanken, sich aus dem Griff des Senegalesen zu kämpfen und ins Meer zu laufen; vielleicht würde sie erschossen, bevor sie dort ankam, oder sie würde ertrinken. Aber die Furcht vor dem schmerzhaften Tod war zu groß, was sie noch mehr beschämte.

Sie wurde für drei Tage in den *cuadrilátero* gesteckt, ins Viereck. Ein Loch, nichts anderes als ein paar Quadratmeter umzäunter Sand. Kein Schatten vor der Junisonne, keine Decke für die feuchten Nächte. Gekürzte Essensrationen, was bei den Portionen an sich schon ein Witz war. Sie hatte seit gestern Abend nichts getrunken. Beim Eintreten ins Viereck wünschte sich Mercedes, den Mut aufgebracht zu haben, ins Meer zu rennen. Sie war bereits an diesem Ort vorbeigegangen und hatte die Bestraften von ganzem Herzen bemitleidet. Heute aber war das Viereck leer und das flößte ihr noch mehr Angst ein. Es strahlte eine unbestimmte Feindlichkeit aus, eine dunkle Vorahnung. Sie setzte sich mit dem Rücken gegen die gleißende Sonne in eine Ecke, zusammengekauert, den Kopf auf die Knie gestützt und weinte leere Tränen. Wollte die Augen schließen und einfach wegdämmern, die Zeit so zwingen, schneller zu vergehen. Aber sie war zu nervös. Niemand wusste, dass sie hier war. Wenn sie die Kraft hätte, aufzustehen und durch den enggezogenen Stacheldraht jemanden zu rufen, der Teresa über ihren Aufenthaltsort informieren könnte ... Aber ausgerechnet jetzt war das einzige Lebewesen in ihrer Nähe eine Möwe, die etwas Undefinierbares über den Sand zog. Wie sie sie hasste, die Möwen. Wie sie ihn hasste, den Sand. Sie fuhr mit den Händen über die Stacheln des Drahtes, griff zu, drückte zu, spürte den Schmerz, ließ los. Kleine Blutstropfen quollen hervor. Die Pulsadern aufkratzen? Sie war so feige. So feige, so feige.

Mercedes' Rücken brannte, selbst durch das Kleid hindurch setzte die Sonne ihre Haut in Flammen. Es gab keinen Schatten. Keine Möglichkeit, sich zu verstecken. Kein Erbarmen. Wie lange war sie schon hier? Eine Stunde? Zwei? Ihre Sicht verschwamm immer mehr, egal, wie sehr sie zwinkerte und sich die Augen rieb. Ab und zu erkannte sie Schemen, die an ihrem Gefängnis vorbeigingen, sie wollte die Arme ausstrecken, rufen, aber da war keine Kraft in ihr. Schweiß rann ihr zwischen den Brüsten hinab. Ihre Hände, auf die sie ihre Stirn stützte, waren nass. Sie schleckte sie ab. Durst. Wenn sie Essen und Trinken verweigerte, wie lange würde es dauern, bis sie starb? In ihrem Zustand? Lass dich fallen, flüsterte eine dünne Stimme in ihr, lass es zu. Kämpfe!, erschien Agustí vor ihrem inneren Auge, denk an unser Kind!, aber er verblasste sofort wieder und wurde durch Felix' Gesicht abgelöst. Anklagend sah er sie an. »Warum hast du meine Hand losgelassen?« Bomben platzten in ihrem Kopf, der Nachhall der Explosionen vibrierte hinter ihren Schläfen, bis sie meinte, sich übergeben zu müssen. Sie würgte und würgte, doch selbst dazu fehlte ihrem Körper die Flüssigkeit. Sie kroch von einer Ecke in die andere, blieb liegen, rollte sich zusammen.

Irgendwann hörte sie Stimmen. Männer. Sie wollte den Kopf nicht heben, er war zu schwer. Ihre Lippen waren aufgesprungen. Jemand ergriff ihren Arm, zerrte sie hoch. Sie erkannte nicht, wie viele es waren. Einer, zwei, drei? Wasser wurde ihr ins Gesicht geschüttet, es war salzig, ihre Lippen brannten.

»*Tenez-la bien!*«, befahl einer der Männer auf Französisch. Sie verstand nicht, aber jemand hielt ihre Arme hinter den Rücken. Etwas blitzte vor ihren Augen auf, sie zuckte zurück.

»*Calme!*« Der Atem stank nach Tabak.

»Nein, nein«, wimmerte Mercedes. Ein Zerren an den Haaren, ein Ratschen. Die Männer lachten. Dunkle Bündel landeten vor ihren Füßen. Nur ihre Haare. Fast hätte sie erleichtert aufgelacht. Dann spürte sie eine Hand an ihrer Brust, brutal griff sie zu, eine andere Hand an ihrem Hintern. Eine, die sich an ihrem Kleid zu schaffen machte. Sie wurde nach vorne gedrückt. Nein. Nicht so. So wollte sie nicht enden. Bitte nicht. »Bitte. *S'il vous plaît. No!*« Sie wand sich unter den Griffen, was die Männer eher noch anspornte. Das Kleid riss, Hände zwischen ihren Beinen. Kälte kroch ihr durch die Adern, ihr Herz wollte bersten vor Angst.

»Nein!«, kreischte sie, eine Stimme wie brechendes Glas, sie erkannte sie nicht. Unter Aufwendung all ihrer Kräfte trat sie mit dem Bein nach hinten, einer fluchte, ein Schlag ins Gesicht, in den Bauch.

»Lasst mich los, Schweine, Hilfe. Ich bin schwanger, *enceinte*, ihr Wilden!« Sie schrie um ihr Leben, schlug um sich, kratzte, nein, sie wollte noch nicht sterben. Ihr Kind sollte nicht sterben!

Einer der Männer riss ihren Kopf nach hinten und legte seine Finger um ihre Kehle. Drückte zu. Kein Laut kam mehr aus ihrem Mund, sie japste, aber die Luft gelangte nicht mehr in ihren Körper. Lachen, die Männer lachten, dreckig, es sirrte in Mercedes' Ohren, sie spürte, wie einer versuchte, in sie einzudringen.

»*Laissez-la tout de suite!*«

Die Männer erstarrten, ließen sie los wie befohlen, sodass sie einer Puppe gleich auf den Boden fiel. Welche Frau wagte es, so mit den Söldnern zu sprechen? Mercedes besaß die Kraft nicht, den Kopf zu heben.

Eine Hand legte sich auf ihre Stirn, wurde wieder weggenommen, ersetzt durch ein nasses Tuch. Mercedes erschauerte unter der unerwarteten Kühle, das Wasser, das ihr über das Gesicht lief, die Schläfen hinab in ihre Ohren, bis in den Nacken, provozierte eine Gänsehaut. Sie öffnete den Mund. Trinken. Die

Kopfschmerzen verzogen sich so weit, dass sie halbwegs klar denken konnte. Sich traute, die Augen zu öffnen und ihre Umgebung zu studieren. Sie war in der Krankenbaracke, auf einem der Feldbetten. An ihrer Seite saß eine Frau.

»Hallo Dornröschen. Du hast lange geschlafen.« Die Frau sprach Spanisch mit einem seltsamen, schleppenden Akzent. »Ich bin Elisabeth Eidenbenz, freiwillige Krankenschwester aus der Schweiz.« Sie half ihr, sich ein wenig aufzurichten, und setzte ein Glas Wasser an ihre Lippen. »Langsam trinken. Langsam.« Es war schwierig, sich zurückzuhalten, aber gehorsam trank sie Schlückchen für Schlückchen, das Wasser rann so süß durch ihre schmerzende Kehle, dass ihr die Tränen kamen. »Du bist schwanger?«, fragte die Frau.

Mercedes nickte und legte instinktiv die Hände auf ihren Bauch. Sie wollte fragen, ob alles in Ordnung war mit dem Kind, aber aus ihrem Mund kam nur ein schmerzhaftes Krächzen.

»Du hast Blutergüsse am Hals«, erklärte ihr Elisabeth. Mercedes schätzte sie auf Mitte zwanzig, resolut, die dunklen Haare zu einem Zopf gebunden und um den Kopf geschlungen. »Und auch sonst am Körper. Und deine Haare ...« Sie fasste sich selbst an den Kopf, Mercedes tat es ihr nach. Zehn Zentimeter, mehr war nicht übrig. Tief holte sie Luft. Agustís Name war darin verflochten gewesen seit jener Nacht ihres ersten Kusses. Kraftlos fiel ihre Hand zurück.

Elisabeth interpretierte ihre Reaktion falsch. »Es sind nur Haare. Die wachsen wieder. Du lebst, und das ist das Wichtigste. Ich habe erreicht, dass deine Strafe aufgrund deiner Schwangerschaft ausgesetzt wird. Du wirst einige Tage in der Krankenbaracke bleiben, um zu Kräften zu kommen. Wir haben in der Nähe von Perpignan eine Mütterklinik eröffnet, wo Frauen aus den Lagern ihre Kinder zur Welt bringen können. Im Dezember werden wir dich holen.« Kurz und bündig. Sie drückte ihr noch einmal die Hand, dann stand sie auf und verließ die Baracke. Mercedes schloss die Augen und holte tief Luft. Noch so lange. Aber sie würde durchhalten. Dann setzte der Schock ein und ein stummer Weinkrampf schüttelte sie durch.

Am nächsten Tag besuchte sie eine völlig aufgelöste Teresa.

»Was hast du dir nur dabei gedacht!«, schimpfte sie mit Mercedes. »Du kannst dich draußen nicht bewegen ohne Passierschein! Du hättest sterben können im *cuadrilátero!* Sie hätten dich umbringen können, diese Bastarde! Warum hast du mich nicht eingeweiht?«

Mercedes ließ die Tirade über sich ergehen, einfach nur glücklich, ihre Freundin wiederzusehen.

»Und alles nur wegen Agustí. *Nena*, Mädel, du musst akzeptieren, dass er nicht wiederkommt.«

Die gute Laune verflog sofort. Der Gedanke an Agustí, der Gedanke daran, dass er vielleicht tatsächlich nicht überlebt hatte, diesen Gedanken hatte sie in den letzten Stunden verdrängen können. Zwei Wochen waren vergangen seit seiner Einlieferung, niemand hatte ihn gesehen seit damals, niemand wusste etwas von ihm. Spurlos verschwunden, wahrscheinlich seit Tagen begraben irgendwo. Teresa hatte recht, sie musste es akzeptieren. Er war tot. Es gab keine andere Erklärung. Sie wollte nicht schon wieder weinen und biss sich auf die Lippen, bis sie Blut schmeckte. Teresa blickte sie voller Mitleid an und streichelte ihr über die Haare.

»Die muss ich dann mal ordentlich schneiden«, murmelte sie.

Mercedes vermisste Agustí. Jede Zelle ihres Körpers wehrte sich gegen die Vorstellung, ihn nie wieder zu berühren, seine Lippen zu spüren, seinen Finger, wie er über ihre Handfläche fuhr. Das Schauern, das er damit auslöste. Seine grauen Augen, nebelverhangen, wunderschön, voller Liebe für sie. Er lebte in ihr weiter, in seinem Kind, und ihre Aufgabe bestand nun darin, dieses Kind bestmöglich zu beschützen. Sie war papier- und staatenlos, heimatlos, ohne Familie und jetzt auch noch ohne den Mann, den sie geheiratet hätte. Aber sie hatte noch eine Identität: Sie war Mutter und Vater zugleich, und sie würde alles tun für dieses Kind. Auch wenn das bedeutete, in diesem verhassten und augenscheinlich gottlosen Lager auszuharren, damit sie es an einem sicheren Ort gebären könnte.

Die Tage in der Krankenbaracke flossen so zäh dahin wie Honig. Die Hitze staute sich unter dem Wellblechdach, Mercedes' Kopf schmerzte immer noch, ihr ganzer Körper schmerzte von den Strapazen und dem Übergriff, ihre Seele war ein einziges Hämatom, blau-schwarz-violett geprügelt. Eigentlich wollte sie einfach nur dort raus, in ihr Tischtuchzelt. Sich zurückziehen, um die Stücke, in die sie in den letzten Monaten zerrissen worden war, wieder zusammenzufügen, um Kraft zu sammeln für das, was noch bevorstand. Aber Elisabeth bestand darauf, dass sie bleiben müsste. Und insgeheim war Mercedes froh darum. Denn im Tischtuchzelt würde sie allein liegen, wo doch zwei sein sollten. Jeden Tag bekam sie zu ihrer normalen Essensration noch einen halben Liter Milch, ein Luxus. Sie bewahrte die Hälfte für Teresa auf, die sie jeden Tag zweimal besuchte, immer mit einem Lachen auf dem Gesicht, um sie aufzumuntern. Als ob sie einer Schwangeren die Milch wegtrinken würde, schimpfte sie und lachte. Es war nicht Agustís Lachen. Aber daran musste sie sich gewöhnen. Teresa schnitt ihr die Haare, damit wenigstens alle gleich lang waren, auch wenn Mercedes den Blick in den halb blinden Spiegel verweigerte. Aus einer Ladung eingetroffener gebrauchter Kleidung ergatterte sie ein neues Kleid für sie, weil Mercedes' zerrissen war; sie wählte ein extraweites aus, was jetzt noch an ihr herabhing wie ein Zelt. Auch eine Hose drückte sie ihr in die Hand, doch, auch als junges Mädchen könnte sie Hosen tragen, wen kümmerte es. Mercedes rappelte sich vom Feldbett auf und probierte sie an, zu lang und zu breit, lächerlich sah sie aus, lächerlich genug, um zu lachen, im Hier und Jetzt, nicht nach hinten schauen und schon gar nicht nach vorne.

Aber an diesem Nachmittag, es war ungefähr der vierte oder fünfte Tag, den Mercedes tatenlos auf ihrem Feldbett lag, lachte Teresa nicht, als sie sich zu ihr setzte.

»Was ist los mit dir?«, fragte Mercedes. Allein der bekümmerte Gesichtsausdruck ihrer Freundin veranlasste ihr Herz, bis in den Hals zu schlagen.

Teresa presste die Lippen zusammen, bevor sie antwortete: »Es gibt schlechte Nachrichten.«

Agustí, fuhr es Mercedes als Erstes durch den Kopf. Aber dass er tot war, daran gab es doch sowieso schon keine Zweifel mehr.

»Das Lager wird geschlossen.«

Ruckartig richtete sich Mercedes auf, aber Teresa dämpfte ihre Freude sofort. »Ihr werdet in ein anderes Lager gebracht, nach Saint-Cyprien.« Niemandsbürger. Niemand wollte sie. Würde es ewig so weitergehen, würden sie einfach von einem Lager in ein nächstes verschoben werden und wieder in ein nächstes und wieder in ein nächstes? Teresa lächelte schief. »Immerhin scheint es dort Baracken zu geben und allgemein bessere Bedingungen.« Sie senkte den Kopf.

Erst jetzt fiel Mercedes auf, dass etwas in Teresas Satz nicht stimmte. Ein kleines Etwas und doch so groß, dass es den ganzen Platz in Mercedes' Hals einnahm, den sie doch zum Reden bräuchte. »Warum sagst du *ihr?*«, presste sie schließlich heraus.

»Der Mann meiner Cousine ...« Weinte sie? »Er hat mir zu einer Anstellung verholfen, in Perpignan. Mit dem Arbeitsvertrag und ihrer Bürgschaft darf ich das Lager verlassen.« Sie weinte tatsächlich. Mercedes versuchte, sich für ihre Freundin zu freuen, aber sie schaffte es nicht.

Der Umzug dauerte mehrere Tage. Mercedes hatte die Krankenbaracke schon verlassen und wartete zusammen mit Rosa und Asunción darauf, dass sie nach Saint-Cyprien gebracht würden. Es war nur ein Katzensprung, sie war auf ihrer Flucht daran vorbeimarschiert. Wollte das Schicksal sie verspotten? Teresa war zwei Tage nach ihrem Gespräch von ihrer

Cousine abgeholt worden, und ja, sie hatte sich gefreut für sie, schlussendlich doch. Wie könnte sie auch nicht? Wieder eine, die dieser Hölle entkam.

»Ich werde alles in Bewegung setzen, um dich hier rauszuholen«, flüsterte ihr Teresa bei ihrer letzten Umarmung ins Ohr. »Zähle immer auf mich. Und ich werde dir Geld schicken.« Dann war sie weg. Ein weiterer schwarzer Balken auf der Liste der Menschen, die ihr nahestanden.

Im neuen Lager bekamen die drei Frauen tatsächlich eine Baracke – zusammen mit fünfzehn anderen. Immerhin, versuchte sich Mercedes einzureden, immerhin. Auch wenn die Konstruktion für weniger Menschen gedacht war, auch wenn es brütend heiß war, auch wenn der Wind durch alle Ritzen pfiff und auch hier der Sand allgegenwärtig war. Jede von ihnen hatte ein roh gezimmertes Bett, das sie mit Stroh – und wer hatte, einer Decke – belegten, sodass man beinahe von einer Matratze sprechen konnte. Es gab Wasser, es gab Duschen, in denen sich zwanzig, dreißig Frauen gleichzeitig mit eiskaltem Wasser und Sand abschrubben konnten. Und es gab Musik in den lauen Sommernächten. Gesang und Tanz, bei dem Mercedes die Erinnerungen an Agustís Hände an ihren Hüften, ihrem Kopf an seiner Schulter, auszublenden versuchte. Lagerfeuerromantik, mit Liedern aus der Heimat, über die Heimat, die keine mehr war. Die Gemeinschaften, die dabei entstanden, halfen über manches Stimmungstief. Mit etwas gutem Willen, redete sich Mercedes ein, stellte es eine große Verbesserung dar im Vergleich zu den letzten Monaten. Auch wenn die Linsen Linsen geblieben waren. Und dennoch, die kleinen Öfen, die in jeder Baracke standen, bewiesen, dass dieses Lager in absehbarer Zeit nicht geschlossen würde. Welches Verbrechen hatten sie begangen, dass man sie so behandelte? Waren sie nicht eigentlich die Opfer des Krieges? Warum waren sie dann immer noch eingesperrt?

KAPITEL 7

Felicidad bedeutet Glück

Elne, September 1939-Januar 1940

Am 1. September feierte Mercedes ihren siebzehnten Geburtstag. Auch wenn es keine Feier in dem Sinne war, denn niemand außer ihr wusste davon. Dass sie überhaupt daran dachte, verdankte sie der unglücklichen Tatsache, dass der Tag mit dem Beginn eines weiteren Krieges zusammenfiel: Deutschland hatte Polen angegriffen. Wie schon wenige Monate zuvor, als die von Franco gebildete Regierung offiziell anerkannt worden war, wogten Fragen und Furcht durch das Lager. Was würde aus ihnen werden, sollte Frankreich in den Krieg einsteigen?

Mercedes' größte Angst war, dass sie erneut das Lager wechseln müssten und sie damit zu weit von der Mütterklinik entfernt wäre, um dort sicher gebären zu können. Sie war nun ungefähr im sechsten Monat, die Wölbung unter ihrem viel zu weiten Kleid nur für sie sichtbar, die Bewegungen des Kindes nur für sie spürbar. Agustís Satz, dass sie frei kämen, bevor man ihren Bauch sehen könnte, hatte sich nicht bewahrheitet. Soweit möglich, verbannte sie Agustí aus ihren Gedanken; andernfalls würde sie in der Hoffnungslosigkeit versinken, wie sie es bei vielen

Frauen und werdenden Müttern gesehen hatte. Viele von ihnen nahmen sich das Leben, vielleicht in der Erwartung, an einen besseren Ort zu gelangen. Jeder Ort war besser als dieser, dachte Mercedes, und dennoch war der Tod für sie keine Wahl mehr. Sie hatte nun eine Aufgabe. Sanft strich sie über den Bauch, lauschte mit ihren Fingern nach einer kleinen Bewegung. So viele Menschen hatte sie sterben sehen in den Monaten, seit sie ihr Zuhause verlassen musste. Erst vor wenigen Tagen hatte sich eine Frau erhängt, mitten in ihrer Baracke, mitten in der Nacht, während draußen der Mond unschuldig seinen silbrigen Glanz über das Meer ergossen und sie alle geschlafen hatten. Ganz still und unbeachtet war sie erstickt. Mercedes erschauerte bei der Erinnerung an die blaue Zunge und die Pfütze unter dem noch warmen Körper. So viel Tod und Gewalt. So sinnlos. Aber sie würde leben. Sie würde *über*leben. Für ihr Kind, für Agustí, für Felix und für ihre Eltern.

Sie beobachtete die Vorgänge im Lager genau – was gab es auch sonst zu tun –, um sicherzugehen, dass die Zeiger nicht auf Schließung standen. Auch wenn sie nicht wusste, was sie tun würde, wenn sie wieder umgesiedelt würden. Je intensiver sie das tat, desto langsamer verging die Zeit und desto mehr wuchs ihre Angst. Aber so sehr sie die Stunden bat, zu verstreichen, die Nacht herbeisehnte, um einem weiteren Tag den Rücken zu kehren, folgte die Zeit doch ihrem eigenen, zähen Rhythmus.

Teresa schrieb ihr beinahe wöchentlich; sie arbeitete jetzt in einer Wäscherei in Perpignan und schickte hin und wieder ein paar Francs. Für Milch oder etwas Obst und Gemüse, um die einseitige

Ernährung zu bereichern. Manchmal tauschte Mercedes diese wertvollen Güter bei Müttern, deren Kinder schon größer waren, gegen Babykleidung. Damit hatte sie sich eine kleine Ausstattung zurechtlegen können. Einen Arbeitsvertrag hatte Teresa für sie noch nicht erreicht. Umso glücklicher war Mercedes, als sie ausgewählt wurde, um bei der Traubenlese zu helfen. Die Bezahlung war schlecht, aber das störte sie dabei gar nicht. Das Lager zumindest für einige Stunden am Tag verlassen zu können, heimlich hin und wieder eine Traube zu naschen, die sie, so unauffällig wie möglich in den Mund steckte, erst einmal aufbiss und dann den köstlichen Saft auslutschte, bis nur mehr die Haut übrig war – es gab ihr ein Gefühl der Normalität. Der Krieg schien in der Zwischenzeit den Atem anzuhalten und der Winter streckte nachts immer häufiger schmerzhaft seine Fühler aus. Als sie Mitte Dezember, endlich!, zusammen mit zehn anderen Schwangeren nach Elne in die *maternidad* gebracht wurde, war es bereits so kalt, dass selbst die kleinen Öfen die zugigen Baracken nicht genug aufheizen konnten.

In der *maternidad* hingegen gab es einen großen, offenen Kamin.

Die Flammen züngelten fröhlich um das Holz herum, leckten daran, bissen hinein, dass die Funken sprühten. Das Knacken und Knistern war das einzige Geräusch im Raum, während elf Frauen andächtig davorstanden und die Wärme in sich aufnahmen. Mercedes fühlte sich, als ob ihre äußere Schicht wie Schnee auf einem sonnenbeschienenen Dach einfach davonschmolz. Unwillkürlich lugte sie zu ihren Füßen, in der Erwartung, eine Wasserlache vorzufinden. Endlich warm.

Endlich satt, dachte sie kurze Zeit später, nachdem sie den letzten Rest des verschwenderisch anmutenden Abendessens kaute. Fleisch! Gemüse! Obst und guter Kaffee! Ermutigt von dem gut gezuckerten Getränk bewegte sich das Kind in Mercedes' Bauch, ein langer, gedehnter Druck gegen die Rippen – war es ein Fuß, eine Hand oder der Kopf? Vor Glück traten ihr Tränen in die Augen und sie war nicht die Einzige, wie sie durch den Schleier sah. Sie dachte an Rosa und Asunción und all die anderen in den Lagern, die auch heute Abend bestimmt wieder nur versalzenen Stockfisch und Linsen zu essen bekommen hatten, jetzt in ihren Strohbetten lagen und froren. Auch in der *maternidad* bestand die Einrichtung nur aus dem Nötigsten und war durchaus als karg zu bezeichnen. Aber immerhin schliefen sie in einem Feldbett, im Kamin tanzte die Hitze, es gab weiches, duftendes Brot und – Mercedes konnte es nicht glauben – warmes Wasser in der Dusche. Warmes Wasser! Die Zimmer trugen Namen großer spanischer Städte, und Mercedes war überglücklich, sich in Barcelona wiederzufinden.

Barcelona, *amor meu*, meine Liebe! Wann würde sie die Stadt bloß wiedersehen?

Insgesamt bewohnten zurzeit achtundzwanzig Frauen das Haus; fünfzehn frischgebackene Mütter und dreizehn werdende in verschiedenen Endstadien der Schwangerschaft. Alle mussten im Haushalt anpacken, je nach Kraft und Gesundheitszustand. Ordnung und Organisation waren Elisabeth, die, wie sich herausstellte, die Direktorin des Hauses war, sehr wichtig. Aber Mercedes und die übrigen Frauen waren dankbar, endlich etwas tun zu können. Waren sie nicht lange genug zur Untätigkeit verdammt gewesen? Küche, Wäscherei, bügeln, nähen, putzen und bei Bedarf den Krankenschwestern bei der Säuglingspflege zur Hand gehen. Es gab genug Aufgaben. Neidisch verfolgte Mercedes von den Stufen des Gebäudes aus die Mütter, die beweglicher und kräftiger waren und zu einem Flüsschen außerhalb der Umzäunung gehen durften, um dort die Wäsche zu waschen. Denn ja, auch die *maternidad* war umzäunt. Das Gefühl der Freiheit beschränkt, genau wie die Zeit, die sie hier verbringen durften, bevor sie mit ihren Säuglingen zurück ins Lager gebracht würden. Argelès war wieder geöffnet worden, hatte Mercedes vernommen, Hunderte Arbeiter – Zwangsarbeiter – hatten in der Zwischenzeit Baracken gebaut. Es machte nicht den Anschein, als ob Frankreich die Hunderttausenden Menschen, die in den diversen Lagern im Süden des Landes interniert waren, so rasch aus dem Gefängnis der Vergessenen befreien würde. Obwohl das Lager durch die Unterkünfte wintertauglich geworden war, war es nicht der Start ins Leben, den man sich für sein Kind wünschte. Das Antlitz der Frau, die ihr eigenes Kind erstickt hatte, nistete sich vor Mercedes' innerem Auge ein, als wollte es sie so schnell nicht verlassen. Ein Mahnmal, das anklopfte, jedes Mal, wenn sie die friedlichen Gesichter der schlafenden Neugeborenen sah, das Glucksen hörte, wenn sie im warmen Wasser gebadet wurden. Sie hoffte und betete, dass ihr Kind lange nach dem eigentlichen Geburtstermin aus ihr rauswollte, aber den Glauben daran, dass ihre Gebete erhört würden, den hatte sie schon vor einigen Monaten verloren.

Mercedes war zum Nähen eingeteilt worden. Aber als Elisabeth entdeckte, dass sie sich eher selbst in den Finger stach, als eine gerade Naht zu nähen, wurde sie in die Küche versetzt.

»Du hast wieder etwas Farbe im Gesicht«, sagte Elisabeth in ihrem schleppenden Spanisch und kniff Mercedes leicht in die Wange. »Und du hast ein wenig zugenommen.«

Mercedes kicherte. »Natürlich. Vorher war ich spindeldürr, jetzt bin ich nur noch dürr. Mit dickem Bauch.« Sie tätschelte die Kugel, bevor sie wieder zum Messer griff, um die Zwiebeln zu schneiden. Danach die Kartoffeln, schon etwas schrumpelig. Zwei Blätter getrockneten Lorbeer dazu. Kein Wunder hatte sie zugenommen. Ihr Körper schien das Mehr an Nahrung förmlich aufzusaugen, sie polstern zu wollen, als ob er wüsste, dass wieder schlechtere Zeiten kommen würden. Und Olga und Dolores, die beiden Köchinnen, verhätschelten und verwöhnten sie. Sie teilten sie sich sozusagen auf; Mercedes war, abgesehen von den Kindern, die Jüngste im Haus und schien bei den zwei älteren Frauen Muttergefühle hervorzurufen.

»Dolores«, begann sie eines Tages, während sie Reis in das kochende Wasser rieseln ließ. Trotz des entspannten Umgangs kostete sie die Frage Überwindung. »Hast du Familie?«

Dolores trennte dem gerupften Hühnchen mit einem knappen Schlag den Kopf ab, bevor sie das massive Messer auf die Arbeitsplatte legte. Die schweren

Lider verliehen ihrem Gesicht grundsätzlich schon einen kummervollen Ausdruck. Dieser wurde nun noch verstärkt durch die Traurigkeit, die die dunklen Augen verräterisch glänzen ließ.

»*Ay, cariño* ...« Sie seufzte. »Hat nicht jeder eine Familie? Muss man heutzutage nicht eher fragen: Wer von deiner Familie lebt noch?«

Mercedes rührte den Reis um und wünschte sich, die Frage nicht gestellt zu haben. Eine eiserne Faust umklammerte auf einmal ihren Bauch.

»Meine Familie stammt aus Baena, einem kleinen Örtchen in der Provinz Córdoba im Süden des Landes. Olivenbäume, so weit das Auge reichte ...« Dolores starrte in die Luft über Mercedes' Kopf, als ob sie dort die Bäume sehen könnte, wie die Blätter im Wind wogten, dunkelgrün, silberweiß, die knorrigen Stämme, uralt. Dann fixierte sie Mercedes. »Ich bin verheiratet und hatte drei Kinder. Mein Jüngster ist fünfzehn, er ist im Männerlager mit meinem Mann. Ich habe ihn seit Monaten nicht mehr gesehen, wir kommunizieren nur durch Briefe. Mein Sohn Domingo, Gott erbarme sich seiner Seele, erschoss sich, als sie ihn zwingen wollten, einzurücken. Er war nie ein Kämpfer gewesen, in keinem Sinne. Meine Tante und ihr Mann starben, als das Dorf von den republikanischen Flugzeugen bombardiert wurde.«

Sie musste die Verwirrung in Mercedes' Gesicht gesehen haben. »Ja, mein Kind, was denkst du? Dass die Republikaner keine Waffen eingesetzt haben, um ihr Territorium zu verteidigen? Alle Seiten haben Zivilisten auf dem Gewissen. Alle haben sie Gräueltaten begangen.« Sie schnaubte. »Meine Eltern wollten ihren Hof nicht aufgeben. Sie leben immer noch dort und nicht selten denke ich, dass ich besser daran getan hätte, es ihnen gleichzutun. Mich anzupassen, meinen Stolz zu schlucken. Es ist egal, welche Ideologien die Regierung predigt. Was zählt, ist das, was du im Herzen trägst. Es gibt Zeiten, in denen du das aussprechen kannst, und solche, in denen du besser schweigst. Hörst du, Mädchen? Vieles wäre mir erspart geblieben. Schau nach dem Reis.«

Mercedes zuckte zusammen und kostete ein Korn. Gerade noch rechtzeitig. Zu zweit gossen sie den Reis aus dem großen Topf in ein Sieb, wo er ausdampfte. Der Gedanke an Essen verursachte Mercedes plötzlich Übelkeit. Ihr Rücken schmerzte. Sie stemmte ihre freie Hand in die Hüfte, um das Gewicht umzuverteilen, den Stichen zu entgehen. Anpassung, hatte sie das nicht selbst Agustí gefragt, an dem Tag, an dem sie die Grenze überquerten? Wäre ihnen all das vielleicht auch erspart geblieben?

»Wir waren nur einfache Bauern. Ein Esel, ein Planwagen, Lebensmittel und zwei Koffer. Schließlich würden wir bald zurückkehren, nicht wahr? Hast du nicht dasselbe gedacht?«

Mercedes nickte. Sie sah das tote Pferd vor sich, den Leiterwagen, den dunklen Fleck, der sich unter ihrer Mutter ausbreitete. Wären sie doch nur zu Hause geblieben. Sie stöhnte leise auf, aber Dolores war in ihrer eigenen Welt gefangen.

»Meine Tochter war so alt wie du. Siebzehn. Sie hieß Lucía. Du erinnerst mich ein wenig an sie. Wir gerieten an eine Straßenbarrikade kurz vor Teruel. Wir waren eine ganze Gruppe von Zivilisten. Die Soldaten griffen sich alle jungen Mädchen heraus und brachten sie in eine Scheune. Während die eine

Hälfte sich an ihnen verging, hielt uns die andere mit ihren Waffen in Schach. Dann wechselten sie. *Putas rojas*, nannten sie unsere Töchter, rote Huren. Dabei waren wir nicht einmal Kommunisten. Ein Mann versuchte, an den Wachen vorbeizurennen, ich glaube, er hatte einfach den Verstand verloren angesichts der Schreie. Sie haben ihn erschossen. Als wir schließlich in die Scheune konnten, hatten sie allen Mädchen die Kehle durchgeschnitten.«

Mercedes fühlte die Hände an ihren Brüsten, unter ihrem Kleid, um ihren Hals, glaubte, an der Erinnerung zu ersticken. Ein glühender Schmerz fuhr ihr durch den Unterleib, ihr Stöhnen ließ nun auch Dolores alarmiert aufblicken, und auf einmal rann warmes Wasser ihre Beine hinab.

Die Geburt dauerte sechsundzwanzig Stunden. Das zumindest erklärte Elisabeth Mercedes, als sie aus ihrem Dämmerzustand erwachte. Sie erinnerte sich nur bruchstückhaft: Das kleine Zimmer, das als Gebärsaal fungierte, kaum groß genug für die Liege und die Hebamme, Regen, der an das Fenster prasselte, nasse Lappen auf ihrer verschwitzten Stirn. Atmen, atmen, atmen. Schreie, ihre Schreie, die in ihrem Kopf widerhallten. Atmen, atmen, pressen. Schmerzen, unmöglich zu beschreiben. Das Gesicht ihrer Mutter, sie schimpfte, warum schimpfst du mit mir, *mare?* Atmen, atmen, pressen. Ihr Bruder Felix, der ihre Hand hielt und sie anlachte. Erschöpfung, tiefe Erschöpfung. Agustí, nein, nicht an Agustí denken. Pressen. Pressen!

Sie hätten Angst um sie gehabt, erklärte ihr Elisabeth, sichtlich müde. Eine schwere Geburt. Aber ihre

Tochter war gesund. Etwas klein vielleicht, aber gesund. Dann brachten sie ihr ein winziges Bündel, eingepackt in einem Strampler undefinierbarer Farbe und einem weißen Mützchen. Darunter ein rotes Gesichtchen. Zerknautscht und so hässlich, dass Mercedes lächeln musste. Es erinnerte sie an das erste Mal, als sie ihren Bruder Felix zu sehen bekommen hatte. Sechs Jahre alt war sie gewesen in dem Moment und erschrocken zurückgezuckt ob des zusammengekniffenen Gesichtes.

»Du bist wunderschön, Felicidad.«

Acht Tage mussten die frischgebackenen Mütter in der *maternidad* das Bett hüten. Mercedes hatte dagegen nichts einzuwenden. Körperlich fühlte sie sich ausgelaugt und wund, ihre Brüste schmerzten von der ungewohnten Schwere. Tatsächlich schlief sie die meiste Zeit. In ihren wachen Momenten aber starrte Mercedes verzaubert auf das von schwarzem Flaum bedeckte Köpfchen ihrer Tochter, die zufrieden an einer ihrer brennenden Brustwarzen nuckelte. Jeder Schmatzer hallte wie Musik in ihren Ohren. Was gäbe sie nur dafür, diese Momente mit Agustí teilen zu können? Felicidad war auch ein Teil von ihm. Nie wieder, dessen war sie sich mit ihren siebzehn Jahren sicher, würde sie einen Mann so lieben können. Hatten sie nicht allein die Umstände stärker aneinandergekettet, als es eine gewöhnliche Liebe jemals könnte? Millionen Sandkörner, der Mond und die Sterne waren Zeugen gewesen. Und das Resultat dieser Liebe, dieses kleine, zerbrechliche Geschöpf in ihren Armen, würde sie mit ihrem Leben beschützen. War ihre Tochter nicht noch unschuldiger als sie in diese Situation gerutscht? Auffanglager,

Flüchtlingslager, Konzentrationslager. Niemand wollte sich so recht auf ein Wort festlegen. Niemand wollte sie. Zwischenwelt. Unsichtbar für die, die nicht darin festsaßen. Aber Mercedes wollte wieder sichtbar sein. Sie würde dafür sorgen, dass Felicidad die Welt ohne Stacheldraht kennenlernte.

Felicidad war ein braves Kind, wie man Bravheit bei Säuglingen eben definierte: Sie schlief nach kurzer Zeit schon fast die ganze Nacht durch, bekam keine Koliken und weinte höchstens, wenn die Windel voll war. Auch wenn ihr die Krankenschwestern und die Mütter mit mehr Erfahrung versicherten, dass es zu früh sei, war sich Mercedes sicher, dass ihre Tochter sie anlächelte. Bewusst. Und wenn sie das tat, dann vergaß Mercedes' Herz einen Schlag lang seine Funktion und ließ sie mit leichtem Kopf ins Leere laufen.

»Du siehst aus wie dein Vater«, murmelte sie, liebkoste das samtig-weiche Öhrchen, sog tief den sauberen Duft des zarten Köpfchens ein, strich ihr über die Lippen, sodass das Mädchen anfing, gierig an ihrem Finger zu saugen.

Und Mercedes schmolz dahin.

Wenn sie, nach ihrer Erholungsphase, nicht gerade in der Küche arbeitete, saß sie mit den übrigen Frauen auf den unbequemen Holzstühlen am großen Tisch vor dem Kamin und plauderte mit ihnen. Einige flickten ihre Kleidung oder strickten, andere zeichneten, wieder andere schrieben Briefe oder freuten sich über die Antworten ihrer Männer. In diesen Momenten kratzte der Neid an der Oberfläche von Mercedes' Glück; sie hatte Teresa gleich nach der Geburt geschrieben, aber noch keine Antwort erhalten.

Außer ihr gab es nur noch eine junge Frau, deren Mann verstorben war. Mercedes mied sie. Sie flößte ihr Angst ein, ihre traurige Miene, ohne auch nur das geringste Anzeichen von Hoffnung. Isabel hieß sie. Isabel zeigte keinerlei Interesse an ihrem Kind. Sie interessierte sich für gar nichts, welkte einfach dahin. An dem Tag, an dem sie ins Lager zurückmusste, war sie so trocken wie die Blätter des Rosenbusches draußen im Garten, kurz davor, vom Wind zu Staub geblasen zu werden. Mercedes bemerkte den inneren Aufruhr, den Elisabeth hinter ihrer Maske aus Professionalität zu verstecken suchte, sie erkannte sie, denn sie fühlte das Gleiche. Isabel würde in dem Zustand keine Woche im Lager überleben. Und ihr Kind?

Schien die Sonne, wagten sie sich sogar manchmal auf die Terrasse. Die Kinder schliefen warm eingepackt in den tragbaren Bettchen, satt und zufrieden. Der Januar zeigte sich bis jetzt von seiner generösen Seite und verschonte sie von allzu heftigem Wind und strenger Kälte. An so einem sonnigen, ja beinahe schon milden Tag, beobachtete Mercedes zusammen mit fünf Müttern, wie ein Lieferwagen in den Hof fuhr. Der Motor war noch nicht einmal gedrosselt, als die Beifahrertür aufgerissen wurde und Teresa heraussprang. Mercedes konnte einen Freudenschrei nicht unterdrücken und ignorierte die befremdeten Blicke der anderen Frauen, als zwei der Kinder vor Schreck zu greinen begannen.

»Wie ist das möglich?«, fragte sie, nachdem sie sich aus der Umarmung gelöst hatten.

Teresa beugte sich über das Bettchen, in dem Felicidad nach wie vor fest schlief, mit rosa Bäckchen und geballten Fäustchen.

»Eine Kämpferin wie ihre Mutter«, attestierte Teresa lachend. Wie gut es tat, dieses Lachen zu hören! Sofort stimmte Mercedes mit ein.

»Felicidad, also«, fuhr Teresa fort.

»Für Felix«, antwortete Mercedes. Von einer plötzlichen Schüchternheit befallen, knetete sie ihre Finger. Diese verräterischen Finger, die losgelassen hatten.

»Du hältst daran fest, ihn wiederzufinden, nicht wahr?«

Sie nickte. »Ihn und meinen Vater. Ich bin überzeugt davon. Ich werde sie finden.«

Teresa wiegte den Kopf hin und her. »Du musst zurück ins Lager, wann, in zwei Wochen? Die Lage ist nicht einfacher geworden mit dem Beitritt Frankreichs in den neuen Krieg. Ich versuche es, aber ich kann keine Arbeit für dich finden. Jetzt mit dem Säugling ist es noch komplizierter.«

»Ich werde einen Weg finden.« Sie hörte den Trotz in ihrer eigenen Stimme. »Felicidad heißt schließlich übersetzt auch Glück. Wir werden Glück haben. Glücklich sein. Du wirst es schon sehen.«

Ihre Freundin drückte ihr beruhigend den Arm. »Komm, ich habe dir was mitgebracht!«

Widerstandslos ließ sich Mercedes von ihr zum Fahrzeug ziehen. Einfach einsteigen und losfahren, durch das Gitter, hinaus in die Welt ...

»Ich habe nicht viel Zeit«, sagte Teresa dann, leise, als ob sie jemand belauschen könnte, beinahe geheimnisvoll. »Unsere Wäscherei spendet der *maternidad* Bettdecken und Windeln, die nicht mehr ganz einwandfrei sind. Flecken, die nicht mehr rausgehen, ein paar Löcher, die gestopft werden müssen, du weißt schon. Ich musste meinem

Vorgesetzten versprechen, keine Dummheiten zu machen, damit ich mitkommen durfte!« Sie zwinkerte und holte ein Bündel aus dem geöffneten Laderaum.

Mercedes fand keine Worte, die ihre Freude ausdrücken könnten. Also zuckte sie nur ungläubig mit den Schultern und öffnete den Knoten des zusammengebundenen Lakens. Darin fand sie einige Stoffwindeln, zwei warme Strampler sowie ein gestricktes Jäckchen. Darunter lagen ein Kleid für sie – dunkelblau, mit kleinen weißen Punkten und langen Ärmeln – eine Strickjacke und eine Hose. Sie kniff die Augen zusammen, als sie an die letzte Hose dachte, die Teresa ihr geschenkt hatte, im Sommer, kurz bevor sie das Lager verließ. Die Männerhose hatte ihr in den letzten Wochen vor der Niederkunft gute Dienste geleistet. Danach hatte Mercedes sie dem Gärtner geschenkt, der sie eher ausfüllte als sie. Die neue Hose war definitiv eine Frauenhose.

»Zieht man jetzt immer mehr an, brauchst gar nicht so das Gesicht zu verziehen«, belehrte sie Teresa. »Und sie sind sehr praktisch.«

Elisabeth tauchte oben auf der Terrasse auf, zusammen mit einem Mann, wahrscheinlich der Fahrer, sie hatte vorhin nicht auf ihn geachtet. Drei Frauen, verantwortlich für die Wäsche, näherten sich gemeinsam mit dem Fahrer dem Wagen und beluden ihre Wäschekörbe laut den Anweisungen des Mannes. Mercedes verfolgte sie mit ihrem Blick, als sie die Stufen wieder hinaufstiegen, an den Kinderbettchen vorbei, und mit den vollen Körben im Haus verschwanden. Ein Plan nahm in ihrem Kopf langsam Form an.

Ein leichter Stoß in ihre Seite schreckte sie auf. »Hörst du mir überhaupt zu?« In gespielter Verzweiflung hob Teresa die Hände.

»Entschuldige, ich war ...« Ihre Gedanken rasten. »Was hast du gesagt?« Sie atmete einmal tief durch und konzentrierte sich auf ihre Freundin.

»Ich habe einen Mann kennengelernt.« Teresa wurde tatsächlich rot.

Der Fahrer sprang die Stufen herab und sie rückte näher an Mercedes heran. »Er heißt Serge, wir arbeiten zusammen«, flüsterte sie ganz schnell, als würde jeder Schritt des Mannes ihr ein Wort entreißen. »NichtnurinderWäscherei, weißt du, erhatVerbindungen ...«

»Teresa!«, unterbrach sie der Mann barsch. »*Allons-y*, wir fahren. Los, los.«

Teresa ballte die Fäuste, sodass Mercedes erschrocken einen Schritt zurücktrat, entspannte sich aber gleich wieder und schüttelte fast unmerklich den Kopf. »Ich komme wieder«, flüsterte sie Mercedes zu und umarmte sie fest. Dann sprang sie in den Lieferwagen und das Fahrzeug rumpelte augenblicklich davon. Mercedes starrte ihm noch hinterher, als sich die Staubwolke schon längst wieder gelegt hatte, in ihren Gedanken versunken.

Zwei Tage später verließ eine der Wäschefrauen die *maternidad* und Mercedes meldete den Wunsch an, sie zu ersetzen. Elisabeth konnte ihr Staunen nur schlecht verstecken.

»Zu kochen bereitet dir doch solche Freude?«

Mercedes versuchte, so gelassen wie möglich zu bleiben, und senkte die Stimme, obwohl sonst niemand in der Nähe war. »Bitte sag ihr nichts davon, aber Dolores erzählt mir immer wieder von ihrer Tochter. Ich erinnere sie so sehr an sie. Du weißt, was passiert ist?«

Elisabeth nickte knapp.

»Es macht mir Angst. Als ob sie mir täglich einen Spiegel vorhalten würde, mit dem Antlitz ihrer toten Tochter.« Sie schlug die Augen nieder. Es war gelogen. Dolores hatte ihre Tochter seit jenem Tag nie wieder erwähnt. Mercedes wusste, dass es ein riskanter Zug war, aber sie wusste auch, dass Elisabeth sie immer ein klein wenig bevorzugt behandelte, aufgrund ihres Alters.

Und ihr Plan ging auf. Der erste Schritt war getan.

Wieder zwei Tage darauf, sie legten gerade die am Fluss gewaschene Wäsche zum Bleichen auf den Rasen, fragte der Gärtner Pablo, ob jemand seinen Strohhut gesehen hätte. Wie die zwei anderen Frauen schüttelte auch Mercedes den Kopf. Sie war müde, die Arbeit anstrengender, als sie gedacht hatte. Auch wenn es nur die Wäsche der Kinder war, die im Fluss ausgewaschen wurde, wogen die Körbe mit den nassen Sachen schwer, das Wasser im Fluss war so kalt, dass ihre Hände rot und taub wurden. Aber das Gefühl, außerhalb der Gitter zu sein, sich wie normale Menschen auf der Straße zu bewegen, erfüllte sie mit einem Hochgefühl, das sie die schmerzenden Muskeln vergessen ließ. Und wurde sofort wieder abgelöst von ihrem schlechten Gewissen.

Am nächsten Tag begann es zu regnen, und es regnete auch am übernächsten und am darauffolgenden. Die Feuchtigkeit zog in das Haus hinein, durch die Holzrahmen der Fenster, durch die undichten Stellen im Dach. Felicidad litt, wie die meisten Kinder, unter Fieber und einem bellenden Husten. Es kostete Mercedes ihre ganze mentale Kraft, Freundlichkeit und Rücksicht aufzubringen, während sie innerlich beinahe zerbrach vor Angst. In einer Woche würde sie, zusammen mit acht anderen Müttern, zurück nach Argelès gebracht werden. Mit einem kranken Kind. Albträume plagten sie jede Nacht, von einem Strand, gepflastert mit toten Säuglingen, von Müttern, die ihre Kinder aus Barmherzigkeit erstickten und dabei selbst von Sandkörnern bedeckt wurden. Wenn es nicht aufhören würde zu regnen, wäre ihr Plan zunichte.

Aber die Sonne kehrte zurück. Mercedes nahm ihre Vorkehrungen wieder auf. Stibitzte beim Spaziergang im Garten Orangen und legte sie zum Hut des Gärtners, den sie im Wäschebündel aufbewahrte, das Teresa ihr geschenkt hatte. Ließ eine Schere mitgehen, während sie mit den nähenden Frauen plauderte. Stahl fünf Francs aus Elisabeths Schublade. Nicht, ohne sich in Gedanken pausenlos bei ihr für die Probleme zu entschuldigen, die sie ihretwegen bestimmt bekommen würde. Sie legte Felicidad Wadenwickel an, wie sie sich erinnerte, bei ihrer Mutter gesehen zu haben, wenn Felix krank war.

Und das Fieber sank. Gerade rechtzeitig.

Morgen würde sie zurückgebracht werden. Die Stimmung im Haus war, wie jedes Mal, wenn Mütter die *maternidad* verlassen mussten, gedrückt. Viele Arbeiten blieben liegen. Mercedes versuchte, ihr rasendes Herz und die Übelkeit in ihrem Magen zu beruhigen, indem sie sich zwang, tief ein- und auszuatmen. Am liebsten würde sie schreien, ihre Angst in die Welt hinausschreien. Aber dafür war jetzt keine Zeit. Äußerlich passte sie sich den Mienen der übrigen Frauen an und erledigte ruhig, was sie tage- und nächtelang in Gedanken durchgegangen war. Holte einen Wäschekorb und ging damit ins Schlafzimmer. Zog das Bündel unter ihrem Bett hervor, verstaute es im Korb. Sammelte schmutzige Wäsche ein. Nur ein bisschen. Hob Felicidad aus ihrem Bettchen im anderen Zimmer, setzte sich zu den Frauen an den Tisch und gab ihr die Brust. Sie war überrascht, dass die Milch überhaupt floss, wo sie doch so angespannt war. Felicidad krallte ihre Fingerchen in das Tuch, das sich Mercedes immer über die Schulter legte, um sich zu bedecken, und fixierte sie, während sie trank. Voller Vertrauen. Mercedes versuchte, die Ruhe ihrer Tochter zu übernehmen. Still lächelte sie in sich hinein. Es würde gut gehen. Dieses Mal würde es klappen. Felicidad bedeutete Glück.

Als das Kind, sattgetrunken, schlief, kehrte Mercedes zurück ins Zimmer und legte sie in den Wäschekorb, häufte die Schmutzwäsche über sie, ganz locker, nur bis sie draußen wären. Sie ächzte, als sie spürte, wie schwer die Last war.

»Du gehst waschen?«

Mercedes erstarrte.

»Das brauchst du heute wirklich nicht zu tun«, redete Elisabeth weiter, das Gesicht ernst, aber freundlich unter dem um den Kopf geschlungenen dunklen Zopf.

»Ich brauche Ablenkung«, stieß Mercedes hervor und bemühte sich, nicht den verräterischen Schritt vor den Korb zu machen. Elisabeth sah sie unvermindert an, bis Mercedes den Blick abwenden musste, den Korb hochstemmte und mit wackeligen Knien die Treppe ins Erdgeschoss hinabstieg. Zur Tür hinausging. Den Weg entlang bis zum Tor. Sie hörte Schritte hinter sich, aber es war nur Pablo, der Gärtner, mit dem Schlüssel. Danke, Elisabeth. Mercedes war sich sicher, dass die Direktorin der *maternidad* sie sofort durchschaut hatte. Aber sie gab ihr freie Hand.

Beim Fluss angekommen, gewährte sie dem Fluchtmechanismus, den sie bis zu diesem Moment unterdrückt hatte, endlich freien Lauf. In Windeseile zog sie sich zwischen den Bäumen die Hose über das Kleid, was furchtbar unangenehm war, aber wärmte. Strickjacke drüber, der Mantel ihres Vaters, der sie immer begleitete, und schon war der Korb um einiges leichter. Mit der Schere schnitt sie die Haare, die in den letzten paar Monaten beinahe wieder bis zu den Schultern nachgewachsen waren, kurz, wieder ganz kurz, drängte die Erinnerungen an die Bestrafung für ihren letzten Fluchtversuch zurück. Keine Zeit dafür. Sie sah in den Fluss, dessen Oberfläche zu unruhig war, um ein klares Spiegelbild wiederzugeben. Aber was sie erkennen konnte, könnte durchaus als jungenhaft durchgehen. Gut. Noch Pablos Hut. Fertig.

Felicidad schlief immer noch tief und fest und wurde wieder locker mit Wäsche bedeckt.

»Du wirst nicht hinter Stacheldrahtzaun aufwachsen. Ich habe es dir versprochen. Wir sind Vögel, Felicidad. Wir spannen unsere Flügel und erheben uns über diese Ungerechtigkeit, hörst du? Wir sind frei.«

KAPITEL 8

Der saubere Duft von Seife

Perpignan, Januar-September 1940

Mercedes war überzeugt davon, dass Elisabeth erst am nächsten Morgen, wenn sie zurück nach Argelès gebracht werden sollte, die Lagerautoritäten von ihrem Verschwinden unterrichten würde. Was würde sie sagen? Dass sie gestorben war? Aber sie konnte keinen Leichnam präsentieren, und welche Ausrede hätte sie für Felicidad gehabt? Oder würde sie die Wahrheit sagen – dass sie geflohen war – und sich damit eine Menge Probleme einhandeln? Mercedes fragte sich, ob sie mit ihrer Tat vielleicht andere Frauen um die Möglichkeit brachte, an einem sicheren Ort zu gebären. Die Frage und die damit verbundenen Schuldgefühle beschäftigten sie so sehr, dass sie, als sie endlich aufsah, die Vormittagssonne nicht mehr zu ihrer Linken hatte, sondern hinter sich. Was bedeutete, dass sie in die falsche Richtung ging. Sie stellte den Korb ab und sah sich hektisch um. Jetzt müsste sie ein Vogel sein, wie sie Felicidad eben noch zugeflüstert hatte, um sich von oben ein Bild zu machen. So jedoch blieb ihr nur die normale Perspektive. Auf der einen Seite des Weges lag eine Weide, matschig noch vom Regen der letzten Woche. Drei dürre Esel trotteten in ihre Richtung, die langen

Ohren aufgestellt. Auf der gegenüberliegenden Seite erstreckte sich ein Feld voller Kohlköpfe. Am Rand dieses Feldes stand ein Bauer und starrte sie an. Ihr Mund wurde schlagartig trocken. Als er sich ihr näherte, konnte sie nicht verhindern, den Korb ruckartig vom Boden zu nehmen. Sofort erklang ein dünner Protestschrei. Mercedes erstarrte, der Mann hielt kurz in seiner Bewegung inne. Einer der drei Esel, ungeduldig, noch länger auf eine Streicheleinheit oder ein Büschel saftigen Grases zu warten, iahte heiser.

»Vous cherchez quelque chose? Monsieur?«

Die Anrede kam ein paar Sekunden nach der Frage, ob sie etwas suche. So lange, wie der Bauer gebraucht hatte, ihren nach dem Waschen wieder ansehnlichen Wollmantel und den nicht wirklich dazu passenden Strohhut zu taxieren. Sie konnte ihm seinen Argwohn nicht verübeln. Von Weitem sah sie vielleicht männlich genug aus, um nicht in Verdacht zu geraten. Aber aus zwei Meter Entfernung ... Sie zwang sich, den Griff um den Korb etwas zu lockern, sodass ihre Knöchel nicht mehr weiß hervortraten. Felicidad war wieder still. Bekam sie genug Luft?

»C'est le chemin à Perpignan?«, fragte sie und merkte im selben Augenblick, dass ihre Stimme viel zu hoch klang und die Frage, ob dies der Weg nach Perpignan war, wahrscheinlich nicht korrekt gebildet war.

Der Mann kraulte den Esel, der ihm nun seinen Kopf entgegenstreckte, zwischen den Ohren. Es war ein kühler Tag, und trotzdem bildete sich ein Schweißfilm auf Mercedes' Stirn. Sie wollte, sie könnte ihn wegwischen. Ihr Arm schmerzte vom Gewicht des Korbes, aber sie traute sich nicht, ihn zu bewegen. Sollte sie einfach weitergehen?

In dem Moment beendete der Bauer die Streicheleinheit mit einem Klaps gegen den Hals des Esels, der entrüstend schnaubte und sich abwandte. Der Mann zeigte mit dem Finger auf einen Punkt hinter der Weide. Er redete auf sie ein und erst war sie viel zu nervös, um zu verstehen, dass er Katalanisch sprach. Wie viele hier im sogenannten Nordkatalonien neben Französisch auch Katalanisch sprachen. Daran hatte sie gar nicht gedacht. Aber als er endete und sie ungeduldig ansah, hatte sie nur Perpignan verstanden. Sie traute sich nicht, ihre Stimme erneut dem prüfenden Blick auszusetzen, und tippte sich mit dem Finger an den Hut, wie es ihr Vater immer getan hatte.

»Merci, Monsieur.«

Ihre Knie zitterten, als sie sich in Bewegung setzte, dem Weg folgte, der weiter vorne nach rechts abbog und sie vielleicht wieder auf eine größere Straße bringen würde. Da der Mann nicht protestierte, ging sie davon aus, dass sie zumindest für den Moment die richtige Richtung gewählt hatte. Sie biss sich auf die Zähne. Nicht umdrehen. Kaum aber war sie um die Kurve gebogen, stellte sie den Korb hin, so vorsichtig, wie es ihre taube Hand zuließ, und riss die Lumpen von Felicidad herunter. Das Mädchen öffnete die Augen, die Augen, deren Farbe sich bereits vom Dunkelblau der Neugeborenen in ein nebliges Grau verwandelte. Agustís Augen. Jeder Blick von ihr würde sie an den Mann erinnern, den sie so geliebt hatte. Sie wusste nicht, ob es ein Segen oder ein Fluch war. Nur für ein paar Sekunden erlaubte

Mercedes der Melancholie, sie mit der unweigerlichen Erinnerung an Agustí einzuhüllen. Dann straffte sie den Rücken. Vorwärts blicken. Sie hatte noch einen weiten Weg vor sich.

Obwohl sie die Hauptstraße mied, nahm der Verkehr zu, je näher sie der Stadt kam. Mercedes versuchte, sich unsichtbar zu machen, zog den Hut in die Stirn und fragte sich gleichzeitig, ob es nicht der unpassende Hut war, den die Leute um sie herum dazu veranlasste, sie anzustarren. Denn dass sie sie anstarrten, davon war sie überzeugt. Sie fixierte ihre klobigen Schuhspitzen, Schritt, Schritt, stehen bleiben, Korb von einer Hand zur anderen wechseln. Der Bewegungsablauf erinnerte sie an den ersten Tag ihrer Flucht, Felix und der schwere Koffer. Ein Jahr war erst vergangen ... Nie würde sie Felicidads Hand loslassen. Niemals.

Die Kleine begann zu quengeln und wand sich wie ein Wurm, um sich von dem Lumpenhaufen über ihr befreien zu können.

»Nicht jetzt!«, flehte Mercedes kaum hörbar und zwang sich, schneller zu marschieren. Wohin überhaupt? Jeden Augenblick konnte sie angehalten und nach ihren Papieren gefragt werden. Sie konnte sich keine Pausen erlauben. Vorsichtig lugte sie unter der Hutkante hervor. Es dämmerte bereits, die Straße war belebt, trotz der Kälte. Zu ihrer Verblüffung beachtete sie absolut niemand. Einige wenige Autos tuckerten und bliesen ihre Abgase in die Luft, als führen sie durch das einstmals mondäne Barcelona und nicht durch Perpignan. Frauen trugen Einkaufskörbe oder schoben Kinderwagen vor sich her, allein oder in tratschenden Gruppen. Männer eilten geschäftig an ihr vorbei, Mantelkrägen hochgeschlagen. Niemand nahm von ihr und ihrer seltsamen Aufmachung Notiz. Langsam nahm Mercedes den Hut vom Kopf und gab ihn Felicidad, die sofort aufhörte, zu meckern, und ihre kleinen Finger in das Strohgeflecht krallte. Dann machte Mercedes sich auf die Suche nach der Straße, in der Teresa wohnte.

»O mein Gott, Mercedes!« Entgeistert starrte Teresa sie an, von hinten erhellt durch das warme Licht aus dem Wohnzimmer, das Mercedes wie eine Motte aus dem dunklen Treppenhaus in die Wohnung hineinzog. Hineinstolpern ließ, konnte sie doch ihre Beine kaum mehr richtig voreinandersetzen. Felicidad weinte schon seit geraumer Zeit, der Strohhut war rasch uninteressant geworden; zu kratzig, zu piksig, aber Mercedes hatte keine Energie mehr gehabt, das Kind zu trösten. Nun warf sie sich in Teresas Arme, lachend, glücklich, es tatsächlich geschafft zu haben. Sie lachte und lachte, bis ihr Lachen überging in ein hysterisches Schluchzen. Nur am Rande bekam sie mit, wie Teresa die Tür schloss, jemand – ein Mann? – sie aus dem Mantel schälte, mit Leichtigkeit hochhob und in einen Sessel setzte, wie Felicidad erst wütend brüllte, um danach zufrieden zu schmatzen. Mit jeder Träne, die sie vergoss, löste sich ein weiterer Klumpen Angst; Angst, ins Lager zurückzumüssen, Angst, ihre Tochter sterben zu sehen, andere Kinder, andere Mütter sterben zu sehen. Angst, noch mehr geliebte Menschen zu verlieren. Sie waren in Sicherheit. Und sie fühlte sich unvermittelt ganz leicht, wie ein Strohhut, der vom Wind davongetragen wurde.

»Mercè.« Jemand schüttelte sie sanft. Mühsam öffnete sie die Augen. Teresa lächelte sie an. Ihre eigenen Mundwinkel hoben sich, als würden sie von einem durchsichtigen Faden nach oben gezogen.

»Trink den Tee und iss etwas.« Im Teller auf dem Tischchen vor ihr dampfte eine Portion Reis in Tomatensoße, mit ein paar Stücken gegartem Tintenfisch. Felicidad saß auf dem Schoß eines jungen Mannes und nuckelte an einem Tuch. Zuckerwasser, erklärte ihr Teresa. »Komm zu Kräften, danach kannst du sie stillen. Und dann erzählst du, wie du hierhergekommen bist.«

Als Teresa sie erneut weckte, lag sie in einem weichen Bett. »Du bist beim Stillen noch eingeschlafen gestern. Wir müssen jetzt in die Wäscherei, kommen aber am Mittag für einen Moment zurück.«

Aber selbst diesen Moment verschlief Mercedes, die nur aufstand, um Felicidad zu stillen oder zu wickeln. Als Teresa und der junge Mann abends nach Hause kamen, hatte sie allerdings aus dem, was sie in der Küche gefunden hatte, ein anständiges Essen gezaubert: *Trinxat*, wie es in den katalanischen Pyrenäen gerne gegessen wurde. Gestampfte Kartoffeln, vermengt mit Kohl, Zwiebeln und Speck. Sättigend und wärmend. Teresa brachte aus der Konditorei kleine *éclairs* mit. Mangelware, denn die Auswirkungen des Krieges waren mittlerweile bis in den Süden zu spüren, aber Teresa hatte Verbindungen, wie sie augenzwinkernd gestand. Luftiger Brandteig, mit Schokoladencreme gefüllt und mit Zuckerguss überzogen. Mercedes traute sich kaum, in die kleine Köstlichkeit hineinzubeißen, vor lauter Ehrfurcht. Eine Flasche Wein machte die Runde. Es wurde gelacht und geredet, und wie sie so am Tisch saßen, musste Mercedes lange überlegen, wann sie sich das letzte Mal dermaßen gelöst gefühlt hatte. Die Gesichter ihrer Eltern tauchten vor ihr auf, der kleine Felix, wie sie im Esszimmer ihres Hauses in Barcelona saßen, vor vier Jahren wahrscheinlich, oder war es noch länger her? Bevor der Krieg begonnen hatte, sich zu manifestieren, bevor die Beklemmung spürbar, die Restriktionen fühlbar, die Angst greifbar geworden war. In einem Augenblick der inneren Stille erneuerte Mercedes ihr Versprechen an sich selbst, den Aufenthaltsort ihres Vaters und den von Felix ausfindig zu machen.

Der junge Mann stellte sich als Serge vor, ein Franzose aus Perpignan, fünfundzwanzig Jahre alt. Wie es sich herausstellte, hatten sich Serge und Teresa erst vor einer Woche verlobt. Mercedes versuchte, den Stich zu ignorieren, nicht an Agustí zu denken.

»Ich hatte dir einen Brief geschrieben mit der Neuigkeit. Hast du ihn nicht bekommen, bevor ...« Teresa schien nach dem richtigen Wort zu suchen.

»Bevor ich geflohen bin? Nein. Aber so kann ich euch wenigstens persönlich umarmen und beglückwünschen! Dann hatte meine Flucht immerhin einen Sinn.« Wieder entstand eine kurze Pause. Mercedes wusste nicht, woher der Sarkasmus kam, der ihrem letzten Satz anhing wie ein Tröpfchen Gift. Um das unangenehme Schweigen zu brechen, sprang sie auf und umarmte erst Teresa, dann Serge. Er roch gut, nach Seife. Frisch und proper. Teresa schien etwas sagen zu wollen, aber Serge legte ihr die Hand aufs Knie, woraufhin sie sofort den Mund schloss. Der

Hauch einer Irritation lag in der Luft. Die Ausgelassenheit von eben zerplatzte wie eine Seifenblase. War es falsch von ihr gewesen, herzukommen? Brachte sie ihre Freundin damit in Gefahr? Sie war keine Schwerverbrecherin. Sie war – niemand. Ihr einziges Verbrechen bestand darin, keine Papiere zu haben, keine Identität. Obwohl sie sich nicht mehr hinter Stacheldraht befand, fühlte sie, dass sie weiterhin eine Gefangene war; gefangen in einem Vakuum zwischen zwei Ländern, die sie beide nicht haben wollten.

»Wie soll es nun weitergehen?«, murmelte sie halblaut, mehr für sich, als für die zwei ihr gegenüber Sitzenden. Aber Teresa hatte sie gehört.

»Wir können dich über die Grenze bringen. Wir haben ... Verbindungen.«

Verbindungen. Das hatte sie schon einmal erwähnt. Sie bemerkte den ärgerlichen Blick, den Serge seiner Verlobten zuwarf, und deren hilfloses Schulterzucken. »Sie braucht Hilfe.«

»Ich möchte nicht zurück nach Spanien.« Die Worte kamen ohne Zögern aus ihrem Mund, noch bevor sie sie abfangen konnte, um sie in Ruhe zu überdenken. Wollte sie nicht? Sie könnte. Franco hatte versprochen, diejenigen, die kein Blut an ihren Händen hätten, wohlwollend zu empfangen. Und doch hatten Briefe anderer, die es gewagt hatten, die im Glauben an eine unbeschwerte Zukunft in ihre Heimat zurückgegangen waren, von Repressalien gesprochen. Von Inhaftierungen, Ausgrenzungen, von Benachteiligungen bei der Vergabe der Essensmarken. Der Terror des faschistischen Regimes war nicht vorbei, nur weil der Krieg Vergangenheit war.

Sie, ein siebzehnjähriges Mädchen, unverheiratet, mit einem kleinen Kind, wie lange würde sie unter solchen Umständen überleben? Ja, aber, flüsterte eine Stimme in ihrem Kopf, wolltest du nicht Vater suchen? Und deinen kleinen Bruder, der deinetwegen irgendwo ist? Irgendwo, obwohl er bei dir sein sollte? Das halbe *éclair* auf ihrem Teller verlor seinen Glanz. Felicidad, die in ihrem Korb lag, gluckste leise vor sich hin und begutachtete ihre Hände, formte sie zu Fäusten und lutschte daran. Mercedes hob ihren Kopf. Serge und Teresa sahen sie abwartend an.

»Ich kann nicht zurück. Noch nicht. Vor allem anderen muss ich für Felicidads Wohl sorgen.«

Auch wenn Serge sich bemühte, gute Miene zum bösen Spiel zu machen, merkte Mercedes, dass er nicht glücklich war über ihre Anwesenheit. An jenem Abend, nun schon drei Wochen her, hatten sie noch lange geredet, diskutiert, so heftig mitunter, dass Mercedes in Tränen ausgebrochen war. Schlussendlich einigten sie sich darauf, Mercedes in der Wäscherei eine Arbeit zu besorgen, was, wie sie vermutete, mit einigem Aufwand verbunden war. Sonst hätte Teresa das bestimmt schon organisiert, als sie noch im Lager saß. Da sie keine Papiere besaß, bekam sie auch keinen Arbeitsvertrag. Teresa erhielt eine winzige Lohnerhöhung, die sie Mercedes als Lohn weiterreichte. Dafür stand sie täglich zehn, zwölf Stunden in dem heißen Raum, schrubbte speziell schmutzige Wäsche in den Waschbecken, belud und entlud die Waschmaschinen, drehte die Kurbel der Walzmaschine, die das Wasser aus dem Stoff presste, bis sie meinte, als Verlängerung des

Mechanismus selbst im Kreis zu fliegen. In den Schweiß, der ihr Kleid durchtränkte und ihr übers Gesicht lief, mischten sich immer wieder Tränen der Erschöpfung. Ihr Körper war nicht vorbereitet auf die Anstrengung. Die nasse Wäsche aus den Behältern zu holen, erforderte all ihre Kraft, und je weiter der Tag voranschritt, desto weniger Kleidungsstücke konnte sie aufs Mal herausfischen. Ihre Hände wurden erst rissig von der Lauge, dann schwielig, dann taub genug, dass sie den Schmerz nicht mehr fühlte. Neben ihr arbeiteten zwei Frauen, die den Anschein machten, schon seit Kindsbeinen dieselbe Beschäftigung auszuführen. Als wären sie mit den Stoffen der Wäsche verwoben, verrichteten sie ihre Aufgaben routiniert und simultan und vor allem schweigend. Mercedes verstand, dass sie aufgrund ihres Status ganz unten in der Hierarchie stand. Trotzdem – oder genau deswegen – schielte sie immer wieder sehnsüchtig zu den Plätterinnen hinüber, unter denen sich auch Teresa befand. Serge hingegen holte die schmutzige Wäsche bei den Kunden ab, Privatpersonen, Restaurants, Hotels, und brachte die saubere zurück. Er war fast immer unterwegs, und wenn nicht, saß er mit Pierre, dem Besitzer der Wäscherei, im Büro, wo sie die Buchhaltung durchgingen oder hitzige Gespräche führten. Allgemein schien Serge gerne zu diskutieren. Es war Mercedes, als ob in ihm etwas brannte, etwas, das größer war als er und das er aus diesem Grund unter Verschluss halten musste, aber kaum konnte.

Trotz der harten Arbeit war sie glücklich. Nun, vielleicht war das etwas übertrieben. Zufrieden, eher. Sie war frei, hatte ein Dach über dem Kopf, ein weiches Bett. All das, wovon sie ein Jahr lang geträumt hatte. Agustí fehlte, ja. Und sie konnte mit ihrem Lohn nicht für sich und ihre Tochter sorgen, aber ihre Freunde unterstützten sie. Und eines Tages würde sich auch die finanzielle Situation verbessern. Sie war guten Mutes. Und wenn es bedeutete, doppelt so hart zu arbeiten. Sie hatte ihre Tochter vor dem Stacheldraht gerettet, und als Nächstes würde sie sich darum bemühen, ihr ein sorgenfreies Leben bieten zu können.

Während sie schuftete, lag Felicidad in ihrem Korb nie weit von ihr entfernt, aber Mercedes durfte nur alle drei Stunden eine kurze Pause einlegen, um ihr die Brust zu geben und die Windel zu wechseln. Elodie, Pierres Frau, bot sich ihr schon nach wenigen Tagen an, auf die Kleine aufzupassen. Das Angebot nahm Mercedes gerne an, da Felicidad immer öfter den Drang verspürte, sich zu bewegen, und quengelte, wenn man sie nicht ließ. Elodie war eine freundliche Frau, fand Mercedes, wahrscheinlich in ihren Vierzigern. Sie war so groß und eckig, wie ihr Mann klein und rund war – eine Paarung, die witzig aussah, aber über die in der Belegschaft nicht gelacht wurde. Pierre führte das Familiengeschäft in zweiter Generation mit eiserner Hand; dass er sich überhaupt dazu herabgelassen hatte, eine papierlose Spanierin aufzunehmen, das konnte sich Mercedes nicht erklären. Das Paar war selbst kinderlos, und deshalb freute sich Elodie umso mehr, auf das kleine Mädchen aufpassen zu können. Felicidads Name war Programm: Sie machte die Menschen, die sich ihrer annahmen, glücklich. Sie übertrug sozusagen Glückseligkeit allein durch eine Berührung, durch ihren weichen Kleinkindgeruch oder ein quietschendes Lächeln. Elodies kantiges Gesicht wurde um eine Nuance weiblicher, wenn sie Felicidad in die Arme nahm, und auch eine volle Windel entlockte ihr ein zufriedenes Lächeln. Wenn das Kind mit hochrotem Kopf dermaßen schrie, dass die Mitarbeiterinnen mitleidig zu Mercedes schielten, die mit beiden Armen im brühheißen Wasser steckte, konnte sie es innerhalb kürzester Zeit mit einem gurrenden Geräusch beruhigen, das Mercedes so nicht hinbekam. Es dauerte nicht lange, da sah sie ihre Tochter nur noch dann, wenn es absolut unumgänglich war: Stillen konnte Elodie sie nämlich nicht.

Sonntags blieb die Wäscherei geschlossen. Meistens. Denn es gab Sonntage, an denen Serge für ein paar Stunden verschwand – um Freunde zu treffen, wie er selbst sagte. Aber wenn er zurückkam, hing ihm nicht Zigarettenrauch in den Kleidern, sondern der saubere Duft nach Seife, der die Wäscherei durchzog. Mercedes war es einerlei, was Serge trieb, auch wenn sie nicht verstand, warum er so platte, durchschaubare Lügen auftischte. Sie freute sich, dass sie dann mehr Zeit mit Teresa verbringen konnte. Häufig besuchten sie an solchen Tagen Teresas Onkel, der wiederum ein guter Freund von Pierre war, dem Betreiber der Wäscherei. Durch ihren Onkel hatte Teresa die Arbeit dort bekommen und das Lager von Argelès verlassen können. An anderen Tagen spazierten sie durch die Stadt, Felicidad im Kinderwagen, den Teresa gebraucht von einer Bekannten erhalten hatte. Das Leben in Perpignan nahm seinen gewohnten Gang, trotz des Krieges, in den das Land hineingezogen worden war. Nach dem Waffenstillstand am 22. Juni wurde der Süden Frankreichs zur »freien Zone« erklärt, was schöner klang, als es in Wahrheit wahrscheinlich war. Der Krieg war wieder weit entfernt, die Leute flanierten durch die Straßen, sonntäglich fein herausgeputzt, saßen in Cafés und Restaurants. Mittlerweile war es schon Juli, und nach dem verregneten, kalten Frühling ernährten sich die Wintermäntel nun bereits seit Monaten vom Geruch der Mottenkugeln in den dunklen Schränken. Vorwitzig zeigten sich farbige Punkte auf Kleidern, die Hütchen wurden kecker, und so wie die Temperaturen anstiegen, schmolz das Schuhwerk von Stiefeln zu halb offenen Schuhen mit blitzenden Schnallen. Die Platanen mit ihren grauen, glatten Stämmen und den ausladenden Blätterdächern spendeten angenehmen Schatten, was Mercedes, obwohl sie versuchte, diese Gedanken zu verdrängen, an die Hitze denken ließ, die sie in den Lagern ertragen mussten. Daran dachten die Leute hier nicht. Sie bezweifelte, dass sich die Menschen hier überhaupt bewusst waren, wie viele Spanier damals, vor achtzehn Monaten, aus ihrem Land geflüchtet waren. Eine Viertel Million. Zweihundertfünfzigtausend Menschen. Und wie viele davon immer noch weggesperrt waren, weil man ihnen neben der Heimat auch die Identität genommen hatte.

Sie hingegen fühlte sich mittlerweile halbwegs sicher. Vier Monate waren seit ihrer Flucht aus der *maternidad* vergangen. Ihre Haare trug sie in einer schlichten Kurzhaarfrisur, die zwar ungewöhnlich war, aber da sie sie meist unter einem Hut oder Tuch versteckte, nicht weiter auffiel. In Perpignan wurde ein französisch gefärbtes Katalanisch gesprochen, sodass sie sich auch dementsprechend gut verständigen konnte; außerdem beherrschte sie die Landessprache immer besser. Wenn sie sich auf der Straße bewegte, folgte ihr zwar die Angst, um ihre Papiere gefragt zu werden, wie ein Schatten. Aber sie wollte diese Freiheit genießen, mit aller Kraft, und dieses Gefühl war stärker als die Angst. Das schlechte Gewissen hatte sie in den ersten zwei Wochen um ihren Schlaf gebracht, bis Teresa, nach einem langen Gespräch mit Pierre, erneut mit dem Wäschewagen nach Elne fahren durfte. Sie brachte gute Nachrichten – die Mütterklinik war immer noch in Betrieb, Elisabeth waltete wie gehabt als Direktorin. Kein Grund zur Sorge. Vielleicht war Mercedes ja offiziell tot und sie wusste es gar nicht? Dieser Gedanke brachte sie zum Schmunzeln, so wie sie allgemein am Sonntag viel öfter lachte als während der Woche. In der Wäscherei schien die Hitze, die in der Luft und im Wasser lag, jegliche Emotionen aufzuweichen.

Ihr heutiger sonntäglicher Spaziergang führte Teresa und Mercedes von ihrer Wohnung in Richtung des aus rotem Backstein erbauten *Castillets* am Place de Verdun, von dort aus durch die beschauliche Innenstadt bis zum *Palais des rois de Majorque*, dem Palast der mallorquinischen Könige, einem von außen ziemlich schmucklosen grauen Klotz, wie Mercedes jedes Mal kopfschüttelnd feststellte. Nicht sehr königlich.

»Ich vermisse Agustí so sehr«, sagte sie zu Teresa, ohne ihre Freundin dabei anzusehen. »Ich wollte, ich hätte wenigstens ein Grab, das ich besuchen könnte.

So jedoch ist es, als wäre sein Tod gar nicht bestätigt. Was, wenn er gar nicht tot ist?«

Teresa blieb stehen. »Mercè. Du hast ihm alles bedeutet. Er wollte dich heiraten! Wäre er nicht tot, wäre er zurückgekommen, koste es, was wolle. Er hätte alles dafür getan, dich zu finden, so wie du dein Leben aufs Spiel gesetzt hast, um ihn zu finden. Das Krankenhaus hat sich gar nicht erst die Mühe gemacht, die Namen der Lagerinsassen zu registrieren, wenn sie in einem solchen Zustand eingeliefert wurden. Du hast Felicidad. Sie ist seine Tochter und damit auch ein Stück Agustí. In ihr bewahrst du sein Andenken und du hast jetzt schon bewiesen, dass du alles auf dich nimmst, um ihr ein besseres Leben zu bieten.«

Ja, Teresa hatte recht. Felicidad war ihr Ein und Alles, ihr Lebensinhalt, die allgegenwärtige Erinnerung an die kurze Zeit, die ihr mit ihrem Liebsten vergönnt gewesen war, und gleichzeitig eine Mahnung, sie zu beschützen und für sie zu sorgen, Mutter und Vater in einem. Zärtlich strich sie dem kleinen Mädchen über die von der Sonne rosig angehauchten Wangen. O Gott, sie liebte ihre Tochter so sehr ... Wie schade nur, dass Felicidad abends, wenn sie endlich mit lärmendem Kopf und schmerzenden Armen die Wäscherei verlassen konnte, schon schlief. Elodie berichtete ihr täglich über all die kleinen Fortschritte – ein Lächeln hier, ein Zähnchen dort, das Greifen nach einem Gegenstand. Mercedes war froh, dass sie überhaupt Elodies Hilfe in Anspruch nehmen konnte. Aber sie wünschte sich, die Frau würde ihr Felicidads Entwicklung nicht mit diesem triumphierenden Lächeln in den Augen beschreiben.

Ihr Rückweg führte sie wieder über den Fluss Têt, der gemächlich in Richtung Meer floss. Bevor sie zur Wäscherei gelangten, die noch ein gutes Stück flussaufwärts lag, bogen sie in Richtung Wohnung ab.

»Ob Serge heute wohl wieder in der Wäscherei ist?«, fragte Mercedes und versuchte, ihrer Stimme einen unschuldigen Ton zu verleihen.

»Er ist nicht in der Wäscherei«, antwortete Teresa eine Spur zu schnell und beugte sich über den Kinderwagen, um Felicidad die Stoffpuppe in die Hand zu drücken.

»Natürlich ist er das. Was ist daran so schlimm?«

Teresa wischte die Frage weg, aber ihr Blick war erfüllt mit der stummen Bitte, nicht weiterzufragen. Hatte Serge eine Affäre und Teresa wollte die Augen davor verschließen? Den Rest des Weges legten sie zurück, ohne ein weiteres Wort miteinander zu wechseln. Es war das erste Mal, dass sich so etwas wie Missmut zwischen die beiden schob, und Mercedes bedauerte, das Thema angeschnitten zu haben. Was ging es sie an, was Serge trieb?

In der Wäscherei wurden hin und wieder Inspektionen durchgeführt, das war Mercedes gleich am ersten Tag erklärt worden. Im März 1940, als sie anfing, zu arbeiten, hatte Frankreich zwar noch nicht aktiv ins Kriegsgeschehen eingegriffen, aber neben den Spaniern gab es auch viele andere Flüchtlinge, die so weit weg wie möglich vom Herd der Konflikte Zuflucht suchten. Nach dem Waffenstillstand im Juni und der darauffolgenden Aufteilung des Landes in die besetzte Nordzone und die unter Marshall Pétains Regierung agierende freie Zone im Süden nahm diese Zahl natürlich zu. Viele Arbeitgeber nutzten die Situation der Vertriebenen nur zu gerne aus, um ihnen keine Verträge ausstellen zu müssen und sie mit Hungerlöhnen abspeisen zu können. Nun, im Prinzip dasselbe, was auch Mercedes erlebte.

»Wenn sie dich erwischen, landest du, wenn du Glück hast, wieder in Argelès. Wenn du Pech hast, im Gefängnis«, erklärte ihr Pierre. »Und ich bekomme große Probleme.« Die Warnung in seiner Stimme kam klar und deutlich bei Mercedes an. Sie war die einzige Illegale in der Firma, und sie war ein Störfaktor, eine Gefahr, die Pierre nur auf sich nahm, um an eine billige Arbeitskraft zu kommen.

»Bekommen wir also Besuch«, fuhr Pierre fort, »wird Monsieur Coll vorne beim Eingang eine Klingel läuten. Dann weißt du Bescheid.« Monsieur Coll war ein verhutzeltes Männlein, das nichts anderes tat, als am Eingang der Wäscherei zu sitzen, Sonnenblumenkerne zu knacken und mit den Passanten zu quatschen.

»Und was soll ich dann tun?«, fragte Mercedes, bereits zu dem Moment genügend eingeschüchtert, um sich zu überlegen, ob sie sich auf dieses gefährliche Spiel überhaupt einlassen sollte. Vielleicht würde sie irgendwo eine Stelle finden. Als Kindermädchen. Als Köchin bei einer betuchten Familie. Aber hier konnte sie auf den Schutz und die Unterstützung von Teresa und Serge setzen, die sich außergewöhnlich gut mit Pierre verstanden.

Pierre geleitete sie in einen Nebenraum, der gleich hinter ihrem Arbeitsplatz an den Wäschetrommeln lag. Hier wurden die Seife und die Lauge gelagert, Plätteisen standen in Regalen neben Kisten mit Werkzeug. Das Licht der Glühbirne flackerte unregelmäßig, was die Dimensionen des Raums verzerrte.

»Vom Eingang her ist der hintere Teil der Wäscherei nicht einsehbar. Wenn Monsieur Coll klingelt, lässt du alles stehen und fallen und rennst hier hinein und schließt die Tür hinter dir. Kein Licht.«

Es würde stockfinster sein, merkte Mercedes und ihr Herzschlag beschleunigte sich. Pierre öffnete eine Kiste. Sie war leer.

»Bis jetzt hat es die Polizei nie sehr genau genommen. Sie kennen mich, ich bin ein unbescholtener Geschäftsmann. Du versteckst dich in dieser Kiste und kommst erst wieder heraus, wenn dich jemand holt. Verstanden?« Pierre mochte klein und rund sein, aber das tat seiner Autorität keinen Abbruch. Mercedes senkte die Augen. Natürlich hatte sie verstanden, aber ...

»Und Felicidad?«, flüsterte sie.

»Elodie wird sich um sie kümmern«, lautete die knappe Antwort. Die musste ihr genügen.

Eine für September ungewöhnliche Hitzeglocke stülpte sich über die Stadt, die das tägliche Leben zum Erlahmen brachte. In der Wohnung staute sich die Wärme, in der Wäscherei meinte Mercedes, in den Waschzuber gefallen zu sein, so nassgeschwitzt war sie. Kaum ein Lüftchen, das etwas Erleichterung brachte; selbst in der Nacht kühlte es nicht ab. Mercedes hatte Schwierigkeiten, Schlaf zu finden. Als sie wieder einmal aufstand, weil sie es zwischen den Laken nicht mehr aushielt, und in die Küche tapste, drehte sich der Schlüssel zur Wohnungstür und Serge trat leise ein. Sie hatte nicht gemerkt, dass er die Wohnung überhaupt verlassen hatte, es musste in einem Moment gewesen sein, in dem sie in einen kümmerlichen Halbschlaf gefallen war. Es könnte ihr egal sein, das sagte sie sich schließlich jeden Sonntag, wenn er nach Hause kam, den Geruch nach Seife mit sich in die Wohnung ziehend wie eine Schleppe. Teresa musste es doch auch riechen. Aber diese schlecht getarnte Heimlichtuerei entfachte jedes Mal aufs Neue einen kleinen Funken in ihrem Inneren. Mercedes mochte Serge, sie mochte ihn wirklich. Nur, Teresa mochte sie lieber. Und sie konnte den Gedanken nicht ertragen, dass ihrer Freundin Unrecht getan wurde. Bevor sie überhaupt wusste, was sie tat, trat sie aus dem Halbdunkel der Küche ins Halbdunkel des Wohnzimmers.

»Serge.«

Der Mann fuhr zusammen, als ob er einen Geist gesehen hätte. Mit ihrem weißen Nachthemd, der leisen Stimme und dem diffusen Licht sah sie wahrscheinlich auch so aus, aber das Entsetzen legte sich schnell und wich einer nervösen Verlegenheit.

»Mercedes. *Qu'est-ce que tu fais ici à cette heure?* Was treibst du hier um diese Uhrzeit?«, flüsterte er.

Stumm hob Mercedes das Glas voller Wasser, das sie sich in der Küche eingeschenkt hatte. »Dasselbe könnte ich dich fragen.« Sie flüsterte nicht.

Sofort hob Serge den Finger an den Mund. Aus ihrem Zimmer drang Felicidads schlaftrunkenes Gebrabbel.

»Ich musste noch etwas erledigen.« Sie hörte die Vorsicht in seiner Stimme, vermischt mit der Knappheit, das Gespräch beenden zu wollen.

»Um drei Uhr nachts? In der Wäscherei? Für wie dumm hältst du mich?« Sie stellte sich vor, wie er sie mit den Augen anflehte, doch bitte ihre Stimme zu senken. Aber im Zwielicht konnte sie es nicht erkennen. Außerdem war es zu spät. Teresa erschien im Türrahmen, unsicher auf den Beinen davon, aus dem Schlaf gerissen worden zu sein.

»Serge? Bist du schon zurück?«

Mercedes trat instinktiv einen Schritt rückwärts. Teresa wusste also, dass Serge die Wohnung verlassen hatte. Ihr kamen Zweifel an dem Verdacht, er könnte ihre Freundin hintergehen. Diese Zweifel ließen eine neue, nicht minder frustrierende Vermutung aufkeimen. Die zwei steckten unter einer Decke, es gab da irgendetwas, wobei sie sie nicht dabei haben wollten. Mercedes kam sich vor wie ein Eindringling. Wie selbstverständlich wohnte sie nun schon seit Monaten bei dem frischverlobten Paar, als gehöre sie zur Familie. Wer war sie schon, außer einer Bekannten, die nur Probleme mit sich brachte? Nun war sie es, die Serge mit einem flehenden Blick bedachte, Teresa unverzüglich ins Schlafzimmer zu geleiten und sie in der dunklen Küche unentdeckt zu lassen. Gleich morgen würde sie sich eine andere Bleibe suchen.

»Mercedes?« Teresa hatte sie erspäht. »Alles in Ordnung?«

Mercedes nickte und kämpfte gegen die Tränen. Sie hörte, wie Serge mit Teresa flüsterte, hörte, wie ihre Freundin erstaunt die Luft einsog, und schämte sich.

»Ich glaube, wir müssen reden«, sagte Teresa. Sie setzte sich gemeinsam mit Serge aufs Sofa und winkte Mercedes zu sich. Nur widerwillig nahm sie Platz.

Das Reden übernahm Serge. Jetzt, wo sie direkt neben ihm saß, bemerkte sie die Müdigkeit in seinem Gesicht. Er war ein gut aussehender Mann, ohne Zweifel. Groß, breite Schultern, dunkle Haare, die er sich der Mode entsprechend mit Pomade aus dem Gesicht kämmte. An allen anderen Männern würde der *moustache,* das schmale Oberlippenbärtchen, lächerlich wirken, Serge aber verlieh es Autorität. Bei Tageslicht waren seine Augen so blau wie das Meer vor Barcelona an einem Sommertag. Die Nacht jedoch saugte die Farbe aus ihnen und für einen Moment lang sah Mercedes Agustís graue Augen vor sich. Ein Jahr war seit seinem Verschwinden vergangen, einem Verschwinden, das sie als seinen Tod auslegen sollte und doch irgendwie nicht konnte. Immer noch schmerzte jeder Gedanke an ihn. Sie wollte ihren Finger an Serges Wange legen, ihr Gesicht ganz nahe an das seine bringen, nur um in diesen Augen zu versinken, um Agustí nahe zu sein. Serge ergriff ihre Hand und sie zuckte erschrocken zusammen.

»Wir wollten dich nicht einweihen, Mercedes. Du hast schon genug Schwierigkeiten. Was wir tun, ist gefährlich.« Und so erzählte er. Davon, dass die Regierung in Vichy nur eine Marionette sei. Dass es eine Frage der Zeit sei, bis auch der Süden Frankreichs in deutsche Hände fiele. Davon, dass es Hitler mit seiner Idee des Nationalsozialismus nicht nur um Territorium gehe, sondern um Rasse und Reinheit. Davon, dass man Widerstand leisten müsse. Und dass sie, Teresa und Serge, Mitglieder einer Widerstandszelle waren, die von Perpignan aus agierte. Von der Wäscherei aus. Pierre war eingeweiht. Der alte Monsieur Coll war eingeweiht. Selbst Elodie, auch wenn diese keine aktive Rolle übernahm.

»Wir kontaktieren Familien, die über Zeitungsannoncen nach ihren geflohenen Angehörigen suchen. Wir rekrutieren Freiwillige, Menschen, die nicht still zusehen wollen, wie Krieg und Hass weiter um sich greifen. Wir bilden sie aus, um sich dagegen zu wehren. Noch sind wir wenige, aber überall im Land formen sich Gruppen wie unsere. Es gilt, Leben zu retten!« Während seines Monologs war die Müdigkeit aus Serges Gesicht gewichen, die Farbe war in seine Augen zurückgekehrt und Mercédes konnte seine Bereitschaft für den Kampf körperlich spüren. Sie verstand nun, warum Pierre das Risiko auf sich genommen hatte, sie in der Wäscherei arbeiten zu lassen. Sie war eines dieser Leben, die gerettet werden mussten.

Nun ergriff Teresa das Wort: »Was uns passiert ist in Spanien, ist nichts gegen das, was sich im Moment in Europa entwickelt. Das wird ein um Welten größeres Ausmaß annehmen, wenn wir nichts dagegen tun. Aus Spanien sind wir geflohen. Dieses Mal müssen wir kämpfen, Mercedes. Wirst du dich uns anschließen?«

KAPITEL 9

Worte wie Splitter im Herzen

Perpignan, September-Oktober 1940

In jener Nacht hatte Mercedes keinen Schlaf mehr gefunden. Wie hätte sie auch; neben der stehenden Hitze in ihrem Zimmer, die auch durch das Öffnen des Fensters nicht gemildert wurde, staute sich nun eine Hitze in ihrem Inneren an. Eine Hitze der Scham. Wie sollte sie ihren Freunden, ihrem Arbeitgeber, all den Menschen draußen auf der Straße, hinter deren Anzug, Uniform oder Kittel sich Widerstandskämpfer verstecken konnten, jemals wieder in die Augen schauen? Sie war keine Kämpferin. Sie wollte nicht kämpfen. Sie wollte ihre Ruhe, Frieden, Sicherheit. Sie hatte eine kleine Tochter, die jetzt schon Halbwaise war, wie könnte sie da ihr Leben noch mehr aufs Spiel setzen, als sie es mit ihrer Illegalität bereits tat? Ihre Antwort auf Teresas Frage hatte daher Nein gelautet. Sie würde sich ihnen nicht anschließen. Mit diesem Nein spürte sie, dass etwas zu Ende ging. Ihre Zeit hier. Nicht mehr nur, weil sie ihren Freunden nicht länger auf der Tasche liegen, nicht länger der Störfaktor in ihrer Zweisamkeit sein wollte. Mit ihrer Antwort hatte sie sich, wenn auch ohne der geringsten Spur böser Absicht, sondern aus reinem Überlebensinstinkt, gegen sie gestellt. Vielleicht waren Serge und

Teresa ehrlich, wenn sie sagten, dass sie ihre Entscheidung verstünden und respektierten. Aber den kurzen Blick, den sie austauschten, die Gesichter grau vor Müdigkeit und dem ersten, farbschluckenden Licht der Morgendämmerung, interpretierte Mercedes als Enttäuschung. Sie würden froh sein, wenn sie ginge.

Während der nächsten Tage, Wäsche schrubbend, Wäsche auspressend, Wäsche schleppend, kam ihr immer wieder ein Gedanke, den sie am liebsten im heißen Wasser ertränken wollte. Sie war es leid, sich zu verstecken, davonzurennen. Das war nicht die Art von Freiheit, die sie zweimal dazu bewegt hatte, vor dem Stacheldraht zu fliehen. Was, wenn sie zurückginge, zurück ins Lager? Dort hätte sie ein Dach über dem Kopf, zu essen – wenn auch wenig, aber vielleicht hatte sich die Lage gebessert? Außerdem verfügte sie nun über etwas Geld, könnte zusätzliche Lebensmittel kaufen, Milch für Felicidad, die sie seit einigen Wochen nicht mehr stillte. Im Lager könnte sie ausharren, bis der Krieg vorbei war. Oder sich die politische Lage in Spanien verbessert hätte. Würden sie dann nicht automatisch wieder gültige Papiere bekommen? Aber dann lachte sie auf, belustigt über ihre eigene Naivität. Sie hatte schon einmal die Härte der Strafe zu spüren bekommen, die auf Flucht folgte. Wahrscheinlich würden sie sie nicht einmal in den *cuadrilátero* stecken, sondern direkt in ein Gefängnis, in dem sie verrotten würde, getrennt von ihrer Tochter. Und selbst wenn nicht – auch wenn die Tage noch geschwängert waren von Wärme, so legte sich doch – endlich, eigentlich – eine gewisse Frische in die Abendstunden, die sie besser schlafen ließ, eine Schärfe in die Luft, die ihr morgens kühl um die Beine wehte. Der Winter würde kommen. Und einen Winter im Lager würde sie ihrer Tochter nicht antun. Sie nahm diesen irrwitzigen Gedanken und schrubbte ihn so lange mit Kernseife, bis er aus ihrem Kopf verschwand.

Es wurde Oktober, bis sich Mercedes tatsächlich dazu durchringen konnte, Teresa und Serge zu verlassen. Sie hatte es ihnen noch nicht gesagt, würde sie vor vollendete Tatsachen stellen. Besser, ihnen keine Möglichkeit zu geben, sie von ihrem Vorhaben abhalten zu können. Sie würde Perpignan verlassen. Flussaufwärts in die kleineren Dörfchen ziehen, in die dicht bewaldeten Berge des Vallespir, wo sie hoffte, bei der einfacheren, bäuerlichen Gesellschaft auf eine gewisse Komplizenschaft zu stoßen. Diese Menschen, nur einen Steinwurf entfernt von Katalonien, die dieselbe Sprache redeten wie sie und unter den Entbehrungen, die ein Krieg mit sich brachte, am ehesten litten, würden diese Menschen sie nicht eher verstehen und ihr helfen, als die Bourgeoisie einer Stadt, in der einer arbeitssuchenden Frau ohne Papiere nur mit Misstrauen begegnet wurde? Sie würde die Arbeit in der Wäscherei nicht vermissen, auch wenn sie bereit war, noch jede so schwere Aufgabe zu übernehmen, wenn sie damit Felicidad ein Dach über dem Kopf und etwas zu Essen beschaffen konnte. Aber hier fühlte sie sich exponiert; die alten Mauern des Gebäudes, bis vor Kurzem unscheinbar weiß gestrichen, schienen nun regelrecht den Weg zu leuchten für die Polizei: Hier, hier wird der Widerstand vorbereitet. Elodie betrachtete Mercedes mit Argwohn, wenn Felicidad von Mutter zu

Tagesmutter wechselte, als ob ihr nicht mehr zu trauen sei. Es schmerzte sie von Tag zu Tag mehr, mit welcher Selbstverständlichkeit ihre Tochter, jetzt schon sieben Monate alt, die Ärmchen um den Hals dieser kantigen Frau mit den harten Augen schlang. In diesen Augen, in die sich nur ein weicher Glanz legte, wenn sie Felicidad ansah, las Mercedes eine Drohung. Sie war klar, laut und deutlich: Du bist niemand. Ich kann dir deine Tochter in jedem Moment wegnehmen.

Die Kurbel der Walzmaschine zu betätigen, war eine Arbeit so monoton und anstrengend, dass man sie nur ausführen konnte, indem man seine Gedanken zu anderen Orten fliegen ließ. Kleidungsstück, Bettlaken – was auch immer, Hauptsache, schwer und nass – in die Walze einführen, kurbeln, kurbeln, pressen, beinahe wie eine Geburt, bis es, was auch immer es war, vorne in den Korb fiel wie ein Neugeborenes. Und noch einmal von vorne, bis es trocken genug war, um gefaltet zu werden, und, wenn dieser Korb voll war, zu den Plätterinnen zu bringen. Kurbeln, kurbeln, pressen. An diesem Tag dachte Mercedes an die Landkarte der Region, die sie in Serges Bücherregal gefunden hatte. Sie fand Argelès, ein unbedeutendes Dorf nur auf der Karte, das dem Elend, das sich an seinem Strand abspielte, keine Rechnung trug. Sie fand Elne, das ihrer Meinung nach zu Ehren Elisabeths und der *maternidad* aus der Karte herausstechen sollte und doch nicht mehr als ein kleiner Fleck war. Sie könnte dem Lauf des Flusses Têt folgen, der durch Perpignan floss, aber sie entschied sich für das Tal des Tech. Er würde sie ins Vallespir bringen, in die Hügel, die die Grenze bildeten zu Katalonien. Auch wenn sie die Grenze nicht überschreiten würde, zog es sie in ihre Nähe. Sie verspürte Heimweh nach dieser Heimat, die nicht mehr die ihre war. Wenn sie den Zeitungen Glauben schenken sollte, herrschte eitel Sonnenschein in Spanien. Das Leben ging einfach weiter, so wie damals während der *retirada,* während der Flucht, die Leute weitergegangen waren, selbst wenn jemand aus ihren Reihen tot umfiel. Das Leben ging weiter. Man ließ Schmerz und Verlust hinter sich, baute wieder auf, passte sich an. So einfach war das. Der Himmel hinter den grünen Hügeln, so fand Mercedes, leuchtete verführerisch; sie aber traute dem von der Presse gepriesenen Frieden noch nicht. Wie konnten die Menschen so schnell vergessen, oder, noch schlimmer, vergeben? Von dort aus, vom Vallespir aus, würde sie die Entwicklung in Katalonien im Auge behalten und sobald sie sich davon überzeugt hatte, dass die Zeitungen die Wahrheit sprachen, bräuchte sie nur einen Schritt zu tun.

Es war schon Nachmittag, ihre Arme schwer und klamm. Der Herbst war vorauszuahnen gewesen, dann aber doch mit einer Heftigkeit über das Land gefallen, die sogar die Spitze des Berges Canigó in Schnee hüllte. Stück für Stück drehte Mercedes die feuchte Wäsche durch die Mangel und packte sie in einen Korb. Die Plätterinnen, unter ihnen Teresa, schnatterten leise, das Wasser rauschte in den Wäschetrommeln, der Regen rauschte vor dem Tor. Monsieur Coll hatte seinen Platz draußen neben der Klingel aufgegeben und saß, den Kopf gegen die Wand gelehnt, neben der Tür zu Pierres Büro. Wie ein Wachhund. Eine Welle der Müdigkeit überfiel Mercedes, die Geräuschkulisse um sie herum lullte sie ein. Sie könnte sich, wo sie stand, auf den Boden legen und einschlafen. Beinahe wäre sie über die kleine Unebenheit gestolpert, die sie sonst immer vorsichtig umging, wenn sie den Korb mit der trockenen Wäsche zum Plätten brachte.

Am Eingang entstand Unruhe. Monsieur Coll klopfte dreimal hart gegen Pierres Tür. Sofort erschien der rundliche Mann, warf einen Blick durch die Halle, bevor er den drei Herren, die eintraten, entgegeneilte. Mercedes meinte, selbst in dem fahlen Licht erkennen zu können, dass er bei ihrem Anblick erbleichte. Hinter ihm krabbelte Felicidad. Instinktiv hob Mercedes den Arm, aber bevor sie ihre Tochter rufen konnte, erfasste sie den Ernst der Lage.

»*Mesdames, messieurs, silence, s'il vous plaît! Chacun à sa place!*« Ruhe bewahren sollten sie. Sich jeder an seinen Arbeitsplatz stellen.

Mercedes sah auf den Korb, den sie in der Hand hielt, dann zu der nur drei Meter entfernten Plätterin. So ruhig wie möglich tat sie die letzten Schritte, setzte den Korb ab und ging mit gesenktem Kopf zurück zu ihrem Platz. Ihre Beine wollten unter ihr nachgeben und in jeder Zelle ihres Körpers spürte sie den pochenden Herzschlag. Wo war Felicidad? Emmanuelle, eine der zwei Frauen, die mit ihr die Wäschetrommeln bedienten, schob sich wie selbstverständlich an Mercedes' Platz; nur eine kleine Handbewegung verriet ihr, dass sie sich gefälligst beeilen sollte, in ihrer Kammer zu verschwinden. Pierre hatte ihr nie gesagt, mit welchen Problemen er zu rechnen hatte, wenn sich herausstellte, dass er illegale Arbeiter beschäftigte. Aber wenn er den Betrieb schließen musste, würden alle darunter leiden.

Einatmen, ausatmen. Der Staub in der Kiste kitzelte Mercedes' Nase, ihre Kehle war trocken vor Angst. Sie vermochte kaum zu schlucken. Was für ein dummes Versteck! Würden sie nicht als Allererstes in die Kisten hineinschauen? Tränen sammelten sich in ihren Augenwinkeln, aber sie wusste, würde sie ihnen stattgeben, würde sie anfangen, zu schreien. Stattdessen biss sie sich in den Arm, einatmen, ausatmen. Sie hörte, wie Stimmen sich näherten, hörte einzelne Namen, die aufgerufen wurden, hörte das »*présente*« der Frauen als Antwort. Anwesend. Jetzt war Emmanuelle an der Reihe, sie mussten fast direkt vor der Tür stehen.

»*Présente*«, sagte sie.

Dann Schweigen.

Das Geräusch, das Mercedes durch die Stille hörte, ließ sie wimmern.

»Ma. Ma. Ma«, brabbelte Felicidad. Sie musste durch die Halle gekrabbelt sein, auf der Suche nach ihr. »Ma. Ma!«

Wo war Elodie?

Jemand räusperte sich. Es klang wie eine Gewehrsalve, selbst in ihrer Kiste.

»Was hat dieses Kind hier verloren? Wo ist die Mutter?« Die Stimme war barsch, und Mercedes konnte direkt sehen, wie Pierre sich versteifte. Sie hob den Deckel der Kiste an, bereit, hinauszutreten, egal welche Konsequenz das für sie und die anderen haben würde. Hauptsache, sie konnte ihr Kind in die

Arme nehmen. Beim Geräusch heraneilender Schritte hielt sie inne.

»Felicidad!« In Elodies Stimme schwang Panik mit. »Sie ist mir einfach entwischt, das kleine Ding, sie krabbelt schon so schnell. Komm her, Süße!« Mercedes sah förmlich, wie ihre Tochter die Ärmchen ausstreckte, um hochgehoben zu werden. Es versetzte ihr einen Stich und sie umklammerte den Deckel so fest, dass die Splitter des groben Holzes sich in ihre Finger bohrten.

Das Mädchen quiekte fröhlich. »Ma. *Mamá! Mamá, mamá.*«

Mama.

Die Schritte entfernten sich zügig und hinterließen verbunden mit den erstaunten Glückwünschen des Beamten an Pierre und Elodie ein Sirren in Mercedes' Ohren. Kraftlos ließ sie sich zurück in die Kiste sinken. Der Deckel fiel ihr auf die Finger, aber sie spürte den Schmerz nicht. Nicht diesen Schmerz. Felicidad hatte ihr erstes Wort gesagt. Mama. Aber nicht zu ihr.

Als Teresa sie eine gefühlte Ewigkeit später aus ihrem Gefängnis entließ, stand Mercedes' Entschluss fest. Es war höchste Zeit, zu gehen. Heute noch. Egal wohin, Hauptsache, weg von hier. Sie stürmte die Treppe hinauf ins Obergeschoss, wo Pierre und seine Frau wohnten, und riss Elodie ihr schlafendes Kind aus den Armen. Felicidad begann zu greinen. Der Schrecken auf Elodies Gesicht wich schnell ihrem üblichen Ausdruck; der Triumph quoll ihr aus allen Poren wie abgestandener Schweißgeruch. Sie wusste, dass Mercedes dieses kleine, große Wort gehört hatte. Mama. Aber jetzt war es Mercedes' Hals, an den sich das Mädchen klammerte, und mit aller Macht, die sie in diesem Moment Elodie gegenüber verspürte, schleuderte sie ihr ins Gesicht: »Du wirst niemals Mutter werden!«

Der Regen prasselte mit der Gewalt von Peitschenhieben auf sie ein, als wollte er Mercedes strafen. Für was auch immer; es kam ihr vor, als ob die Welt vor zwei Jahren beschlossen hätte, ihr das Leben so schwer wie möglich zu machen. Ihr die Menschen wegzunehmen, die ihr am nächsten standen. Aber niemand würde ihr ihr Kind wegnehmen, niemand, niemals. Donner rollte durch die Straßen und durch Mercedes hindurch, ließ sie erbeben, schüttelte sie. Seit sie die Wäscherei verlassen hatten, versuchte Mercedes, Felicidad dazu zu bewegen, zu wiederholen, was sie gesagt hatte, zur falschen Frau.

»Sag ›Mama‹«, bat sie, bettelte sie, weinte sie. Aber Felicidad sah sie nur mit großen Augen an, so grau und glänzend wie der Regen, der sie durchnässte. Der Fluss Têt, für gewöhnlich träge und friedlich, rauschte wild und spie gurgelnd Wasserfontänen gegen die Brückenpfeiler der *Pont Joffre*. Das Wasser brauste nicht wie sonst dunkelgrün, sondern schlammbraun herab, beladen mit Ästen, halben Bäumen und Steinen, die von der Wucht der Strömung immer wieder an die Oberfläche getrieben wurden. Die Kälte der nassen Kleidung und Haare kroch ihr in die Knochen; selbst Felicidad war in dem einfachen Kinderwagen, der ihr eigentlich schon zu klein war, nicht vor dem Regen geschützt und begann zu weinen. Es gab aber auch etwas anderes, das Mercedes zittern ließ: Sie konnte beinahe mit ansehen, wie der Pegel des Flusses Zentimeter um Zentimeter anstieg. Von den vereinzelten Inselchen in der Flussmitte lugten nur noch einige Sträucher aus dem reißenden Wasser; eine gewaltige Welle und wieder verschwanden ein paar Äste. Neben Mercedes starrten andere Passanten auf das Spektakel und beschleunigten daraufhin ihre Schritte, als ob sie von derselben Strömung ergriffen worden wären wie das Geäst im Fluss. Eine Kuh trieb auf die Brücke zu, eine Kuh!, wurde von einem Strudel unter Wasser gezerrt, tauchte wieder auf und blieb schlussendlich gegen den Pfeiler gedrückt direkt unter ihr hängen. Die toten Augen des Tiers hypnotisierten Mercedes. Sie wünschte, sie könnte sich auflösen im Regen, um als letzter Trost sanft über das Fell der Kuh zu fließen und ihre Augen zu schließen. Unvermittelt kam ihr in den Sinn, dass sie nicht wusste, an welchem Tag ihre Mutter gestorben war.

Sie schrak auf, als jemand sie am Arm packte.

»Serge!«

»Los, komm mit. Wer weiß, wie lange die Brücke noch hält.«

Mercedes lachte unsicher, aber Serges ernstes Gesicht brachte sie abrupt zum Schweigen. Es waren kaum mehr Fahrzeuge auf der Straße unterwegs. Das Wasser stand zum Teil knöcheltief, Felicidads Wagen zu stoßen, wurde beinahe unmöglich, da sich andauernd Unrat und Zweige in den Rädern verfingen. Schließlich hob Serge das Mädchen aus dem Wagen, und in stummem Eingeständnis ließen sie ihn am Straßenrand stehen und eilten, so schnell es ging, nach Hause. Dort wartete bereits Teresa mit Tüchern und heißem Tee.

»Das ist kein normales Unwetter«, berichtete sie sichtbar schockiert. Sie musste ihre Stimme heben, weil Felicidad weiterhin untröstlich weinte, obwohl Mercedes sie abgetrocknet und in warme Sachen gepackt hatte. »Flussaufwärts hat das Hochwasser große Schäden angerichtet. Im Laufe der nächsten Stunden wird das Wasser auch hier ankommen. Das Vallespir hat es noch schlimmer getroffen, der Tech hat ganze Dörfer zerstört.«

Mercedes, gerade dabei, ihrer Tochter Tränen und Rotz aus dem Gesicht zu wischen, hielt inne. Sie zitterte vor Kälte, die nassen Kleider klebten immer noch an ihr und wogen plötzlich Tonnen. Das Vallespir war zerstört? Ihr Zufluchtsort verwüstet? Ihre Zähne schlugen unkontrollierbar aufeinander. Sie drückte Felicidad in Teresas Arme und sank kraftlos auf den Boden. Ihr Plan, so unausgereift er auch wieder gewesen sein mochte, war vom Fluss ins Meer gespült worden.

Zwei Stunden später, nach einer weiteren Ladung heißen Tees und Suppe, saßen Mercedes, Teresa und Serge im Wohnzimmer. Das warme Licht der Lampe stand im harten Gegensatz zum Regen, der mit unverminderter Kraft wütend gegen die Scheiben schlug, jeder Tropfen ein Schlag in Mercedes' Magen. Sie fühlte sich grün und blau geschlagen vom Leben, der Schmerz nahm ihr die Luft zum Atmen. Serge war, trotz Teresas ängstlichen Einspruchs, noch einmal aus dem Haus gegangen; die Wäscherei lag direkt neben dem Fluss und er wollte Pierre helfen, so viel Wäsche wie möglich in die oberen Stockwerke zu verfrachten. Und natürlich dabei ein paar wichtige, gut versteckte

Dokumente zu retten. Er war unverrichteter Dinge zurückgekehrt. Die Brücke sei bereits unpassierbar, erklärte er, die angrenzenden Straßen knietief vom Wasser bedeckt.

»Wenn das so weitergeht, wird die Wäscherei überschwemmt werden.« Serge fuhr sich wieder und wieder durch das immer noch feuchte Haar, wieder und wieder, klopfte nervös mit dem Fuß auf den Boden und sprang schließlich auf, um in die nasse Dunkelheit hinauszustarren.

Mercedes schnaubte. Ungläubigkeit gedachte sie damit auszudrücken, aber das Geräusch klang eindeutig zweideutig, wie sie merkte, bevor sie es zurücknehmen konnte. Irgendetwas zwischen Bitterkeit und Schadenfreude.

Serge fuhr zu ihr herum. »Es sind trotz allem unsere Arbeitsplätze, Mercedes. Nach dem, was heute passiert ist, kannst du dich dort nicht mehr blicken lassen, aber wir brauchen diese Arbeit.«

Mercedes schüttelte den Kopf. »Elodie wollte mir meine ...«, versuchte sie, sich zu verteidigen. Mama. Mama. Mama. Das Wort warf ein dreckiges Echo in ihren Ohren. Könnte sie doch nur diesen schwarzen Moment aus ihrer Erinnerung waschen und den Eimer schmutzigen Wassers aus dem Fenster schütten. Um das Wort genießen zu können, wenn es tatsächlich an sie gerichtet aus Felicidads Mund käme.

»Sie wollte mir ...« Sie begann, leise zu weinen. Teresa legte den Arm um ihre Schulter und murmelte die gleichen tröstenden Worte, die Mercedes' Mutter früher benutzt hatte. Es war lange her, dass sie dieses Gefühl der Sehnsucht nach ihrer Mutter, nach ihrer ganzen Familie, nach Agustí zugelassen hatte, aber heute überrollte es sie mit der Wucht der Flutwelle, die sich von den Tälern ins Meer walzte. Sie konnte nicht einordnen, wen sie am meisten vermisste; alle formten sie einen Teil ihres Lebens. Wie die bunten Mosaike von Antoní Gaudí, die die lange, geschwungene Bank im Park Güell in Barcelona schmückten. Alle zusammen hatten sie ein Bild geformt, das, nun unvollständig, keinen Sinn mehr ergab. Sie würde die Steinchen neu anordnen müssen.

»Ich werde Perpignan verlassen«, murmelte sie und sah dabei auf ihre Hände, die ein feuchtes Taschentuch zerknüllten. »Ich will mir ein eigenes Leben aufbauen, ein richtiges Leben. Ohne mich andauernd verstecken zu müssen.«

Teresa nickte, selbst den Tränen nahe. Serge trat vom Fenster zurück ans Sofa und kauerte sich vor Mercedes. In diesem Moment wünschte sie sich nichts sehnlicher, als die Lampe auszuschalten, sodass die Nacht seine Augen grau färbte und sie sich in seine Arme werfen konnte. Ja, dachte sie, Agustí war das größte Steinchen in ihrem Mosaik gewesen, hinterließ die größte Leere in ihrer Seele. Er war ihre Zukunft gewesen, ihre neue Familie, was hätten sie gemeinsam nur alles erreichen können? Erneut begannen ihre Schultern zu beben.

»Wo möchtest du denn hin?«, fragte Serge, um einiges sanfter als vorhin. Er legte ihr sogar die Hand aufs Knie, was sie augenblicklich beruhigte.

»Ich wollte ins Vallespir.« Sie atmete tief ein und aus. »Aber das ist nun wohl keine gute Idee mehr.«

Serge tappte selbstvergessen mit seinem Zeigefinger auf ihr Knie. Jedes Klopfen ein Herzschlag. Sie wagte nicht, ihn dabei zu unterbrechen.

»In den Städten bist du auf der einen Seite unsichtbarer, aber es gibt auch mehr Patrouillen und Inspektionen. Denk daran, die freie Zone ist nur ein Begriff, der schneller vom Wind verblasen werden wird, als die meisten Leute hier sich das vorstellen. Hitler wird *maréchal* Pétain eine Zeit lang in der Sicherheit des Waffenstillstands wiegen – falls der tatsächlich so dumm ist, überhaupt daran zu glauben –, aber Deutschland wird sich auch den Süden Frankreichs unter den Nagel reißen. Und dann ist es besser, wenn du dich in den kleinen Dörfern versteckst. Wie du vorhattest.«

»Wann hast du beschlossen, zu gehen? Und du hast uns nichts gesagt?« Jedes von Teresas Worten war ein ungläubiger Vorwurf, und sie hinterließen zwölf kleine Einschusslöcher in Mercedes' Herz. Sie presste die Lippen aufeinander und konzentrierte sich auf Serge, um ihrer Freundin nicht ins Gesicht sehen zu müssen.

»Ich möchte mich aber nicht mehr verstecken.«

Er wiegte den Kopf. »Du hast keine gültigen Papiere, Mercedes, versteh doch. Wenn du dich nicht verstecken möchtest, musst du schon nach Spanien zurückkehren. Aber in Frankreich wirst du so keine Legalität erhalten. Vielleicht können wir dir helfen. Dir eine neue Identität verschaffen. Gefälschte Papiere. Du bekämst einen neuen Namen, vielleicht Carmen oder Antonia …«

Sie konnte nicht erkennen, ob er sie neckte oder ob er es ernst meinte. »Ich möchte doch keinen neuen Namen!«

Teresa schnaubte auf und zischte: »Sei nicht so naiv, Mercè.«

Mercedes zuckte zusammen. In dem Tonfall hatte ihre Freundin noch nie mit ihr gesprochen. Hatte sie recht? Aber neben allem, was sie schon verloren hatte, wollte sie nicht auch noch ihren Namen hergeben. Er war das Letzte, was sie mit ihrem alten Leben verband. Ein Wort nur, auf einem wertlosen Stück Papier, und doch war sie es, sie, Mercedes, die in dieser eingetrockneten Tinte gefangen war. Unauslöschlich. Ihr Wesen, ihr Geist. Es gab nur etwas, das schlimmer wäre, herzugeben, und das war Felicidad. Ihr Glück.

Serge seufzte, nahm Teresa beiseite. Mercedes hörte, wie sie in der Küche murmelnd diskutierten, verstand aber kein Wort. Der Regen prasselte weiterhin erbarmungslos an die Scheiben. Sie erhob sich, um hinauszuschauen. Ein Wunder, dass die Straßenbeleuchtung noch funktionierte. Das Stück Straße, das im Kegel des fahlen Lichtes lag, war indes nicht mehr als solches zu erkennen; selbst hier, abseits des Flusses, konnte die Kanalisation die Unmengen an Wasser nicht länger aufnehmen; als See breitete es sich über den Bürgersteig aus bis hinein in die Häuserportale, floss wahrscheinlich bereits unter den Eingangstüren durch. Jetzt, wo sie sich nicht mehr auf das Gemurmel in der Küche konzentrierte, vernahm sie tatsächlich Stimmen im Treppenhaus. Die Nachbarn der unteren Wohnung bestimmt, die nachsehen wollten, bis zu welcher Stufe das Wasser schon angestiegen war. War dies eine Sintflut, so wie die, von der ihr Vater ihr als Kind erzählt hatte? Als ein Schiff gebaut wurde, um die guten Menschen zu retten, und von jeder Gattung Tier ein Paar? Ihr Vater sagte, die Geschichte stamme aus der Bibel, aber für sie war es nicht mehr als ein Märchen gewesen. Würde Gott sie nun bestrafen für diese kindliche Blasphemie und all ihre anderen Sünden, oder würde er ein Schiff aussenden?

»Hör zu«, unterbrach Serge ihre Gedanken. »Wir sind deine Freunde.« Teresa setzte noch einmal kurz einen Schmollmund auf, aber dann lächelte sie und zog Mercedes in ihre Arme. »Wir möchten dir helfen. Es ist unvorteilhaft für dich, keine neuen Papiere zu wollen, aber ich kann dich verstehen. Ein Bekannter von mir wohnt im *Département de l'Aude*, in Richtung Carcassonne. Er führt einen großen Besitz, ein Weingut, wo du bestimmt unterkommen kannst. Sobald dieses Unwetter vorbei ist, werde ich dich hinbegleiten. Zu dritt gehen wir als Familie durch, das fällt weniger auf als eine Frau allein mit Kind.«

Es war vielleicht keine Arche. Aber es war ein Anfang.

KAPITEL 10

So fühlt es sich also an zu sterben

Bei Carcassonne, Oktober 1940-September 1942

Liebe Teresa,
ich danke dir für deinen letzten Brief. Wie froh bin ich, zu hören, dass die Wäscherei die Überschwemmung einigermaßen gut überstanden hat und ihr beide weiterhin dort arbeiten könnt. Ich weiß, wie wichtig das für euch ist.
Hier herrscht ein ganz anderer Rhythmus, wie du dir bestimmt vorstellen kannst. Jean-Philippe und Joséphine haben mich freundlich aufgenommen; dennoch bin ich natürlich nur eine weitere Arbeiterin für sie. Aber nichts anderes möchte ich sein. Ich möchte arbeiten und mein eigenes Geld verdienen, um uns eine Zukunft aufbauen zu können. Die ersten paar Wochen habe ich noch geholfen, die letzten Trauben zu lesen und zu stampfen – erst dachte ich, in dem großen Bottich herumzuspringen, würde Spaß machen, aber schon nach kurzer Zeit glaubte ich, ohnmächtig in den Traubensaft zu fallen. Natürlich haben sie auch eine Presse, aber Jean-Philippe besteht darauf, einen Teil der Trauben ganz traditionell zu verarbeiten. Er muss ja auch nicht in den Bottich steigen. Das sei Frauenarbeit, meint er. Dabei könnte er sich

bestimmt eine zweite Presse leisten, die Familie ist gut betucht. Ich glaube, den Wein machen sie nur zum Spaß. Die Felder geben auch nicht genug her, um damit überleben zu können. Jean-Philippe fährt häufig nach Carcassonne, wo er, wie ich verstanden habe, Partner bei einer Bank ist. Und Joséphine malt. Die Bilder finde ich schrecklich, aber anscheinend gibt es Menschen, die dafür Geld zahlen. Währenddessen wird das Anwesen von verschiedenen Leuten am Laufen gehalten: Manuel ist der Verantwortliche für die Felder. Irma ist die Köchin und Madame Louise ist zuständig für das Haus.

Im Moment arbeite ich als Hausmädchen und gehe damit der betagten Madame Louise zur Hand, die schon seit fünfzig Jahren bei der Familie arbeitet. Seit fünfzig Jahren, Teresa! Ich mache, was bei ihr der Rücken nicht mehr zulässt, also so ziemlich alles: fegen, Böden schrubben, Staub entfernen, die Zimmer der Herrschaften in Ordnung halten. Sie hingegen näht und passt auf Felicidad auf. Es ist mir anfangs schwergefallen, die Kleine wieder in Obhut einer fremden Person zu lassen. Aber Madame Louise hat selbst Enkel und ich brauche keine Angst zu haben, dass sie mir mein Kind wegnehmen möchte, wie ich es bei Elodie verspürte.

Es ist kalt hier, kälter als in Perpignan oder in Barcelona. Die Luft ist trockener, schneidender. Aber ich habe ein Dach über dem Kopf, ein einigermaßen weiches Bett und genug zu essen.

Ich grüße dich, deine Mercè

Liebe Teresa,
danke für deinen Brief. Auch mir geht es gut. Wie du weißt, hat Felicidad sich seit dem Vorfall in der Wäscherei geweigert, wieder ein verständliches Wort zu sprechen. Manchmal denke ich, dass sie selbst an jenem Tag nicht wirklich wusste, was sie sagte. Sie war doch noch so klein! Nun ist sie schon dreizehn Monate alt, und gestern hat sie mich ganz ernst angesehen und laut und deutlich *mamá* gesagt. Mir sind die Tränen nur so über das Gesicht geflossen, die Arme hat gar nicht verstanden, warum, und hat mir ihre Ärmchen um den Hals geschlungen und immer wieder *mamá* gesagt. Und sie sagt nicht nur das! Madame Louise nennt sie nun Loulou, was diese ganz entzückend findet. Auch *pa* sagt sie bereits. Natürlich meine ich, dass sie damit Brot auf Katalanisch meint, aber Madame Louise ist überzeugt davon, dass sie *pain* sagt, also Brot auf Französisch. Ich lasse sie gerne in dem Glauben. Es ist gut, wenn Felicidad auch Französisch sprechen lernt, schließlich wissen wir nicht, wie lange wir hierbleiben werden. Außerdem bin ich einfach nur glücklich, das Wort Mama aus ihrem Mund zu hören. An mich gerichtet und nur an mich.
Mit Schrecken verfolgen wir die Nachrichten über den Afrikafeldzug. Möchte sich Hitler wirklich die ganze Welt unter den Nagel reißen? Es fühlt sich an, als würde eine Schlinge um den Hals Europas gelegt und langsam, aber stetig zugezogen werden. Wie lange wird die freie Zone hier in Frankreich wirklich frei bleiben?
Ich grüße dich, deine Mercè

Liebe Teresa,
danke für deinen Brief. Ja, auch hier ist es heiß, immerhin sind wir schon im Juli, und während ihr hin und wieder von der *tramontana* mit Frischluft versorgt werdet, liegt das Dorf hier in einer Art Kessel. Wir werden sozusagen gekocht von der Hitze. Das ist gut für die Trauben, aber schlecht für die Menschen. Die Hitze macht sie übellaunig und aggressiv. Erst vor einigen Tagen kam es zu einem großen Streit zwischen Jean-Philippe und dem Vorarbeiter Manuel. Bei Jean-Philippe weiß man nie, woran man ist: In einem Moment kann er freundlich zu dir sein und deine Arbeit loben, und im nächsten beschimpft er dich wüst einen Taugenichts. Leider war Manuel selbst mit dem falschen Fuß aufgestanden und hat zurückgebrüllt. Leider vor allem für ihn, denn Jean-Philippe hat ihn natürlich zum Teufel geschickt.
Heute Morgen war ich wieder einmal auf dem Markt. Ich verlasse das Anwesen selten; seine Grenzen bilden eine unsichtbare, schützende Hülle um mich, wie eine Eierschale um das Küken. Aber ab und zu muss ich ein Loch in die Schale picken und dann lasse ich mich von Madame Louise auf den Markt schicken. Es tut gut, mich unter die Leute zu mischen; ich genieße die Atmosphäre, die Geräusche, die Gerüche nach dem rezenten Schafskäse, den Monsieur Fernand anbietet, nach den frischen Broten von Monsieur Clément oder den Wurstwaren von Madame Sybille. Wenn ich zwischen den Ständen schlendere, muss ich an die Rambla im Lager

denken, an die Spaziergänge mit Agustí, an all die Träume, die wir gesponnen haben beim Anblick der Waren, die wir uns nicht leisten konnten. Ich vermisse ihn immer noch, Teresa. Ist das normal? Wir waren für die Ewigkeit bestimmt, sagte er immer. Ich glaube, ich werde nie wieder einen anderen Mann finden.
Auf dem Markt gibt es eine Wahrsagerin. Ich bleibe gerne in der Nähe stehen und lausche, was sie ihren Kundinnen – hauptsächlich sind es nun mal Frauen, Männer scheinen ihr Geschwafel gleich als Unfug abzutun – alles aus der Hand liest. Die meisten sind wirklich beeindruckt. Manchmal bin ich versucht, ihr die paar Centimes zu geben, die sie verlangt, und mir eine schöne Zukunft in die Hand malen zu lassen. Aber ihre harten Augen halten mich davon ab.
Ich grüße dich, deine Mercè

Liebe Teresa,
es tut mir leid, zu hören, dass Elodie gestorben ist. Auch wenn ich sie nicht mochte, habe ich ihr doch nie den Tod gewünscht. Und schon gar nicht, von einem Automobil überfahren zu werden. Pierre muss entsetzlich traurig sein. Sie waren beileibe ein seltsames Paar …
Vor einigen Wochen hat der neue Vorarbeiter seine Arbeit aufgenommen, sein Name ist Vincent. Er geht sehr freundlich mit seinen Leuten um, im Gegensatz zu Manuel. Sie danken es ihm mit Fleiß und Gehorsam. Die Traubenlese steht vor der Tür, was bedeutet, dass ich schon bald ein ganzes Jahr hier bin. Die Zeit vergeht mit

einem Mal so schnell! Oder ist das normal, wenn man ein zufriedenes, sicheres, arbeitsames Leben führt? Erinnerst du dich, wie zäh die Stunden und Tage im Lager zerronnen sind, ohne Beschäftigung, ohne Hoffnung? Ich mag gar nicht daran denken, dass ich vor zwei Jahren noch an jenem Strand gehaust habe, hinter Stacheldraht und vergessen von der Welt. Am liebsten würde ich nie wieder an jene Zeit denken, aber das würde bedeuten, auch Agustí aus meinen Gedanken zu verbannen. Der Strand von Argelès und Agustí sind auf immer und ewig miteinander verbunden – denke ich an das eine, denke ich auch an ihn. Und umgekehrt.
Bald wird Hitler das gesamte russische Reich erobert haben. Was bleibt dann noch übrig von Europa? Die Einzigen, die ihm noch trotzen, sind die Briten. Alle anderen Länder wurden erobert, mundtot gemacht, haben sich feige (oder schlauerweise?) für neutral erklärt oder zu Bündnispartnern. Was für einen Wert hat dieser Waffenstillstand da noch, für diese zwei Fünftel Frankreichs? Die Wahrsagerin auf dem Markt ist seit einem Monat nicht mehr aufgetaucht. Sonst hätte ich sie gefragt.
Ich grüße dich, deine Mercè

Liebe Teresa,
frohe Weihnachten! So froh wie diese Weihnachten eben sein können, mit einem Weltkrieg als Geschenk. Wie hat es nur so weit kommen können? Anstatt endlich zu enden, erweitern sich der Kampfradius und die begangenen Gräueltaten. Es

ist erschreckend zu sehen, wie viele Menschen diesem Hass folgen.
Ich arbeite jetzt bei Irma in der Küche, du weißt ja, wie gerne ich koche. Madame Louise hat Unterstützung bekommen von ihrer Tochter samt Enkelin, dafür musste Irmas Hilfe nach Toulouse zurückkehren, um ihren kranken Vater zu pflegen. Es herrscht ein stetiger Fluss an Menschen hier, sei es bei den Angestellten oder bei den Besuchern, die Jean-Philippe und Joséphine gerne empfangen. Es sind viele Künstler dabei, Maler, Schauspieler, Musiker, sie wogen ein und aus, bringen Geschichten mit aus der Welt außerhalb meiner Eierschale, aus Carcassonne, aus Marseille, aus Paris und sogar aus Barcelona, stell dir vor! Es war gut, wieder einmal Katalanisch mit einem Erwachsenen zu sprechen (mit Felicidad kann ich nur Kindersprache sprechen). Dieser Herr bestätigte mir, was du mir in einem früheren Brief sagtest: Franco ist dabei, die katalanische Kultur und Sprache mitsamt ihren Wurzeln aus dem iberischen Boden zu reißen. Wie kann man einem ganzen Volk die eigene Sprache verbieten?
Woher dieser ganze Groll?
Dieser Mann, ein Maler, schwärmte von einem Künstler, der wohl in aller Munde ist; ich habe seinen Namen noch nie gehört. Salvador Dalí, aus Figueres. Mein Onkel Jaume hätte ihn vielleicht gekannt, wer weiß. Ein Genie, meinte der Mann, ein Surrealist der ersten Klasse. Nur leider Franco und dem Faschismus nicht abgeneigt. Ich fragte ihn, ob man denn Künstler unterstützen und propagieren sollte, die diese Art von Regime gutheißen. Die

Kunst sei der Spiegel der Gesellschaft, meinte er. Ich bin mir nicht sicher, ob ich das verstehe.
Ich grüße dich, deine Mercè

Liebe Teresa,
verzeih mir, dass ich mich so lange nicht gemeldet habe. Ich musste eine Zeit lang das Bett hüten mit einer schweren Grippe und hatte nicht einmal Kraft, einen Stift zu halten. Der Frühling hält langsam Einzug, die Natur beginnt wieder zu atmen. Vincent macht mir seit Längerem den Hof. Tagsüber haben wir nicht viel miteinander zu tun, ich in der Küche, er draußen auf dem Feld. Aber die Winterabende sind lang und da sitzen die Angestellten gerne beisammen und erzählen sich Geschichten. Vincent ist groß und stark; seit er denken kann, arbeitet er auf dem Feld. Und gleichzeitig ist er einfühlsam und aufmerksam. Wenn er neben mir sitzt, vielleicht ein klein wenig zu nahe, dann berühren sich unsere Ärmel und mir scheint, als säßen wir Haut an Haut, so sehr spüre ich seine Wärme und Zuneigung. Ich fühle mich geschmeichelt von seinen Bemühungen. Wenn er in den Raum tritt, merke ich, wie sich meine Mundwinkel wie von selbst heben. Er ist ein guter Mann.
Ich grüße dich, deine Mercè

Liebe Teresa,
ich bin so überglücklich, zu hören, dass ihr euch endlich dazu aufrafft, eine Hochzeit zu organisieren! Wurde aber auch Zeit. Selbstverständlich werde ich kommen und Felicidad auch. Du wirst sie nicht wiedererkennen; bei eurer Feier im September wird

sie schon fast drei Jahre alt sein. Sie ist ein kleiner Wirbelwind, immer in Bewegung, immer plappert sie, eine bunte Mischung aus Französisch und Katalanisch. Manchmal brauche ich ein paar Sekunden, um das Sprachenwirrwarr in meinem Kopf zu entflechten, bevor ich sie verstehe. Sie ist mein Ein und Alles. Sie ist wunderbar, Teresa, du wirst sie lieben!
Mehr Begleitung werde ich nicht mitbringen, denn auch wenn sich Vincent viel Mühe gibt, um mich zu werben, steht doch immer wieder Agustí vor mir. Du glaubst bestimmt, dass ich längst über seinen Tod hinweg sein sollte. Das denke ich auch, aber mein Herz hält an ihm fest. Jeder Blick in Felicidads Augen beschwört seinen Geist herauf und ich spüre seine Anwesenheit regelrecht. Ihr gilt meine ganze Liebe jetzt; ich muss mich wohl an den Gedanken gewöhnen, nie wieder einen anderen Mann in meinen Armen zu spüren. Aber wenn ich an Agustí denke, bin ich glücklich. Mehr brauche ich nicht.
Ich grüße dich, deine Mercè

Liebe Teresa,
Jean-Philippe ist außer sich; seine üble Laune sprüht Funken, wenn er durch das Haus läuft, die wiederum die spröden Nerven der Übrigen in Brand setzen. Vincent hat das Anwesen verlassen, und das während der Traubenlese. Er konnte den Gedanken nicht ertragen, von mir konstant abgewiesen zu werden. Ich glaube, ich habe ihm das Herz gebrochen. Sein Herz war aus Gold. Was bin ich doch für ein dummes Huhn, aber nun ist er fort.

In einem Monat sehe ich euch endlich wieder, ich freue mich sehr auf die paar Tage, auch wenn mich der Gedanke an die Reise ängstlich stimmt.
Ich grüße dich, deine Mercè

Mercedes staunte über das Gewicht ihres Koffers. Sie blieb doch nur eine Woche fort, wie war es möglich, dass er so schwer wog? Ein bisschen Wäsche für sie, ein hübsches Kleid für die Zeremonie, Felicidads Kleidchen, ein Satz Servietten als Hochzeitsgeschenk, in die sie mühevoll und unter Madame Louises Anleitung kleine Ornamente gestickt hatte. Sie hoffte, dass ihre Freunde die Liebe und Mühe erkannten, die darin steckten; nie wieder würde sie einen Stickrahmen in die Finger nehmen.

Joséphine kam mit den Fahrkarten zurück und drückte sie Mercedes in die Hand. »Ich habe dir noch vier Flaschen Wein in den Koffer gelegt, ein Geschenk unsererseits für Serge und Teresa.«

Das erklärte das Gewicht. Joséphines Blick schweifte schon wieder sphärisch in die Weite, auf der Suche nach dem nächsten Motiv für ihre Kunstwerke. Sie war besessen von der Malerei. Als ob sie ihren Frust über die Gewalt und den Hass in der Welt in Farbe ertränken musste. Selten war sie mit beiden Füßen auf der Erde, um ein anständiges Gespräch am Laufen halten zu können. Mercedes fragte sich immer wieder aufs Neue, wie der hitzköpfige Jean-Philippe mit dieser entrückten Elfe eine funktionierende und harmonische Ehe führen konnte. Sie beneidete sie darum. Seit Vincent das Anwesen verlassen hatte, fehlte er ihr. Wie sagte ihre Mutter immer? »Man merkt erst, was man hatte, wenn man es nicht mehr hat«, oder so ähnlich.

Der Zug fuhr ein. Eigentlich war abgemacht gewesen, dass Jean-Philippe sie mit dem Automobil nach Perpignan fahren würde, um ebenfalls bei der Feier seines Freundes Serge anwesend zu sein. Aber wichtige Geschäfte hatten diesen Plan in letzter Sekunde durchkreuzt und Joséphine fuhr so selten, dass sie sich die lange Strecke nicht zutraute. Also würde Mercedes mit dem Zug erst von Carcassonne nach Narbonne fahren und dort in den Zug nach Perpignan umsteigen. Felicidad zog an ihrer Hand und versteckte sich gleichzeitig hinter ihren Beinen. Neugier und Angst zerrten als zwei gegensätzliche Kräfte an ihr; so etwas wie eine dampfende, stampfende Lokomotive hatte sie noch nie gesehen.

»Joséphine?« Sie legte der Frau die Hand auf den Arm, um sie wie einen Luftballon wieder zurück auf die Erde zu holen. »Heute in einer Woche komme ich zurück«, erklärte sie zu deren Erinnerung.

Joséphine lächelte. »Natürlich. Jean-Philippe wird dich abholen, keine Sorge. Ich wünsche dir eine gute Reise!«

Die Bänke in der dritten Klasse waren hart und die Fenster ließen sich nicht öffnen. Beim Anrucken begann Felicidad ängstlich zu weinen. Aber schon kurz danach drückte sie ihre Nase an die Scheibe und kommentierte der Stoffpuppe, die ihr Mercedes selbst mühsam genäht und zum zweiten Geburtstag geschenkt hatte, aufgeregt die vorbeiziehende Flut an neuen Eindrücken in ihrer Plappersprache. Mercedes‘ Gegenüber, eine ältere Frau im Ordensgewand, lächelte sie an, dann vertiefte sie sich in ein Zwiegespräch mit ihrem Rosenkranz. Hin und wieder sah sie erneut auf, die Lippen mal mehr, mal weniger nach oben gebogen. Das Anwesen stellte Felicidads Zuhause dar, alle waren vernarrt in sie und daraus resultierte, dass sie keine Scheu kannte. Mercedes wiederum hatte keine Erfahrung darin, sich mit ihr in der Öffentlichkeit zu bewegen. Die nächsten zwei Stunden bis zu ihrer Ankunft in Narbonne verbrachte Mercedes mit dem Drahtseilakt, das korrekte Benehmen ihrer kleinen Tochter am Gesichtsausdruck der Nonne abzulesen.

In Narbonne mussten sie über eine Stunde auf den Zug nach Perpignan warten. In der Zeit setzten sie sich auf eine Bank am Gleis und aßen und tranken, was Irma ihnen gerichtet hatte: frisches Landbrot, Käse und hart gekochte Eier, dazu Tomaten aus dem Gemüsegarten und eine Flasche Wasser. Felicidad begann zu quengeln, sitzen und warten waren ihr zu langweilig. Nicht einmal mehr mit ihrer Puppe konnte sie sich ablenken. Die Fragen erinnerten sie an die Bahnfahrten von Barcelona nach Figueres, wenn sie Onkel Jaume besuchten: Wann kommt der Zug? Wann sind wir endlich da? Warum darf ich nicht rennen? Warum darf ich nicht laut sprechen? Sie erkannte sich selbst in ihrer Tochter, sie hatte auch nie still sitzen können. Felix war der Ruhigere gewesen. Wie immer, wenn sie an ihren Bruder dachte, wurde ihr Hals eng. Wie groß war die Möglichkeit, dass sie ihn finden, er seine Nichte kennenlernen würde, die nach ihm benannt war? Wo sollte sie überhaupt anfangen? Sie drückte Felicidad so fest an sich, dass das Mädchen erschrocken aufjapste, sich dann aber an ihre Mutter kuschelte. Tief sog Mercedes den Duft ein, diesen Duft, an dem Mütter angeblich ihr Kind unter Hunderten anderen erkennen würden. Felicidad roch hauptsächlich nach der Olivenölseife, die Madame Louise selbst siedete. Sie drückte ihre Nase in die weiche Wange – gab es etwas Weicheres als die Wange eines Kleinkinds? – und strich ihr über die verschwitzten Locken. Felicidad drückte ihr einen nassen Kuss auf die Nase und wand sich aus der Umarmung.

»*Le train, mamà, viens el tren*«, sagte sie aufgeregt in einem Sprachenkauderwelsch, und tatsächlich, der Bahnsteig füllte sich und die Lokomotive tauchte hinter einer Kurve auf.

Da der Koffer zu schwer war, als dass Mercedes ihn in die Ablage über ihren Köpfen hätte wuchten können, stand er neben ihr im Gang. Das Abteil war gefüllt mit Hitze und Ausdünstungen aller Art, die sich in den wenigen Minuten, in denen die Türen geöffnet wurden, nicht auflösen konnten. Ein junger Mann setzte sich gegenüber von Felicidad an den anderen Fensterplatz, schnitt zu ihrer Belustigung noch ein paar Grimassen und verschanzte sich dann hinter einer Zeitung. Die Wärme und die Aufregung legten sich wie eine weiche Decke über Mercedes. Felicidad, eben noch quicklebendig, schien es gleich zu gehen. Das rhythmische Ruckeln wiegte sie innerhalb kürzester Zeit in den Schlaf. Mercedes umarmte sie beschützend und erlaubte sich, kurz die Augen zu schließen.

Ein Ruck ging durch den Wagen, dann kam der Zug quietschend zum Stehen. Mercedes setzte sich abrupt auf. Felicidad seufzte und drehte den Kopf gegen die Wand, um weiterzuschlafen. Mercedes bemerkte die Schweißtropfen, die dem Mädchen von der Schläfe über die Wangen liefen wie Tränen. Sie wischte sie eben weg, als sie die Waggons sah, die langsam auf dem Nebengleis fuhren. Die meisten Fenster waren mit Pappe verklebt. Aber bei einem war die Verkleidung heruntergefallen oder -gerissen worden, und was sie sah, sandte einen kalten Schauer durch ihren Körper. Es waren Gesichter, wie sie sie in Argelès das letzte Mal gesehen hatte: gezeichnet von Hunger und Verzweiflung und dem Unverständnis über das Leid, das sie ertragen müssen. Viel zu viele davon saßen und standen zusammengepfercht in dem Wagen, sie sah Männer, Frauen und sogar Kinder. Die Fassungslosigkeit musste ihr anzusehen sein.

»*Ce sont des juifs*, das sind Juden«, erklärte ihr der junge Mann gegenüber. Seine Stimme klang abschätzig. »Aus dem Lager von Rivesaltes.«

Mercedes hatte von den Judenverfolgungen gehört, in Deutschland und Polen. Aber hier, in Vichy-Frankreich?

»Wo werden sie hingebracht, was geschieht mit ihnen?« Ihr brach der Schweiß aus. Felicidad schlug die Augen auf und blinzelte sie verschlafen an. Weiter hinten erhoben sich Stimmen.

»*Contrôle d'identité!*«, hörte sie. Ausweiskontrolle.

»Billett und Ausweis bereit halten, bitte!«

Der junge Mann beäugte sie misstrauisch. »*Vous êtes juive?* Sind Sie etwa Jüdin?« Er sah aus, als wollte er auf sie spucken.

Die Angst packte Mercedes an der Kehle. Sie erhob sich. »Komm, Felicidad«, murmelte sie ihrer Tochter auf Katalanisch zu. »Nimm deine Puppe, wir suchen uns einen anderen Platz.« Sie schob das Mädchen und den schweren Koffer vor sich her, weg von dem Kontrolleur und dem Polizisten. Felicidad protestierte und stolperte über ihre verschlafenen Beine.

»Eh!«, rief der junge Mann. »Ist das überhaupt Ihr Kind?«

Die Mitreisenden begannen, ihre Köpfe zu drehen. Einige starrten sie offen an. Mercedes wurde beinahe schwarz vor Augen. Warum musste dieser Mann so viel Aufmerksamkeit auf sie lenken? Ein Polizist würde sofort erkennen, dass ihre Papiere keine Gültigkeit besaßen. Die Luft im Wagen schien auf einmal Tonnen zu wiegen und presste ihr jeglichen Sauerstoff aus der Lunge. Ihre Beine fühlten sich so nutzlos an wie die der Stoffpuppe, sie konnten ihren Körper nicht tragen. Sie wollte sich auf den Boden fallen lassen und weinen, weinen, um die Menschen, die in dunklen Waggons an ein unbekanntes Ziel verladen wurden. Um sich, die in diesen Minuten einer ebenso unbekannten Zukunft entgegensah, wenn dieser Mann nicht sofort schwieg. Sie zwang sich, einen Schritt vor den anderen zu setzen, bis sie am Ende des Wagens ankam.

»Dreckige Jüdin!«, spie ihr der aufgebrachte Mann nach. »Sie hat bestimmt das Kind entführt! Die gehört doch in den anderen Zug!«

Hinter ihr entstand ein Tumult. Sie hörte jemanden rufen, wahrscheinlich den Polizisten, dass sie stehen bleiben sollte. Sie drehte sich nicht um, schlug die Hand des älteren Herrn weg, der halbherzig versuchte, sie an der Jacke festzuhalten. Irgendwie schaffte sie es, die Tür zu öffnen, den Koffer die drei steilen Stufen nach unten zu befördern – jetzt war auch egal, ob die Flaschen zerbrachen. Sie hob Felicidad herunter, konnte sie denn nicht aufhören, zu plärren?

»Sh, sh, *amor, carinyo,* Schätzchen, sei ruhig!«, flehte sie, während sie Koffer und Kind die Gleise entlang schleppte, ihr Atem keuchend vor Panik. Wäre sie doch zu Hause geblieben. Hätte sie sich doch damals ins Meer gestürzt. Hätte sie doch Felicidad bei Madame Louise gelassen. Wäre sie doch nach Spanien zurückgekehrt, als es noch möglich gewesen war. Tausend solcher Gedanken schwirrten ihr wie kleine schwarze Fliegen durch den Kopf.

»Arrêtez!«

Mercedes ließ den Koffer los. Nichts darin war unersetzbar.

»Arrêtez!«

Sie würde nicht anhalten. Sie riss Felicidad in ihre Arme, das Mädchen kreischte vor Angst, woher sollte es auch wissen, was geschah, und sie begann zu rennen, den flachen Bahndamm hinauf, dort vorne war eine Lücke in den Büschen, dort musste sie hin.

Sie hörte die Schüsse, bevor die Kugeln ihren Körper trafen. So fühlte es sich also an, Mutter, dachte sie, als der brennende Schmerz durch sie hindurchschoss. Sie stolperte, fiel auf die Knie. Klammerte sich an Felicidad. Japste nach Luft. Schwarze Sterne vor den Augen wie erloschene Hoffnungsschimmer.

Mamá! Mamá!

War sie es, die nach ihrer Mutter rief, oder war es ihre Tochter?

Heiße, kleine Hände in ihren Händen.

Keine Luft. Sie bekam keine Luft.

Mamá!

Vergib mir.

KAPITEL 11

Grau ist keine Farbe

Perpignan, September-Oktober 1942

Sie wollte nicht aufwachen. Etwas in ihrem Kopf sagte ihr, dass es besser wäre so. Etwas war geschehen, das sich nicht rückgängig machen ließe.

Sie wollte nicht aufwachen. Aber Irma würde böse werden, wenn sie zu spät in der Küche erschien. Sie versuchte, die Augen zu öffnen, aber ihre Lider fühlten sich so schwer an.

Sie wollte nicht aufwachen. Aber Felicidad brauchte ihr Frühstück. Sie drehte sich zur Seite, ein heißer Schmerz schoss durch ihren Oberkörper. Sie wimmerte. Etwas pikste sie in den Arm. Nicht mit. Nadeln. Spielen ... mein Schatz ...

Jemand sprach. Drückte an ihr herum. Sie wollte nicht aufwachen.

»Madame Sants Duran? Hören Sie mich?«

Nein.

Als Mercedes tatsächlich aufwachte, war es dunkel. Nur ein dürftiges Notlicht brannte. Sie lag nicht in ihrem Bett in ihrer kleinen Kammer, aber das verwunderte sie nicht. Ihr Verstand musste es ihr eingeflüstert haben, während sie schlief. Sie war im Krankenhaus. Jeder Atemzug brannte. Links und rechts neben ihr standen weitere Betten, es wurde gehustet, geräuspert, gestöhnt. Ruhig und schmerzfrei zu schlafen schien hier niemand. Sie hob vorsichtig die Decke und lugte an sich hinab. Unter dem Krankenhausnachthemd fand sie ihren Oberkörper straff einbandagiert, mit einem dünnen Schlauch, der zu einem Beutel neben dem Bett führte. Vorsichtig zupfte sie daran, aber der plötzliche Schmerz ließ sie zurückzucken und sie schrie leise auf. Durch die Tränen sah sie eine weiß gekleidete Gestalt auf sich zukommen, spürte das mittlerweile bekannte Piksen in den Arm. »Felicidad?«, fragte sie schleppend. Ihr Mund fühlte sich an, als wäre er mit Watte vollgestopft. Die Kleine würde sich fürchten allein im Dunkeln.

Am nächsten Morgen hatte die Wirkung der Spritze wieder nachgelassen. Morphium, erklärte ihr die Krankenschwester, eine junge Frau, kaum älter als sie selbst. Aber mehr dürfe sie im Moment nicht bekommen.

»Ich muss zu meiner Tochter«, bat Mercedes. Wie lange lag sie schon hier? Der verwirrte Gesichtsausdruck der Schwester machte ihr Angst. »Sie ist noch so klein, sie braucht mich ...«, fing sie an, ihr zu erklären, obwohl etwas in ihrem Hinterkopf ihr sagte, dass es zwecklos war. Sie hob die Stimme, um dieses Flüstern in ihr zu übertönen. »Wo ist sie?«

Die Krankenschwester wich zurück.

»Wo ist mein Kind?«, schrie Mercedes nun, versuchte, sich aufzurichten, sackte aber vom Schmerz gefällt wieder zusammen. »Wo ist meine Felicidad?«

In ihrer Brust brannte es, als ob eine Lupe die Sonnenstrahlen sammeln und ihr direkt durch das Herz jagen würde. Sie konnte kaum atmen, und dennoch schrie sie unentwegt den Namen ihres Kindes, bis zwei Männer angerannt kamen und sie festhielten, während die Krankenschwester ihr wieder eine Nadel in den Arm stach.

Zwei Personen standen an ihrem Bett. Mercedes musste ein paar Mal blinzeln, bis sie fokussieren konnte. Ein Arzt und ein Polizeibeamter unterhielten sich leise. Vorsichtig hob sie die Hand, strich sich ganz langsam eine Haarsträhne aus dem Gesicht. Es war ganz klebrig vor getrocknetem Schweiß, als läge ein Spinnennetz auf ihrer Haut. Die Frau im Nebenbett wimmerte laut.

»Felicidad?« Ihre Stimme klang wie das unheilvolle Krächzen eines Raben. Sie räusperte sich.

Die zwei Männer unterbrachen ihr Geflüster und wandten sich ihr zu. Der Arzt nahm ihren Arm und fühlte ihren Puls. Er machte einen nervösen Eindruck auf sie und sie spürte direkt, wie ihr Herzschlag sich beschleunigte. »Ihre Tochter wurde in das örtliche Waisenhaus gebracht, soweit ich informiert bin«, erklärte ihr der Arzt, drückte ihre Hand sanft und legte sie auf die Decke ab.

»Ins Waisenhaus?«, stammelte Mercedes. Sie war sich nicht sicher, ob sie richtig gehört hatte. Ihr Kopf dröhnte so laut, dass sie kaum verstand, was sie selbst sagte.

»Sie haben einen Lungendurchschuss erlitten und eine Beinwunde; als die Sanitäter am ...«, er hüstelte, »Unfallort eintrafen, waren Sie so gut wie tot.

Das geschah vor einer Woche. Wir haben Sie erfolgreich operiert, wie Sie feststellen können. Nach Ihrer Entlassung in einigen Tagen können Sie sie selbstverständlich dort abholen. Allerdings ...« Er schien sehr unangenehm berührt und schaute hilfesuchend zum Polizeibeamten.

»Madame ...«, begann dieser.

»Mademoiselle«, flüsterte Mercedes, müde vom Schmerz der Wunden und der Worte, die auf sie einprasselten. Fräulein. Sie war nur in ihrem Herzen verheiratet.

»Ah. Mademoiselle. Sie tragen keine gültigen Dokumente mit sich.« Er klopfte mit dem Finger auf ein Stück Papier, wahrscheinlich ihr Ausweis. »Damit halten Sie sich illegal in unserem Land auf; des Weiteren haben wir herausgefunden, dass Sie vor über zwei Jahren Insassin des Flüchtlingslagers von Argelès-sur-Mer waren, und als solche aus der *maternidad* in Elne geflohen sind. Glück für Sie, dass Ihre Tochter im Geburtenregister von Elne eingetragen ist, damit können wir den gegen Sie erhobenen Verdacht der Kindesentführung fallen lassen.«

Mercedes schloss die Augen; dabei nabelten sich die Tränen, die sich dort gesammelt hatten, ab und rollten langsam der Nase entlang bis zu ihrem Mund. Reflexartig fing sie sie mit der Zunge ein. Salz. Im Essen. Im Wasser. Sie wusste, was der Polizist als Nächstes sagen würde.

»Sobald Sie transportierfähig sind, werden Sie zurück ins Lager gebracht.«

Seit über einer Woche lag sie nun also hier, ihr Kind wusste nicht, wo sie war, Teresa und Serge hatten geheiratet, ohne zu wissen, warum sie nicht aufgetaucht war, Jean-Philippe wartete heute vergebens auf sie am Bahnhof. Zweieinhalb Jahre lang hatte sie das Schicksal austricksen können, jetzt schlug es seine Klauen wieder in ihr Fleisch, wortwörtlich. Alles nur wegen eines Stücks Papier und ihrem Leichtsinn, an der Hochzeit teilnehmen zu wollen. Sie wollte in ihren Vorwürfen ertrinken, warum nur hatte sie Felicidad nicht zu Hause gelassen, was für eine Dummheit, mit dem Zug zu fahren, verflucht seien Jean-Philippes Geschäfte, die ihn davon abgehalten hatten, sie zu fahren! Sie verfluchte Franco, Hitler, Pétain und alle Kriege der Welt, nur um zurückzukehren zu den Vorwürfen. Die Vorstellung davon, welche Ängste Felicidad ausstehen musste, war so schwer auszuhalten, dass sich Mercedes regelmäßig auf die Wunde unterhalb ihres Herzens schlug, damit der seelische Schmerz sich in einen körperlichen, erträglicheren verwandelte. Wie sollte das kleine Mädchen auch verstehen, was passiert war? Wusste sie überhaupt, dass ihre Mutter noch lebte? Nichts konnte sie unternehmen, nutzlos und bewegungsunfähig war sie, sogar auf die Bettpfanne war sie angewiesen, weil sie noch nicht allein zu stehen vermochte. Zwischen Weinkrämpfen und Momenten der Apathie erbat sich Mercedes Papier und Stift von der Krankenschwester sowie die Adresse des Waisenhauses. Flehend beschwor sie die Leiter des Waisenhauses, sich gut um ihre Tochter zu kümmern und ihr zu erklären, dass sie sie in wenigen Tagen schon abholen würde. Vom Regen in die Traufe, vom Waisenhaus ins Flüchtlingslager. In einem weiteren Brief erzählte sie Teresa, was geschehen war, und wo sie sie finden konnte. Dasselbe schrieb sie Jean-Philippe.

Zwei Tage später stand Teresa abends an ihrem Bett. Ihr Gesichtsausdruck verhieß nichts Gutes.

»Felicidad ist nicht in dem Waisenhaus.«

»Sie ist ... nicht?« Die Erkenntnis traf Mercedes unvorbereitet wie ein Wolkenbruch, durchnässte ihre Seele und ließ sie klamm und mit eiskaltem Herzen zurück.

Wortlos hielt ihr Teresa einen Brief hin. Sofort nach Erhalt von Mercedes' Nachricht war sie zum Waisenhaus geeilt, aber dort wurde sie darüber informiert, dass kein Kind namens Felicidad bei ihnen abgegeben worden war. Tatsächlich waren nur Jungen abgegeben worden in den vergangenen zehn Tagen. Die Leiterin entschuldigte sich dennoch in dem Brief bei Mercedes – was für eine Schuld trug sie? – und wies sie darauf hin, dass momentan viele elternlose Kinder ins Lager von Rivesaltes gebracht würden. Mercedes keuchte auf.

»Rivesaltes? Aber sie ist doch nicht einmal drei Jahre alt! Sie braucht ihre Milch täglich und anständiges Essen, und sie wird frieren, es war so heiß im Zug, sie hat keine Jacke dabei ...« Teresa setzte sich aufs Bett und Mercedes klammerte sich, so gut es Schläuche und Bandagen zuließen, an sie. O Gott, der Zug mit den Juden, der Mann hatte sie als Jüdin beschimpft, O Gott, wie konnte dieser Gott all dies nur zulassen? Was, wenn es weitere solcher Züge geben würde, wenn sie ihr kleines Mädchen aus Versehen in einen dieser Züge steckten?

Am nächsten Abend kam Teresa wieder, dieses Mal in Begleitung von Serge. Das Haar wie immer perfekt mit Pomade gescheitelt, das Oberlippenbärtchen schmal getrimmt, hatte er sich kaum verändert in den zwei Jahren, die sie sich nicht gesehen hatten. Teresa, fiel Mercedes hingegen auf, war fülliger geworden. Die hellbraunen Haare steckten unter dem Tuch, das sie zur Arbeit immer trug, nur vorne an der Stirn lugte eine vorwitzige Tolle heraus. Sie lächelte Mercedes an, aber dieses Mal war es ihr unmöglich, sich anstecken zu lassen.

»Pierre hat einen Arbeitsvertrag für dich ausgestellt«, eröffnete ihr Serge, nachdem sie sich zur Begrüßung nur lange stumm angesehen hatten. »Er wird noch vom *commissaire* überprüft, aber das ist reine Formsache. Morgen, wenn du entlassen wirst, kommst du wieder zu uns.«

Mercedes lachte bitter auf. »Wie soll ich denn in meinem Zustand die harte Arbeit in der Wäscherei erledigen? Und warum konnte er das nicht letztes Mal schon, dann wäre all das hier nicht passiert.« Sie wusste, dass sie ungerecht war. Letztes Mal war sie auf der Flucht gewesen, hatte sich ohne gültige Papiere, ohne Passierschein und anderweitiger möglicher Erlaubnis auf französischem Territorium aufgehalten. Eine Flüchtende, ein dummes Kind, das gedacht hatte, sich der zu erwartenden Strafe entziehen zu können, indem es nur darauf warten müsste, dass Mutter und Vater nicht mehr böse waren. Nun aber war sie, trotz ihres Aufenthaltes im Krankenhaus, wieder Insassin eines Flüchtlingslagers und konnte so, mit der Bürgschaft eines rechtschaffenen Franzosen, mittels eines Arbeitsvertrages ausgelöst werden.

Warum hatte sie damals nicht einfach warten können, bis Teresa etwas in die Wege leitete?

»Elodie wollte keine Illegalen«, murmelte Teresa, als ob sie ihre Gedankengänge verfolgt haben könnte. »Als du plötzlich auftauchtest, brauchten wir eine schnelle Lösung. Sie hat nur zugestimmt, nachdem sie hörte, dass du ein kleines Kind mitbringst, um das sie sich kümmern könnte.«

»Und jetzt ist Elodie tot, die Arme«, erklärte Serge weiter, auch wenn Mercedes auf seinem Gesicht wenig Mitgefühl erkannte. »Pierre und ich können uns nicht um den ganzen Papierkram des Geschäfts kümmern. Früher hat Elodie das erledigt. Das wirst du übernehmen. Wir haben ... wichtigere Aufgaben.«

»Und Felicidad?«, flüsterte Mercedes, und allein beim Aussprechen des geliebten Namens liefen ihr wieder die Tränen über das Gesicht. Sie bemerkte trotzdem den betretenen Blickwechsel zwischen Teresa und Serge.

»Wir werden versuchen, etwas über die Hilfsorganisationen ausfindig zu machen, die in Rivesaltes tätig sind. Sie kann ja nicht vom Erdboden verschluckt worden sein.«

In der Wohnung hatte sich in den vergangenen zwei Jahren kaum etwas verändert. In die zweite Etage überhaupt erst hinaufzukommen, war in Mercedes' Zustand allerdings schon eine Herausforderung: Ihr rechtes Bein war weiterhin bandagiert und schmerzte bei jeder Belastung, sodass sie Krücken benutzen musste. Bereits nach wenigen Schritten keuchte sie nach Luft. Ihre Lunge würde noch Wochen brauchen, um zu ihrer früheren Kapazität zurückzukehren.

Teresa trieb sie lachend an – sie schien die ganze Zeit zu lachen, und es war Mercedes, als ob ihre Freundin versuchte, ihren Schmerz in buntes Papier zu packen. Sie hasste sie dafür. Im gleichen Atemzug relativierte sie ihren Gedanken. Sollte sie nicht dankbar sein für die Hilfe, die sie ihr anbot, selbst wenn sie sie nicht annehmen konnte?

Es zeigte sich schnell, dass sie unmöglich jeden Tag die Treppen hinauf- und hinuntersteigen und den Weg bis zur Wäscherei hin- und herhumpeln könnte. Kurzerhand wurde beschlossen, Mercedes direkt bei Pierre über der Wäscherei einzuquartieren. Nicht, dass sie sich darüber freute. Aber eigentlich war ihr alles egal. Was spielte es für eine Rolle, in wessen Wohnung sie die Nächte wach lag, gepeinigt von der Vorstellung, wie ihre Tochter nach ihr rief, im Glauben, Mama hätte sie zurückgelassen und vergessen? Was spielte es für eine Rolle, was sie aß, ob sie aß, während Felicidad vielleicht gar nichts zu essen bekam? Sie verfluchte ihren schwachen Körper, sie verfluchte die Schüsse, die dazu geführt hatten, dass sie nun abhängig war von der Aktion anderer, die noch dazu so lange auf sich warten ließ, als ob sich niemand außer ihr im Klaren darüber war, wie ernst die Lage war. Generell verfluchte sie alles und jeden, es schien ihr ein nützlicheres Ventil zu sein, als Gott um Hilfe und Gefallen zu bitten. Am allermeisten aber verfluchte sie ihr eigenes, miserables Leben. Sie saß über Rechnungen und Auftragsbüchern, die ihr nichts bedeuteten, strich über das Papier und dachte an die weichen Wangen ihrer Tochter. Wenn ihre Tränen auf den Tisch fielen, dachte sie an den Schweißtropfen, den sie ihr im

Zug aus dem Gesicht gewischt hatte. Den letzten. Die letzte mütterliche Geste.

Sie musste etwas unternehmen. Wie erwarteten sie von ihr, auf Papiere zu starren? Schon zu viele Tage waren vergangen, seit sie untätig und unwissend im Krankenhaus gelegen hatte. Sie wollte, sie könnte sich einen Lieferwagen schnappen und sich endlich nach Rivesaltes fahren lassen. Aber Serge und Pierre waren immer selbst unterwegs.

Wie es sich herausstellte, hatten Teresa und Serge, während Mercedes dabei war, in dem schwarzen Riss zu versinken, der sich in ihrem Inneren auftat, schon Vorarbeit geleistet.

»Mercedes, das ist Andrée Salomon. Sie arbeitet für das Kinderhilfswerk OSE.«

Müde hob Mercedes ihren Kopf. Die durchwachten Nächte forderten je länger, je mehr ihren Tribut. Die Frau, die nun hinter Teresa eintrat, beobachtete sie mit ernster Miene. Sie war groß und schlank, die dunklen welligen Haare trug sie korrekt hochgesteckt – kein einziges Haar, das nicht an seinem Platz lag. Die hochgeknöpfte, mit einer Brosche am Hals verschlossenen Bluse vervollständigte das Bild einer resoluten Frau, die wusste, wovon sie sprach und was sie wollte. Als sie ihren Mund öffnete, bestätigte sich das. In knappen, klaren Worten gab ihr Andrée die Informationen weiter, die sie besaß.

»Seit dem Sommer dient das Lager von Rivesaltes als Speziallager für die Juden, die in der freien Zone eingesammelt werden. Diese werden jetzt nach Drancy bei Paris deportiert und von dort nach Auschwitz. Zudem hat das Vichy-Regime die Anweisung, dass Kinder aus den Lagern nicht deportiert werden dürfen, aufgehoben. Wir arbeiten daran, so viele jüdische, aber auch nicht jüdische Kinder wie möglich unter dreizehn Jahren aus Rivesaltes herauszuschleusen, bevor sie ...«

Mercedes verstand nicht, worauf sie hinauswollte. Sie hatte nur ein Bild vor Augen. »Da waren Kinder in dem Zug«, flüsterte sie und begann, sachte auf ihrem Stuhl vor und zurück zu schaukeln.

Andrée nickte und ihre bereits ernste Miene wurde finster. »Wir können nicht alle retten. Ich wollte, wir könnten! Nach dem Transport am Tag des Verschwindens Ihrer Tochter, dem 21. September, gab es noch einen weiteren, am 28. September. Also vor acht Tagen. Ich kann bestätigen, dass kein Mädchen namens Felicidad auf der Deportationsliste stand.«

»Sie hat keine Papiere bei sich.« Mercedes fühlte sich zu schwach, um laut zu sprechen. In ihrem Kopf tanzten schwarze Sterne.

»Sie kennt ihren Namen, oder? Selbst wenn es nur der Vorname ist, wird sie bei Ankunft in Rivesaltes registriert worden sein. Ich habe sie auf keiner der Insassenlisten gefunden. Ich kann mit großer Sicherheit sagen, dass sie nicht dort ist.«

Mercedes wusste nicht, ob sie erleichtert sein sollte oder noch besorgter. Sie suchte nach Worten, aber ihre Zunge stieß sich an den möglichen Antworten.

Schließlich war es Teresa, die fragte: »Wo kann sie dann sein?«

Andrée fuhr sich mit der Hand über die perfekt sitzende Frisur. »Wie zu Beginn erwähnt, versuchen wir, so viele Kinder wie möglich aus dem Lager zu retten. Wir haben die Erlaubnis der Präfektur von Perpignan dazu, allerdings ist die genehmigte Anzahl viel zu gering. Sollen wir die Kinder vielleicht abzählen, du ja, du nein?« Sie schüttelte den Kopf, empört. »Viele Rettungsaktionen laufen heimlich und illegal ab. Wir haben zahlreiche Helfer und Helferinnen aller möglichen Organisationen, die immer mal wieder zwei, drei Kinder in ihren Autos mitschmuggeln und zu Familien bringen, die sie dann aufnehmen. Ich kann mir vorstellen, dass eine davon Felicidad abfing, bevor sie überhaupt richtig einen Fuß ins Lager gesetzt hat.«

Eine Träne rollte über Mercedes' Wange. Andrée kauerte sich neben sie und wischte sie mit einer Sanftheit weg, die im puren Gegensatz zu ihrem forschen Auftreten stand. »Ich kann Ihnen im Moment nicht sagen, wo Ihre Tochter ist. Aber es scheint, als wäre sie zumindest in Sicherheit.«

Mercedes nickte, immer noch unfähig, zu sprechen. Erst, als Andrée sich anschickte, das Büro zu verlassen, würgte sie heraus, als wäre der Anhaltspunkt ihre letzte Hoffnung: »Bitte. Sie trägt eine Stoffpuppe bei sich.«

Ihr Vater hatte ihr einmal erklärt, dass Schwarz und Weiß keine Farben seien. Aber da lag er falsch. Grau war keine Farbe. Das Grau dieser dunstverhangenen Tage, an denen sie die Sonne hinter dem Himmel nur erahnen konnte, ein Grau, das alle anderen Farben verschluckte und sie gleichzeitig reflektierte, sodass Mercedes die Augen schließen musste. Diese Abwesenheit von Farbe absorbierte all ihre Energie. Der Himmel über Argelès im Winter war oft so gewesen; langsam, langsam hatte er den Insassen das Leben aus den Knochen gesaugt. Selbst das Grau in

Agustís und Felicidads Augen, den zwei Menschen, die sie am meisten liebte, hatte ihre Gefühle geschluckt und sie schlussendlich allein zurückgelassen. Sie wusste nicht, wie sie die nächsten Tage und Wochen überlebte. Die Stunden zogen an ihr vorbei, als wären sie unsichtbar, Geister, eben noch hier, dann verschwunden. Grau. Leblos. Ohne Passierschein durfte sie Perpignan nicht verlassen. Ohne Hilfe konnte sie immer noch keine längeren Distanzen zu Fuß zurücklegen. Sie war an die Wäscherei gebunden, und das machte sie wahnsinnig. Wo früher der verhutzelte Monsieur Coll vor der Tür gesessen hatte, starrte nun sie in den toten Himmel. Irgendwie erledigte sie die Aufgaben, die man von ihr verlangte – oder vielleicht tat sie das auch nicht. Alles verschwamm. Die Papiere, die vor ihr lagen, hatten je länger, je mehr mit der Wäscherei nicht das Geringste zu tun. Listen mit Namen, die ihr nichts sagten, eingeteilt in Sabotage-, Transport- und Kommandoaufgaben, die sie auf Reispapier abschreiben musste. Große Briefumschläge, die sie in Empfang nahm und ungeöffnet an Serge weiterzugeben hatte. Sie war überzeugt davon, dass sich gefälschte Pässe darin befanden. Dazwischen kam immer wieder Andrée vorbei mit Neuigkeiten, die keine waren. Keine der Helferinnen, die sie nach Felicidad fragte, konnten sich an das Mädchen mit der Puppe erinnern.

Eines Tages brachte Serge ein großes Bild ins Büro. Die wilde Farbkombination und die spezielle Strichtechnik rissen Mercedes schließlich aus ihrer Lethargie. Es war eindeutig ein Bild aus Joséphines Hand, ja, die Unterschrift in der Ecke unten rechts bestätigte ihren Verdacht. Umso mehr erschrak sie, als Serge wenig zimperlich begann, den Canvas vom Rahmen zu lösen.

»Was tust du, du zerstörst das Kunstwerk noch!«, rief sie.

Serge hielt kurz inne, starrte die Leinwand an, als ob er noch gar nicht wahrgenommen hätte, dass etwas darauf abgebildet war.

»Joséphine mag eine begnadete Künstlerin sein, meine Liebe, aber in Zeiten wie diesen verkommt selbst die Kunst zum einfachen Mittel zum Zweck.« Hinter dem bemalten Canvas lag noch ein zweiter, weißer, und zwischen den beiden versteckte sich ein Dutzend Papiere, die Serge geschickt eins nach dem anderen hervorfischte. In diesem Moment begriff sie, dass sie eigentlich schon mittendrin steckte in dieser Widerstandssache, für die sie ihre Freunde vor zwei Jahren hatten anheuern wollen. Kurz, ganz kurz nur wallte so etwas wie Wut in ihr hoch – sie hatte nichts damit zu tun haben wollen. Aber dann überwog wieder die Gleichgültigkeit. Was spielte es jetzt noch für eine Rolle?

Kaum eine Stunde später erschien Andrée erneut in der Wäscherei mit einer zweiten Frau im Schlepptau. Mary Elmes, stellte sie sich vor. Sie war Irin und führte das Büro der amerikanischen Quäker in Perpignan. In dem selten Amerikaner und noch seltener Quäker zu finden seien, wie sie zur Begrüßung gleich lachend einwarf.

»Ich habe vor vier Wochen ein kleines Mädchen aufgefangen, gerade als sie im Lager ankam. Sie hatte eine Stoffpuppe im Arm und schöne graue Augen.«

Mercedes sprang auf. »Felicidad!«

Mary nickte. »Sie weinte unablässig. Der Polizeibeamte, der sie brachte, meinte, die Mutter wäre bei einem Unfall ums Leben gekommen.« Sie musterte sie kurz. »Aber anscheinend sind Sie dem Tod noch von der Schippe gesprungen. Auf jeden Fall übernahm ich das Mädchen mit der Ausrede, es beruhigen zu wollen – der Mann war komplett überfordert –, und brachte es kurzerhand zu meinem Auto. Zusammen mit zwei anderen Mädchen im Kofferraum fuhr ich sie zu einem sicheren Haus in Vernet-les-Bains.«

»Also geht es ihr gut? Kann ich sie dort abholen?«

Andrée und Mary wechselten einen Blick, den Mercedes' Herz stocken ließ. Der kleine Hoffnungsschimmer, eben noch erblüht, welkte sofort dahin.

»Die Sache ist die ...«, begann Mary.

»Was? Was!«

»Als ich vor zwei Tagen erneut zu der Familie fuhr, die die Kinder aufgenommen hatte, um Lebensmittel vorbeizubringen – da waren sie nicht mehr da. Das Haus war leer.«

»Was meinen Sie – leer?« Mercedes sprang von ihrem Stuhl auf.

»Die Leute wohnten etwas außerhalb des Dorfes, daher konnten sie die Kinder gut verstecken. Die nächstliegenden Nachbarn meinten, die Familie wäre eine Woche zuvor abgereist. Möglich, dass sie jemand angeschwärzt hat, dass sie Besuch von der Polizei erhalten hatten. Wir wissen es nicht.« Mary war sichtlich betroffen.

Andrée schritt ein. »Vielleicht sind sie auch nur kurz verreist, weshalb auch immer. Vielleicht sind sie in der Nähe. Vielleicht ganz woanders. Es tut uns leid, Ihnen keine besseren Neuigkeiten übermitteln zu können.«

Die Wut, die schon im Gespräch mit Serge in ihr hochgezüngelt war, begann wieder zu entflammen. Aber die Wut richtete sich nicht gegen die Frauen, denn hatten sie nicht ihr Bestes gegeben? Nein, die Flammen brausten auf, angefacht vom Wind dieser ganzen elenden Ungerechtigkeit, die ihr widerfahren war und immer weiter widerfuhr, ihr, ihrer Familie, allen, all diesen Menschen, die unschuldig und unwillentlich in diese Kriege hineingezogen wurden. Für einen Moment meinte Mercedes, komplett in Flammen zu stehen vor lauter Wut.

»Ich möchte euch helfen«, sagte sie zu Andrée und Mary, mühsam beherrscht. »Ich werde meine Tochter suchen, und ich werde euch helfen, noch mehr Kinder aus den Lagern zu holen.« Und sie würde alles dafür tun. Aus dem Untergrund, aus dem Hintergrund. Kinder in einem Kofferraum verstecken und notfalls auch Brücken sprengen. Hauptsache, endlich etwas tun. Eine enorme Last fiel ihr von den Schultern und sie hatte das erste Mal seit Wochen das Gefühl, ihre Lungen vollständig mit Sauerstoff füllen zu können.

KAPITEL 12

Ein Leben neu malen

Perpignan, Oktober 1942-Juni 1943

Pierre überließ ihnen einen seiner Lieferwagen und Serge besorgte Mercedes gefälschte Passierscheine, die sie dazu berechtigten, sich in der gesamten Präfektur im Auftrag der Wäscherei zu bewegen. Ihr war mulmig zumute, als sie die Papiere in der Hand hielt – würden sie einer Inspektion standhalten oder würde sie erneut in Schwierigkeiten geraten? War es das Risiko wert? Aber dann gab sie sich einen Ruck. Natürlich war es das, wenn es bedeutete, Felicidad wiederzufinden. Hatte der Gedanke an ihr kleines Mädchen in den letzten Wochen dafür gesorgt, dass sie fast im Abgrund ihrer eigenen Seele ertrunken war, bewirkte er nun, dass sie voller Entschlossenheit darauf drängte, endlich loslegen zu können.

»Vor allem Ruhe bewahren«, wies Teresa sie zum wiederholten Male an, als sie sich Ende Oktober schließlich zum ersten Mal zu Mary in den Lieferwagen setzte. »Du bist eine Angestellte der Wäscherei, die gebrauchte Wäsche in den Lagern verteilt, als Hilfsaktion. Niemand kann dir etwas anhaben.«

Mercedes' Magen saß ihr in der Kehle, der Speichel sammelte sich bereits in ihrem Mund, aber bevor sie sich übergeben musste, atmete sie tief durch und dachte an Felicidad. Natürlich würde sie nicht heute erfahren, wo sie sich befand. Schritt für Schritt. Wie die Schnitzeljagden, die sie früher mit Felix und ihren Freunden im Quartier veranstaltet hatte. Folge den Pfeilen. Folge den Hinweisen.

Im Lager von Rivesaltes würden sie heute nur die aktuellen Registrierungslisten durchlesen. Das Tor zu passieren, stellte absolut kein Problem dar, da Mary überall bekannt war. Auch in die Listen hatte sie uneingeschränkten Einblick. Weder der Name der Familie – Dupont – noch Felicidad oder die drei anderen Kinder, die die Familie aufgenommen hatte, waren in den letzten Wochen neu im Lager registriert worden. Es war zu erwarten gewesen, dennoch traf sie die Enttäuschung hart wie die Kugel, die ihre Lunge nur knapp unterhalb des Herzens durchbohrt hatte. Es wäre auch zu einfach gewesen. Noch am selben Tag schrieb sie Briefe an die weiter weg gelegenen Auffanglager: Gurs, in der Nähe der Atlantikküste, Sainte-Sulpice-la-Pointe bei Toulouse, Bram bei Carcassonne. Sie bat erneut die Zweigstelle der Quäker in Toulouse um Hilfe und sandte jeder erdenklichen Hilfsorganisation den Namen und die Beschreibung ihrer Tochter zu. Und wenn sie schon dabei war, schickte sie ein in Worte gefasstes Bild der Erinnerung ihres Bruders Felix mit.

Jeden zweiten Tag fuhr Mercedes mit Mary nach Rivesaltes, wo sie fast immer ein, zwei oder sogar fünf Kinder einsammelten. Manchmal ganz offiziell, mit einer Genehmigung der Präfektur. Andere Male waren es verzweifelte Eltern, die während der Essensausgabe oder der Wäschevergabe an sie herantraten und sie baten, anflehten, ihre Kinder aus diesem trostlosen Dasein zu befreien, bevor es zu spät war. Wie viele von diesen Kindern wären in wenigen Wochen schon Waisen, weil ihre Eltern in die deutschen Konzentrationslager deportiert würden? Wie viele von diesen zerrissenen Familien würden sich später wieder finden? Sie fuhren die verängstigten Kinder unter Bündeln von Bettlaken und Wintermänteln hinauf in die Täler, in denen zum Teil noch die Spuren der Zerstörung durch das Hochwasser zu sehen war, das die Region zwei Jahre zuvor heimgesucht hatte. Und in jedem Dorf, bei jeder Pflegefamilie, wie sie sie nannten, erkundigte sich Mercedes nach Felicidad. Sie stand im steten Kontakt mit den Nachbarn der Familie Dupont, für den Fall, dass sie zurückkehrten. Aber es schien ein aussichtsloses Unterfangen.

Die Tage flogen nur so vorbei, schneller noch als die *tramontana* die Wolken über den strahlendblauen Herbsthimmel fegte. Im November trat das ein, was sie alle schon lange hatten kommen sehen: Deutschland setzte sich über das Waffenstillstandsabkommen hinweg und besetzte die freie Zone Frankreichs, nunmehr Südzone genannt. Mercedes erkannte eine neue Dringlichkeit bei Teresa und Serge. Obwohl ihre Freundin offiziell immer noch ihrer Tätigkeit als Plätterin in der Wäscherei nachging, fehlte sie mal hier einen Tag, mal dort mehrere am Stück. Sie wollte gar nicht wissen, wo sie war, oder was sie dort tat, aber Mercedes wusste, dass diese Gruppe der *Résistance,* mit Namen *Libération* – Befreiung – auch vor dem Einsatz von Waffen nicht zurückschreckte. Sie erinnerte sich daran, gedacht zu haben, auch Brücken zu sprengen, um ihre Tochter zu finden. Aber sie zögerte, ihren Freunden Hilfe anzubieten. Es gab schon genug Gewalt. Hin und wieder, wenn sie nachts zu viert in der Wäscherei saßen – Teresa, Serge, Pierre und sie –, dann erzählte Teresa mit einem Glühen in den Augen von einem Zug voller Munition, den sie hatten detonieren lassen, von den Landminen, die sie hochgehen ließen, wenn die deutschen Konvois drüberfuhren, von Anschlägen gegen die Kommandozentralen. Mercedes konnte sich beim besten Willen nicht vorstellen, wie Teresa mit Dynamit herumwerkelte. Diese Art, den Krieg zu bekämpfen, behagte ihr nicht. Sie war keine Heldin. Sie war Mutter. Sie beschränkte sich darauf, denjenigen zu helfen, die am meisten darunter litten.

Eines Tages im Februar – Mercedes konnte kaum fassen, dass sie schon das Jahr 1943 schrieben – wartete sie schon seit einer Stunde im Büro auf Mary. Angestrengt versuchte sie sich zu beschäftigen, aber die Auftragsbücher waren nur halb gefüllt, alle Rechnungen bereits geschrieben. Jegliche Tätigkeiten, die Dokumente des Widerstands betrafen, wurden nur noch nachts erledigt, aus Sicherheitsgründen. Das Lager von Rivesaltes war kurz nach dem Einmarsch der Deutschen in Perpignan geschlossen, die Insassen auf Lager in ganz Frankreich umverteilt worden. Alle Versuche der Verhandlung mit dem Lagerkommandanten scheiterten und sie hatten ohnmächtig zusehen müssen, wie die Kinder, die sie an jenem Tag hatten aus dem Lager holen wollen, in Züge unbekannten Zieles verfrachtet worden waren. Nach diesem Tiefschlag konzentrierten sie sich darauf, die Situation in den übrigen Lagern der Region durch Lebensmittelspenden zu verbessern, und Kinder – vor allem jüdische – aus den Waisenhäusern zu schmuggeln, bevor die Besetzungsmacht auf die Idee kam, selbst aufzuräumen, wie sie es nannte.

Sie sah ungeduldig auf die Uhr. Wenn sie nicht bald losführen, würden sie heute bei der Rückfahrt von der Dunkelheit überrascht werden, was sie bei den eisigen Temperaturen lieber vermeiden wollte.

Andrée platzte zur Tür herein. »Mary wurde verhaftet!«

Die Gestapo habe Mary in den frühen Morgenstunden abgeholt, erzählte ihr Andrée. Ihr sonst besonnenes Auftreten war einer fahrigen Nervosität gewichen. Eine Nachbarin hatte es beobachtet und dem Büro der Quäker Bescheid gegeben. Nein, sie wüssten nicht, welche Anklage gegen sie erhoben würde. Konnte es wirklich sein, dass eine Frau dafür bestraft wurde, unschuldigen Kindern zu helfen? Mercedes weinte vor Angst um ihre Freundin, aber Andrée ordnete schon wieder ihre Haare.

»Du musst Marys Arbeit übernehmen, bis sie wiederkommt.«

Falls sie wiederkäme.

»Ich kann den Lieferwagen nicht fahren …«

»Dann lernst du es heute. Nichts anderes würde sie dir jetzt auch sagen.«

Andrée hatte recht. Mercedes wischte sich die Tränen weg und straffte den Rücken. Sie hatten zu tun. Sie mussten kleine, junge Leben retten.

Die Monate vergingen. Eine gewisse Routine stellte sich ein: Jeden zweiten Tag fuhr Mercedes in die umliegenden Dörfer zu den diversen Familien, um etwas Geld für den Aufwand zu überbringen, Lebensmittel, Wäsche. Mittlerweile beherrschte sie das Autofahren recht gut, aber am Anfang war das Gelächter und Gekreische groß gewesen. Mary saß weiterhin im Gefängnis, Spionage lautete die Anklage. Wie verkehrt die Welt doch dachte. Gute Menschen saßen hinter Gitter, während die Kriegsherren sich in ihrem Recht glaubten, für ihren Größenwahn die Bevölkerung leiden lassen und umbringen zu dürfen. Nur hin und wieder fuhr Mercedes in die weiter entlegenen Regionen, und wenn, dann mit gefälschtem Passierschein und dem Automobil einer der Hilfsorganisationen. Der Lieferwagen einer hundert oder zweihundert Kilometer entfernten Wäscherei wäre bei jeder Kontrolle aufgefallen. Ihre Suche nach Felicidad blieb jedoch fruchtlos. Sie wusste nicht, wie sie sich überhaupt hatte vorstellen können, ihre Tochter auf diese Art und Weise zu finden. Es war unmöglich, jedes Dorf, jedes Nest, jeden Weiler aufzusuchen, und die Menschen waren vorsichtig. Man konnte niemandem trauen. Vielleicht hatte sie etwas übersehen? Vielleicht war die Kreide des Pfeils vom Regen weggewaschen worden? War diese Familie in die Berge gezogen oder doch in die Ebene? Waren sie in einer Stadt oder auf dem Land? Waren sie überhaupt noch in Frankreich? Ihr Herz klopfte selbst nach all den Monaten immer noch wild, wenn sie einen Brief erhielt, von einem der angeschriebenen Waisenhäuser, Lager oder Hilfsorganisationen. Aber mit jeder bedauernden Antwort vernarbte ein Stück dieses Herzens. Mit jedem Nein verdunkelte sich ihr Himmel ein Stück mehr.

Bevor sie sich umsehen konnte, war es schon wieder warm geworden und der Juni stand vor der Tür. Teresa hatte sich so sehr in ihre Arbeit bei *Libération* verstrickt, dass selbst Serge von ihrer Besessenheit Abstand suchte. Während sie kaum mehr in der Wäscherei auftauchte, saß er immer häufiger bei Mercedes im Büro.

»Schlussendlich treibt sie auch nur der ultimative Drang nach Frieden ...« Er klopfte nervös mit dem Fuß auf den Boden, klapp, klapp, klapp, klapp, das Geräusch machte sie wahnsinnig. Seine Worte waren vielleicht beschwichtigend, aber sein Körper drückte seine wahren Gefühle aus.

Sie schnaubte unmutig. »Sie riskieren bei ihren Aktionen, Menschen zu töten. Ist das der richtige Weg zum Frieden?«

Serge seufzte und strich sich langsam über sein Oberlippenbärtchen. »Du hast recht. Zu Beginn haben wir nur unsere Zeitung *Libération* verteilt, Dokumente gefälscht, Leute über die Grenze geschmuggelt. Es ging nicht darum, Gewalt mit Gewalt zu bekämpfen. Aber die Sache hat sich verselbstständigt, notgedrungen, denke ich. Nur, dass Teresa mittlerweile einen regelrechten Rachefeldzug eingeleitet hat. Letzte Woche haben sie wieder eine Eisenbahnbrücke gesprengt. Aber etwas ist schiefgelaufen und es hat einen nicht militärischen Zug erwischt. Es steht nicht im Sinn der Bewegung, noch mehr zivile Opfer zu schaffen.«

Nein, das sollte bestimmt nicht sein. Traurig, wie weit sich ihre Freundin von ihr entfernt hatte.

Andrée Salomon steckte ihren Kopf zur Tür herein. »Klopf, klopf.« Sie lächelte, aber Mercedes merkte sofort, dass die Freude nicht echt war. Andrée reichte ihr wortlos einen Brief.

Mercedes erstarrte regelrecht, als sie den Absender sah.

Dupont.

Er war an das Büro der amerikanischen Quäker in Perpignan adressiert.

> *Chères Mesdames*, sehr geehrte Damen,
> bestimmt haben Sie zwischenzeitlich bemerkt, dass wir unseren Wohnsitz in Vernet-les-Bains aufgegeben haben. Aus dringenden Gründen ...

Mercedes überflog die Erklärungen zum Wegzug auf der Suche nach dem, was für sie relevant war. Verwandtschaft brauchte Hilfe ... Überstürzt ... nach Lyon ... überrascht vom Einmarsch der deutschen Wehrmacht ... Rückkehr geplant ... Zwischenfall ...

Zwischenfall? Mercedes spürte ein Kribbeln an ihrem Scheitel, einen kalten Atem, der über sie strich und ihre Hände zum Zittern brachte.

> ... als am vergangenen Dienstag, wir befanden uns zwischen Lyon und Valence, die Brücke, über die der Zug eben fahren sollte, explodierte. Von offizieller Seite heißt es, es wäre ein Attentat der *Résistance* gewesen. Die vordersten Waggons, die schon auf der Brücke waren, fielen sofort der Explosion zum Opfer und stürzten ins Tal. Unserer, wir saßen im vierten, wurde vom Gleis

> geschleudert und fing Feuer; Monsieur Dupont und ich sowie die Kinder Rebecca und Deborah kamen mit einigen Verletzungen ins örtliche Krankenhaus, von dem aus ich Ihnen nun schreibe. Die Kinder Felicidad und Simon hingegen …

Mercedes hielt den Atem an.

> … Die Kinder Felicidad und Simon hingegen wurden nicht mit uns zusammen eingeliefert. Es tut mir sehr leid, Sie davon zu benachrichtigen, dass wir jegliche Spur von ihnen verloren haben. Wir müssen davon ausgehen, dass sie das Unglück nicht überlebt haben.

Teresa tauchte zwei Tage später auf. Sie war selbst bei dem Attentat verletzt worden; als sie merkte, dass sich ein Zug näherte, mit dem sie nicht gerechnet hatten, wollte sie das Dynamit ins Tal hinunterwerfen. Aber sie kam nicht mehr bis zur Sprengladung. Wer sich in dem Zug befunden hatte, erfuhr sie erst von Serge. Das erzählte sie Mercedes in deren kleiner Kammer über der Wäscherei. Dorthin hatte sich Mercedes zurückgezogen. Bewusst schloss sie sich dort ein, geschützt vor der Außenwelt wie ein Schmetterling in seinem Kokon, wie ein Fötus im Mutterbauch. Unbewegt saß sie auf dem Bett – der einzigen Sitzmöglichkeit – und starrte auf ihre Freundin. Sie empfand keine Wut und keinen Hass. Sie empfand gar nichts mehr für sie. Die Frau, die ihr im Lager geholfen hatte, auf die Beine zu kommen, die immer für sie da gewesen war; die ihr ein Dach über dem Kopf und eine Arbeit verschafft hatte. Warum hatte ausgerechnet dieser für sie so wichtige Mensch einen gewalttätigen Weg einschlagen müssen? Zerknirscht stand Teresa vor ihr, das Gesicht rot und fleckig vor im versteckten vergossenen Tränen der Ungläubigkeit. Wie hätte sie auch wissen können ... Sie hätten sich verrechnet ... Sie möge ihr verzeihen ...

»Sie waren auf dem Rückweg. Ich hätte sie jetzt, heute, in meinen Armen halten können.« Mercedes betrachtete ihre Arme, nutzlose Arme, nutzlose Hände, unfähig, weder ihren Bruder noch ihre Tochter festzuhalten. Wie sollte sie da ihre Freundin umarmen können?

»Wie soll ich dir jemals verzeihen können?«, sprach sie ihren Gedanken aus, sie murmelte ihn mehr vor sich hin, als dass sie direkt zu Teresa sprach. Dann hob sie ihre Stimme, aber nicht ihren Kopf. Sie schrie ihre Knie an, krallte ihre Finger in die Matratze. »Sie war alles, was mir noch geblieben ist. Sie war meine Familie, Teresa! Sie war meine letzte Verbindung zu Agustí! Wie könnte ich dir jemals wieder ins Gesicht sehen, ohne daran zu denken, was du mir mit deinen Heldentaten genommen hast? Ich kann nicht. Ich kann es nicht. Geh einfach. Geh weg.« Sie hielt den Kopf gesenkt, hörte das Schluchzen, das nun doch aus Teresas Kehle stieg, hörte ihr Stammeln und ihre Entschuldigungen, und schließlich, als sie merkte, dass Mercedes ihre Meinung nicht ändern würde, schlurfende Schritte und die Tür, die ins Schloss fiel. Erst dann erlaubte sie sich, sich hinzulegen, den Kopf ins Kissen zu vergraben und zu schreien, zu schreien, zu schreien, bis sie glaubte, den Verstand zu verlieren.

Warum nur hatte die Kugel nicht direkt ihr Herz durchbohrt?

Gemurmel im Zimmer, eine kühle Hand, die sich auf ihre Stirn legte. Sie erkannte Andrées Stimme, spürte ihre beruhigende Kontrolle. Hörte ihre Worte, die den Schmerz lindern könnten, es aber nicht taten. Sie hielt die Augen geschlossen. Das alles war nicht mehr sie.

Einschlafen und nie wieder aufwachen. Würde Felicidad dort auf sie warten?

Alles, was sie immer gewollt hatte, waren Frieden und Sicherheit. Tod und Verlust waren, was sie bekommen hatte. Das Einzige, was sie jetzt noch verlieren konnte, war sich selbst. Fallen lassen.

»Sie wird mich verlassen, weißt du?«

Mercedes erinnerte sich nicht, Serge hereinkommen gehört zu haben. Wie selbstverständlich saß er auf ihrem Bett, ihr angezogenes Knie berührte durch die Decke hindurch seinen Oberschenkel. Sie benötigte alle Willenskraft, um ihre Augen zu öffnen. Serge starrte die gegenüberliegende Wand an. Die sonst so perfekt frisierten Haare standen ungekämmt zu Berge, und er schien sich seit Tagen nicht rasiert zu haben. Vorsichtig schnupperte sie, aber heute war es nicht der Duft der Seife, der ihn umgab, sondern eine Wolke aus Alkohol.

»Sie wird mich verlassen«, murmelte er wieder und schüttelte den Kopf.

»Warum sollte sie dich verlassen?«, fragte Mercedes leise, um ihn nicht zu erschrecken. Aber er zuckte trotzdem zusammen.

»Mercè! Ich dachte ... sie hatten mir gesagt, du würdest die ganze Zeit ... schlafen.«

Mercedes lachte bitter. In ihrem Schmerz versinken, unansprechbar sein, das hatten sie wahrscheinlich gesagt.

Serge stimmte unsicher in das Lachen mit ein. Dann schluchzte er auf. »Ihr Hass auf die Deutschen ist so groß, Mercedes. Teresa entweicht unserer Beziehung wie die Luft aus den Lungen eines Sterbenden. Ich bin dabei, sie zu verlieren, und es macht mir nichts aus. Weil ich sie nicht mehr wiedererkenne.«

Mercedes schob die Bettdecke zur Seite und setzte sich vorsichtig neben ihn. Eine Zeit lang saßen sie schweigend nebeneinander; langsam ging der Tag in den Abend über. »Ich habe euch nie zur Hochzeit gratuliert«, sagte sie schließlich. »Nachdem ich angeschossen wurde, nachdem Felicidad verschwand, war ich so in meinem eigenen Unglück gefangen, dass ich alles um mich vergaß. Ich habe ihren Wandel nicht bemerkt. Wäre das alles nicht passiert ...«

»Wäre, hätte, würde«, flüsterte Serge. »Jetzt ist es zu spät.«

Mercedes hob den Kopf und sah ihn an. Die Dämmerung hatte das Blau aus seinen Augen gewaschen wie aus einem Aquarellbild und nur ein nasses Grau zurückgelassen. Sein Blick fixierte sie, sie konnte ihren Kopf nicht wegdrehen. Eine unsichtbare Hand presste ihre Kehle zusammen. Eine Sekunde später spürte sie Serges Lippen auf den ihren, heiß, drängend, salzige Tränen und Anisschnaps. Sie öffnete ihren Mund, wie sie es nur für Agustí getan hatte und nicht gedacht hätte, es jemals wieder zu tun. Ihre ganze Verzweiflung lag in diesem Kuss. Mercedes vergrub ihre Hände in seinen Haaren, ließ zu, dass er sie nahe an sich zog. Zu nahe. Abrupt wandte sie sich ab.

Sie ging davon aus, dass Serge, enttäuscht von der Zurückweisung, das Zimmer verlassen würde. Aber er blieb neben ihr sitzen, schwer atmend. Sie wollte ihm sagen, dass diese Anziehung, die sie empfanden, nur eine Illusion sei, ausgelöst vom Bedürfnis nach Trost und dem Licht der Dämmerung. Aber sie war davon überzeugt, dass er das bereits wusste.

»Ich werde zurück nach Spanien gehen«, sagte sie in die Stille hinein. Ein letzter Sonnenstrahl, der sich seinen Weg durch die gegenüberliegenden Giebel suchte, ließ die Staubpartikel in der Luft glitzern, verheißungsvoll wie die Vorfreude. Als er verschwand, legte sich eine dumpfe Düsterkeit über die kleine Kammer.

Serge schnaubte erstaunt auf. »Franco regiert immer noch. Du wolltest nicht zurück, solange sein Regime an der Macht ist. Hast du vergessen, was diese Leute deiner Familie angetan haben?«

Wie könnte sie das jemals vergessen? Eine einsame Träne rollte über ihre Wange. Sie biss die Zähne zusammen.

»Und Felicidad …«, redete Serge weiter auf sie ein. »Sie war nicht auf der Liste der Toten, Mercedes, Andrée hat das doch überprüft. Sie war extra vor Ort, hat sich umgehört …«

»Sie trug keine Papiere bei sich«, murmelte Mercedes. »Selbst wenn sie nicht tot wäre ...« Aber sie spürte Felicidad nicht mehr. Diese Verbindung von Mutter zu Kind, diese unsichtbare Nabelschnur, lief ins Leere. Egal, wie sehr sie danach griff, sie bekam sie nicht mehr zu fassen. Sie war weg. Eine weitere Träne rollte über ihr Gesicht und der letzte Gedanke schnürte ihr die Luft ab.

»Bleib hier«, bettelte Serge überraschend. »Bleib bei mir. All die Kinder, die noch in den Lagern sind, in den Waisenhäusern ... Die Gefahr ist noch lange nicht vorbei! Sie brauchen dich!« Er sprach schnell, so schnell, dass sie ihn nicht unterbrechen konnte, aber in ihr baute sich ein Druck auf, dem sie nicht beizukommen wusste. »Mary ist wieder freigekommen, vorgestern haben wir die Nachricht erhalten, sie wird deine Hilfe brauchen, Andrée, ich ... Ich brauche deine Hilfe! Wir können kämpfen, auch ohne Gewalt!«

»Ich kann aber nicht mehr!«, heulte Mercedes auf wie ein verwundetes Tier. »Verstehst du das nicht? In mir ist nichts mehr übrig, das ich geben könnte! Spanien hat mir vielleicht meine Vergangenheit genommen, aber in Frankreich habe ich meine Zukunft verloren! Mein Mann, mein Kind, weg, verschwunden, tot! Mein Herz ist eine einzige, pochende Wunde, Serge, und alles, was es vielleicht wieder heilen lassen kann, ist Vergessen.« Sie versteckte den Kopf zwischen ihren Händen und weinte, lange weinte sie, mit Serges Hand auf ihrem Rücken. Sie schüttelte sie nicht ab.

Als sie sich endlich fahrig mit dem Zipfel der Bettdecke das Gesicht trocknete, war es stockdunkel im Zimmer. Serge wollte aufstehen, vermutlich, um das Licht einzuschalten, aber Mercedes hielt ihn zurück. Das Licht würde die Schatten nicht vertreiben.

»Auch dieser Krieg wird irgendwann enden«, murmelte Serge und klang dabei, als wäre er selbst nicht allzu überzeugt davon.

»Ich kann nicht warten, bis der Krieg vorbei ist. Wann wird das sein? In ein paar Monaten? In ein paar Jahren? Hier werden mich ihre Geister auf ewig verfolgen. Ich muss sie hinter mir lassen, wenn ich nicht verrückt werden will. Ich muss alles hinter mir lassen. Alles, verstehst du, Serge? Ich muss die Farbschichten von der Leinwand kratzen und mein Leben neu malen.« Viel zu lange hatte sie gezögert, diesen Schritt zu tun, so vieles hätte verhindert werden können. Sie erinnerte sich unvermittelt an Dolores, die Köchin in der *maternidad*. Hatte sie ihr nicht gesagt, dass man manchmal seinen Stolz runterschlucken und sich anpassen müsste? Sie war immer nur davongerannt, geflohen. Um sich zu retten, nur um sich schlussendlich selbst zu verlieren. Sie hätte gleich zurückkehren sollen, als Franco ihnen die Möglichkeit gegeben hatte. Dann wären sowohl Agustí wie auch Felicidad noch bei ihr. Vieles wäre ihr erspart geblieben, genauso, wie Dolores es ihr gesagt hatte. Was zählte, war das, was sie im Herzen trug.

»Wirst du mir helfen?«, fragte Mercedes flüsternd.

Sie konnte Serges Nicken nicht sehen, aber sie kannte die Antwort bereits.

Es dauerte eine Woche, bis sie ihre neuen Papiere in der Hand hielt. Gerne würde Mercedes behaupten, dass ihr diese Entscheidung eine schwere Last von der Schulter genommen hätte. Aber dem war nicht so. Sie fühlte sich schuldig. Auch wenn sie nur eine von vielen Freiwilligen war, die den Hilfswerken bei ihrer Arbeit zur Hand gingen, empfand sie ihren Abschied als Fahnenflucht. Mary – abgemagert nach ihrem halbjährigen Aufenthalt im Gefängnis, aber voller Tatendrang – und Andrée versicherten ihr wieder und wieder, ihre Entscheidung nicht nur zu verstehen, sondern auch gutzuheißen. Sie wusste, dass sie nun nur noch nach vorne blicken durfte. Aber sie verstand auch, was sie dadurch aufgab. Ihr gesamtes, bisheriges Leben. Mit einem neuen Namen, mit neuer Kleidung und einem frischgewaschenen Gedächtnis würde sie die Grenze überqueren; eine Neugeburt, sozusagen. Sie hatte Serge um einen ganz bestimmten Namen gebeten und er hatte ihr den Wunsch erfüllt, auch wenn er den Grund nicht verstanden hatte. Lucía sollte es sein, nach Dolores‘ Tochter, die auf der Flucht ermordet worden war.

»Von all den Namen, die du dir aussuchen könntest, nimmst du den eines ermordeten Mädchens? Wolltest du nicht rein sein wie das Gewissen der Jungfrau Maria?«

»Ich habe sie damals für meine List missbraucht, um aus der Küche in die Wäscherei versetzt zu werden. Das ist meine Art der Wiedergutmachung. Und eine Hommage an all die Kinder, die unnötig sterben mussten.« Sie konnte sich ja schlecht den Namen ihrer Tochter geben.

»Ein wandelndes Mahnmal also«, brummelte Serge.

Sie wollte aufbegehren, merkte dann aber, dass er sie versuchte, zu necken. Sie quälte sich ein Lächeln ab.

Wieder ernst, fuhr Serge fort: »Du stammst jetzt aus Málaga. Dein voller Name lautet Lucía Flores Gutierrez. Ich habe dir alle wichtigen Details aufgeschrieben, lern sie auswendig. Nachprüfen kann es keiner; das Geburtenregister ist bei dem schrecklichen Angriff auf Málaga im Februar 1937 den Flammen zum Opfer gefallen.«

Mercedes nickte. Halblaut wiederholte sie die Fakten, die Serge ihr vortrug. Ein Flattern in ihrem Bauch. Ihr neues Leben, das seine ersten, zögerlichen Bewegungen tat, seine Augen öffnete und leise ihren Namen rief: Lucía Flores Gutierrez. So viele Jahre hatte sie sich geweigert, diesen Schritt zu tun. Jetzt lag er unmittelbar vor ihr. Ein Schritt. Und dann der nächste.

KAPITEL 13

Alte, neue Heimat

Barcelona, Juli 1943-Juli 1944

Draußen vor dem Zugfenster lief die Zeit rückwärts. In Portbou, wo ein junges Mädchen namens Mercedes vor viereinhalb Jahren die magische Linie zwischen Krieg und Frieden überschritten hatte, machte sich nun eine junge Frau namens Lucía daran, ihren Weg von damals von hinten aufzurollen. Wenn sie links hinaussah, begleitete sie das glitzernde Mittelmeer für eine kurze Zeit. Wüsste sie es nicht besser, fände sie es unvorstellbar, dass genau von dort aus Kriegsschiffe auf Zivilisten geschossen hatten. Sie hielten in Figueras, wo Lucía krampfhaft versuchte, nicht an ihren Onkel zu denken. Aber je mehr sie es vermeiden wollte, umso heftiger drängten sich die Bilder jener Tage auf. Was wohl aus ihm geworden war? Die Landschaft ruckelte vorbei, als wäre sie nie in Blut und Rauch getränkt gewesen; die Sonne tauchte die Felder goldgelber Ähren in das weiche Licht des Sommernachmittags. Die Dörfchen Vilamalla, San Miguel de Fluviá und Flassá säumten die Gleise mit ihren Steinhäusern, Gerona wurde als nächster Halt angekündigt. Die Namen der Ortschaften auf Spanisch zu hören statt auf Katalanisch, klang falsch in ihren Ohren. Aber es erinnerte sie daran, vorsichtiger zu sein, wenn sie den Mund öffnete, damit ihr das, was ihr an der Grenze passiert war, nicht noch einmal Probleme bereiten würde.

Serge hatte sie mit dem Automobil bis nach Portbou zum Grenzübergang gebracht. Sie hätte den Zug schon in Perpignan oder zumindest in Cerbère nehmen können, von wo aus sie nur ein Tunnel von Spanien trennte. Aber die Vorstellung einer Passkontrolle im Zug beschworen Bilder hervor, denen sie sich heute nicht stellen konnte. Es war Mitte August, seit einem Monat hatte Serge nichts mehr von Teresa gehört. Mercedes ging davon aus, dass seine Vorahnung richtig war. Dass sie ihn verlassen würde. Oder als Witwer zurückließe, je nachdem. So oder so würden Serge noch harte Zeiten bevorstehen. Auch wenn er versuchte, sich stark zu geben, sah Mercedes ihm an, wie sehr er litt. Bevor sie zur Schranke schritt, drückte er sie mit einer verzweifelten Kraft an sich.

»Du kannst immer noch bleiben«, sagte er mit belegter Stimme.

Aber Mercedes schüttelte den Kopf. Sie beide wussten, dass sie sich an diesem Tag zum letzten Mal sahen. Es war ein Abschied für immer. Mit diesem einen Schritt würde sie die Vergangenheit ausradieren. Seine Hände umschlossen ihre zitternden Finger, kalt vor Aufregung trotz der Sommerhitze. Dann drehte er sich um, stieg in das Automobil und fuhr durch die Serpentinen davon, ohne sich umzudrehen. Ob er damit ihr oder sich selbst einen Gefallen tun wollte, wusste sie nicht.

Der Grenzwächter nahm ihren Pass in Empfang. Sie versuchte, zu lächeln, aber sie sah ihm an, dass es ihr misslang. Ihr Puls raste so schnell, dass schwarze

Flecken vor ihren Augen tanzten. Würden die Papiere der Prüfung standhalten?

»*Su destino, Señora Flores?*«, fragte der Grenzwächter höflich, aber distanziert nach ihrem Ziel.

»*Em vaig a Barcelona,* ich gehe nach Barcelona«, plapperte sie, dann blieb ihr unmittelbar das Herz stehen und sie spürte förmlich, wie das Blut aus ihrem Gesicht wich. Der Zöllner warf einen misstrauischen Blick in den Ausweis, in dem deutlich geschrieben stand, dass sie aus dem Süden Spaniens kam. Wo man Spanisch sprach. Nicht Katalanisch.

»Verzeihung«, versuchte sie, sich herauszureden, und tischte dem Mann eine Geschichte darüber auf, wie sie nun seit Jahren in Perpignan gelebt hatte, wo man doch auch Katalanisch spreche, und das habe eben abgefärbt, und er möge bitte entschuldigen, was für eine Unachtsamkeit. Der Schweiß sammelte sich zwischen ihren Brüsten und sie war froh, dass sie ein dunkles Kleid anhatte.

Der Grenzwächter musterte sie mit zusammengekniffenen Augen. »*Señora* Flores, als Spanierin haben Sie Spanisch zu sprechen. Merken Sie sich das.« Er gab ihr den Pass zurück und winkte sie ungeduldig durch.

Jetzt noch war sie Mercedes.

Sie tat einen Schritt.

Jetzt war sie Lucía.

Sie blickte nicht zurück.

Lucía mietete sich in einer Pension ein, für die der Begriff »heruntergekommen« schon zu fein war. Sie lag in der Nähe der Rambla, im Quartier Raval, das bereits vor dem Bürgerkrieg keinen guten Ruf gehabt hatte. Aber hier befanden sich nun mal die günstigen Absteigen. Bereits bevor sie die Tür zu ihrem Zimmer aufschloss, wusste sie, dass sie alles dafür tun würde, so rasch wie möglich in ein besseres Quartier ziehen zu können. Ihre Einrichtung bestand aus wenig mehr als einem metallenen Bettgestell mit einer Matratze, durch die sie die Rippen des Rostes spürte, einem kleinen Schrank, einem fleckigen Spiegel an der Wand und einem wackeligen Tisch mit Stuhl. Das Fenster hatte keine Vorhänge. Es roch muffig und nachts trippelten Mäuse durch die Hohlräume der Wände. Das Bad lag auf dem Gang und musste mit den restlichen Bewohnern der Etage geteilt werden, die Gemeinschaftsküche ... nun, die Küche gab nicht viel her. Es gab allerdings auch nicht viel, das gekocht werden konnte. Die Lebensmittelrationierung, die auch während des Bürgerkrieges gegolten hatte, hatte im Gegensatz dazu noch kein Ende genommen. Die Registrierung dafür war wieder nervenaufreibend; Lucía schien es, als ob jeder bei ihrem ersten Wort merken würde, dass sie unmöglich aus Andalusien stammen konnte. Nichtsdestotrotz bekam sie ihre *cartilla*, ihre Karte, die sie zum Bezug der diversen Lebensmittel berechtigte. 8 Gramm Kaffee. 40 Gramm Öl, 320 Gramm Brot, 25 Gramm Zucker. 80 Gramm Hülsenfrüchte oder Reis. 100 Gramm Fleisch, 160 Gramm Fisch, 60 Gramm Stockfisch. Nach den Monaten in Argelès hatte sie nie wieder Stockfisch essen wollen. Aber sie verstand sehr schnell, dass sie nicht wählerisch sein konnte. Denn die Coupons garantierten nicht, dass die Lebensmittel – oder auch Seife fragwürdiger Zusammensetzung, der Tabak für die Raucher oder sogar der

Treibstoff für die Automobile – tatsächlich jeden Tag zur Verfügung standen oder nach dem zum Teil stundenlangen Warten in der Schlange noch vorrätig waren. Das erste Mal, als die Brotregale sich ihr leer präsentierten, zog sich ihr Magen protestierend zusammen und der Schmerz transportierte sie zurück an einen Ort, an den sie nie wieder hatte denken wollen. Es gestaltete sich schwieriger, als sie dachte, die Vergangenheit zu vergessen. Gab es kein Brot mehr, musste sie rasch zum anderen Geschäft laufen, um dort wenigstens noch etwas Reis und vielleicht, wenn sie Glück hatte, ein paar Süßkartoffeln abzubekommen. Die waren billiger und einfacher zu finden als die gelben Knollen.

Eines Vormittags stand Lucía an der Spüle in der Küche, vor sich eine Schüssel voller eingeweichter Kichererbsen, und pulte mühsam mit der Messerspitze die kleinen Maden heraus. Hin und wieder passierte es, dass die Lebensmittel dermaßen verunreinigt waren, dass sie sie am liebsten in den Müll geworfen hätte. Stattdessen aber wischte sie sich die Tränen der Frustration aus den Augen und inspizierte eine Erbse nach der anderen. Ihre Hand zitterte bereits, aber diese Ration Hülsenfrüchte und ein kleines Stück Speck stellten ihr Essen für den heutigen Tag dar, und vielleicht auch für morgen, und sie würde es nicht dem Ungeziefer überlassen. Die Küchentür öffnete sich, aber sie sah nicht auf. Bald müsste sie zur Arbeit, sie hatte keine Zeit für belangloses Geplänkel.

»Mach mal ‘n bisschen Platz.« Die Stimme war rau und müde. Jetzt hob Lucía doch den Kopf. Es war die Nachbarin aus der Etage unter ihr, eine Frau ungefähr in ihrem Alter, Anfang bis Mitte zwanzig. Sie hielt einen Topf in der Hand und wollte ganz offensichtlich Wasser – für eine Tasse Tee oder Kaffee, nahm sie an, denn die Frau war mit einem Morgenmantel bekleidet und noch ungekämmt. Aber woran Lucías Blick schließlich hängen blieb, war die Frucht in ihrer Hand.

Eine Banane.

Sie hatte noch nie eine Banane gegessen. Selbst vor dem Krieg war die Tropenfrucht ein Luxusgut gewesen. Ihre Mutter hatte von Geldverschwendung geredet und lieber die einheimischen Trauben, Aprikosen oder Orangen gekauft, je nach Saison. Auf einmal schämte sie sich für ihren Haufen ausgehöhlter Kichererbsen. So unauffällig wie möglich legte sie ihre Hand darüber, als sie ein Stück zur Seite rutschte.

»Du bist die über mir, oder?«, nuschelte die Frau mit vollem Mund und Lucía bemerkte entsetzt, wie sie sie und ihre Kichererbsen musterte. Mit heißen Wangen nickte sie.

»*Sí*, ja. Ich bin Lucía.«

»Du könntest morgens etwas leiser sein. Ich schlafe gerne länger.« Ihr fehlte der untere linke Schneidezahn. Ohne ein weiteres Wort an Lucía zu richten, wartete sie, bis das Wasser kochte und schüttete es in eine Tasse. Bevor sie die Küche verließ, steckte sie sich das letzte Stück Banane in den Mund und legte die Schale neben Lucía. Sie bezweifelte, dass es als nette Geste gemeint war, und dennoch freute sie sich. Ohne die Tür aus den Augen zu lassen – um nicht ertappt zu werden –, schabte sie das Innere der Bananenschale mit dem Messer ab. Es war süß und hinterließ ein pelziges Gefühl in ihrem Mund. Es war wahrscheinlich das Beste, was sie gegessen hatte, seit ... Sie wischte die Erinnerung an das Éclair in Teresas Wohnung beiseite. Natürlich wusste sie, dass solche Lebensmittel auf dem Schwarzmarkt erhältlich waren. Aber noch hatte sie weder Geld noch Tauschmaterial, das ihr zu den teuren Produkten Zugang verschaffen konnte. Wie war ihre Nachbarin bloß da dran gekommen?

Sie hatte rasch eine Anstellung gefunden. Und kurz darauf sogar noch eine zweite. Nicht das, was sie sich erträumt hatte. Was hatte sie sich erträumt? Eine Arbeit, die ihr Freude bereitete, die sie gerne erledigte. Mit der sie das nötige Geld verdienen konnte, um von dieser untersten Schicht, in der sie sich befand, in die nächste hochzusteigen. Damit sie nicht mehr nachts voller Angst durch die Straßen des Raval huschen, keine großen Bögen um die in den Häuserportalen liegenden Bettler oder die nach weiblicher Beute Ausschau haltenden Männern schlagen musste, und um den dunklen Gestalten aus dem Weg zu gehen, in deren Augen selbst sie noch Reichtum ausstrahlte. Von ihren Mitbewohnern hatte sie gehört, dass nichts und niemand sicher war in den Straßen des Ravals. Das *barrio*, das Quartier, galt als der Sündenpfuhl und das Drecksloch der Stadt. Hier versteckte sich, wer nicht gefunden werden wollte. Die Angst, aufzufliegen, verließ Lucía aber selbst dort nicht. Entdeckte sie Polizisten der *Guardia Civil*, die immer zu zweit patrouillierten, mit dem olivgrünen Umhang und ihren typischen, dreieckigen Hüten, die zwar lachhaft aussahen, aber über die man um Gottes willen nicht lachen durfte, senkte sie sofort den Kopf und wechselte, wenn es noch unauffällig genug war, die Straßenseite.

Am Rande des Raval, an der Avenida del Marqués del Duero, wusch Lucía von mittags bis abends das Geschirr in einem Restaurant. Danach putzte sie ein paar Häuser weiter in einem Lokal, in dem Flamenco getanzt wurde – *La Sevillana*. Viele Andalusier waren erst vor dem Schrecken des Krieges, danach vor der Härte des Hungers in den Norden geflohen. Mitgebracht hatten sie ihre Musik; Gitarre und Holzhocker, auf denen sie saßen und den Rhythmus klopften. Wild und ungestüm tanzten die Tänzer und Tänzerinnen, stampften voller Leidenschaft mit ihren mit Nägeln versehenen Absätzen über die kleine Bühne. Die Sänger besangen mit klagender Stimme den Schmerz, den der Verlust der Heimat in ihnen auslöste. Sofort fühlte Lucía sich wohl dort. Sie verstand diesen Schmerz. Wann immer sie konnte, kam sie ein paar Minuten vor Schluss der Aufführung um Mitternacht, um noch den letzten Wehklängen, dem letzten Aufbäumen des Stolzes und dem letzten Klappern der *castañuelas*, den hölzernen Kastagnetten, in den Händen der Tänzerinnen zuzuhören. Waren alle Zuschauer gegangen, musste sie die Ringe billigen Weins von den Tischen wischen und den Boden und die Bühne säubern. Dabei lauschte sie den Gesprächen und Diskussionen, die die Künstler führten. Sie saugte die Sprechweise der Akteure in sich auf, ein weicher Singsang, der Konsonanten mitten im Wort oder am Wortende einfach verschluckte, verwischte. Wohltuend wie warmes Wasser. Sie badete darin und fühlte sich geborgen. Nach wenigen Wochen hatte sie sich den Akzent übergestülpt wie eine zweite Haut.

Manchmal, wenn sie zwischen dem morgendlichen Schlangestehen und dem Arbeitsbeginn um zwölf Uhr noch genügend Zeit hatte, gönnte sie sich die Fahrt mit der *tranvía* hinauf zum Park Güell. Dort auf der Terrasse über der Stadt lief sie an der langen, geschwungenen Parkbank entlang, voller bunter Mosaike, wilde, farbige Formen, die in ihrer individuellen Komplexität ein großes Ganzes ergaben. Ein Steinchen neben dem anderen, jedes an seinem Platz. So würde auch ihr Leben wieder aussehen. Das warme Licht der herbstlichen Vormittagssonne flutete die Straßen mit ihren Häuserquadraten, ergoss sich über die Kathedrale *Sagrada Familia* und brachte das Antlitz ihres geliebten Barcelonas zum Leuchten. Die Wunden, die die Bomben des Krieges ihr zugefügt hatten, waren in den vergangenen vier Jahren zu kaum sichtbaren Narben verheilt. Die Stadt pulsierte vor Leben, sie floss regelrecht in Lucía hinein und füllte sie mit Glück. Von hier oben sah sie so friedlich aus, als wüsste sie nicht, dass in ihren Eingeweiden weiterhin gekämpft wurde. Es war der Kampf ums Überleben, den ein Teil der Bevölkerung auszustehen hatte. Die neue Regierung unter General Franco war nachtragend. Nach und nach waren alle Angestellte des öffentlichen Dienstes, die auf irgendeine Art mit den Republikanern, den Kommunisten oder den Freimaurern in Verbindung standen, entlassen worden. Verhaftet, erschossen oder einfach dem Schicksal, niemals mehr eine Arbeitsstelle finden zu können, zum Fraß vorgeworfen worden. Lief man durch die Straßen der

Stadt, blendeten die Emsigkeit, die blank polierten Automobile, die proper angezogenen Menschen darüber hinweg, dass sich hinter dem bunten Bild der Normalität ein Gemälde in Grau- und Schwarztönen versteckte, Bewegungslosigkeit und Elend. Hunger und Groll, der die Stadt von innen her auffraß. Nach einem Krieg war es niemals mehr wie vorher, egal, wie sehr sich die Regierung mit ihren Inszenierungen auch darum bemühte.

Einmal nur war es ihr passiert, dass sie auf dem Rückweg, ganz in diese Gedanken versunken, an der Haltestelle der *tranvía* vorbeigegangen war, gegangen und gegangen war, nur um sich in ihrer alten Straße wiederzufinden. Vielleicht war es aber auch eine Geisterhand gewesen, die sie geführt hatte, und nun, da sie vor ihrem Elternhaus stand, wusste sie nicht, ob sie lachen oder weinen sollte. Es war, als wäre sie in die Vergangenheit gereist. Ein Junge spielte mit seinem Kreisel auf der Straße, aus dem offenen Fenster erklangen die Klänge eines gut gestimmten Pianos und die noch nicht so gut geschulte Stimme eines jungen Mädchens. Auf der Mauer, die das Grundstück umgab, und auf die Felix so gern geklettert war, wenn keine Erwachsenen in der Nähe gewesen waren, saß eine Katze. Es war keine der ihren, ihre waren beide schwarz gewesen. Diese war getigert. Lucía fragte sich, was aus den beiden geworden war.

Der Kreisel rollte vor ihre Füße. Sie bückte sich danach. Felix hatte auch so einen besessen.

»Kann ich Ihnen helfen?«, fragte der Junge. Von Nahem betrachtet, war er älter als Felix. Als er es damals gewesen war, korrigierte sie sich. Lucía zuckte zusammen und lächelte mühsam. Dann streckte sie ihm sein Spielzeug hin und ging. Das war nicht mehr ihre Welt.

Das Pflaster der Gassen des Raval glänzte nass im Schein der Gaslaternen, als Lucía eines Nachts Ende Oktober nach der Arbeit ihren Weg zurück in die Pension suchte. Es war weit nach Mitternacht, später als üblich, und selbst die Bettler hatten sich in trockenere Verstecke verkrochen. Der Nieselregen hielt nun schon zwei Tage an und verkündete das Ende der vorangegangenen Phase spätsommerlicher Temperaturen. Die Blätter der Bäume kleideten sich je länger, je mehr in farbige Gewänder. Der Nebel kroch immer häufiger vom Meer her durch die Straßen der Altstadt und verwandelte sie in ein unsichtbares und undurchdringbares Labyrinth. Angesichts des nahenden Winters klangen selbst die Flamencosänger heute noch klagender, fand Lucía. Auch nach der offiziellen Vorstellung im *La Sevillana* tanzten und sangen sie weiter. Lucía freute sich darüber, bereits einige Lieder mitsingen zu können, und eine der Tänzerinnen erbarmte sich ihrer hin und wieder und zeigte ihr ein paar Schritte. In Gedanken ging sie die Melodien durch. Während sie mit der rechten Hand den Schirm hielt, führte sie mit der linken die anmutigen Bewegungen aus, ließ ihre Finger auf einer imaginären *castañuela* klappern.

»Te espero cada noche en el mundo de los sueños«, summte Lucía leise vor sich hin – Ich warte jede Nacht in der Welt der Träume auf dich. Zweimal mit dem Absatz auf den Boden stampfen, eine leichte Drehung der Hüfte, den imaginären Rocksaum

schwingen. Sie schrak auf, als sich zwei streunende Katzen auf der Suche nach Mäusen oder sonstigem Essbaren anfauchten. Die Markthalle San Antonio lag dunkel und verwaist zu ihrer linken Seite. Kälte zog ihre Beine hinauf, ihr rechter Schuh musste ein Loch haben. Die Müdigkeit umarmte sie stürmisch wie ein lang ersehnter Geliebter, und sie wünschte sich in die eben besungene Traumwelt. Von irgendwoher in dem Gassenlabyrinth ertönten Stimmen. Lucía lief schneller. Um diese Uhrzeit wollte sie niemandem begegnen. Die Stimmen wurden lauter, drängender. Rennende Schritte hallten durch die Straßen. Nervös warf sie einen Blick über ihre Schulter. Aus einer Seitengasse preschten zwei Personen heraus und hielten auf sie zu. Ein Schuss riss die Dunkelheit auseinander. Einer der beiden fiel zu Boden. Lucía erstarrte. Leicht vornübergebeugt, in Erwartung, die Kugel zwischen ihren Rippen zu spüren. Sie wurde zur Seite gerissen, aber der Schmerz blieb aus.

»Kein Wort«, zischte ihr eine Frau ins Ohr und hielt ihr den Mund zu. Sie konnte ja nicht wissen, wie unnötig der Hinweis war. Lucía fühlte sich in dem Moment vor Angst so tot, wie man nur sein konnte, wenn man noch lebte. Dicht aneinandergepresst standen sie in der hintersten Ecke eines Hauseingangs. Nur Lucías Schirm lag – immer noch aufgespannt – drei Schritte vor ihr auf dem Gehsteig.

Die zweite flüchtende Person, ein Mann, rannte an ihm vorbei, ein zweiter Schuss, aber die Schritte waren weiterhin zu hören, er musste unverletzt sein; dann wurden sie leiser und schließlich schien er wieder um eine Ecke zu biegen. Direkt danach rannten zwei Männer am Hauseingang vorbei. Einer der beiden stoppte kurz, als er den Schirm sah, aber der andere rief ihm zu, aufzuschließen. Kaum war das Hämmern der Stiefel auf der nassen Straße in der Ferne verschwunden, zerrte die Unbekannte Lucía mit sich, hob dabei kurzerhand den Schirm auf und gemeinsam liefen sie in die Richtung, aus der Lucía gekommen war. Als sie an dem auf dem Boden liegenden Mann vorbeikamen, bekreuzigte sich die Frau und murmelte etwas Unverständliches. Vor Lucías Augen tanzten schwarze Sterne, ihr Puls dröhnte in ihren Ohren. Blind ließ sie sich ziehen, um verschiedene Ecken, durch diverse Gassen, nicht wissend wohin, bis sie vor dem Eingang der Pension standen. Erstmals schaute sie der unbekannten Frau ins Gesicht. Es war ihre Nachbarin.

»Was ... war das eben?« Ihre Zähne klapperten. Sie fror erbärmlich, oder war es die Angst?

»*Guardia Civil*«, lautete die knappe Antwort. »Sie nutzen die toten Stunden, um im Viertel aufzuräumen. Schlächter. Verräter.« Sie spuckte tatsächlich auf den Boden und versuchte, mit zitternden Händen das Tor zu öffnen. »Du solltest um diese Uhrzeit nicht allein unterwegs sein.«

»Und du? Wer bist du?«

»Ich? Ich bin Clara. Ich arbeite als *putita*. Prostituierte, verstehste? Der Tote? Ein guter Bekannter von mir. Hat immer anständig gezahlt. Ein passabler Mann.« Sie lachte trocken auf. »Was in diesem Viertel halt als passabel gilt.«

Clara schlüpfte aus ihrem Mantel. Darunter trug sie ein sündhaft kurvenbetontes Kleid. Erst jetzt bemerkte Lucía die sorgfältig geschminkten roten

Lippen und die im Regen zu schwarzen Tränen verlaufene Wimperntusche.

»Du brauchst mich gar nicht so anzustarren.« Beschämt senkte Lucía den Blick. »Ich stehe vielleicht noch eine kleine, soziale Stufe unter dir. Aber wenigstens kann ich mir ab und zu eine Banane vom Schwarzmarkt leisten. Ein Stück Schokolade oder ein hübsches Kleid.«

Ohne es bemerkt zu haben, waren sie in der zweiten Etage angelangt. Lucías Herz klopfte immer noch wie wild; sie blieb stehen, in der Hoffnung, Clara würde sie vielleicht hineinbitten in ihr Zimmer. Um zu reden, darüber, wie übel ihnen das Leben mitgespielt hatte. Oder darüber, wie glücklich sie sein konnten, überhaupt zu leben. Oder sie könnte ihr erzählen, wie sehr sie ihre Tochter vermisste, ihren Bruder, ihren Vater, ihren Beinahe-Mann, wie sehr sie sie alle vermisste und wie sehr sie sich wünschte, sie alle vergessen zu können. Sie wollte sie fragen, was mit ihrer Familie geschehen war. Jeder hatte in diesem Krieg irgendjemanden verloren. Aber als sie voller Hoffnung aufblickte, sah sie nur noch Claras Rücken und die Tür, die ins Schloss fiel.

Vom *barrio* des Raval musste man nur die Rambla überqueren, um ins *Barrio Gótico* zu gelangen, ins Gotische Viertel, in den Kern der Altstadt. Dorthin war Lucía unterwegs, um ihre Schuhe beim Schuhmacher abzuholen, der ihr hoffentlich das Loch in der Sohle geflickt hatte. Das Erlebnis von vor zwei Wochen steckte ihr noch immer in den Knochen. Sie betrachtete nun jeden Polizisten mit noch mehr Argwohn. Schließlich konnten auch die lächerlichen

Hütchen der *Guardia Civil* nicht darüber hinwegtäuschen, dass sie im Auftrag eines faschistischen, diktatorischen Regimes arbeiteten, dem es sehr daran lag, der einstigen Hochburg republikanischen und kommunistischen Gedankenguts selbst nach seinem Sieg immer wieder mit dem Stiefel ins Gesicht zu treten. Nach außen verantwortlich für die Sicherheit der Bürger waren auch sie nur Wölfe im Schafspelz. Lucías einstige Angst vor ihnen verwandelte sich je länger, je mehr in Verachtung. Verräter, hatte Clara sie genannt, und dasselbe dachte Lucía mittlerweile. Clara hatte sie seitdem nur noch einmal gesehen – drei Tage später kreuzten sie sich am Eingang der Pension, Lucía mit einer Stange Brot, ihrer Wochenration an Eiern und einer halben Flasche Öl, Clara mit zwei Koffern. Sie nickten einander wortlos zu; eine kurze Geste des Erkennens, der Achtung, und, wie Lucía einen Treppenabsatz später merkte, als sie durch die offene Tür Claras leer geräumtes Zimmer sah, des Abschieds.

Die Bäume, die beide Seiten der Prachtstraße säumten, verloren bereits ihre bunt gefärbten Blätter. Die Abwesenheit anderer Leute auf der Straße irritierte sie, war die Rambla doch normalerweise immer bevölkert. Auf einmal, begünstigt durch diese außergewöhnliche Leere, stieg eine kindische Lust in ihr auf, durch die am Boden liegenden Blätterhaufen zu rennen. Übermütig tanzte sie durch den Farbreigen; Orange, Rot und Gelb wirbelte durch die Luft, der Geruch nach Herbst und Zerfall hüllte sie ein wie ein sinnliches Parfüm. Die Sonnenstrahlen tröpfelten wie Honig durch die halbkahlen Bäume und die Süße der unerwarteten Wärme floss schmeichelnd durch ihren Körper. Heftig schnaufend und kichernd strich sie ihr Kleid und den Mantel glatt und bog in die Calle de la Puertaferrisa ein. An der Litfaßsäule an der Ecke fiel ihr ein Plakat ins Auge. Eine Konzertankündigung im *Palacio de la Música*, dem wunderschönen Konzertsaal, von dem ihre Mutter früher so geschwärmt hatte. Schon von außen war das im Stil des Modernismus gebaute Gebäude eine Augenweide: rot getünchter Stein, weite Bögen, mit Stuckarbeiten verziert. Das zierliche Geländer der Terrasse im ersten Stock war in Blau und Grün gehalten, mit goldenen Abschlüssen, schimmernd wie das Meer bei Sonnenuntergang. Filigrane Mosaikarbeiten bedeckten die Säulen. Aber das Innere, so hatte ihre Mutter erzählt, entsprang einer Märchenfantasie. Das Tageslicht fiel durch viele, mit bunter Glasmalerei bedeckte Fenster in den Saal mit seinen roten Plüschsesseln, den goldenen Verzierungen und der großen Orgel an der rückseitigen Wand. An der Decke hing das imposante Oberlicht, die Glasmalerei an den Rändern in Blau-, Grün- und Lilatönen gehalten, während es gegen die Mitte wie ein gelber Tropfen nach unten hing – die Sonne. Die Farbenpracht vermittelte eine Energie, die ihre Mutter nur schwer in Worte fassen konnte. Lucía wünschte sich, selbst eines Tages diese Kraft erleben zu können. Sie studierte das Plakat genauer. Der Chor der deutschen Hitlerjugend. Die Sonne erlosch und sie fröstelte. Im Rest Europas herrschte immer noch Krieg. Spanien hatte sich inzwischen zwar so isoliert, dass diese Konflikte sie nicht direkt betrafen, aber Franco war sich nicht zu schade, mit Hitler im Stillen zu kollaborieren. Ihre gute Stimmung verflog, legte kurz eine stille

Rast ein bei den Menschen, die täglich ihr Leben geben mussten, um die Streitigkeiten zwischen ihren Oberhäuptern zu schlichten, und hinterließ ein dumpfes Gefühl der Machtlosigkeit.

Am Ende der Gasse fand sie all die Menschen, deren Fehlen sie eben noch verwundert hatte. Die Menge drängte vorwärts, und rasch eingeschlossen, musste sie sich mitziehen lassen in Richtung des Platzes vor der Kathedrale. Die Kirchglocken der ganzen Stadt begannen plötzlich alle auf einmal zu läuten. Erschrocken fuhr Lucía zusammen. Als sie den Platz inmitten der menschlichen Wogen betrat, erhaschte sie kurz einen Blick auf einen in prächtigem weiß-goldenem Ornat gekleideten Mann auf den Stufen vor der Kathedrale. Bischof, Erzbischof, was wusste sie schon über die Geistlichen der Stadt. Auch wenn die katholische Religion sozusagen zweite Staatsgewalt geworden war, hatte Lucía immer noch keinen Zugang zu Gott gefunden. Immerhin fiel ihr nun ein, dass es sich um die Messe für Allerheiligen handeln musste. War man früher in stiller Andacht zum Friedhof gepilgert, um den Verstorbenen zu gedenken, so rief die Kirche heutzutage zu gewaltigen Massengottesdiensten auf. Angewidert über die Ausschlachtung dieses Aktes, der ihrer Meinung – wenn man ihn schon zelebrieren wollte – in einem intimen Rahmen durchgeführt werden sollte, versuchte sie, sich aus der Menge zu kämpfen. Der Tag der Toten. Ein Tag war zu kurz, um ihnen allen zu gedenken. Die Stimme des Geistlichen schallte über den Platz, die Menschen um sie herum antworteten wie brave Schäfchen.

Amén.

Irgendwo vor Lucía begann ein Mädchen zu weinen. Ihr Herz stolperte. Sie sah ein weißes Kleidchen, auf dem Arm eines Mannes. Dunkle Locken. Der Mann zeigte in Richtung der Kathedrale, das Mädchen drehte seinen Kopf.

Felicidad.

Lucía schlug sich die Hand vor den Mund, um den Aufschrei zu ersticken. Aber der Mann hatte sie gehört und sah sie stirnrunzelnd an. Das Mädchen, vielleicht vier Jahre alt, lächelte schon wieder, die Augen noch tränenfeucht. Braune Augen. Mit rasendem Puls schob sich Lucía durch die Leute, sie wusste nicht, wie sie es schaffte, aber auf einmal fand sie sich auf der Rambla wieder. Ein Stöhnen entfuhr ihr und sie schlug sich mit der Faust mehrmals gegen den Kopf. Natürlich war es nicht ihre Tochter gewesen. Natürlich nicht. Sie wusste nicht, was eben mit ihr passiert war. Der Wind fuhr durch die Blätter, als wollte er Lucía einladen, wieder mit ihnen zu tanzen. Totentanz, das Laub farblos, die Sonne fahl am kalten Himmel. Doch, eigentlich wusste sie sehr wohl, was geschehen war: Die Geister ihrer Vergangenheit riefen nach ihr. Sie wollte dem Ruf nicht folgen. Und dennoch konnte sie sich ihm nicht entziehen.

»Salvador Sants Serrano«, antwortete Lucía auf die Frage des Beamten des *Registro Civil*, dem Einwohnermeldeamt, nach dem Namen der Person, nach der sie sich erkundigen wollte. Unauffällig wischte sie sich die schwitzigen, eiskalten Hände am Mantel ab.

»Sind Sie mit ihm verwandt?« Der Beamte gähnte verhalten.

Er ist mein Vater, wollte sie sagen, aber das konnte sie natürlich nicht. Laut ihrem Ausweis hieß ihr Vater Pedro. Sie schüttelte den Kopf. »Nein. Er ist der Vater ... einer Freundin.«

»Dann muss Ihre Freundin persönlich vorbeikommen.«

»Aber ich möchte doch nur wissen ...«

»Auskünfte werden nur an Verwandte nach Vorlegen des Ausweises gegeben. Tut mir leid, *Señorita.*« Er winkte die Dame hinter ihr an den Tisch, unmissverständliches Zeichen dafür, dass die Audienz vorüber war. Sie hatte doch nur wissen wollen, ob er noch im Gefängnis saß. Ob er in einem Straflager sein Dasein fristete. Ob er entlassen worden war und irgendwo hier in der Stadt lebte. Wenn er denn überhaupt noch lebte. Arbeitete er vielleicht wieder als Arzt? Kaum. Bestimmt hatte er seine Zulassung verloren durch die Inhaftierung. War er etwa einer der vielen Bettler, die in den Hauseingängen und an den Straßenecken saßen, verwahrlost und stumm, der Gesellschaft einen blinden Spiegel vorhaltend?

Obwohl es schon später Vormittag war, lag der Januarnebel immer noch dick in den Straßen. Er legte sich wie ein klebriger Film auf ihr Gesicht und sie wedelte hektisch mit den Armen im Versuch, sich Luft zu verschaffen. War es der Nebel, der sie am Atmen hinderte, oder die Erkenntnis, dass sie eben ihren eigenen Vater verleugnet hatte? Vielleicht brauchte er Hilfe. Aber sie konnte sie ihm nicht geben. Sie war offiziell nicht mehr seine Tochter. Die Gasflammen in den Straßenlaternen standen ohne das geringste Flackern, als wären sie im Moment festgefroren; blassgelbe Punkte über ihrem Kopf, immer zwei nebeneinander, Geisteraugen, die jeden ihrer Schritte verfolgten. Schemen bewegten sich auf sie zu und von ihr weg, nur im Radius von zwei, drei Metern nahmen sie Menschenform an, um danach wieder abzutauchen in die Tiefen der Unsichtbarkeit. Lucía stolperte über einen Randstein, fiel und schlug sich das Knie an. Wahrscheinlich waren nun die Strümpfe, die sie so teuer auf dem Schwarzmarkt erstanden hatte, als Geschenk an sich selbst zum Dreikönigstag, schon kaputt. Aber nicht deswegen brannten ihre Augen.

Eine Mutter schimpfte irgendwo in der grauen Suppe mit ihrem Kind. »*Ven aquí!* Komm sofort her!«, rief die Frau, aber die Stimme kam gegen den Nebel kaum an. Das Lachen des Kindes driftete auf Lucía zu, als es aus dem Nichts auftauchte und an ihr vorbei trippeln wollte. Es würde sich verirren. Sie griff nach seinem Mantel, erschrocken blieb der kleine Junge stehen. Felix wäre fünfzehn Jahre alt. Er riss sich los. Lucía starrte auf ihre Hände. Gedämpftes Klatschen und Weinen. Der Junge hatte zu seiner Mutter zurückgefunden.

Sie war nach Barcelona gekommen, um in der Masse untertauchen zu können. Eine unter vielen zu sein. Sie hatte ein neues Leben beginnen wollen, aber wie sollte das funktionieren, wenn sie immer wieder an ihr altes Leben erinnert wurde? Sie müsste sich das vernarbte Herz herausschneiden dafür. Überall liefen ihr Felicidads und Felixe über den Weg, allen Alters, aller Größen. Sie wollte und sie wollte nicht sich der Illusion hingeben, diese zwei Kinder, für deren Verschwinden oder sogar Tod sie sich verantwortlich machte, einfach so und unerwartet auf der Straße wiederzufinden. Was würde sie sagen? Was würden *sie* sagen?

Als in dem Restaurant, in dem sie seit bald einem Jahr die Teller wusch, eine neue Köchin anfing zu arbeiten, hielt es Lucía gerade noch drei weitere Tage aus. Von allen Köchinnen der Stadt mussten sie eine einstellen, die Felicidad hieß. Sie schalt sich dumm, aber jedes Mal, wenn nach der Frau gerufen wurde, zuckte sie zusammen, musste sie sich umdrehen und umsehen, suchte sie vergebens nach einem kleinen Mädchen, von dem sie genau wusste, dass es nicht da war. Aber sie konnte es nicht verhindern. Die Augen der Vergangenheit bohrten sich in ihren Rücken, wenn sie durch die Straßen lief. Kalter Schweiß trat ihr auf die Stirn, wenn sie Kindergelächter hörte. Einmal war sie beim Verlassen der Bäckerei mit einem jungen Mann zusammengestoßen, in Felix' Alter, vielleicht war er aber auch älter gewesen. Wahrscheinlich sogar.

»*Disculpe mil veces*, ich bitte tausendmal um Entschuldigung, mein Fräulein!« Er lächelte sie gewinnend an und zwinkerte ihr zu. »Solch eine schöne Frau sollte nicht so schwer tragen, lassen Sie mich Ihnen helfen.« Er streckte die Hand nach ihrer Tasche aus. Lucía streckte die Hand nach seiner Wange aus.

Nur kurz berühren ...

Dann rannte sie beschämt davon.

Der Sommer kam langsam in Fahrt, der längste Tag des Jahres stand bevor. Die Menschen nutzten die hellen Abende, um durch die Straßen zu flanieren, auf den Terrassen zu sitzen, das Leben zu feiern. Musik drang durch offene Fenster und aus den Lokalen, Gelächter wurde von einer Person zur anderen weitergereicht wie süßer Wein. Wenn Lucía am späten Nachmittag ihre neue Arbeitsstelle verließ – sie putzte jetzt Zimmer in einem Hotel an der Gran Vía –, lief sie zurück in die Pension. In jedem Gesicht sah sie ihre Tochter, ihren Bruder, selbst ihren Vater. Aus dem Grund hatte sie sich angewöhnt, den Kopf gesenkt zu halten. Sie legte sich nackt auf ihr Bett, starrte an die Decke und lauschte den Mäusen. Der laue Wind, der durch das vorhanglose Fenster hereinwehte, schenkte ihr statt Abkühlung nur den Gestank der in der Hitze kochenden Abfälle aus dem Hinterhof. Erst, wenn die gegenüberliegende Hauswand nicht mehr in grelles Weiß getüncht war, sondern in sanftem Orange erstrahlte, stand sie auf, kleidete sich wieder an und bereitete sich eine Kleinigkeit zu essen. Während die Sonne mit großem Spektakel hinter der Stadt unterging und die Dämmerung die Nacht wachküsste, lief Lucía wie ein Irrlicht durch die Gassen des Raval, links, rechts, rechts, durch eine schmale Seitengasse, durch einen Hinterhof. Immer wieder stieß sie mit Leuten zusammen, murmelte eine Entschuldigung, ohne hochzublicken, und lief weiter.

Irgendwann landete sie meist am Hafen. Selbst wenn die Kolumbusstatue, die zwischen dem Anfang der Rambla und dem Kai stand, nach ihr rufen würde, würde sie den Kopf nicht heben, aus Angst, sogar in dem weißen Marmorantlitz immer noch bekannte Züge zu erkennen. Sie fragte sich, ob sie dabei war, den Verstand zu verlieren.

Sie setzte sich an den Kai. Weiter draußen fuhr ein Schiff mit einer Festgesellschaft aus dem Hafen hinaus, bunte Lichter und Gelächter. Der aufgehende Mond tanzte perlmuttfarben mit den Motorenölflecken auf den Wellen. Ab und zu schrie eine Möwe. Lucía saß nur da und inhalierte den Geruch nach Salzwasser, bis sich das Salzwasser aus ihren Augen löste und über ihr Gesicht lief. Jemand hatte ihr einmal gesagt, dass der Grund des Hafenbeckens gepflastert sei mit den Leichen gefolterter und ermordeter politischer Gefangener des Krieges. Sie wollte, sie könnte ihre Leichen ebenfalls dort versenken. Oder sich selbst hineinfallen lassen, hinabschweben, das immer schwächer werdende Mondlicht ihr einziger, stummer Begleiter. Kurz vor Mitternacht verließ sie jeweils ihren einsamen Posten und ging ins *La Sevillana*, um zu putzen. Allein das gefährliche Viertel zu durchqueren, bereitete ihr keine Angst mehr. Sie hatte keine Angst mehr, nicht vor Menschen. Nur vor ihren Geistern.

Schon seit Tagen floss die Hitze durch Barcelona wie Bäche flüssiger Lava. Es gab keinen Ort, an dem man sich vor ihr verstecken konnte. Schlaf wurde mehr und mehr ein Fremdwort für Lucía; sie kam erst gegen zwei Uhr ins Bett und stand meist um fünf Uhr wieder auf, gerade wenn die Luft noch einmal Atem holte, bevor die Sonne sie niederbrannte. Zu dieser Tageszeit waren die Straßen, Gässchen und Plätze noch so gut wie leer; die Straßenfeger verrichteten ihren Dienst und einige wenige andere Menschen befanden sich auf dem Weg zu ihrer Frühschicht. Dann, wenn alle noch schliefen, dann und nur dann traute sich Lucía, ihren Kopf zu heben, sich umzusehen und die Schönheit ihrer Umgebung zu genießen. Sie spazierte über die jungfräuliche Rambla hinein in die Plaza Real, umsäumt von Palmen, in denen Tauben zaghafte Morgengrüße gurrten. Das sanft rosafarbene Zwielicht der Dämmerung wanderte über die jahrhundertalten Steinmauern des Gotischen Viertels; wäre ein mittelalterlicher Kaufmann aus der Bäckerei getreten, es hätte Lucía wenig gewundert. Vorteil des frühen Aufstehens war, dass sie immer frisches Brot bekam, an dem sie auf dem weiteren Weg, vorbei an der Kathedrale, über die Via Laietana und hinein in das Viertel Born, genüsslich knabberte. Es tat gut, nach vorne, statt immer nur nach unten zu schauen.

An diesem Tag im Juli 1944 führte sie ihr morgendlicher Spaziergang bis hin zum Bahnhof *Término*, dessen Gleise noch verlassen dalagen. Die ersten warmen Sonnenstrahlen streuten ein verheißungsvolles Glitzern über sie; bald würden die frühen Züge ihre Fahrt aufnehmen. Einen kurzen Moment lang gab sich Lucía dem Traum hin, selbst einzusteigen und sich mitnehmen zu lassen auf eine Reise, weg von hier, in andere Länder. Aber immer noch herrschte Krieg in Europa, auch wenn das Blatt sich langsam, aber sicher zuungunsten der Achsenmächte zu drehen schien. Sie seufzte. Vielleicht wäre dieser Krieg doch eines Tages zu Ende, die Menschen würden wieder zur Ruhe kommen, die Situation sich für alle verbessern. Für den Rückweg zog sie das dünne Jäckchen aus und zupfte ihr leichtes Kleid zurecht. Es klebte ihr jetzt schon am Körper, und dabei konnte es noch nicht einmal sieben Uhr sein. Sie war spät dran, die Straßen begannen sich zu füllen, und die

Nervosität riet ihr, bald den Blick zu senken. In letzter Sekunde konnte sie einem älteren Herrn auf einem Fahrrad wahrscheinlich gleichen Jahrgangs ausweichen. Dabei strauchelte sie über eine unebene Bodenplatte und fiel gegen die glühende Zigarette, an der ein trotz der aufkommenden Hitze in Dreireiher gekleideter Geschäftsmann eben gezogen hatte.

»*Perdone usted*, verzeihen Sie bitte«, stammelte Lucía. Der Schmerz der Brandwunde an ihrem Unterarm trieb ihr Tränen in die Augen. Sie beschloss, ausnahmsweise die *tranvía* 52 zu nehmen, um einen Teil der Strecke rascher zurücklegen und so nicht zu spät zur Arbeit zu erscheinen. Es gelang ihr gerade noch, aufzuspringen, bevor der Wagen losruckelte, aber er war auch schon so voll, dass sie ihre Entscheidung sofort wieder bereute. Wahrscheinlich wäre sie sogar zu Fuß schneller gewesen. Den Kopf gegen das kleine Fenster in der Tür gepresst, versuchte sie, ihren rasenden Puls zu beruhigen. Die Frau neben ihr stank nach Knoblauch und Schweiß und redete unablässig mit ihrer Begleiterin. In einer Kurve drosselte die *tranvía* das Tempo, trotzdem wurde Lucía gegen die Frau gepresst. Die kleine Brandwunde pochte. Langsam fuhren sie an einem Paar *Guardia Civiles* vorbei. Sie wollte den Blick senken, aber sie schaffte es nicht rechtzeitig. Es war nicht Felix, den sie dieses Mal in dem hageren Mann sah.

Es war Agustí.

Lucía begann zu schreien.

KAPITEL 14

Schlaraffenland

Barcelona/Cadaqués, Juli-November 1944

Sie verlor ihre Anstellung im Hotel, weil sie an jenem Tag nicht zur Arbeit erschien. Sie verlor ihre Anstellung im *La Sevillana*, weil sie nicht mehr zur Arbeit erschien. Und sie war sich nun sicher, wie sie so auf ihrem Bett lag, nassgeschwitzt, und an die Decke starrte, dass sie auch ihren Verstand verloren hatte. Vielleicht aber hatte sie den ja schon lange verloren, an dem Tag, an dem ein Zug explodiert war, und all die Monate seither war sie nur einer Illusion ihrer selbst gefolgt. Nächtelang saß sie an ihrem Platz im Hafen, kurz davor, sich fallen zu lassen. Die Toten auf dem Grund riefen sie mit Meerjungfrauengesang, betörend und berauschend, enttäuscht jedes Mal, wenn die Feigheit Lucía packte und sie unverrichteter Dinge abzog. War es die Angst vor den Toten oder vor dem Tod, der sie innehalten ließ? Als sie so weit war, wieder einen halbwegs klaren Gedanken zu fassen, traf sie den einzigen Entschluss, der ihr konsequent schien: Sie musste Barcelona verlassen. Sie war noch nicht bereit, sich unterkriegen zu lassen. Noch nicht bereit dazu, ihren Geistern Gesellschaft zu leisten. Immer war sie wieder aufgestanden. Aber hier würde es nicht besser werden. Sie würde einen

Ort finden müssen, an dem nur gerade so viele Menschen lebten, dass sie sie alle kannte, genau wusste, dass niemand davon auf irgendeine Art und Weise mit ihrem alten Leben verbunden war. Kurz dachte sie daran, in ein Kloster einzutreten. Wäre da nicht die Sache mit Gott. Also schleppte sie sich mit gesenktem Kopf in eine kleine Buchhandlung im Gotischen Viertel und bat den Verkäufer, ihr zu helfen, ein möglichst isoliertes Dorf zu finden. Nicht in den Bergen, dort würde sie sich eingeschlossen fühlen. Am Meer. Wo die Gedanken fliehen konnten, wenn es notwendig war. Sie habe kein Geld, um ein Buch zu kaufen, erklärte sie ihm, ohne ihn anzublicken, aber sie würde ihm dafür vier Eier geben. Gemeinsam blätterten sie eine Kartensammlung Kataloniens durch und einigten sich schließlich auf Cadaqués. Ein Fischerdorf am nördlichen Ende der Costa Brava, abgeschnitten vom Rest der Welt durch die Ausläufer der Pyrenäen, die sich hinter dem Dorf ins Mittelmeer stürzten.

Dort würde sie hinreisen.

Hatte sie sich nicht erst vor zwei Wochen gewünscht, in einen Zug zu steigen und weit weg zu fahren? Es war nur Figueras, bis wohin die schmauchende Bahn sie brachte. Aber als sie dort in ein Fahrzeug wechseln musste, das aussah wie eine in die Länge gezogenen Pferdekutsche auf Reifen, fühlte sie sich schon hundert Jahre von Barcelona entfernt. Der Klapperbus fuhr über die holprige Straße aus festgestampfter Erde hinaus aus der Hauptstadt des Alto Ampurdán hinein in die Ebene, flaches Land, das nur am Horizont von Bergrücken eingefasst wurde wie ein grünes

Schmuckstück. Sumpfland, erklärte Lucías Sitznachbar, der in Castellón de Ampurias ausstieg. Zu der Zeit waren sie bereits seit einer Stunde unterwegs und Lucía vermochte nicht zu sagen, wer zuerst auseinanderbrechen würde: ihr Rücken oder das Fahrzeug. Keuchend schleppte es sich weiter, hielt noch einmal in dem winzigen Fischerdorf Rosas, bevor es den Berg in Angriff nahm, der sie von ihrem Ziel trennte. Kurve um Kurve ächzte der Bus nach oben. Unter ihnen lag – beinahe kreisrund – die Bucht von Rosas. Als sie am Scheitelpunkt anhielten, um Treibstoff aus Kanistern in den Tank nachzugießen, stürzte Lucía nach draußen und übergab sich am Straßenrand. Das Ruckeln und Schaukeln, das Holpern über die unbefestigte schmale Straße, die rechts jäh in steile Schluchten voller dornigem Gestrüpp abfiel, all das, gepaart mit der Augusthitze und der Angst vor dem Unbekannten, war zu viel für sie. Sie fühlte sich unangenehm klein inmitten dieser rauen Natur.

Insgesamt dauerte die unbequeme Fahrt etwas über zwei Stunden. Als sie sich Cadaqués näherten, schafften es nur noch einige verirrte Sonnenstrahlen mit ihnen den Berg hinunter, während sich über dem Meer direkt vor ihnen der hellblaue Himmel langsam milchig färbte. Um die kleine Bucht herum fächerte sich eine Ansammlung weißer Häuser auf, mit einer Kirche auf einer Anhöhe mittendrin. Links und rechts des Dorfes stiegen mithilfe von Steinmäuerchen Terrassen den Hang hinauf, auf denen knorrige Olivenbäume wuchsen. Lucías Herz schlug schneller. Würde das von nun an ihre Heimat sein? Hatte sie endlich den Ort erreicht, an dem sie Ruhe und Frieden fände? Sie hatte erwartet, dass sie beim ersten

Blick auf das Dorf eine bejahende Sicherheit in sich spüren würde, aber alles, was sie spürte, waren ihr schmerzender unterer Rücken und ihr revoltierender Magen.

Nur noch drei weitere Passagiere stiegen zusammen mit Lucía aus und verschwanden sofort in den angrenzenden Gassen. Sie hingegen stand einfach nur neben dem Bus, der noch einmal röchelnd aufschnaufte, als der Fahrer den Motor ausschaltete. Für einen kurzen Moment herrschte Stille, bis sie nach und nach die Geräusche um sich herum erkannte: Die Zikaden, die in den Bäumen ihr Abendlied ratschten. Der Wind, der das Streiten der Möwen vom nahen Wasser über die Dächer trug. Und sonst – Stille. Der Gestank nach Abgas verlor sich allmählich und machte dem Duft nach von der Sonne aufgeheizten Häuserfassaden Platz, nach gebackener Erde und aromatischem Lavendel und Rosmarin.

»Kann ich Ihnen helfen?«

Nur widerwillig hob Lucía den Kopf, schielte vorsichtig von unten nach oben, in der Erwartung, auch hier ein Gesicht zu sehen, das nicht hier sein sollte. Der Busfahrer beäugte sie misstrauisch. Sein Spanisch wies einen starken katalanischen Akzent auf. Er sah einfach nur aus wie jemand, den sie nicht kannte.

»Ich suche ein Zimmer. Für heute Nacht.« Lucía lächelte schüchtern. »Und vielleicht für ein paar weitere.«

Der Mann schien nachzudenken, während er sie musterte. Sie trug ihr bestes Kleid, aber nach der stundenlangen Reise war es fleckig und zerknittert. Rasch verschränkte sie die Arme vor der Brust.

»Gibt es hier vielleicht eine Pension?« Als sie die Wörter aussprach, wusste sie bereits, wie lächerlich ihre Frage klang. In dem Dorf lebten wahrscheinlich gerade einmal tausend Menschen. Das flüchtige Anheben der Mundwinkel ihres Gegenübers bestätigte ihre Vermutung. Dennoch hob er ihren Koffer hoch und wies sie an, ihm zu folgen.

»Meine Mutter kann Sie bestimmt für eine Nacht unterbringen. Gegen Bezahlung, *oi*, nicht wahr?«

Dominica war Witwe, und das schon seit zwanzig Jahren. Seit ihr Mann bei einer nächtlichen Fangfahrt von einem Sturm überrascht worden war und ertrank. Seit jenem Tag hätte seine Mutter kein Wort mehr gesprochen, flüsterte ihr Ernesto, der Busfahrer, zu. Lucía schätzte die Frau auf Ende sechzig; zusammengeschrumpft, schwarz gekleidet, müde Augen. Ohne Gefühlsregung zeigte sie Lucía ihr Zimmer, brachte frische Bettwäsche und ein fadenscheiniges Handtuch. Nachdem sie sich den Staub und Schweiß vom Körper gewaschen hatte, saß sie auf dem Bett und sah sich unsicher um. Das Zimmer war nicht größer als ihre Absteige in Barcelona, aber dennoch fühlte sie sich jetzt schon wohler als in den gesamten vergangenen Monaten in der Stadt. Es war schlicht, es war karg, aber es war sauber. Die Vorhänge vor dem Fenster bauschten sich leicht im Wind. Und statt dem Geruch nach Abfall strömte der nach Salz und Algen herein. Das Kruzifix, das über dem Spiegel hing, nahm Lucía schulterzuckend zur Kenntnis. Ihr Magen knurrte. Abgesehen von etwas Brot, zwei hart gekochten Eiern und einer Tomate hatte sie den ganzen Tag nichts gegessen, und sie traute sich nicht, die Witwe darum zu bitten. Aber als hätte Dominica ihren Hunger gerochen, klopfte sie an die Zimmertür und winkte sie ins Esszimmer. Lucía traute ihren Augen kaum, als sie den Teller sah: Neben dem obligaten Reis lagen zwei kleine, knusprig gebratene Fische darauf, in einer Schüssel schwammen Salatblätter, geschnittene Tomaten und Zwiebelringe in Öl und Essig. Eine Handvoll Aprikosen rundeten das Festmahl ab. In dem Augenblick war es ihr egal, ob sie für dieses Essen ihre gesamten, knappen Ersparnisse ausgeben müsste. Sie würde eine Anstellung finden. Und dann jeden Tag so schmausen.

Fisch auf dem Teller war eine Sache. Sardellen aufzuschlitzen und die Gedärme herauszuholen, eine andere. Aber genau das war von nun an Lucías Arbeit.

Anchoas en salazón. Eingelegte Sardellen. Eine Spezialität hier in Cadaqués, wo die Fische so frisch in den Verarbeitungsstätten landeten, dass sie beinahe noch atmeten. Sie kamen direkt in große Gefäße mit Salzlake, in denen sie ausharrten, bis die Frauen sie herausholten, ihnen den Kopf abschnitten, sie ausnahmen und säuberten und in Behältern zwischen Lagen groben Salzes und Pfefferkörnern schichteten, wo sie hundert Tage reiften. Erst dann, wenn das Fischfleisch eine rote Farbe und sein typisches Aroma angenommen hatte, waren sie für den Verzehr und den Verkauf bereit. All das lernte Lucía in den ersten Tagen in der Fabrik Casa Pons, in der sie eine Anstellung gefunden hatte. Natürlich führte nicht jede Frau jeden Schritt aus – sie waren übrigens nur Frauen. Die Männer fischten, die Frauen verarbeiteten. Anfängerinnen wie Lucía bekamen die Drecksarbeit zugeteilt. Glitschige Innereien. Den ganzen Tag lang. Der Geruch nach Blut und Meer setzte sich in ihren Haaren fest, sodass sie nachts von Seeungeheuern und wogenden Algen träumte. Aber sie würde sich nicht beklagen. Selbstverständlich nicht. Die Auswahl an Arbeitsstellen in Cadaqués war beschränkt.

Ihre Vorgesetzte hieß María Carmen, wurde aber Carmencita genannt. Obwohl sie nur zwei Jahre älter war als Lucía, also vierundzwanzig, arbeitete sie bereits seit acht Jahren in der Fabrik. Niemand beherrschte die Handgriffe so wie Carmencita. Niemand schichtete die Sardellen schneller, genauer und schöner als sie. Sie war die Königin. Sie lachte am lautesten, sie redete am meisten. Ihre Zunge war so scharf wie ihr Filetiermesser. Und sie mochte Lucía nicht.

»Aus dem Süden kommst du also?«, fragte sie gleich am ersten Tag skeptisch, nachdem Lucía sich mit ihrem besten, angelernten andalusischen Akzent vorgestellt hatte.

Cadaqués, so musste Lucía feststellen, war gar nicht so weltfremd, wie sie anfangs gedacht hatte. Zwar war die Einwohnerzahl tatsächlich überschaubar, sodass sie sich innerhalb weniger Tage traute, den Kopf zu heben und die Leute von Beginn an anzublicken. Das Dorf hatte eine überraschend turbulente Geschichte hinter sich, erklärte ihr Ernesto, wenn er ab und zu abends bei seiner Mutter vorbeischaute. Furchtlose Generäle hätten sich Franzosen und Spaniern gleichermaßen entgegengestellt, Seeräuber wie Barbarossa das Dorf geplündert, und die lokalen Kapitäne eine wichtige Rolle in der katalanischen Marine gespielt, zu dessen Hauptsitz und Zollstation der Ort sogar ernannt wurde. Ende des vorherigen Jahrhunderts jedoch verlor die Bevölkerung den Kampf gegen die Reblaus, die restlos alle Weinstöcke, und damit das zweitwichtigste Handelsgut nach dem Fisch, vernichtete. Viele, vor allem jüngere Einwohner suchten daraufhin ihr Glück in Kuba, erklärte Ernesto, und das Dorf versank im Dornröschenschlaf. Zwar seien einige der Auswanderer zurückgekehrt, und auch zahlreiche Künstler beehrten Cadaqués mit ihren Besuchen, um die raue Landschaft und das besondere Licht einzufangen. Aber Fremde, die kamen, um sich hier niederzulassen ... An dieser Stelle schüttelte selbst Dominica stumm den Kopf.

Carmencita war da schon etwas direkter. »Von allen Orten des Landes musstest du unbedingt hierher kommen?«

Lucía lächelte nur schüchtern und erledigte ihre Arbeit. Da Carmencita sie nicht in die Gespräche der Frauen mit einbezog, tat es auch keine der anderen. Lucía störte das nicht; sie war ein Eindringling, das wusste sie. Ein Mosaiksteinchen, das ganz am Rande des Bildes lag, der Mörtel noch frisch. Sie würde geduldig warten, bis er ausgehärtet wäre. In der Zwischenzeit erkundete sie auf eigene Faust den Ort, wofür sie nicht lange brauchte. Das Zentrum – und zugleich den höchsten Punkt des Dorfes – bildete die Kirche Santa María. Im Licht der über dem Meer aufgehenden Sonne erstrahlte das weiß getünchte Gotteshaus in einem goldenen Rosa, abends, wenn sie hinter dem Hügel Paní verschwand, war die

Kirche das letzte Gebäude, das ihre Strahlen zum Abschied mit orangefarbenen Lippen küssten. Mehr aus Neugier denn aus Gottesfürchtigkeit trat sie ein und fühlte sich beinahe erschlagen von dem fast vollständig vergoldeten Altarbild, das die gesamte Rückwand der Kirche einnahm. Heilige und Engel flackerten im Licht der Kerzen, die von den Gläubigen, den Bittstellern, den Verwitweten und denen, die darum baten, es nicht zu werden, fortlaufend am Leben gehalten wurden. Während des Krieges war eine Mauer davor errichtet worden, um die Soldaten daran zu hindern, das Kunstwerk zu stehlen. Auch das hatte ihr Ernesto erzählt. Ein schlaues Völkchen, dachte Lucía und sog gierig tief die frische Luft ein, als sie die schwere Tür hinter sich zuzog und weiterbummelte. Die Gässchen des Dorfes waren ungepflastert, harte Erde, manchmal sogar direkt in den Stein gehauen. Mitunter wiesen sie eine solche Steigung auf, dass Lucía sich fragte, wie es den Älteren möglich war, zu ihren Häusern zu gelangen. Hin und wieder fand sie vor den Eingangstüren Käfige mit Hühnern und Kaninchen vor – Hühnerfutter war billiger und einfacher zu bekommen als Frischfleisch, und man bekam die Eier gratis dazu. Wenn der Staat nicht dafür sorgte, dass der Bauch voll wurde, musste man sich eben selbst helfen. Hinter den Häusern befanden sich die *huertos*, die Gemüsegärten. Nach den Jahren des Hungerns wähnte sich Lucía im Schlaraffenland. Orangen- und Zitronenbäume, Aprikosen- und Apfelbäumchen, Tomaten, Bohnen, Mangold. Zwiebeln und Paprika und Kartoffeln. Auch wenn die Erträge klein waren und vieles für den öffentlichen Verkauf abgegeben werden musste, blieb doch scheinbar genug, dass hier die Menschen nicht im selben Maß Hunger litten wie anderswo. Direkt im Anschluss stiegen die Hänge mit den Olivenbäumen an. Tausende von Bäumen bedeckten die Hügel, ein Meer an dunkelgrünen Blättern, die sich im Wind wiegten. Von Zeit zu Zeit, wenn eine eigenwillige Bö sie zum Tanzen brachte, blitzte ihre silbrige Unterseite in der Sonne auf. Das Licht wies eine andere Qualität auf als in der Stadt, es war kein normales Licht, es war ... es war greifbar. Plastisch. Sie konnte den Mund öffnen und es würde in sie hineinfließen und sie satt zurücklassen. Wenn Lucía ihre Augen über diese kleine Bucht schweifen ließ, dann fühlte sie sich vielleicht noch nicht daheim, dafür war es noch zu früh. Aber sie fühlte sich sicher.

Abends, nach der Arbeit, setzte sie sich gerne auf die Brücke neben dem allgemein als Casino bekannten Gebäude, das eine kleine Bar beherbergte. In der Bar, das wusste sie, saßen die Männer in ihrer Freizeit und spielten Schach. Ernesto erzählte ihr stolz, dass er einmal gegen den bekannten Maler und Bildhauer Marcel Duchamp, der oft im Dorf zu Besuch war, gespielt – und natürlich verloren – hatte. Der Name des Künstlers war Lucía tatsächlich ein Begriff aus den Tagen auf Philippes Weingut. Dieses abgeschiedene Dörfchen schien nicht nur verlorene Seelen wie sie anzuziehen, sondern eine ganze Menge anderer Leute. Selbst die Familie dieses Malers Dalí, von dem Joséphine und ihre Gäste so geschwärmt hatten, besaß hier ein Sommerhaus, drüben, im Llaner, etwas außerhalb an der Bucht gelegen.

Von ihrer Brücke aus hatte Lucía einen guten Blick auf die Fischerboote, die nach dem Tag auf dem

Wasser von ihren Besitzern an den Strand gezogen wurden. Den Fangerfolg konnte sie rasch an den Mienen der Fischer und deren Bereitschaft, auf das Geschäker der jungen Frauen einzugehen, ablesen. Neben den älteren Fischern mit ihren wettergegerbten Gesichtern, in denen sich jedes Jahr auf See in einer Falte verewigt hatte, gab es auch viele jüngere Männer; kräftig, braun gebrannt und stolz darauf, mit ihrer harten Arbeit das Dorf ernähren zu können.

»Luís!«, rief Carmencita zum Beispiel, die mit ihren Freundinnen unter den Bäumen saß, keine dreißig Meter von Lucía entfernt und sie dennoch komplett ignorierend. »Luís, hast du mir heute etwas Besonderes mitgebracht?«

Und der junge Fischer antwortete: »Einen goldenen Seestern, *guapa*, meine Hübsche«, und warf ihr einen Fischkopf zu. Die Frauen zogen sich kreischend und lachend etwas zurück und sahen Luís, Héctor, Fernando, Guillermo und wie sie alle hießen, aus sicherer Distanz dabei zu, wie sie den Fang ausluden, die Netze zum Trocknen ausbreiteten oder reparierten.

Oft wurde am Abend oder am Sonntag auf dem Dorfplatz die *Sardana* getanzt, der folkloristische Tanz, bei dem Alt und Jung sich im Kreis aufstellten, sich bei den Händen fassten und zu einer fröhlichen Musik hin und her hüpften. Menschliches Balzverhalten. Die Mädchen kicherten, die Männer drückten die Brust noch ein wenig weiter heraus, weiße Zähne blitzten, lange Haare wurden kokett über die Schulter geworfen. Lucía sah sich das Werben und Verweben der dörflichen Gesellschaft an, ohne sich aufzudrängen. Für den Moment reichte ihr das, um sich glücklich zu fühlen. Selbst das fröhliche Geschrei der Kinder, die mit den Möwen Fangen spielten und zwischen den Beinen der Erwachsenen hin- und herrannten, konnte die Geister nicht beschwören, vor denen sie aus Barcelona geflohen war. Aber eines Tages Ende Oktober, als die *tramontana* mit einer hellseherischen Frische den Herbst ankündigte, die Musik in die Hügel und als Echo wieder zurückwehte, sodass die Luft zu flimmern schien, an dem Tag trat einer der jungen Fischer auf sie zu.

»Tanz doch mit uns mit«, forderte er sie auf und streckte seine Hand aus. Hinter ihm schien die Dorfjugend zu erstarren. Seine Stimme war so tief wie das Meer und brachte etwas in ihr zum Vibrieren. Er war groß gewachsen, mit kräftigen Schultern und Händen, die es gewohnt waren, zuzupacken. Rau vom Salzwasser und den Schnüren der Netze. Dichte schwarze Locken über einem offenen, freundlichen Gesicht. Lucía blinzelte ihn schüchtern an. Sollte sie es wagen, diese unsichtbare Grenze zwischen Zuschauerin und Darstellerin zu übertreten?

»Luís!«, rief Carmencita resolut über die *cobla*, das elfköpfige Orchester mit seinen quietschenden Blasinstrumenten, hinweg. Der junge Mann zuckte zusammen wie ein gescholtener Hund, hob vielsagend die Schultern und schlenderte zu seinen Freunden. Zurück blieb ein Hauch seines Lächelns, den Lucía aus der Luft griff und in die Tasche ihres Jäckchens steckte.

Kurz danach überraschten sintflutartige Regenfälle das Dorf. Wobei die Überraschung nur deswegen groß war, weil der Herbst sich mit milden Temperaturen ungewöhnlich in die Länge gezogen hatte. Denn der Regen fiel pünktlich, jedes Jahr. Die Erde wies das Wasser nach viermonatiger Trockenheit ab wie die Öljacken der Fischer die Gischt der hochspritzenden See, ließ es sich seinen Weg die Hänge der umliegenden Hügel hinab suchen, trichterförmig, hinein in *Sa Rierassa*, den sonst trockenen Bachlauf, der nun rauschend das Dorf durchzog und im Meer mündete. Der Wind heulte um die Ecken, rüttelte an den blauen Fensterläden, als ob er Streit suchte, die Einwohner zum Kampf herausforderte. Dominica bewegte lautlos ihre Lippen, während sie den Rosenkranz durch die Finger klacken ließ, ein ums andere Mal, im Andenken an ihren Mann, der bei solch einem Wetter über Bord gespült worden war. Lucía fragte sich, ob man tatsächlich zwanzig Jahre lang um einen Menschen trauern konnte – die Schatten ihrer Geister trug sie zwar nach wie vor in ihrem Herzen, aber seit sie Barcelona hinter sich gelassen hatte, waren sie ruhiger geworden. Doch kam sie nicht umhin, bei den Wassermassen, die vom Himmel kamen, an das Unwetter in Perpignan zu denken, an die toten Augen der Kuh, die im Fluss getrieben hatte. An Teresa und Serge. Der Gedanke an sie schmerzte. Unmöglich, zu schlafen, hin und her wälzte sie sich in ihrem Bett, streckte ab und an die Hand aus und betastete den Boden, um zu sehen, ob das Wasser bereits so hoch gestiegen war, um in das Haus zu dringen. Dann wieder lachte sie über ihre Angst, aber es war kein überzeugtes Lachen.

Ein Knall erklang, ein Splittern.

Lucía sprang aus dem Bett und hastete in den Wohnraum. »Dominica?« Die alte Frau starrte entsetzt zum Fenster, als ob sich ihr verstorbener Ehemann aus den Fluten erhoben hätte. Der Wind hatte einen der Fensterläden halb aus der Verankerung gerissen und damit die Scheibe eingeschlagen, er pendelte auf und zu vor dem schwarzen Nachthimmel. Kalte Luft strömte herein. Die feinen Haare auf Lucías Armen stellten sich auf und sie hielt den Atem an, zwei, drei Sekunden vergingen, dann, als nichts und niemand anderes als Wind und Regen in den Raum wehten, setzten sich beide Frauen zeitgleich in Bewegung. Gemeinsam versuchten sie, gegen den hereinprasselnden Regen anzukommen, mit Tüchern, Bettwäsche, Häkeldecken, bis sich Dominica schließlich dazu überwinden konnte, die alte Öljacke ihres Mannes aus dem Schrank zu suchen, um damit das Fenster abzudichten.

Auch den Rest der Nacht tat Lucía kein Auge zu. Jetzt war sie auf dem Weg zu Ernesto, um ihn zu bitten, Bretter vor die Öffnung zu nageln. Bei dem Wetter fuhr der Autobus nicht und Dominicas Sohn würde mit seiner Frau und den drei Kindern zu Hause sitzen. Der Himmel sah aus, als hätte jemand Asche in ein Glas Wasser gestreut und umgerührt, hellgraue, dunkelgraue, schwarze Schlieren. Der Wind ließ nach, endlich, und der Regen war nur mehr ein stetig fallendes Nieseln, aber es war kein Morgen, an dem man draußen sein wollte. Die Straßen erinnerten an schlammige Bäche, und sie dankte Dominica in Gedanken dafür, dass sie ihre Gummistiefel hatte ausleihen dürfen, auch wenn sie ihr zu klein waren und nach wenigen Minuten jeder

Schritt mit den gekrümmten Zehen schmerzte. Sie schob sich vorsichtig an den Hauswänden entlang, hinunter zu der kleinen Bucht, dessen Strand sich die gierigen Wellen einverleibt hatten. Der Übergang zur Straße war fließend. Der Geruch nach Algen und nassem Sand lag schwer in der Luft. Vom aufgewühlten Meer her zog Dunst auf – bestimmt würden die Fischer heute auch nicht hinausfahren und die Frauen der Sardellenfabrik wären einen weiteren Tag ohne Arbeit. Die Müdigkeit dröhnte laut in ihren Ohren. Einen Moment lang unvorsichtig, rutschte Lucía auf einem Stein aus und fiel beinahe in den Schlamm. Ihr Herz pochte wie wild; bald würde der Nebel das ganze Dorf umspinnen. Sie wollte sich beeilen, aber ein Umriss zu ihrer Rechten ließ sie innehalten.

»*Hola?* Hallo?« War es ein Mensch, ein Tier? Ein Stein? Sie registrierte eine Bewegung. Ein matter Laut erklang, ein Stöhnen. Lucía näherte sich vorsichtig, bis sie erkannte, dass es sich um eine Frau handelte.

»Was ist passiert? Sind Sie verletzt?«

Die Frau saß auf dem Boden, auf der nassen, breiigen Erde, angeleckt von den weißen Schaumkronen der Flut. Sie zitterte. Lucía konnte sich nicht erinnern, die Frau schon einmal gesehen zu haben.

»Bin ... bin ausgerutscht«, murmelte sie. Tatsächlich steckte ihr rechter Fuß zwischen zwei Steinbrocken, die sonst am Rand des kleinen Strandes lagen. Ohne zu zaudern, stieg Lucía behutsam darüber; ihr Fuß sank sofort im Sand ein. Kaltes Wasser ergoss sich in ihren Stiefel und sie schauderte, die Kälte riss an ihr wie wütende Hunde. Sie wollte nicht wissen, wie lange die Frau schon hier saß – die ganze Nacht? Zögerlich zog sie an dem Brocken, er rutschte ihr unter den nassen Fingern weg. Die Frau keuchte auf.

»*Lo siento,* es tut mir so leid!« Beim zweiten Mal vermochte sie den Stein so weit zu bewegen, dass die Unbekannte den Fuß herausziehen konnte.

Es war ein mühsames Unterfangen, die humpelnde und zitternde Frau über die tückische Straße zu navigieren. Lucía war kurz davor, sich die zu kleinen Stiefel von den eisigen Füßen zu reißen – jedes Mal, wenn die Frau sich auf sie stützte, biss sich Lucía auf die Lippen, um nicht aufzustöhnen. Endlich kamen sie bei Ernesto an. Die Elektrizität war ausgefallen und das Innere des engen Häuschens wurde von Kerzenlicht und einer Petrollampe erhellt.

Auch der Busfahrer sah nicht aus, als ob er viel geschlafen hätte. »Ana María?«, fragte er erstaunt, als er die Frau erkannte, und weiter, zu Lucía gewandt: »Was ist passiert?«

»Sie ist verletzt«, erklärte sie mit klappernden Zähnen und hielt ihre Hände über eine der Kerzen, um sie zu wärmen. Sie wollte sich am liebsten an der Stelle, an der sie stand, auf den Boden legen, sich eine Decke über den Kopf ziehen und drei Tage schlafen. Stattdessen ließ sie sich von Margarita in das kleine Bad ziehen. Ernestos Frau reichte ihr ein Handtuch und frische Wäsche. »Wir kümmern uns um Ana María. Schau du, dass wieder Leben in deine Gliedmaßen kommt.«

Lucía war heilfroh, dass sie nicht krank wurde, nachdem sie doch so gefroren hatte. Krank werden konnte sie sich nicht erlauben – es galt, ihre Geschicklichkeit beim Sardellenschlitzen zu verbessern, in der unnützen Hoffnung, der Reichweite von Carmencitas verbalen Angriffen zu entfliehen. Natürlich wusste Lucía, dass ihr Können oder Nichtkönnen keinen Ausschlag gab. Es war immer noch ihr Status als Fremde, und, noch viel schlimmer, als mögliche Konkurrentin im Wettkampf um einen zukünftigen Ehemann. Klar wurde ihr das, als Carmencita ihr einige Tage, nachdem der junge Fischer Lucía zum Tanz aufgefordert hatte, zuzischte: »Halt dich bloß fern von Luís!« War wirklich erst eine Woche vergangen? Der Regen, der kurz danach eingesetzt hatte, hatte die Tage in die Länge gezogen. Sein Lächeln bewahrte sie gut auf in ihrer Jackentasche, es wärmte sie an den grauen Tagen. Mehr aber auch nicht, natürlich nicht. Gerne würde sie Carmencita sagen, dass sie sich nicht zu sorgen brauchte. Aber auf eine perfide Art und Weise bereitete es ihr Spaß, zu wissen, dass die Königin der Dorfjugend vielleicht sogar ein wenig Angst vor ihr hatte.

Drei Tage nach dem großen Regen, als sie abends die Fabrik verließ, löste sich ein Schatten von der Wand und humpelte mithilfe eines Stocks auf sie zu. Lucía musste zweimal schauen, um in der eleganten Frau das nasse Häufchen Elend zu erkennen, das sie aus seiner Notsituation befreit hatte.

»Lucía?«, sprach sie sie an. Das Licht der Straßenlampe hatte sich vom großen Stromausfall noch nicht vollständig erholt und flackerte, als ob hinter dem Glas weiterhin Sturm herrschte. »Ich habe mich noch nicht bei dir bedankt für deine Hilfe. Wollen wir im Casino einen *caferitu* trinken?«

Schweigend legten sie die Strecke bis zum Hauptstrand zurück. Im Inneren des Casinos roch es immer noch feucht, nach starkem Kaffee und gebratenem Fisch. Zwei der Tische waren von Schachspielern besetzt, die komplett in der Welt ihrer Spielzüge verschwunden waren. Ihre Finger stellten die Verlängerung ihrer Figuren dar und agierten wie von selbst. An einem weiteren Tisch spielten drei alte Männer murmelnd Domino. Das Klacken der Steine war das lauteste Geräusch im Raum. Ana María steuerte auf den hintersten Tisch zu, bestellte beim Vorbeigehen an der Bar zwei Kaffees und lehnte den Stock sorgfältig an die Wand.

»Wie eine alte Frau«, schnaubte sie, es klang eher belustigt als frustriert.

»Ist es schlimm?«

Ana María schüttelte den Kopf. »Eine Quetschung und Schürfungen. Wird schon wieder.«

Lucía fragte gar nicht erst, wo sie so früh am Morgen und bei dem Wetter unterwegs gewesen war. Es ging sie nichts an. Aber Ana María offenbarte es ihr auch so.

»Ich wollte nicht allein im Haus sein. Gewisse ... Situationen bereiten mir Angst, musst du wissen.«

Musste sie das? Der Kaffee kam und Ana María rührte langsam um. Es schien, als ob sie in der Zeit verloren gegangen war wie die Schachspieler, hier und doch woanders. Lucía wagte kaum, zu atmen. Dann kehrte das Leben in den Blick der Frau zurück. »Ich glaube, ich habe mich noch gar nicht richtig vorgestellt. Ich bin Ana María Dalí. Ich wohne drüben im Llaner.«

Lucía hob die Augenbraue bei der Erwähnung des Nachnamens und trank einen Schluck. Der Kaffee war heiß und stark.

Ana María lächelte – verlegen? »Ja, ich bin die Schwester des großen Salvador Dalí. Ich sehe, du hast schon von ihm gehört.« Es war wohl ungewollt, aber dennoch empfand Lucía den letzten Satz als herablassend. Woher sollte eine junge Frau, die den ganzen Tag nur Sardellen aufschlitzte, etwas von Kunst verstehen. Tat sie ja auch nicht, aber …

»Ich habe eine Zeit lang auf einem Weingut gearbeitet, in dem viele Künstler ein- und ausgingen. Und tatsächlich habe ich schon von ihm gehört.« Es klang ein wenig zu trotzig.

Nun war es an Ana María, die Augenbraue zu heben. »Hier in der Gegend?«, fragte sie neugierig.

»In Frankreich«, murmelte Lucía in ihre Kaffeetasse hinein und hielt den Blick als Schutzschild gesenkt.

Ana María schwieg, trommelte nur leise mit den Fingern auf den Holztisch. »Es gibt Dinge, über die nicht geredet werden muss.« Sie hatte verstanden. »Ich möchte dir einen Vorschlag unterbreiten«, fuhr sie nach einer kurzen Pause fort.

»*Jaque mate!*«, rief einer der Schachspieler gedämpft, »Schachmatt!« Sein Gegenüber fluchte in seinen Bart hinein.

»Ich möchte …«, sagte Ana María und hob grüßend die Hand, als der Gewinner der Partie an ihnen vorbeiging, um zu zahlen. »Ich habe gerne Gesellschaft; meine Freunde gehen in meinem Haus ein und aus. Aber ich suche jemanden, der bei mir wohnt. Kannst du kochen?«

Lucía nickte. Der Kaffee breitete sich angenehm warm in ihr aus, aber vielleicht war es nicht nur das Getränk. Vielleicht war es die Ahnung einer guten Nachricht.

»Du müsstest kochen, mir im Haushalt helfen, das Haus hüten, wenn ich in Figueras bei meinem Vater bin. Mir Gesellschaft leisten. Würde dich das interessieren?«

Wieder nickte Lucía nur. Würde sie den Mund aufmachen, würde sie vor Dankbarkeit anfangen zu weinen.

»Du hättest Kost und Logis frei, und ich würde dir natürlich etwas zahlen. Mehr als die Fabrik, wenn es mir möglich ist.«

KAPITEL 15

Das Ende des Sturms

Cadaqués, November 1944-Januar 1946

Ehrfürchtig trat Lucía in das Haus der Dalís ein. Ana María wohnte nicht die ganze Zeit hier, erklärte sie ihr, aber in diesem Haus hatte die Familie schon ihre Sommer verbracht, als Ana María und ihr Bruder Salvador kleine Kinder waren.

»Wo ist dein Bruder jetzt, wohnt er nicht auch hier?«, konnte Lucía ihre Neugier nicht zurückhalten.

Ana María presste kurz die Lippen zusammen. Enttäuschung – oder war es Traurigkeit? – legte sich in ihren Blick, der zu den Bildern wanderte, die an die Wand gelehnt im Wohnzimmer standen. Die meisten davon zeigten die Rückseite oder das Profil einer Frau, die aus dem Fenster sah. Lucía nahm an, dass es Ana María war, die ihrem Bruder Modell gestanden hatte.

»Er lebt zurzeit in Amerika. Mit seiner ... Frau. Gala.« Es hing ein Moment der Spannung im Raum, ein leicht verächtlich verzogener Mund. Dann wischte Ana María den Moment weg. »Aber er hat ein eigenes Haus, drüben in Portlligat.« Der Verständlichkeit halber wies sie mit der Hand auf die gegenüberliegende Seite der Bucht. Portlligat befand sich auf der rückwärtigen Seite des kleinen

Hügels; bis dorthin hatten Lucía ihre Spaziergänge noch nicht getragen. Neben den Porträts stand ein Bild, das so gar nicht zu den anderen passen wollte. Eine geschmolzene, nackte, absurd in die Länge gezogen und über den Ast eines blätterlosen Baums hängende Frau, die ein ebenso zerlaufenes Cello spielte. Ameisen und eine Spinne liefen ihr über das flache Gesicht, ein geisterhaftes Pferd sprang mit gefletschtem Gebiss aus einer Kanone. In der unteren linken Ecke saß ein weinender Puttengel. Lucía hatte keine Ahnung, was das Bild bedeuten sollte, ob es überhaupt eine Bedeutung hatte oder ob es nur der kranken Fantasie eines Genies entsprungen war. Es faszinierte sie und stieß sie gleichzeitig ab. Aus irgendeiner verstaubten Ecke ihrer Erinnerungen hörte sie jenen Besucher auf Jean-Philippes Weingut sagen, dass die Kunst der Spiegel der Gesellschaft sei. Sie hatte den Satz damals nicht verstanden. Aber wenn sie das Bild betrachtete, musste sie ihm recht geben.

»Scheußlich, nicht wahr?« Ana María schüttelte den Kopf. »Surrealismus hat einen anderen Menschen aus ihm gemacht. So viel Talent und dann malt er so wirres Zeug.«

Von all den Anstellungen, die Lucía bis jetzt gehabt hatte, war diese die einfachste. Beinahe luxuriös einfach. Ana María war eine ordentliche Frau, aufzuräumen gab es wenig. Lucía bereitete das Frühstück zu, erledigte den Einkauf, kochte das Mittagessen, putzte, wo es nötig war, begleitete Ana María auf einem langen Spaziergang, kochte das Abendessen. Sie vermochte kaum zu glauben, dass sie dafür auch noch bezahlt wurde. Aber mit der Zeit spürte sie, dass es Ana María tatsächlich darum ging, jemanden in ihrer Nähe zu wissen. Sie hörte, wie sie nachts von Albträumen und Schlaflosigkeit geplagt wurde, sie sah, wie sich tagsüber aus dem Nichts heraus ein Schatten über sie legte, als ob sie sich hinter einem unsichtbaren Schutzschild versteckte. Waren ihre Freunde im Haus, wurde immer gelacht und getanzt und geredet und mehr gelacht und mehr geredet, und Lucía war sich auch hier bald sicher, dass es nur darum ging, Ana María davon abzuhalten, hinter diese Schatten zu tauchen.

»Es gibt Dinge, über die nicht geredet werden muss«, hatte sie ihr dort im Casino versichert und damit nicht nur Lucías Vergangenheit gemeint.

Nach und nach lernte sie das halbe Dorf kennen, während sie in den vergangenen drei Monaten mit kaum mehr als vier Personen gesprochen hatte. Vater Dalí, Notar aus Figueras, kam öfters am Wochenende vorbei. An diesen Tagen versuchte Lucía, sich rar zu machen – nicht nur, weil sie die Privatsphäre der Familie respektieren wollte, sondern auch, weil sie erfahren hatte, dass der Notar, früher ein eingefleischter Republikaner, nun ein überzeugter Anhänger Francos war. Wie so etwas passieren konnte, war ihr ein Rätsel und sie fühlte sich unwohl dabei, mit so einer Person unter einem Dach zu leben. Aber es war eben nicht alles Gold, was glänzte.

Dafür freute sie sich umso mehr, dass es der Menüplan zwei- bis dreimal die Woche erforderte, Fisch zu kaufen. Wenn die Fischer morgens nach einer Nachtschicht einfuhren, konnte sie sicher sein, dass die meisten anderen jungen Frauen in der Fabrik arbeiteten. Ohne von Blicken getötet zu werden, fiel es ihr einfacher, auf die Männer zuzugehen. Und so scherzte sie bald mit Héctor, Fernando, Guillermo und vor allem Luís, als würden auch sie sie schon von Kindsbeinen an kennen. Sie traf auch Luís' Bruder Alonso; er war 1938 mit gerade einmal siebzehn Jahren als Kanonenfutter in die Schlacht am Ebro geschickt worden, die grausamste aller Schlachten des ganzen Krieges. Luís war dem Rekrutierungsbefehl um wenige Monate entgangen, Alonso jedoch bezahlte ihn mit einem weggeschossenen Bein und einem verwirrten Geist. Er half den Fischern dabei, die Netze zu flicken; dafür steckte er seinen verbliebenen großen Zeh in eine der Maschen, um das Netz zu strecken, und arbeitete sich in seinem Rhythmus durch das Geflecht, während er unerkennbare Melodien pfiff.

Nachmittags dort aufzutauchen, vermied Lucía, und wenn Ana María unbedingt ihren Spaziergang mit einem *caferitu* im Casino beenden wollte, lief sie, ohne hochzublicken, an den Fischern und ihren Verehrerinnen vorbei.

»Lucía!«, rief sie jedoch eines Tages Luís.

Die jungen Frauen um Carmencita erwürgten ihr Gelächter und drehten unisono den Kopf in ihre Richtung. Lucía erstarrte; mehr noch, da Ana María stehen blieb. Luís hielt etwas in der Hand. Was es war, konnte Lucía nicht erkennen. Die frühe Abenddämmerung des Februars verwischte Konturen und Grenzen. Ana María gab ihr einen kleinen Schubs und mechanisch setzte Lucía einen Fuß vor anderen, begleitet von gut und gerne zwanzig Augenpaaren.

»Was ist das?«, flüsterte sie und zwang sich, ihm nicht ins Gesicht zu schauen. Sie war wütend auf ihn dafür, dass er sie dieser Situation aussetzte. Sein Lächeln würde der Wut die Kraft rauben.

»Ein Seeigel. Wir haben eimerweise davon gesammelt. Halt die Hand auf.«

Vorsichtig setzte er das Tier auf ihre offene Handfläche. Fasziniert beobachtete sie, wie die Stacheln sich bewegten, das unbekannte Terrain auskundschafteten. Es kitzelte. Unwillkürlich hob sie den Kopf und prallte gegen seinen eindringlichen Blick, dass sie rückwärts taumelte. Sie ließ den Seeigel fallen.

Eine Woche lang mied Lucía die Fischer und kaufte den Fisch bei den Frauen, die vormittags durch die Straßen des Dorfes liefen und deren Ruf wie Vogelgezwitscher ihre Ware anpries: »Eiiiiiii, frischer Fiiiiiisch, frischer Fiiiiisch.« Sie zahlte mehr für die Ware, weil die Waage zugunsten der Händlerin skaliert war, aber das störte sie nicht, wenn sie damit Luís aus dem Weg gehen konnte. Sie musste erst ihre Gefühle sortieren. Carmencitas empörtes Gesicht verfolgte sie, und sie wusste schließlich, dass die junge Frau Luís für sich beanspruchte. Aber dieser Blick, mit dem er sie angesehen hatte, der trotz des Halbdunkels um sie herum so eindeutig preisgegeben hatte, dass sie es war, Lucía, der sein Herz gehörte, nicht Carmencita – dieser Blick hatte ihr Angst gemacht. Und gleichzeitig etwas in ihr ausgelöst, das sie erst bei einem Mann verspürt hatte. Das erste Mal seit Langem erlaubte sie sich, ganz bewusst an Agustí zu denken. Sie war nun zweiundzwanzig Jahre alt, er war seit über fünf Jahren tot. Fünf Jahre ... Wie schnell doch rückblickend die Zeit vergangen war, und das, obwohl die Tage und Wochen von einer quälenden Langsamkeit geprägt gewesen waren, vom Warten, von Unsicherheit, von Angst. Dahingetröpfelt in einem dünnen Rinnsal wie ihr Lebensmut. Die Zeit, die sie mit Agustí verbracht hatte, war so kurz gewesen. So intensiv in ihrem Kampf ums Überleben an jenem kalten, mitleidlosen Strand, aber nichtsdestotrotz lächerlich kurz. Sie hatte gedacht, nie wieder einen anderen Mann in ihr Herz lassen zu können, aber besaß Agustí das Recht, diesen Platz für immer zu besetzen? War nicht sowieso ein Stück ihres Herzens mit ihm gestorben, ein Stück, das damit nie ein anderer Mann würde erobern können?

Und so kam es, dass Lucía die Fischfrauen mit ihrem Trällern links liegen ließ und ihre Doraden, Brassen und Muscheln wieder direkt bei den Fischern kaufte. Bei Luís, genauer gesagt. Mit hocherhobenem Kopf.

Schneller noch als die Nachricht über das langersehnte Ende des Zweiten Weltkrieges machte die Neuigkeit, dass Luís Lucía den Hof machte, im Dorf die Runde. Beides machte Lucía glücklich. Seit fast neun Jahren hatte erst in Spanien, dann in ganz Europa Krieg geherrscht, und jetzt würde endlich Ruhe einkehren. In der großen Welt und in ihrer eigenen, kleinen. Stets holte der junge Fischer eine Kleinigkeit aus dem Rumpf des Bootes, die er ihr mit einem verlegenen Lächeln schenkte. Sei es das fragile Skelett eines Seeigels, das Gehäuse irgendeiner Meerschnecke, eine perlmuttschillernde

Muschelhälfte oder ganz profan einen kleinen Kalmar, an der Seite des Bootes schon weichgeschlagen, bereit für den Kochtopf. Das Lächeln war immer da. Und wenn Lucía zurücklächelte und sich für das Geschenk bedankte, wich das Lächeln einem stolzen Strahlen, das seine ganze Person einnahm.

Nacht- und Tagesfahrten wechselten sich in unregelmäßigen Abständen ab, je nach Saison, Wetter und Strömungen; Themen, in denen Lucía sich nicht zu Hause fühlte, aber dennoch wissbegierig nachfragte.

»Sardellen zum Beispiel schwimmen in Bänken«, erklärte ihr Luís geduldig, während sie nebeneinander, aber ohne sich zu berühren, an dem Boot lehnten, mit dem er hinausfuhr. Es hieß Paulina, nach seiner Mutter, und gehörte dementsprechend seiner Familie. Sie waren Fischer seit Jahrhunderten, behauptete Luís.

»Tagsüber halten sie sich zu tief auf, um sie ins Netz zu bekommen, aber nachts steigen sie bis kurz unter die Oberfläche, um zu fressen. Dann schlagen wir zu.«

Manchmal, so gestand er ihr, fuhr er aber auch allein hinaus nachts, selbst wenn er nicht musste und sich in seinem Bett für den folgenden, anstrengenden Tag ausruhen könnte. Auf Lucías Frage nach dem Warum zuckte er mit den Schultern – auf einmal abweisend, als ob er sich wünschte, den Kommentar zurücknehmen zu können. Er wäre gerne allein auf dem Meer, gab er schließlich zu, umgeben von Stille und der geheimnisvollen Welt unter den Planken seines Bootes. Es schien ihm peinlich zu sein und Lucía fragte nicht weiter nach.

Lucía wollte ein Zusammentreffen mit Carmencita vermeiden, aber das war in diesem kleinen Ort nicht möglich. Wann immer sie nachmittags zum Strand kam, fand sie sie umringt von ihren Freundinnen unter den Bäumen sitzend vor, der vom Weinen gerötete Blick klebte sich schmerzhaft an ihren Nacken wie ein Blutegel.

»Es wäre besser, wenn ich nachmittags nicht mehr käme«, murmelte Lucía eines Tages und rieb sich mit der Hand über den oberen Schulterbereich, um das unangenehme Gefühl loszuwerden.

Luís konnte die Enttäuschung nicht verbergen. »Warum nicht?«

»Carmencita ...«

»Was soll mit ihr sein?« Er reckte den Hals, um zu der Frauengruppe hinüberzuschauen.

»Sie glaubte wohl ... hoffte wohl ...« Lucía wurde ganz heiß. War er wirklich so naiv, wie er vorgab? »Sie hatte sich wohl Hoffnungen gemacht. Auf dich.« Sie erschrak. Was, wenn sie sich getäuscht hatte in diesen warmen braunen Augen und er ihr gleich ins Gesicht lachen würde? War sie vielleicht naiv gewesen, etwas darin zu lesen, das gar nicht für sie bestimmt gewesen war?

Luís lachte nicht. Er blinzelte verblüfft. »Ich kenne sie, seit ich denken kann. Sie ist wie eine Schwester für mich! Alles andere wäre ...« Dann lachte er doch, tief und brummend. Hörte abrupt auf. Nahm Lucías Hand. Eine ganz neue Art der Hitze schoss von der Hand aus durch ihren Körper; sie glaubte, daran zu ersticken, und wünschte sich doch nichts anderes, wenn sie im Gegenzug dafür dieses Gefühl auf ewig in ihr speichern könnte.

Auf Ana Marías Geheiß lud Lucía Luís in das Haus der Dalís im Llaner ein. Dass die Hausherrin sich am Tag der Einladung unwohl fühlte und sich lieber zurückzog, anstatt mit den beiden zu Abend zu essen, war eine Geste, die die zwei jungen Leute sofort durchschauten. Umso schwerer lastete das Schweigen über ihnen, während sie den Fischeintopf aßen, den Lucía zubereitet hatte. Sie starrten in ihre Teller, kauten, hoben selbst dann kaum den Kopf, wenn sie sich das Glas an die Lippen führten. Wein vom Weingut eines Freundes der Familie, Lucía konnte sich nicht an den Namen erinnern, genau so wenig, wie sie den von Ana María hochgelobten Geschmack wahrnahm.

Luís räusperte sich. In dem Moment war es der schönste Laut; es war der Laut, der das Schweigen brach, in dem sie sich selbst verstrickt hatten. »Hast du sehr gut gekocht«, sagte er und legte das Besteck auf den Teller. Er hatte nur die Hälfte gegessen. Auch Lucías Teller war noch gut gefüllt. »Ana María kann sich glücklich schätzen.« In Lucías Ohren klang es wie ein Versprechen und es erfüllte sie mit Stolz.

»Wollen wir den Kaffee draußen trinken?«, fragte sie, nein, hauchte sie, da ihr vor Nervosität beinahe die Luft wegblieb. Sie hatte vorsorglich schon Wolldecken bereitgelegt, goss zwei Tassen des dampfenden Getränks ein und führte Luís hinaus auf die Terrasse. Unter dem Orangenbaum standen ein kleiner Tisch und ein paar bequeme Sessel, immer bereit für die vielen Besucher des Hauses. Da die Bucht des Llaner etwas außerhalb des Dorfkerns lag, hatten sie von der Terrasse aus eine Sicht sowohl auf den dunklen Ort, der nur schwach von ein paar Fenstern und

Straßenlaternen beleuchtet wurde, als auch hinaus aufs Meer, in die Schwärze der Aprilnacht. Der Mond hing knapp über dem Hügel, der nach Portlligat führte, beinahe voll und weiß wie Milch. Lucía wollte ihn austrinken, bis auf den letzten Schluck, bis sein Licht verschwunden wäre, damit die Dunkelheit es ihr erlauben würde, ihre Hand auf die von Luís zu legen. Aber der Mond leuchtete weiter und Lucía schloss stattdessen die Augen, um Luis' Reaktion nicht zu sehen. Er zuckte nur kurz zusammen, dann umfassten seine Finger die ihren und Lucía wusste, dass sie endlich den Ort ihres Friedens gefunden hatte.

Lucía hatte noch nie einen Fuß in ein Boot gesetzt, geschweige denn sich inmitten von Wellen befunden, die von allen Seiten an die Nussschale schlugen. Es hob und senkte sich, schwankte nach links und nach rechts, genau wie ihr Magen.

»Wir treiben doch aufs offene Meer hinaus!«, rief sie ängstlich und klammerte sich an den Rand des Bootes, als ob sie damit eine beruhigende Wirkung auf die Dünung hätte. Der kleine Dieselmotor tuckerte unbeirrt. Luís' Boot war eines der wenigen im Dorf, das über einen Motor verfügte; vor dem Krieg, ohne zu wissen, welche Entbehrungen auf sie zukommen würden, hatten seine Eltern und Großeltern darin investiert.

»Ich kann nicht noch näher ans Ufer heran, wir sind nur dreißig Meter davon entfernt«, antwortete Luís ärgerlich, musste dann aber doch lachen. »Du Landratte! Es herrscht nicht einmal Wellengang. Der perfekte Tag für einen Bootsausflug! Wenn die *tramontana* um das Kap stürmt, können die Wellen mannshoch und höher werden.« Er war sichtlich stolz darauf, diese mannshohen Wellen bezwingen zu können. Wahrscheinlich tat er das mit seinem üblichen Lächeln auf den Lippen. Lucía sah ihn vor sich, wie er im Bug des Bootes stand und den Elementen seinen Zauber entgegenschleuderte, während die Fische wie von selbst in die Netze sprangen. Und der Mond goss dazu weißes Licht über die Schaumkronen, brachte sie zum Funkeln, wie wahre Kronen das tun sollten.

»Lucía?«

Sie schrak auf. Das Boot lag ganz ruhig in einer kleinen Bucht mit glasklarem Wasser. Luís stand auf dem Felsen über ihr und streckte seine Hand aus. Mit wackeligen Beinen stieg sie zu ihm, und nachdem das Boot gut vertäut war, erklommen sie den steilen, steinigen Hang. Oben angekommen, sah sie sich verwundert um. Die Landschaft hatte nichts gemein mit den Hügeln rund um Cadaqués, obwohl sie nur um ein, zwei Landspitzen gefahren waren. Schroffe, scharfkantige Felsen, jeglicher Vegetationstrieb vom Wind unterbunden. Auf dem Mond könnte es nicht trostloser aussehen, wäre da nicht der Kontrast zum tiefblauen Meer, das von hier oben aus gesehen friedlich und wellenlos in der Sonne glitzerte. Luís zog sie weiter, über Stock und Stein buchstäblich, ohne viel Worte zu verlieren. Das goldene Licht schien ihr einen Streich zu spielen, formte aus den Felsformationen Skulpturen und Tiere, der Wind hauchte ihnen Leben ein. Hatte nicht Ana María eines Tages erwähnt, dass ihr Bruder hier oben Inspirationen für seine Bilder bezog? Dies war ein Ort, an dem Magie entstand, unanzweifelbar.

Vor ihnen tauchte ein kleiner weißer Leuchtturm auf. Und hinter dem Leuchtturm wiederum verlief eine Landspitze von vielleicht noch fünfzig Meter ins Meer hinein, bis das Land im Wasser versank.

»Das hier«, Luís hob majestätisch die Arme, »das hier ist der östlichste Punkt der Iberischen Halbinsel. Der erste Punkt Spaniens, der morgens von der Sonne angestrahlt wird. Und normalerweise der stürmischste Ort überhaupt – die *tramontana* reißt dir hier gut und gerne die Beine unter dem Körper weg. Aber wir haben Glück heute.« Lachend, irgendwie nervös, zog er sie zu sich heran. Locker lag sein Arm auf ihrer Schulter. »Wir haben immer Glück«, flüsterte er und sein Atem kitzelte angenehm in ihrem Ohr. Dann zeigte er nach rechts, also nach Süden. »Wenn du geradeaus fährst, gelangst du irgendwann zu den Balearen. Menorca, Mallorca, Ibiza, Formentera, und dann, nach vielen Seemeilen, gelangst du nach Algerien. Dort drüben«, sagte er und zeigte nach links, nach Norden, »liegen Port de la Selva und Llansá und dahinter die Grenze zu Frankreich.«

Nur kurz schmerzte die Erwähnung Frankreichs. Hätte ihr damals jemand gesagt, dass sie ihre Heimat sozusagen in Sichtweite jenes Ortes finden würde, an dem sie sie verloren hatte, sie hätte ihn für verrückt erklärt. Aber sie hatte jemanden gefunden, der ihr diese Sicherheit geben konnte, nach der sie sich so sehnte. Sicherheit im Leben und in der Liebe. Sie drehte sich zu ihm.

»Ich danke dir. Hierfür.« Ihre Hände beschrieben einen Kreis. »Es ist ein magischer Ort.«

Luís nahm ihre beiden Hände und drückte sie an seine Brust. »Hier«, flüsterte er, »in unseren Herzen,

Lucía, liegt der Schlüssel zu unserer eigenen Magie. Ich möchte diesen Zauber nur noch mit dir zusammen erleben.« Und er sank vor ihr auf die Knie.

»Warum müssen wir in der Kirche heiraten?«

Lucía trommelte mit den Fingerspitzen eine unwillige Melodie auf den Esstisch im Wohnzimmer von Luís' Elternhaus. Aus den Augenwinkeln heraus nahm sie wahr, wie sich Paulina, seine Mutter, rasch bekreuzigte. Ein heikles Thema. Obwohl sie seine Eltern seit dem Heiratsantrag schon einige Male gesehen hatte, war es noch nie zu einem längeren Gespräch gekommen; irgendwie hatte sich Lucía immer davor retten können, ihre Vergangenheit oder besser, ihr falsches früheres Leben dem prüfenden Licht der Neugier auszusetzen. Selbst Luís wusste kaum etwas davon. Aber er war glücklich, sie so zu kennen, wie sie war. Ihn interessierte es nicht, ob sie nun aus Andalusien vor dem Krieg fliehen musste oder aus Barcelona. Hauptsache, sie war bei ihm. Er lebte im Hier und Jetzt. Seine Eltern hingegen wollten Genaueres über diese Fremde wissen. Und so saßen sie nun hier, bei einer Tasse Kaffee und trockenem Kuchen. Weit waren sie noch nicht gekommen damit, Lucías Leben wie einen Korb Fische vor ihnen auszuleeren, auf dass sie den Inhalt inspizieren, die faulen mit ihren farblosen Augen und stinkenden Kiemen empört bemängeln und die frischen mit ihren irisierenden, glänzenden Schuppen bestaunen und loben könnten. Nein, dieser kleine Kommentar von Paulina, dass sie bereits mit dem Pfarrer gesprochen hätte, um ein Datum für die Trauung festzulegen, der hatte das Ruder des

Gesprächs herumgerissen, und sie steuerten tückische Gewässer an.

»Ich habe dich noch nie in der Messe gesehen«, erwiderte Paulina, einen Hauch zu spitz, um noch höflich zu sein. Ihre wässrigen blauen Augen fixierten Lucía. »Der Pfarrer weiß gar nicht, wer du bist. Und das, obwohl du seit bald einem Jahr in Cadaqués lebst.«

Vater Francisco rollte sich eine Zigarette und steckte sie zwischen die Lippen. Für ihn war dieses Thema Frauensache. Früher, vor dem Krieg, das bewiesen die drei Fotografien – Hochzeitsbild, Familienbild mit Alonso, Familienbild mit Alonso und Luís –, war er gut genährt und stattlich gewesen, aber nun hatte sich die zu lockere Haut in seinem Gesicht in Falten gelegt, seine Hände schienen zu groß im Verhältnis zum restlichen Körper. Alonso, Luís' Bruder, saß auf seinem Stuhl und starrte bewegungslos Löcher in die Luft, die Krücke in Griffnähe. Lucía warf Luís einen hilflosen Blick zu.

»Du weißt doch, *amor*, Liebes, eine zivile Trauung wird seit dem Krieg weder von der Kirche noch von der Regierung anerkannt. Wenn du mich heiraten möchtest, müssen wir diesen Weg gehen. Du möchtest mich doch noch heiraten?« Die Frage war so unschuldig, dass sich Lucía ertappt fühlte. Genau in dem Moment war ihr der Gedanke durch den Kopf geflogen, lieber auf eine Ehe zu verzichten, als sich scheinheilig durch Psalmen, Gebete und Zeremonien zu mühen. Aber wäre es nicht einfach eine weitere Identität in ihrem Leben, die sie sich überziehen würde wie ein wollenes Kleid, das sie vor der Kälte dessen schützte, was sie nicht mehr war?

Sie seufzte. »Aber natürlich möchte ich das.«

»Haben dich deine Eltern denn gar nicht gläubig erzogen?« Paulina konnte noch nicht vom Thema ablassen.

»Mutter, bitte!«

»Aber Luís, wir wissen gar nichts über sie. Wieso erzählt sie nie etwas von sich?«

»Sie sitzt jetzt direkt neben dir. Frag sie, was du wissen möchtest.« Er tat die Diskussion mit einer unbekümmerten Handbewegung ab, setzte sich dann aber selbst aufrecht hin und sah sie mit Spannung an.

Angestrengt starrte Lucía auf einen kaum sichtbaren Fleck auf dem geblümten Tischtuch. Vielleicht würde ihre Miene die innere Zerrissenheit widerspiegeln, die sie empfand; was sie jetzt erzählte, wäre ein für alle Mal die Wahrheit.

»Ich stamme ursprünglich aus Málaga, das wisst ihr ja.« Das wusste mittlerweile jeder im Dorf. Also nickten auch Luís, Paulina und sogar Francisco, der sich nun die Zigarette anzündete. Lucía beschloss, so nahe wie möglich an der Wahrheit zu bleiben. »Als Málaga von den Aufständischen angegriffen wurde, im Februar 1937, sind wir geflohen, wie viele andere auch; mein Vater, meine Mutter, mein kleiner Bruder und ich. Wir wollten in den Norden. Unterwegs gerieten wir in ein Scharmützel. Meine Eltern und mein Bruder kamen dabei ums Leben.« Ihre Stimme brach. Was, wenn sie mit diesen Worten die Schicksale ihres Vaters und Felix besiegelte, sie tatsächlich beide schon lange tot waren? Luís wollte aufspringen, um sie zu trösten, aber erstaunlicherweise war es Paulina, die ihre Hand auf Lucías Arm legte.

»Entsetzlich«, murmelte die Frau, ohne ihr in die Augen zu schauen.

Die beschämte Mitleidsbekundung bestärkte Lucía. »Die Erinnerung ist schmerzhaft, ich spreche nicht gerne darüber. Mein Glaube an einen gerechten Gott hat Risse bekommen durch diese Erlebnisse.«

»Gottes Wege sind unergründlich.«

Falls Paulinas Bemerkung als Trost gedacht war, hatte sie das Ziel verfehlt. Aber Lucía biss sich auf die Zunge, um das Feuer nicht weiter zu schüren. Es war ein guter Zeitpunkt, um die Inquisition abzubrechen. Also nickte sie ergeben.

»Ich werde mit dem Pfarrer sprechen, Paulina, sorge dich nicht.«

Die Trauung – kirchlich, natürlich – fand Anfang September statt, gut ein Jahr nach Lucías Ankunft in Cadaqués. Sie war weiterhin die Fremde, würde es wahrscheinlich für immer bleiben. Ihre Freundschaft mit der angesehenen Dalí-Familie und ihre Beziehung mit Luís rückten sie aber in ein akzeptables Licht. Und so kamen an ihrem speziellen Tag viel mehr Leute, als sie eingeladen hatten, um ihnen zu gratulieren. Ana María, natürlich, die traurig war, dass Lucía nicht mehr bei ihr wohnen würde, auch wenn diese ihr versichert hatte, weiterhin für sie zu arbeiten. Ernesto, der Busfahrer, kam mit seiner Mutter Dominica. Héctor, Guillermo, Fernando und all die anderen jungen Fischer, Freunde von Luís und nun auch ihre. Einziger Wermutstropfen war die Anwesenheit Carmencitas gewesen – Luís hatte darauf bestanden, sie einzuladen, weiterhin davon überzeugt, dass sie nichts als freundschaftliche Gefühle für ihn hegte. Natürlich strahlte sie ihn an, aber sobald ihr Blick auf Lucía fiel, sank die Temperatur.

Die Vormittagssonne warf ihr warmes Licht durch das bunte Glasfenster und tauchte das Innere der Kirche in ein Kaleidoskop aus Farben. Das Bild versöhnte Lucía mit der Vorstellung, vor einem Gott zu heiraten, an den sie nicht glaubte, und als die Gäste zum Gesang ansetzten, stiegen ihr sogar die Tränen in die Augen. Hierhin hatte sie der ganze Weg also geführt, in eine Kirche in einem kleinen Dorf am Ende der Welt. In die Arme eines Mannes, der sie abgöttisch liebte und mit dem sie den Rest ihres Lebens verbringen wollte. Ihm gehörte das Stück ihres Herzens, das noch nicht vernarbt war. Sie hatte eine neue Familie bekommen und sich damit abgefunden, ihre alte auf ewig verloren zu haben. Als Luís sie nach der Trauung in einem ruhigen Moment und in einer ruhigen Ecke küsste, flossen Regenbögen von seinem Mund in ihren; verheißungsvolle Boten, dass nach dem Sturm auch wieder die Sonne scheinen konnte. Der Bürgerkrieg war vorbei, das Schlachten des Weltkrieges ebenfalls. Und auch wenn es der Wirtschaft nach wie vor schlecht ging, Lebensmittel immer noch rationiert waren und die Regierung unter Franco weiterhin mit harter Hand gegen alles und jeden vorging, der ihnen ein Dorn im Auge war, so ging es ihnen hier in der Abgeschiedenheit doch gar nicht mal so schlecht.

Vier Monate später bekam sie von ihrem Arzt die frohe Botschaft mitgeteilt, dass sie schwanger war. Ungerufen und unzensiert wallte die Erinnerung hoch.

»Ich hätte nicht gedacht …« Sie hätte nicht gedacht, dass sie noch einmal schwanger werden würde. Warum aber auch nicht? Weil sie gedacht hatte, nur ein Kind unter und in ihrem Herzen tragen zu können?

»Ich hätte auch nicht gedacht, dass es so schnell gehen würde!« Luís legte seine große, schwielige Hand auf Lucías Bauch, fest und flach. »Kannst du dir das vorstellen?« Er hatte vor Aufregung feuchte Augen. »Wann wird es sich bewegen?«

Ab dem fünften Monat, wollte sie sagen. »Ich weiß es doch auch nicht«, erwiderte sie stattdessen sanft und fragte sich, ob sie es schaffen würde, das Kind in den Arm zu nehmen, wäre es denn ein Mädchen.

KAPITEL 16

Eine Welle aus Glas, zerschellt

Cadaqués, 1952

Miguel!«, rief Lucía scharf nach ihrem Sohn, während sie den zweijährigen Francisco tröstete, der seinen drei Jahre älteren Bruder beim Versteckspielen zwischen den aufgedockten Fischkuttern am Strand nicht finden konnte. Der Junge kletterte mit verschmitzter Miene aus einem der Boote. Wie froh war sie darüber gewesen, dass ihr erstgeborenes Kind kein Mädchen war, das jederzeit alte Wunden hätte aufreißen können. Lucía wickelte den kleinen Miguel in eine Decke aus Liebe und einer schon an eine Glucke erinnernde Bemutterung. Es spielte keine Rolle, was ihre Schwiegereltern sagten, die Nachbarn dachten und die anderen Mütter tratschten. Miguel steckte immer unter ihrem Flügel. Selbst wenn sie zu Ana María ging, nahm sie ihn mit. Ihre Arbeitgeberin ließ es sich nicht nehmen, auf ihn aufzupassen. Auch organisierte sie eine Wiege für ihn, wo er friedlich schlummerte, während Lucía putzte, kochte oder sich mit Ana María unterhielt, sollte das Haus einmal leer von Besuchern sein. Luís war nicht begeistert von ihrer Anstellung. »Die Dalís sind Franco-Anhänger. Lass dir bloß keine Flausen in den Kopf setzen.« Auch wenn er selten darüber sprach, hatte Lucía rasch verstanden, dass in ihrem Mann ein Feuer wütete; er hasste die faschistische Regierung. Dafür, was seinem Bruder geschehen war, dafür, was sie aus dem ganzen Land und aus Katalonien im Speziellen gemacht hatten, dafür, dass die Bevölkerung zahlen musste. Jeder, dachte sie, hatte seine eigene Art, mit Geschehenem fertig zu werden. Richtig oder falsch war wahrscheinlich keine. Der Krieg war schon so lange vorbei; jetzt ging es darum, sich anzupassen an die neuen Ordnungen, die Franco dem spanischen Volk diktierte. Ob sie einem gefielen oder nicht. Ändern konnte man sowieso nichts.

An einem dieser Tage, als sie sich wieder einmal mit Ana María allein im Haus am Llaner befand und sie merkte, dass ihre Freundin ein erneutes Mal schlecht geschlafen hatte – falls überhaupt –, rutschte ihr die Frage über die Lippen, bevor sie sie, wie üblich, zurückhalten konnte.

»Was ist es bloß, das dich so plagt, Ana María?«

Ihre Freundin setzte die Tasse ab, wobei etwas Kaffee über den Rand schwappte. Schade war es nicht darum, es war nur Malzkaffee. Für echten hatte diese Woche das Geld nicht gereicht.

Lucía bereute ihre Frage bereits. »Verzeih mir. Es geht mich nichts an.«

Aber Ana María winkte ab. »Es ist kein Geheimnis, Lucía. Und wäre es eins, wüsste ich, dass es bei dir sicher aufgehoben wäre. Viele mussten Opfer bringen im Krieg, die Soldaten, die Flüchtlinge ... Was mir widerfahren ist, ist wahrscheinlich nicht annähernd so schlimm wie das, was sie erlebt haben.« Sie fixierte Lucía, prüfend. »Oder du.«

Trotzdem verlor sich ihr Blick und für ein paar Minuten, in denen die Erinnerungen sie plagten, sah es aus, als ob alles Leben aus ihr wich. Zurück blieb ein Häufchen Kleider. Langsam nur blinzelte sie, träge, wie um sich erst wieder in Raum und Zeit zurechtzufinden.

»1938, im Dezember, wurde ich festgenommen. Vom Militärgeheimdienst. Der Spionage beschuldigt, weil ich zur falschen Zeit mit meinen Freunden am falschen Ort gewesen war. Zuerst in Figueras, dann brachten sie mich nach Barcelona, ich wurde von Gefängnis zu Gefängnis gebracht, ein Loch schlimmer als das andere ...« Sie rang nach Luft. »Ich wurde gefoltert. Zwei Wochen lang. Geschlagen, gedemütigt, sie waren einfach nur ... grausam. Tiere. Bestien!«, schrie Ana María und sprang auf. »Was haben sie uns nicht alles genommen! Unsere Unschuld, unsere Lieben, unsere Träume!«

Lucía nahm sie in ihre Arme und wiegte sie sacht hin und her. »Ich weiß genau, was du meinst«, flüsterte sie in das Ohr ihrer Freundin, während ihr die Tränen über das Gesicht liefen.

»Das dachte ich mir«, flüsterte Ana María zurück.

Nachdem sich beide Frauen wieder beruhigt hatten, musste Lucía dennoch weiterfragen: »Wie kann es dann sein, dass dein Vater und dein Bruder profaschistisch eingestellt sind?«

Ana María winkte ab. »Für Salvador kann ich nicht sprechen. Er ist ein verrückter Geist. Er ist wirklich verrückt! Nicht von dieser Welt. Heute so, morgen so, wie es ihm am ehesten zugutekommt. Und mein Vater, er hatte alles verloren: Seine Akkreditierung als Notar, sein Einkommen, er konnte sich kaum etwas zu essen kaufen. Und als ... nachdem ich ... Das hat ihn natürlich zutiefst getroffen. Aber er sah ein, dass er seine Arbeit nur zurückbekommen würde, wenn er auf der richtigen Seite stünde. Manchmal muss man seinem Feind vorgaukeln, ihn zu lieben, wenn man überleben möchte, Lucía. Wahrscheinlich hätten sie ihn sonst erschossen wie so viele andere.«

Lucía rann ein kalter Schauer über den Rücken. Ihr Vater hatte auf der falschen Seite gestanden. Was war ihm zugestoßen?

Miguel begann in seiner Wiege zu greinen; draußen dämmerte es bereits. Noch einmal umarmten sich die Freundinnen, dann machte sich Lucía nachdenklich mit ihrem Kind auf den Weg zum Haus ihrer Schwiegereltern, wo sie zurzeit noch wohnten.

Im Jahr 1952 war ihr Miguel nun schon sechs Jahre alt und der kleine Francisco würde bald seinen dritten Geburtstag feiern. Kurz vor seiner Geburt hatten sie endlich aus dem engen Haus der Schwiegereltern ausziehen können und wohnten nun eine Straße weiter oben in ihrem eigenen Häuschen; zu Lucías Leidwesen beinahe Tür an Tür mit Carmencita. Die einstige Dorfkönigin hatte mittlerweile Guillermo geheiratet, einen anderen jungen Fischer. Die letzte Sardellenfabrik des Dorfes war bereits seit mehreren Jahren geschlossen; sie verkaufte nun den Fisch, den ihr Mann fing. Guillermo besaß kein eigenes Boot, er fuhr bei seinem Onkel mit. Dementsprechend gering war auch sein Anteil am Fang. Carmencitas Schönheit hatte gelitten unter der harten Arbeit, der Entbehrung und der Verbitterung darüber, den Mann, den sie liebte, nicht bekommen zu haben. Im Gegensatz dazu war Lucía in den letzten sechs Jahren aufgeblüht, genährt von Liebe und der Sicherheit, in der sie sich endlich wog. Ihr Körper, bisher gezeichnet von Hunger und Verzweiflung, bekam nach der Geburt von Francisco die Rundungen, die sie schließlich nicht mehr wie ein sechzehnjähriges Mädchen aussehen ließen, sondern wie die Frau von bald dreißig Jahren, die sie war. Ihre dunklen Locken, einst so kurz geschnitten, trug sie nun unter einem Kopftuch oder zu einem Dutt gebunden, damit die Kinder nicht daran rissen. Wenn Luís abends nach Hause kam jedoch, dann ließ sie sie offen über den Rücken fallen. Er liebte es, seine Hände darin zu vergraben, und sie liebte den Geruch nach Salzwasser und Seetang, den er damit auf sie übertrug, als wäre sie seine Meerjungfrau. Obwohl er das Sardellenfischen aufgegeben hatte, um nur noch tagsüber zu arbeiten, fuhr Luís doch auch immer wieder mal nachts aufs Meer, um Ruhe zu finden, wie er Lucía erklärte. Manchmal wunderte sie sich, dass er die Einsamkeit der See der Wärme ihres gemeinsamen Bettes vorzog. Aber sie verstand, dass er seinen Freiraum brauchte. Das salzige Wasser des Meeres floss sozusagen durch seine Venen. Nie würde sie ihm deswegen einen Vorwurf machen. Er war ihr Regenbogen und gemeinsam hatten sie den Topf mit Gold an dessen Ende gefunden: ihre Liebe. Für nichts und niemanden würde sie diese Liebe aufgeben.

Lucía verband weiterhin eine enge Freundschaft mit Ana María, auch wenn sie nicht mehr für sie arbeitete. Ihr Bruder Salvador war vor vier Jahren aus Amerika zurückgekehrt, mit seiner Frau Gala, und wohnte nun in Portlligat. Ana Marías anfängliche

Freude über die Rückkehr war rasch einem erbitterten Streit gewichen; den genauen Grund verstand Lucía nicht. Es ging um ein Buch, das Salvador veröffentlicht hatte, in dem er hart mit seiner Familie ins Gericht gegangen war; lauter Lügen, empörte sich Ana María und antwortete ebenso öffentlich mit ihrer Version der Tatsachen. Seither sprachen sie nicht mehr miteinander. Lucía hatte schon mehrmals versucht, Ana María zu einer Aussprache zu bewegen, vergebens. Seitdem nun auch Vater Dalí vor zwei Jahren gestorben war, wohnte wieder eine junge Frau bei ihr. Was für ein Glück sie selbst doch hatte, dachte Lucía zum wiederholten Male. Was nützte es einem, eine Familie zu haben, wenn sie zerrüttet war.

1952 war auch das Jahr, in dem die Lebensmittelrationierung für Grundnahrungsmittel ihr Ende fand. Endlich konnte man ohne Marken so etwas Simples wie einen Laib Brot oder ein Pfund Linsen kaufen. Aber nur, weil es verfügbar war, hieß das noch lange nicht, dass es sich jedermann leisten konnte. Das Land wurde vom wirtschaftlich aufstrebenden Rest des Nachkriegseuropas aufgrund seiner faschistischen Regierung isoliert und ignoriert. In der Region Katalonien galt es immer noch als ein Verstoß gegen das Sprachengesetz, das dort seit Jahrhunderten verankerte Katalanisch zu sprechen, die Muttersprache eines stolzen Völkchens. Die von Franco glorifizierte Autarkie funktionierte nicht. Neben Hunger herrschten Armut und eine schwelende Unzufriedenheit. Lucía wusste, dass sie in Cadaqués – im Vergleich zu anderen Regionen Spaniens – Glück hatten, weil sie vom Meer lebten und von den Erträgen der kleinen Gärten. Weil sie Olivenbäume hatten, um Öl zu gewinnen. Aber Mehl gab es wenig und oft mischte der Bäcker Asche unter das Brot. Man lebte an der Grenze des Hungers – es könnte gerne etwas mehr sein, aber der Magen war meist zu zwei Drittel gefüllt. Vordergründig behandelte man einander mit Respekt und Freundschaft, aber die Entbehrung der letzten Jahre ließ viele Fassaden bröckeln. Ernesto, der Busfahrer, der immer noch jeden Tag außer sonntags mit seinem Bus die Hügel erklomm, um seine Fahrgäste und die Post nach Figueras und wieder zurückzufahren, hatte ihr einmal erzählt, dass ein angesehener Bürger in Figueras verhaftet worden sei. Ein Bekannter hatte ihn angezeigt, weil er einen gotteslästerlichen Witz gemacht habe. Anscheinend hatte der Mann dafür eine großzügige Belohnung bekommen. Aber auch in Cadaqués selbst war es schon vorgekommen, wobei es, soweit Lucía wusste, bislang bei Geldstrafen geblieben war. Meistens, weil jemand mit Schmugglerware gehandelt hatte. So weit waren sie also schon gekommen. Der Neid war größer geworden als der jahrhundertelange Zusammenhalt. Lucía fröstelte trotz der warmen Frühlingssonne.

Als Luís daher kurz darauf verkündete, dass er seinen Kindern Katalanisch beibringen wollte, erschrak Lucía.

»Wie kommst du auf so eine Idee? Die Benutzung der Sprache ist verboten.«

»Dir kann es doch egal sein, es war nie deine Sprache.« Ihr fein gesponnenes Lügennetz vibrierte unter seinen Worten. Wie sehr wünschte sie sich, in ihrer Muttersprache kommunizieren zu können! Auch sein Tonfall traf sie; seit einigen Wochen schon war Luís grantig und übermüdet. Öfter noch als sonst fuhr er nachts, wenn es dunkelte, hinaus und kam erst morgens zurück, um einen Kaffee hinunterzustürzen und mit dem Rest der Fischer erneut aufs Meer zu fahren. Sie wusste nicht, wo der Kreislauf anfing – ob er die Ruhe auf dem Wasser suchte, weil er sie zu Hause mit den schreienden Kindern nicht fand, oder war er so müde, weil er die Ruhe auch zwischen seinen geliebten Wellen nicht fand?

Er riss sie aus ihren Gedanken. »In meinem Haus kann ich tun und lassen, was ich will.« Es sollte versöhnlich klingen, glaubte Lucía, aber der Stachel der Angst, schon lange nicht mehr gespürt, pikste sie in ihre Eingeweide. Ihren erneuten Hinweis darauf, dass es gefährlich sei, wischte Luís vom Tisch. Nur zu Hause, versprach er, nur zu Hause. Miguel wurde damit zu Miquel und Francisco zu Francesc. Und obwohl es Lucía auf der Zunge brannte wie ein Feuer, konnte sie die geliebten Wörter nicht aussprechen. Sie war die aus der Fremde, und die konnte nicht mit einem Schlag akzentfreies Katalanisch sprechen. Die Kinder jedoch liebten das neue Spiel nach anfänglicher Befremdung. Aus *mesa* für Tisch wurde *taula,* aus *silla* für Stuhl *cadira,* aus *madre* für Mutter wurde *mare*. Aber wie sollten so kleine Kinder differenzieren, wann sie welche Wörter benutzen durften? Während die vierjährige Julia, Carmencitas Tochter, draußen beim Spielen korrekt Spanisch sprach, brabbelten Lucías Söhne bald ein wildes Durcheinander. Mehr als einmal schickte Carmencita eine hochgezogene Augenbraue von ihrer Tür aus zu Lucía. Musste sie mit den Kindern ins Dorf, brach ihr regelmäßig der Schweiß aus. Aber bei Luís stieß sie auf Granit.

»Es sind Kinder. Sie spielen, wen soll es kümmern? Bald werden sie lernen, wo sie Katalanisch sprechen dürfen und wo nicht.«

»Du bist so unbekümmert, Luís. Die Leute reden schon.«

»Lass sie reden, *amor,* Liebste. Man sollte seine Wurzeln nicht vergessen. Irgendwann wird Franco nicht mehr regieren und dann wird tatsächlich Friede einkehren. Der Friede, seine Sprache und Traditionen zu leben.«

Klirrend fiel Lucía die Schöpfkelle aus der Hand, Linsensuppe spritzte auf ihr Kleid. »Bist du wahnsinnig, so zu reden? Andere Leute sind schon für weniger im Gefängnis gelandet!« Sie begann zu zittern. »Was ist nur los mit dir, Luís? Ich erkenne dich nicht wieder in letzter Zeit!«

Luís starrte auf den Fleck auf ihrem Kleid, dann lächelte er zerknirscht. »Tut mir leid. Ich habe mich gehen lassen.« Er hob den Kopf, aber sein Blick war abwesend, als ob er sich in Gedanken mit einer Sache beschäftigen würde, die größer war als das Sprachproblem.

Wie immer hatte die *tramontana* von einer Minute auf die andere angefangen zu blasen und sich innerhalb kurzer Zeit in einen veritablen Sturm verwandelt. Lucía lag allein in ihrem Bett und lauschte, wie der Wind und das Tosen der Brandung die Namen all jener unglücklichen Seeleute heulten, die ihr Leben in einer solchen Nacht verloren hatten.

Trotz der sommerlichen Temperaturen zog sie die Decke enger um sich. Luís war auch heute hinausgefahren in die Dunkelheit einer mondlosen Nacht. Hätte er nicht wissen müssen, dass ein Sturm aufzog? Sie stand auf und klemmte ein flaches Stück Holz zwischen die Flügel der klappernden Läden. Selbst durch das geschlossene Fenster spürte sie den Windzug. Sie erschauerte.

Die Kinder schliefen tief und fest, ihre Gesichter engelsgleich. Worin Lucía sonst immer Trost fand, schürte ihre Angst dieses Mal nur noch mehr. Was, wenn Luís eines Tages nicht nach Hause käme? Mannshohe Wellen, hatte er das nicht selbst einmal gesagt? Sie fand keinen Schlaf mehr, setzte sich auf einen Stuhl im Esszimmer. Zündete eine Kerze an. Beobachtete, wie die Sammlung an Muscheln, getrockneten Seesternen und Seeigelskeletten, die Luís früher ihr und nun den Kindern von seinen Fahrten mitbrachte, durch das Licht zum Leben erweckt wurde. Obwohl hinter dem Glas der Eckvitrine aufbewahrt, verströmten die Objekte den ihnen auf ewig anhaftenden Duft nach Algen und Meer; es war der gleiche Geruch wie der, der Luís umgab. Lucía streckte ihre Hand aus, als ob sie das Parfüm zu fassen bekommen wollte, als ob Luís sich damit vor ihr materialisieren würde wie ein Geist. Nein, nicht wie ein Geist, bitte nicht! Sie zog die Hand zurück, ballte sie zur Faust und biss darauf, um ihre Panik unter Kontrolle zu bekommen. Sie blies die Kerze aus, wartete im Dunkeln, den Kopf in den Händen, bis sich die fahlen Finger der Morgendämmerung durch die Schlitze der Fensterläden nach ihr ausstreckten. Spätestens jetzt müsste er nach Hause kommen. Leise, aber mit zitternden Fingern öffnete sie die Haustür und lugte hinaus in die Gasse. Alles, was sie sah, war eine streunende Katze. Kurz zog sie in Erwägung, bei Carmencita zu klopfen. Guillermo müsste bald das Haus verlassen; die Fischer fuhren im Sommer bereits gegen sechs Uhr los. Aber der Gedanke an Carmencitas hämisches Grinsen hielt sie davon ab. Vielleicht war er gar nicht allein, wenn er hinausfuhr? Diese Überlegung, die ihr durch den Kopf wehte wie die abgestorbenen Blütenblätter, hinter denen die Katze jetzt her sprang, ließ sie zurücktreten in den Hauseingang, ließ sie schwer gegen die Tür fallen und an ihr herabgleiten. Das würde er nicht tun. Niemals. Oder doch?

So saß sie immer noch auf dem Fußboden, dem Druck der Beklemmung und der Müdigkeit mühsam widerstehend, als kurz darauf die Kinder die Treppe herunterpolterten; Francisco bereits hellwach und begeistert plappernd, Miguel schlecht gelaunt, weil sein Bruder ihn aufgeweckt hatte. Mechanisch rappelte Lucía sich auf, röstete jedem eine Scheibe Brot in der Pfanne und beträufelte sie mit Olivenöl. Die Streitereien der Kinder zerrten an Lucía wie die vom Wind aufgepeitschten Wellen an den Fischerbooten, wo blieb nur Luís, wo blieb er nur? Ein anderer Gedanke schlich sich in ihren Kopf; es war keine Frau, die ihn aufs Meer trieb in der dunklen Nacht. Es war etwas viel Schlimmeres, etwas viel Größeres. Und sie hatte es nicht kommen sehen, obwohl sich die Anzeichen direkt vor ihrer Nase nach und nach angehäuft hatten. Francisco quengelte nach Milch, aber Milch gab es nur einmal in der

Woche, und dann musste sie aufgrund der Temperaturen am selben Tag ausgetrunken werden.

»*Però vull llet!* Ich will aber Milch!«, jammerte der Junge weiter auf Katalanisch.

»Sprich gefälligst Spanisch mit mir!«, schrie Lucía ihn an und warf das zusammengeknüllte Küchentuch auf den Tisch. »Sprich nie, nie wieder Katalanisch, hast du mich verstanden?« Die Kinder starrten sie mit offenem Mund an; nie hatte Lucía ihnen gegenüber derart die Stimme erhoben. Dann plärrten beide los.

»Was soll dieses Geschrei?«

Alle drei fuhren herum. Luís stand in der offenen Eingangstür, das Sonnenlicht umgab ihn wie einen Heiligenschein. Jeder seiner Schritte, die er von der Tür bis zum Stuhl brauchte, erzählte von der Erschöpfung, die sein Gesicht erst preisgab, als Lucía die Fensterläden öffnete.

»Kaffee. Heiß«, bat er. Wasser tropfte leise von seinem Hosensaum auf den Boden.

Wortlos kochte Lucía Wasser auf. In ihr kochten die Gefühle. Der aromatische Duft würde der Küche normalerweise Leben einhauchen, aber an diesem Tag prallte er am Schweigen der beiden Eheleute ab.

»Kinder, geht raus spielen«, befahl ihnen Lucía, als sie fertig waren. Die Jungs rannten durch die offene Tür, als wäre der Teufel hinter ihnen her.

Die Stille staute sich in dem kleinen Raum; es war, als trennte sie ein ganzes Meer. Als ob Luís gar nicht heimgekehrt wäre. Lucía war eine Welle aus Glas, die an seinem Herz zerschellte. Sie fragte sich, wie sie sich so hatte irren können in dem Mann, der sie gerettet hatte aus dem Flechtwerk ihrer Ängste. Sie fragte sich, warum sie nicht früher Verdacht geschöpft hatte. Fast hoffte sie, dass er ihr nicht mehr als eine Affäre beichten würde.

»Triffst du dich in diesen Nächten mit einer anderen Frau?« Die Worte durchschnitten die Stille schmerzhaft. Ein Blitz in ihren Ohren. Luís zuckte zusammen. War er eingeschlafen?

»Was?« Er sah ehrlich verwirrt aus.

Lucía verschränkte die Arme, damit das Zittern ihrer Hände sich nicht auf ihre Stimme übertrug.

»Was treibst du nachts allein auf dem Meer, Luís?« Sie warf das Fischernetz über ihn, aber er schlüpfte durch die groben Maschen wieder hinaus, hielt ihr wortlos seine Kaffeetasse entgegen. Ebenso wortlos schenkte sie ihm nach. Durch die offene Tür drang das Geplapper und Gelächter der Kinder; Carmencitas Tochter Julia war zu ihnen gestoßen.

»Was ist heute Nacht passiert?«

Luís wand sich auf seinem Stuhl, aber dieses Mal fand er keinen Ausweg aus dem Netz.

»Ich hatte nicht damit gerechnet, dass der Wind so stark werden würde«, versuchte er es dennoch.

Lucía wartete, aber er presste die Lippen zusammen wie ein trotziges Kind. Sie setzte sich ihm gegenüber, weit weg genug, um die Distanz zu wahren, nah genug, um ihn zum Reden zu ermuntern. Obwohl sie so sehr versuchte, nicht zu weinen, spürte sie, wie die Verzweiflung ihre Kehle hochkroch.

»Luís, *amor* ... Können wir nicht über alles sprechen? Bestimmt finden wir eine Lösung. Für uns. Für die Kinder, Luís!«

Sie sah ihm an, wie sein Widerstand bröckelte wie Sand, der in der Sonne trocknete. »Ich tue das alles für unsere Kinder, Lucía. Für ihre Zukunft.«

»Was? Was tust du für sie?« Seine Langsamkeit riss an ihren Nerven. Sie musste es aus seinem Mund hören und wollte sich doch am liebsten die Ohren zuhalten.

Er stellte mit Nachdruck die Kaffeetasse ab. »Ich bringe *Maquis* über die Grenze.«

Die Bestätigung ihrer schlimmsten Befürchtung sickerte nur langsam in ihr Bewusstsein. Dann aber sprang Lucía auf, der Stuhl fiel polternd auf den Steinboden. »Bist du von allen guten Geistern verlassen?« Wahrscheinlich hatte er gedacht, sie würde mit dem Wort nichts anfangen können. Woher sollte er auch wissen, dass sie selbst mit den *Maquis* in Kontakt gewesen war, damals, als sie Serge geholfen hatte, Nachrichten, Pläne und gefälschte Dokumente weiterzuleiten? »Du schmuggelst Widerstandskämpfer ins Land? Du setzt für etwas dein Leben aufs Spiel, das nicht mehr zu ändern ist? Der Krieg ist vorbei, Luís!«

»Beruhige dich, Frau!«, zischte Luís und erhob sich halb von seinem Stuhl, um sie am Handgelenk zu packen, aber sie entzog sich ihm.

»Dafür können sie dich für den Rest deines Lebens in ein finsteres Loch stecken! Dafür ... dafür können sie dich erschießen!« Ihre Worte taumelten wie lahme Vögel durch den Raum. »Hast du auch nur einmal daran gedacht, was dann aus uns wird, aus deiner Familie?« Lucía konnte nicht aufhören, den Kopf zu schütteln, das Entsetzen sandte unaufhörliche elektrische Signale durch ihren Körper.

»Nein, nein, Luís. Nein. Das kannst du uns nicht antun ... Das kannst du mir nicht antun!«

Sie wusste gar nicht, wie es passiert war, aber auf einmal saß sie wieder am Tisch, Luís neben ihr, ihre kleinen Hände in seinen großen, beschützend, so wie es sein sollte, nur dass es nicht so war. Ihre Zähne klapperten unkontrolliert und sie wurde sich jetzt erst bewusst, dass sie weinte. Vorsichtig, als ob er Angst vor ihrer Reaktion hätte, hob er eine Hand, rutschte mit dem Stuhl näher und legte ihr den Arm um die Schulter. Sie lehnte ihren Kopf gegen seinen und schluchzte leise.

»Ach, Lucía. Ich kann nicht tatenlos zusehen, wie diese Faschisten unser Land zerstören. Sie haben unsere Vergangenheit ausgelöscht, unsere Sprache verboten, unsere Traditionen, unsere Kultur. Sie haben unsere Leute getötet. Deine Familie, Lucía! Alonso hat seinen Verstand verloren. Mein Bruder, mein Vorbild! Wie könnte ich ihnen das einfach verzeihen? Sie haben uns alle in die Armut getrieben. Wir sind arm und werden arm bleiben. Aber unsere Kinder sollen es besser haben. Dafür müssen wir kämpfen! Das musst du doch verstehen! Francos Diktatur ist nur der verlängerte Arm des Bürgerkriegs!«

Lucías spöttisches Lachen klang wie ein Unkenruf. »Und du denkst, dass du gegen das Regime ankämpfen kannst? Allein, mit ein paar Hundert *Maquis*?«

»Ich trage nur meinen Teil bei.«

Sie rückte von ihm ab, hielt ihn auf Armeslänge von sich. »Manchmal, das hat mir einmal eine weise Frau gesagt, manchmal muss man seinen Stolz runterschlucken und sich anpassen, um zu überleben.

Um sich nicht verrückt machen zu lassen. Ich kann mich nicht verrückt machen lassen. Ich habe Kinder. Das ist meine Art, für ihre Zukunft zu sorgen. Indem ich für sie da bin.« Ihre Stimme wurde schrill.

Draußen beendete Franciscos Weinen das fröhliche Spiel. Lucía sprang auf, aber Carmencita, die die Kinder bestimmt von ihrer Haustür aus beobachtete, kam ihr zuvor und redete beruhigend auf ihn ein. Ausnahmsweise war ihr Lucía dankbar dafür.

Luís schien die Unterbrechung nicht wahrgenommen zu haben. »Das ist nicht genug, Lucía.«

»Was soll das heißen, das ist nicht genug?«

»Ich möchte etwas bewirken. Ich möchte so viele Widerstandskämpfer wie möglich ins Land schmuggeln. Ich mache das schon seit acht Jahren! Seit acht Jahren!« Auch er wurde lauter. »Seit acht Jahren fahre ich mehrmals im Monat bis nach Frankreich, egal, ob das Meer spiegelglatt ist oder die *tramontana* wütet, im Winter wie im Sommer. Ich opfere meinen Schlaf und setze dabei mein Leben aufs Spiel, so wie heute, als mich eine Welle über Bord spülte und mich einer der Männer wieder hineinziehen musste. Aber ich tue es, weil diese Männer unsere Hoffnung sind!«

»Du bist so dumm, Luís«, schrie Lucía. »Diese Männer können gar nichts ausrichten! Was denkst du dir bloß? Dass ein paar gesprengte Eisenbahnbrücken helfen, die Regierung zu stürzen?«

»Woher willst du das schon wissen?«, schrie Luís zurück. »Du hast doch keine Ahnung von Politik. Du hast dich doch noch nie für etwas eingesetzt, das wichtiger war als das nächste Abendessen! Ich aber möchte kämpfen dafür, dass Spanien wieder frei atmen kann. Ich sitze hier fest in diesem Kaff am Ende der Welt. Aber ich möchte wenigstens einen Beitrag leisten, im Gegensatz zu dir!«

Lucía hatte ihn noch nie so aufgebracht gesehen. Tatsächlich hatten sie sich in all den Jahren noch nie angeschrien. Nicht zu wissen, wie sie darauf reagieren sollte, verschlug ihr die Sprache. Frustriert schlug Luís mit der Hand auf den Tisch und stürmte aus dem Haus. Durch die offene Haustür fiel ein weißes Rechteck Licht, Wärme, die Lucía nicht erreichte. Sie zitterte unkontrolliert; die Angst in ihrem Inneren verhöhnte sie. Hast du gesehen, schien sie zu rufen, all die Sicherheit, der Friede, die Liebe, die du hier gefunden zu haben glaubtest, alles nur Illusion! Wie war es möglich, dass sie all die Jahre nicht bemerkt hatte, wie sehr Luís verzehrt wurde von seinem Gedanken an Rache, an Umsturz, an das Wiederherstellen alter Ordnungen, die unwiderruflich Vergangenheit waren? Wenn immer das Thema Politik angeschnitten wurde – und das war selten, da man seine Meinung besser nicht öffentlich kundtat –, hatte er Desinteresse geheuchelt. Und Lucía war froh darüber gewesen. Ihr ganzes Glück stürzte in den Abgrund, der sich vor ihr auftat, ein Loch so tief, dass man nicht wissen konnte, was einen unten erwartete. So tief, dass sie den Aufprall der Tränen, die sie vergoss, nicht hören konnte. Hatte Luís' Kampf überhaupt den Hauch einer Chance, irgendetwas zu bewirken? Es war ein Kampf wie der von David gegen Goliath, von dem der Pfarrer in der Kirche manchmal sprach, klein gegen groß, machtlos gegen mächtig. Übermächtig.

Das Läuten der Kirchenglocken holte Lucía zurück, bevor sie ihrem Glück und den Tränen hinab in den Schlund folgte. Eine Erschöpfung hatte von ihr Besitz ergriffen, Frucht der schlaflosen Nacht, des Streites und der Angst, dass sie im ersten Moment nicht verstand, warum sie schlugen. Ein Schatten verdunkelte das Zimmer; Miguel und Francisco standen in der Eingangstür, schüchtern beinahe, als trauten sie der Ruhe nicht. Mühsam entzifferte Lucía das Bild. Beide waren gekämmt und trugen das Hemdchen ordentlich in die Hose gestopft. Dahinter stand Carmencita in ihrem Sonntagskleid. Sonntag.

»Ich habe euch streiten hören«, sagte sie, ihre Stimme süß wie Honig. Lucía erstarrte. »Da dachte ich, ich helfe, die Buben für die Kirche herzurichten. Du solltest dich beeilen!«

Seit ihrer Hochzeit nahm sie, wie von ihr erwartet, jeden Sonntag am Gottesdienst teil. Eine Stunde, die sie zu genießen gelernt hatte, da sie uneingeschränkt ihre Gedanken fliegen lassen konnte. Eine Stunde, in der sie Zeit hatte für sich, unterbrochen nur vom automatischen Aufstehen, wenn alle sich erhoben, singen, wenn alle sangen, Amen sagen, wenn alle es sagten. Aber an diesem Tag stellte sich die innere Ruhe nicht ein. Die Farben, die die Maisonne durch das bunte Glasfenster auf die gläubigen Schäfchen warf, blieben blass und kalt. Luís tauchte nicht auf. Und Carmencitas selbstgefällige Blicke bohrten Brandlöcher in ihren Rücken.

KAPITEL 17

Etwas, das nicht mehr ist, kehrt zurück

Cadaqués, Mai-Juni 1952

Nach dem Kirchgang, bei dem Lucía ihren Mann beim Pfarrer und bei seinen Eltern mit Unwohlsein entschuldigte, fand sie ihn am Esstisch vor, als wäre er gar nicht weggewesen. Die Wut war verraucht und hatte nichts als einen traurigen Schatten übrig gelassen. Sie bemerkte, dass er dringend einen Haarschnitt benötigte, und fragte sich im gleichen Moment, wie es möglich war, dass ihr das erst jetzt auffiel. Wenn sie sich schon dermaßen aneinander gewöhnt hatten, dass sie diese Details nicht mehr sahen, wie sollte sie dann das große Bild erfassen können, das seine Seele quälte? Eine Welle der Zärtlichkeit erfasste sie und trug sie vorsichtig in seine Nähe, setzte sie neben ihm ab und spülte ihre Hand auf seine Hand. Sie sah, wie er gegen die Erschöpfung ankämpfte; die lange, nasse Nacht steckte tief in seinen Knochen. Obwohl sie eigentlich das Mittagessen vorbereiten sollte, blieb sie sitzen, auch nachdem sein Kopf auf die Tischplatte gesunken war, und überwachte seinen Schlaf wie einen wertvollen Schatz. Das Leben würde weitergehen.

Und das Leben ging weiter. Sorgsam schloss sie die Angst wieder hinter der Mauer ein, besserte die Risse darin aus, tünchte sie in die weiße Farbe der Zuversicht und vertraute darauf, dass kein weiteres Erdbeben mehr daran rütteln würde. Luís fuhr wie gehabt jeden Tag hinaus aufs Meer, brachte mal mehr, mal weniger Fisch, den sie mal für mehr, mal für weniger Geld verkaufen konnten. Auch nachts fehlte er immer wieder in ihrem Bett; nie jedoch bei Vollmond und den Tagen davor und danach, was Lucía früher nie aufgefallen war. Wenn er morgens zurückkam, schlüpfte er zu ihr unter die Decke und sein durchfrorener Körper strahlte keine Zurückweisung aus, sondern die Bitte nach Vergebung. Schweigend kam Lucía der Bitte nach. Luís war ihr Halt und sie war seiner; inmitten des immensen Meeres hielten sie sich beide an einem Strohhalm namens Liebe. Die Angst aber, die blieb und kratzte mit ihren klauenartigen Nägeln an den Wänden ihres Gefängnisses.

»*Mamá, mamá!*«

Lucía stand gerade oben auf der Terrasse und hängte die Wäsche auf, als sie Miguel die Gasse heraufstürmen hörte. Dahinter irgendwo jammerte der kleine Francisco, er solle langsamer laufen. Die Aufregung in der Stimme ihres Sohnes verwunderte sie, war er doch normalerweise nicht schnell aus der Ruhe zu bringen. Sie klemmte das letzte Wäschestück an die Leine und schickte sich an, die zwei Stockwerke des Häuschens – hoch, aber schmal – hinunterzusteigen. Auf halbem Weg prallte Miguel bereits in sie. Bevor er dazu kam, den Mund zu öffnen, packte ihn Lucía am Kinn und zwang ihn, stillzustehen.

»Ts. Man schreit nicht durch das ganze Dorf, hörst du? Jetzt geh deine Hände waschen, und dann erzählst du mir, was so Wichtiges passiert ist.« Damit würde sie erreichen, dass Francisco Zeit hatte, aufzuschließen, bevor sein großer Bruder die Neuigkeit ohne ihn preisgäbe.

Ruhig wusch sie für jeden eine der ersten reifen Aprikosen aus Paulinas Gärtchen und wartete darauf, zu hören, dass Onkel Alonso wieder einmal seine Krücke hinter den Kindern hergeworfen hatte, die ihn gerne neckten. Oder dass sich wieder einmal eines dieser neuen Automobile ins Dorf verirrt hatte, um Fremde auszuspucken, mit denen der *Señor* Dalí durchs Dorf spazierte wie der König und sein Gefolge, oder die das Dörfchen mit vor Entzücken geöffneten Mündern aus dem Dornröschenschlaf küssen wollten. Sie würde so tun, als wäre es eine aufregende Nachricht, wie sie es immer tat, damit die Kinder stolz wären, sie ihr überbracht zu haben. Dann würde sie ihnen über den Kopf streichen, sie auf die Nasenspitze küssen und wieder hinaus zum Spielen schicken. Das Dorf war klein, immer saß irgendwo einer der Alten, um die Sonne zu genießen und mit dem Nachbarn zu tratschen, sodass die Kinder des Ortes zwar allein, aber doch immer beobachtet durch die Gassen streifen konnten. Nur selten gab es mal eine Schramme oder eine Beule. Was für eine unbeschwerte Kindheit sie doch genießen konnten, ihre Buben. Nach dem Sommer käme Miguel schon in die Schule.

»*Mamá!*«

Lucía drückte beiden ihre Aprikose in die Hand und wies sie mit einem Kopfnicken an, über den bereitgestellten Tellern abzubeißen, damit der Saft nicht aufs Tischtuch tropfte. Aber keiner der Jungs nahm Notiz von der Frucht in ihrer Hand.

»Du wirst nicht glauben, was passiert ist, Mama!«, krähte Francisco, und Miguel schob sich rasch vor ihn. Es war das Privileg des Älteren, den Herold zu spielen.

»Sie haben *Don* Vicente mitgenommen! Du weißt schon, der alte Mann, der vorne bei Es Pianc wohnt? Wir haben dort am Strand gespielt, mit Juan und Domingo und Ruben, du weißt schon, und dann sind die mit einem großen schwarzen Auto gekommen und dann haben sie viel rumgeschrien, und dann haben sie ihn einfach mitgenommen!« Die Worte sprudelten nur so aus ihm heraus, und die braunen Augen strahlten zur gleichen Zeit Empörung wie Aufregung aus. »Wieso haben sie das getan, *mamá?*«

Lucía tastete nach dem Stuhl und setzte sich langsam hin, faltete die Hände in ihrem Schoß, damit die Kinder nicht sahen, wie sehr sie zitterten. Es hätte Luís sein können.

»*Un malentendido.* Das war bestimmt ein Missverständnis.« Sie versuchte zu lächeln. »Lauft doch zu euren Großeltern und fragt *abuela* Paulina, ob sie noch mehr Aprikosen hat. Dann kann ich sie einkochen.« Francisco rannte schon quietschend zur Tür hinaus, aber Miguel beobachtete sie scharf. Keine Begeisterung, kein Kuss auf die Nasenspitze. Er legte seine Aprikose vor sie hin, und wieder mühte sie sich ein Lächeln ab. Als er schließlich gegangen war, nahm sie die Frucht in die Hand und zerquetschte sie langsam. Das zarte Fruchtfleisch quoll zwischen ihren Finger hervor wie die Wahrheit aus dem Mund eines Gefolterten, der Saft lief wie Blut ihren Arm entlang, bis er beim Ellbogen in ihr Kleid sickerte, der Stein bohrte sich in ihre

Handfläche wie eine Gewehrkugel in ihr Herz. Es hätte Luís sein können.

»Hat ihn jemand denunziert?«, fragte Lucía ihren Mann am Abend. Die Kinder schliefen bereits, das Ereignis längst verstaubt in einer Ecke ihrer Gedächtnisse. Lucía klammerte sich an Luís. Er war später als sonst heimgekehrt, natürlich hatte die Festnahme auch bei den Fischern die Runde gemacht. *Don* Vicente war ein unscheinbarer, freundlicher Witwer, der ein ausgedehntes Grundstück voller Olivenbäume an der schmalen Straße besaß, die in Richtung Portlligat führte. Wie alle musste auch er schauen, wie er über die Runden kam, denn den Großteil seines Öls musste er dem Staat zu einem nicht rentablen Preis abgeben. Den Teil, den er behalten konnte, verkaufte er schwarz – in Figueras, wo die Schwarzmarktszene größer und damit die Kunden vielfältiger waren. Ob ihn jemand verraten hatte, wusste Luís nicht.

»Warum sollte das jemand tun?«, fragte er in das blassgelbe Abendlicht hinein, das durch die gehäkelten Vorhänge tropfte – ein Hochzeitsgeschenk seiner Mutter Paulina. Jeder Vorhang zeigte ein anderes maritimes Muster – ein Boot, Muscheln, Wellen, Fische –, die mit jedem Luftzug zum Leben erwachten und eine Geschichte erzählten. Heute hingen die Gardinen schlaff und entseelt an ihren Stangen. Das Leben stand still. Die Angst sickerte wieder durch die Risse in der Mauer.

»Weil Hunger und Neid die Seelen der Menschen vergiften«, flüsterte Lucía. Dann brach sie in Tränen aus. »Unsere Kinder sind so glücklich und sorglos«, schluchzte sie. »Sie haben keinen Pianounterricht, wie ich früher bekam, und keine hübschen Spielsachen. Sie spielen mit Stöcken und Steinen und Muscheln und rennen barfuß durch das Dorf, in dem sie jeder kennt. Aber sie sind glücklich, weil sie eine Mutter und einen Vater haben. Was hätte ich nicht alles dafür gegeben, meine Eltern nicht zu verlieren; auf alles hätte ich verzichtet, Luís, auf alles!« Das Licht wurde grau, als die Sonne hinter den Hügeln verschwand. Es war der Moment, in dem noch einmal der Kirchturm aufleuchtete, ein letztes Aufbäumen, bevor der Tag seinen täglichen Tod starb und die Schatten sich in der Dunkelheit auflösten. »Ich sehe überall Augen, die mich argwöhnisch beobachten, Freunde, Nachbarn, alle jederzeit bereit, den Finger anklagend auf mich zu richten und zu sagen: ›Wir wissen, was dein Mann tut.‹ Jeder ist nur noch auf seinen Vorteil bedacht, anstatt einander zu helfen. Ich habe solche Angst um dich!«

Luís murmelte beruhigende Worte in ihre Haare, während sie ihre Finger in sein Hemd krallte und nasse Flecken darauf hinterließ. »Es ist doch bis jetzt nichts passiert«, sagte er. »Niemand kann wissen, was ich tue. Ich fahre mit meinen Netzen hinaus und kehre meist mit Fisch zurück.«

Die gut gemeinten Besänftigungen führten nur dazu, dass Lucía sich noch weiter in ihre Hysterie steigerte. Hatte ihr Vater nicht das Gleiche gedacht, bestimmt? Hätte er sonst seine Familie dieser Gefahr ausgesetzt? Und *Don* Vicente, hätte er gedacht, dass sein unschuldiges Geschäft mit ein bisschen Olivenöl eine Festnahme herbeiführen würde? Aber musste nicht jeder, der sich nicht ans Gesetz hielt – wie nobel die Gründe dafür auch sein mochten –, damit rechnen, im aktuellen politischen Klima Zielscheibe zu werden für Verrat und Denunziation? War es nicht einfach eine Frage der Zeit?

»Nein, Luís.« Sie schüttelte den Kopf, trocknete sich das Gesicht mit den Handrücken. »Nein. Das sind nur Ausreden. Das sind nur leere Worte.«

Luís presste die Lippen zusammen. Lucía glaubte, den Anflug einer Sorgenfalte zu entdecken, wo bis gestern glatte Stirn gewesen war.

»Es ist wichtig, was ich tue«, wandte er ein.

»Es ist wichtig ...« Sie hielt inne, um ihre Stimme zu senken. »Es ist wichtig, dass die Kinder sich sicher fühlen können. Dass sie in der Sicherheit der Familie aufwachsen. *Das* ist wichtig. Und bevor ich zulasse, dass sie mit ansehen müssen, wie ihr Vater festgenommen wird, werde ich mit ihnen Cadaqués verlassen!« Die Worte hallten ungewöhnlich lange in dem kleinen Raum nach; sie konnte sie als Schatten in der Luft hängen sehen, unübersehbar. Sie hob die Hand vor den Mund, selbst erschrocken über ihre Worte.

»Wie kannst du das sagen?« Luís packte sie bei den Schultern, Tränen in den Augen, noch bevor der letzte Nachhall ihrer Drohung verklungen war. »Liebst du mich denn gar nicht?«

»Aber genau, weil ich dich über alles liebe, bitte ich dich darum, aufzuhören. Ich habe Angst, dass du mir genommen wirst, dass ich dich verliere, verstehst du das nicht? Ich tue das für dich, weil du zu stur bist, es selbst einzusehen: Man kann Gewalt nicht mit Gewalt bekämpfen; es bringt dieses Land nicht weiter, indem man noch mehr Hass schürt. Ich schulde es meiner Familie, am Leben zu bleiben, zu leben, was sie nicht mehr konnten, meinen Kindern das zu geben, was ich nie hatte. *Dafür* kämpfe ich, und diesen Kampf werde ich gewinnen. Das große Ganze kann ich nicht ändern und du auch nicht. Wenn du noch einmal nachts hinausfährst – dann packe ich meine Koffer und die Kinder und gehe.« Sie wusste nicht, wo diese Worte hergekommen waren, woher sie überhaupt die Kraft nahm, ruhig sitzen zu bleiben, wo sie doch am liebsten weinend aufgesprungen wäre, um ihrem Mann zu versichern, dass sie ihn nie, niemals verlassen würde. Ihre Gelähmtheit, die er als Gewissheit auffassen musste, dass sie es ernst meinte, grub sich als Schmerz tief in Luís' Gesicht.

In dieser Nacht teilte er das Bett nicht mit ihr, aber Lucía spürte seine Präsenz im Haus. Frühmorgens – die Dunkelheit vor dem Fenster wies einen samtigen Hauch Violett auf, der das baldige Einsetzen der Dämmerung ankündigte – fand sie ihn zwischen seinen Kindern im Bett liegend. Behutsam zog sie das Laken über die drei und zuckte erschrocken zurück, als er nach ihrer Hand griff. Auch er schien in dieser Nacht kein Auge zugetan zu haben. Es war zu finster im Zimmer, um seinen Gesichtsausdruck zu erkennen und darin zu lesen, wie es weitergehen würde. Eine gefühlte Ewigkeit stand sie so da, vor dem Bett, ihre Hand in seiner, bis er sanft daran zog, damit sie sich zu ihnen legte. Und in dem Augenblick spürte sie, dass alles gut werden würde.

Nur knapp eine Woche nach der Festnahme von *Don* Vicente lag Lucía das Gespräch immer noch auf der Seele wie ein Steinchen im Schuh. Sie wusste, es war ihm gegenüber ungerecht gewesen, eine so harte

Drohung auszusprechen. Eine Erpressung, wenn sie ganz ehrlich war. Seitdem war Luís nachts zu Hause geblieben. Lucía hatte erreicht, was sie wollte, aber auf Kosten wovon? Welcher Kampf war wichtiger? Ihrer oder seiner? Sie hatten kein Wort mehr darüber verloren, das Leben war einfach so weitergegangen, Luís hatte benachrichtigt, wen er hatte benachrichtigen müssen. Kapitel abgeschlossen. Es war Neumondzeit, dunkle Nächte, die Geheimnisse schluckten, so wie Luís seine Unruhe zu schlucken versuchte, aber Lucía sah ihm seinen inneren Konflikt an. Er ließ andere Menschen im Stich, ihretwegen. Es tat ihr weh. Es tat ihr leid. Und doch war die Angst größer.

Es war wieder einer dieser Tage, an dem die *tramontana* mit einer Heftigkeit blies, die selbst die Fische zwang, in tieferen Gewässern Schutz zu suchen, und die Fischer schon mittags wieder heimkehrten. Das jedenfalls verkündeten Miguel und Francisco voller Freude, die mit ihren Freunden am Strand gespielt hatten, als die Boote zurückgekehrt waren. Noch breiteten die Männer die Netze zum Trocknen aus, aber bald würde Luís nach Hause kommen. Lucía holte zwei weitere Kartoffeln aus der Speisekammer und überlegte, ob sie die verquirlten Eier für die *tortilla*, das Kartoffelomelett, mit Wasser strecken oder vielleicht doch lieber die Kinder zu Paulina schicken sollte, um nach einem zusätzlichen Ei zu fragen.

Ein lautes Klopfen an der Tür schreckte sie aus ihren hausfraulichen Überlegungen auf. Sie könnte Paulina aber auch gleich um zwei Eier bitten, dann würde die *tortilla* bestimmt groß genug, damit Luís morgen ein Stück mitnehmen könnte, dachte sie auf dem Weg zur Tür.

Ein Blick auf die schwarzen dreieckigen Hüte genügte, um zu wissen, dass der Moment gekommen war. Die Mittagssonne grillte die weißen Häuserfassaden, Lucías Augen begannen sofort zu tränen. Sie hob den Arm, um sie gegen die Helligkeit abzuschirmen. Er schien unwirklich schwer, so wie auch ihr Atem schwer ging, obwohl ihr Herz raste. Sie hielt immer noch die Kartoffeln in der Hand.

Auf alles war sie gefasst gewesen. Auf Hass in den Gesichtern der Polizisten. Auf Kälte, Gleichgültigkeit. Vielleicht sogar Mitleid.

Aber auf ihn war sie nicht gefasst gewesen.

»*Doña* Lucía?«

Es war der andere, der sie ansprach, aber sie sah nur Agustí. Agustín, wie er jetzt in korrektem Spanisch heißen würde. Wenn er nicht tot wäre. Er war tot und doch stand er vor ihr. War er eine Halluzination? So wie in Barcelona? Ihr Arm fiel kraftlos nach unten, die Kartoffeln kullerten dem zweiten Polizisten vor die Füße, der sich sofort danach bückte.

»*Doña* Lucía«, wiederholte er und hielt ihr die Knollen entgegen. »Wir suchen Ihren Mann, *Don* Luís del Mar Ferrer. Ist er anwesend?«

»Nein«, flüsterte sie. Ihr Blick saugte sich dabei an Agustín fest. Es spielte keine Rolle, wie viel Zeit vergangen war. Jetzt, wo er vor ihr stand, war alles wie immer. Die Schicksalsfäden, damals auseinandergerissen, fügten sich nahtlos wieder zusammen. Sie spürte es, Faden für Faden verknüpfte sich neu. Seine Augen waren so grau wie eh und je, groß und erschrocken, und sie fiel hinein und ertrank darin.

Sie vergaß zu atmen. Seine Lippen bewegten sich, sie hörte, wie er ihren Namen aussprach, ohne ihn auszusprechen.

Mercedes.

Langsam schüttelte sie den Kopf und klammerte sich am Türrahmen fest. Eine Windbö fegte durch die Gasse, zerrte an schwarzen Hüten und ihrem bunten Sommerkleid, trug die zornige Stimme Miguels zu ihr, der mit Francisco im oberen Stockwerk schimpfte. Es war alles nicht real, sagte sie sich, aber dann tauchte Luís am unteren Ende der Gasse auf, pünktlich zum Mittagessen, das sie nicht mehr miteinander einnehmen würden. Als er den Besuchern gewahr wurde, blieb er wie angewurzelt stehen. Für einen Augenblick meinte Lucía, die ganze Szene von außen zu betrachten; der erschrockene Blick ihres Mannes, der zwischen ihr und den Polizisten hin und her sprang. Ihre eigene verzweifelte Miene. Und Agustín, der sie nicht aus den Augen ließ. Wie festgefroren auf einer Fotografie bildeten sie ein Dreieck, bis der zweite *Guardia Civil*, nach einem unverständlichen Kopfschütteln in Richtung Agustín, auf Luís zuging.

»*Don* Luís del Mar Ferrer? Sie sind festgenommen wegen Verdachts auf Beihilfe zur Rebellion, regimekritischen Aussagen und Missachtung des Sprachengesetzes.«

Vom oberen Stockwerk her erklang der schrille Schrei Miguels. Und in der Eingangstür schräg gegenüber stand Carmencita und lächelte selbstgefällig.

Endlich schliefen die Kinder, die den ganzen Nachmittag immer wieder verstört geweint und nach ihrem

Vater gerufen hatten. Endlich verließen Luís' Eltern das Haus, Paulina zutiefst erschüttert, während Francisco immer noch vor Wut schäumte über die maßlose Dummheit seines Sohnes. Hatte der Krieg ihnen schon nur die Hälfte ihres Älteren zurückgegeben, sollten sie nun den Jüngeren verlieren, wo der Krieg vorbei war?

Niemand wusste, was auf sie zukommen würde. Man würde sie benachrichtigen, hatte der Polizist nur noch knapp gesagt, bevor er Luís mit sich nahm, die Gasse hinauf, wo das Automobil stand, vorbei an den Fenstern und offenen Türen der Nachbarn. Ohne ein Wort gesagt zu haben, besann sich auch Agustín plötzlich wieder auf seine Rolle, streckte seinen Rücken durch und eilte seinem Kollegen nach.

Zurück blieb eine Leere ohne Raum und Zeit.

Das Geschehene ungreifbar.

Kalt, trotz der lauen Sommernacht.

Lucía saß im Esszimmer, wie nur ein paar Wochen zuvor, und wartete darauf, dass ihr Mann zurückkehrte. Ohne zu wissen, ob er jemals zurückkehren würde. Die Vergehen, die ihm zur Last gelegt wurden, reichten unter Francos Regime dafür aus, ihn bis zum Ende seiner Tage im Gefängnis verrotten zu lassen. Falls er nicht direkt zum Tode verurteilt würde.

Zum Tode verurteilt …

Die Worte dröhnten in ihrem Kopf wie Schüsse, dehnten sich aus, drückten gegen ihre Schädeldecke, bis sie meinte, vor Schmerz ohnmächtig zu werden. Sie riss die Tischdecke vom Tisch, ein gutes Stück Stoff, mühsam mit ihren Initialen bestickt, zerknüllte sie und stopfte sie sich in den Mund. Schrie, schrie, um dem Druck zu entkommen. Sank auf den Boden wie durch Wasser; die Muscheln in der Vitrine und die Fischerboote auf den Gardinen, die gehäkelten Meereswesen und die getrockneten Seeigel wogten um sie herum. Ihr Leben, das sie sich zurückerobert hatte, es sank mit ihr auf den dunklen Grund des Meeres, wo es neben ihr liegen blieb, zitternd wie sie selbst. Sie bezweifelte, dass sie jemals wieder die Kraft besitzen würde, an die Oberfläche zu schwimmen.

Sicherheit, Friede, ein ruhiges Leben führen, das war alles, was sie wollte; vergangenen Schmerz hinter sich lassen. Alle Brücken hatte sie dafür hinter sich abgebrochen, alle Geister verbannt und eingemauert. Wie sollte sie dieses Leben nun weiterführen, ohne Luís? Wie würde das Dorf reagieren, würde es sie – die Fremde – abstoßen wie einen Parasiten, der sich lange genug an ihrer Gemeinschaft gelabt hatte? Oder wäre es gar nicht so sehr das Dorf, das sie für die Vergehen ihres Mannes bestrafte, sondern direkt der Staat? Sie wäre die Frau eines Verbrechers, eines Kommunisten, eines Republikaners, eines Anarchisten; egal, welchen Stempel sie ihm aufdrückten, es hätte Konsequenzen für sie. Würden sie ihr die Kinder wegnehmen? Würden sie ihr das Haus wegnehmen? Wie würde sie ihr Geld verdienen können? Einmal war sie diesem Schicksal durch List entgangen. Holte es sie nun doch noch ein? Sie war des Weglaufens so müde. Aber angesichts der Optionen war es wahrscheinlich der einzige Weg, um sich und ihren Kindern das Überleben zu sichern.

Mühsam richtete sie sich auf und trocknete sich das Gesicht mit dem Tischtuch. Die gestickten

Initialen fielen ihr ins Auge und das erste Mal seit vielen Jahren erlaubte sie sich, an das Zelt am Strand von Argelès zu denken, an das kleine Stückchen Paradies unter der Tischdecke, in dem sie mit Agustín so glücklich gewesen war. All der widrigen Umstände zum Trotz. Sie starrte diese Initialen an – L. F. G., Lucía Flores Gutierrez, dieser Name, der nicht ihrer war und der sie doch zu dem geformt hatte, was und wer sie jetzt war –, als könnten diese Buchstaben ihr erklären, wie es möglich war, dass Agustín heute hier vor ihr gestanden hatte. Dass der Mann, den sie einst mehr als ihr eigenes Leben geliebt hatte, ihr nun den Mann entriss, den sie für den Rest ihres Lebens lieben wollte. Die Gedanken kreisten immer langsamer, komprimiert vom Druck der Wassermassen, die auf ihr lasteten, tief, tief unter der Oberfläche. Langsam ging Lucía die Luft aus, müde öffnete sie ihren Mund und sah den Gedanken beim Aufsteigen zu. Agustín war von den Toten auferstanden, wahrlich, das musste er sein. Denn in dem desolaten Zustand, in dem er sich damals befunden hatte, war sein Tod nicht die einzig plausible Erklärung gewesen für sein spurloses Verschwinden? Hätte er sie nicht gesucht? Hätte er nicht alles daran gesetzt, sie zu finden? Sie und sein Kind?

Die nächsten drei Tage glichen einem Spießrutenlauf. Obwohl sich Lucía das vielleicht mehr einbildete, als es in Wirklichkeit war. Niemand beschimpfte sie, niemand verhöhnte sie. Niemand bewarf sie mit Dreck. Niemand – weil niemand mit ihr redete. War das der Anfang vom Ende? Oder spürten die Leute die Angst, die sie selbst verströmte, und wollten sich nicht anstecken? Sie wünschte sich, Ana María wäre im Dorf, aber sie befand sich zurzeit in Frankreich. Wen hatte sie hier sonst schon? Viele Freunde, von deren Freundschaft nichts übrig blieb, kratzte man die dünne Oberfläche ab. Nur ein einziges Mal kreuzte sich ihr Weg mit dem Carmencitas. Nicht im Traum hätte sie geglaubt, dass diese Frau, die Luís einst geliebt hatte, ihn nun denunzieren könnte. Nicht einmal ihr hätte sie so eine Tat zugetraut. Aber wie naiv war sie gewesen. Rache war das Stärkste aller Gefühle. Obwohl Lucía weitergehen wollte, konnte sie nicht, sie musste sie einfach anstarren, niederstarren, und Carmencita fand sich gefangen in diesem Blick. Ihre anfänglich hämische Miene versteinerte sich mit den Sekunden, die verstrichen, bis sie verwirrt den Kopf senkte und rasch davonging. Es fühlte sich nicht an wie ein Sieg.

Am vierten Tag klopfte es zaghaft an der Tür, so sanft, dass sie keine Angst hatte, zu öffnen. Es war Ernesto, der Busfahrer, der gleichzeitig die Post zwischen Figueras und ihrem verwunschenen Ort hin und herfuhr. Traurig sah er sie an und reichte ihr einen Brief.

»Wenn du Hilfe brauchst – du weißt, wo du mich findest.«

Ihr Hals war eng und trocken, als sie das amtliche Schreiben öffnete, und so sehr sie sich bemühte, ruhig zu bleiben, zitterten ihre Hände.

Es war keine Todesurkunde. Es war kein Todesurteil. Lucía schloss die Augen und presste die Lippen zusammen, aber sie konnte die Tränen dennoch nicht zurückhalten. Erleichterung, wohlgemerkt, war es, die sie schwach werden ließ, auch wenn die

Nachricht nicht durchweg gut war. Luís würde vor Gericht gestellt – immerhin – und sein Boot konfisziert und dem Denunzianten als Belohnung übergeben. Natürlich. Sie konnte nicht anders, als trocken aufzulachen. Wahrscheinlich prangte schon morgen Carmencitas Name in frischer Farbe an der Seite des Bootes mit dem kleinen Dieselmotor. Hatte schließlich nicht jeder im Dorf.

Die Erleichterung war es dann auch, die einen kleinen Funken in ihr entfachte. Noch war nicht alles verloren. Sie würde sich ihr neues Leben, das nun immerhin acht Jahre lang ruhig und friedlich verlaufen war, nicht so leicht wegnehmen lassen wie das Fischerboot. Immer war sie davongelaufen, vor anderen, vor sich selbst. Dieses Mal nicht. Sie untersuchte das Schreiben nach einem Anhaltspunkt über Agustín, aber es trug die Unterschrift eines F. Heras Gonzalez, *capitán*, also Hauptmann, der Kompanie der *Guardia Civil* in Figueras. Kurz musste sie sich gleichwohl noch einmal fragen, ob sie nicht doch geträumt hatte. Und auch ganz kurz fragte sie sich, ob Agustín gewusst hatte, dass er sie in Cadaqués finden würde. Ob es eine Art perfide Rache war, ihr den Mann wegzunehmen. Weil er glaubte, sie hätte ihn krank und sterbend abgeschoben ins Krankenhaus, aufgegeben, weil sie nicht nach ihm gesucht hatte. Aber nein. Das Erstaunen war echt gewesen. Obwohl, was wusste sie im Moment, was wahr und was nicht wahr war. Sie beschloss, nach Figueras zu fahren, um ihn aufzusuchen.

Dann würde sie schon sehen.

KAPITEL 18

Meerjungfrauengesang

Cadaqués, Juni 1952

Es war ja nicht so, dass Lucía in den vergangenen Jahren nie aus Cadaqués rausgekommen wäre. Ungefähr einmal im Monat war sie mit Schwiegermutter Paulina donnerstags zum Markt nach Figueras gefahren – auch wenn dies meist eine Ausrede war, um *estraperlo,* also Schwarzhandel, zu betreiben. Wenn auch im kleineren Ausmaß als *Don* Vicente. Oftmals waren es nur zwei, drei Dutzend Eier, die sie einzutauschen versuchte gegen etwas Reis, Zucker oder Hülsenfrüchte. Lucía hatte sich ostentativ immer woanders hingesetzt; im Falle einer Kontrolle wollte sie nicht mit der Polizei in Konflikt geraten. Sicher war sicher. In den letzten Monaten war es weniger häufig vorgekommen. Paulina ertrug das Rütteln des Busses nicht mehr. Dreimal war es vorgekommen, dass sie sich unterwegs hatte übergeben müssen. Schließlich gab sie bekannt, für den Rest ihrer Tage das Dorf nicht mehr verlassen zu wollen. Dass Lucía sich jetzt in die Stadt begab, um einen *Guardia Civil* aufzusuchen, war an Ironie kaum zu übertreffen. Höchstens damit, dass dieser Polizist Agustín war.

Nach der Beschaulichkeit ihres Dorfes fand Lucía Figueras mit seinen vielen Menschen beengend.

Während bei ihnen ein Automobil noch großes Aufsehen erregte, gehörten die Fahrzeuge hier bereits zum Stadtbild, gemeinsam mit dem Lärm und dem Gestank, den sie erzeugten. An gewissen Tagen, wenn sie am zugemauerten Eingang des Schutzraumes an der *Plaza del Grano*, dem Marktplatz für Getreide, vorbeiging, erfasste sie ein kaltes Schaudern. Das Schrillen der Sirenen und das Knattern der Propellerflugzeuge hatten sich tief in ihr Gedächtnis geschnitten. An diese Geräusche würde sie sich noch erinnern, wenn ihre Knochen bereits zu Staub zerfallen sein würden.

Das Fest von *San Juan* und damit die Sommersonnenwende waren nicht mehr weit. Die Hitze brannte von einem wolkenlosen, windstillen Himmel, aber die Kälte in ihr wollte auch nicht weichen, als sie in die Avenida José Antonio einbog. Sie versuchte, ihre Anspannung damit abzulenken, die Auslagen der Geschäfte zu betrachten. Es gab einen Hutmacher, ein Geschäft für Damenkonfektion, in dessen Schaufenster seelenlose Modelle bunte Sommerkleider trugen, deren Schnitte und Preise nicht geeignet waren für das Leben einer Fischersfrau. Ein Bäcker offerierte jetzt schon die traditionelle *coca de San Juan*, einen Hefeteig, garniert mit kandierten Früchten, der zur Sommersonnenwende gegessen wurde. Sie versuchte, sich davon zu überzeugen, dass das flaue Gefühl in ihrem Magen vom Hunger herrührte, der sie bei diesem Anblick überfiel. Aber als die Kaserne der *Guardia Civil* vor ihr auftauchte, konnte sie sich nicht länger anlügen. Am liebsten würde sie kehrtmachen. Sie wusste nicht, ob sie sich freute, Agustín wiederzusehen oder ob sie Angst davor haben sollte. Vielleicht wäre er ja gar nicht da? Hätte sie den Mut, morgen wiederzukommen? Ihre Finger krampften sich um ihre Ausweispapiere und um das Inhaftierungsschreiben. Dann atmete sie einmal tief ein und wieder aus.

»Kann ich Ihnen helfen, gnädige Frau?«

Die vornehme Anrede verwirrte Lucía. Der Mann mit dem gewaltigen Schnauzer sah sie erwartungsvoll an, als ob er nicht jeden Tag Besuch bekäme.

»Ich ...« Sie räusperte sich und versuchte zu schlucken. »Ich suche Agustín.« Wie lächerlich das klang, erfasste sie im selben Moment, als der Punkt hinter den Satz gesetzt wurde. Sie musste kurz überlegen, es war schon so lange her. »Agustín Verdaguer Canales. Er ... er arbeitet hier?«

»Ja. Oberleutnant Verdaguer Canales. Der arbeitet hier.« Der Schnauzer wippte auf und ab. »In welcher Angelegenheit wollen Sie ihn denn sprechen?«

Lucía senkte die Stimme. »Es geht um die Festnahme meines Mannes.« Vielleicht wäre die Wahrheit, wenn sie flüsterte, weniger schmerzhaft, aber der Stich kam trotzdem.

Sie musste warten. Sie schloss die Augen und konzentrierte sich auf ihren fliegenden Puls, verschränkte die Finger ineinander, öffnete sie wieder, um die schwitzigen Handflächen an ihrem Kleid zu trocknen. Als sie die Stiefelabsätze hörte, die sich näherten, zog sie einen gläsernen Schutzschild vor sich hoch, um gewappnet zu sein, Agustíns Antlitz zu sehen. Aber es war nur der Schnauzträger, der sie bat, ihr zu folgen. Sie durchschritten einen Gang, der sie in den hinteren Teil des Gebäudes brachte. Dort klopfte ihr Begleiter an eine der Türen und verabschiedete sich mit einem kurzen Salut.

»Herein«, erklang es dumpf durch die Tür. Und doch erkannte Lucía sofort seine Stimme. Wie hatte das Schicksal sie nur in diese Position bringen können? Sie wartete einen Augenblick länger als unbedingt nötig, um sich ein letztes Mal zu sammeln. Oder um ihn warten zu lassen. Sie wusste es nicht. Dann trat sie ein.

Er stand bereits, als sie das Zimmer betrat, als hätte er schon lange auf sie gewartet. Als hätte er schon Jahre auf sie gewartet. Ihr erster Impuls war, sich in seine Arme zu werfen. Aber sie rührte sich nicht. Sie war eine verheiratete Frau. Sie war nicht seinetwegen hier. Oder doch? Sie konnte ihm nicht ins Gesicht sehen.

»Mercedes ...« Die weiche Melodie in ihren Ohren klang wie eine Einladung, Meerjungfrauengesang. Sie kämpfte gegen die Versuchung an.

»Lucía«, flüsterte sie und wiederholte, dieses Mal lauter und fester: »Mein Name ist Lucía.«

Daraufhin schwieg er, als ob er diesen Namen erst mit ihr in Verbindung bringen müsste. Lucía starrte weiterhin auf den Boden vor ihr.

»Setz dich doch«, sagte Agustín schließlich, aber sie blieb stehen und er blieb stehen. Ganz langsam hob sie ihren Blick, Zentimeter um Zentimeter.

Er war immer noch so hager wie damals. Die blass-olivgrüne Uniform, in der er steckte, verwandelte den Jungen, den sie einst gekannt hatte, in eine Autoritätsperson. Ein schwarzes Lederhalfter quer über die Brust und um die Hüfte. Lucías Blick blieb kurz an der Pistole hängen, die darin saß. Goldene Knöpfe und Abzeichen am steifen Kragen, die wohl seinen Rang als Oberleutnant kennzeichneten. Erst dann traute sie sich, ihm ins Gesicht zu schauen. Es war kantiger geworden, etwas länger vielleicht. Männlicher. Die dunklen Haare trug er akkurat geschnitten und mit Pomade nach hinten frisiert. Die Jahre hatten es gut gemeint mit ihm, äußerlich zumindest. Sie suchte ihr Spiegelbild in seinen grauen Augen, aber sie sah nur zerbrochenes Glas. Sie wollte, sie könnte eine Handvoll Licht packen und tief hinein in seine Seele stecken.

»Was ist nur mit dir geschehen, Agustín?«

Er lachte auf, heiser und irgendwie ein wenig trotzig.

»Du meinst das hier?« Er zupfte an seiner Uniform.

Eigentlich meinte Lucía die Scherben in seinem Inneren, aber wahrscheinlich war der Grund ein und derselbe.

Agustín sah sie lange an, dann seufzte er tief. »Wer hätte gedacht, dass wir uns jemals wieder über den Weg laufen würden. Meine kleine Mercedes ...«

»Lucía. Bitte nenne mich Lucía.«

Er winkte ihren Einwand beiseite. »Ich dachte, ich würde sterben, als sie mich damals ins Krankenhaus in Perpignan brachten. Natürlich, weil ich krank und schwach war. Aber auch aus Angst, dich nicht wiederzusehen. Dich und ...« Seine Augen weiteten sich. »Unser Kind?«

Dieses Mal war es an Lucía, abzuwinken. »Später.«

Er wirkte nun etwas lebendiger und Lucía tat es jetzt schon leid, dass sie ihm keine gute Botschaft übermitteln würde.

»Es war ein Dahinsiechen. Ich wollte stark sein für dich, für unsere kleine Familie, und dass ich nicht konnte, hat mich noch mehr geschwächt. Wie lange ich in dem Hospital lag, weiß ich nicht. Vielleicht nur ein paar Stunden, vielleicht Tage. Das Fieber hielt mich in seinen Klauen, ich habe keinerlei Erinnerung an diese Zeit. Irgendwann wachte ich auf und befand mich in meinem Elternhaus in Tarragona.« Nie hatte er von seinen Eltern erzählen wollen. Lucía war immer davon ausgegangen, dass sie tot waren. »Ja, meine Eltern. Ich habe dir nie von ihnen erzählt.« Er hatte ihre Gedanken gelesen. »Aber jetzt ist wohl die Zeit gekommen: Ich bin nicht stolz auf meine Familie, damals nicht und heute auch nicht. Wir gehörten zur sogenannten Elite; mein Vater besaß eine große Textilfabrik. Politik war ihm immer egal gewesen, was für ihn zählte, war Geld. Den Republikanern, mit ihrem kommunistischen Gedankengut, war die Bourgeoisie ein Dorn im Auge, und während des Krieges versuchten sie, viele solcher Fabriken zu verstaatlichen. Opportunist, wie er war, stellte sich mein Vater auf die Seite der Nationalisten, und es bekam ihm gut. Ich konnte mich mit diesen Idealen nicht anfreunden und verließ mein Elternhaus nach einem Streit, um mich den republikanischen Truppen anzuschließen. Und als schließlich alles schon verloren schien, traf ich auf einer staubigen Landstraße ein Mädchen.«

Lucía fixierte die Tischplatte vor ihr. Sie spürte seinen Blick, der sie dazu aufforderte, ihn anzusehen, aber sie weigerte sich. Je mehr er erzählte, desto weniger wollte sie wissen. Sie war nur hier, um ihn um Hilfe zu bitte. Sie war nur hier, um Luís zu helfen.

Aber er redete weiter. »Für meinen Vater stellte meine Ideologie eine Bedrohung dar. Er wurde zu einem glühenden Francoanhänger, was seine Auftragsbücher rasch füllte. Er konnte keinen Sohn gebrauchen, der solch einen Makel auf seiner Weste hinterließ. Die große Vaterliebe, nicht wahr?« Sein Lachen war wieder kurz und trotzig. »Ich hätte ja überall sein können. Aus dem Grund dauerte es, bis er meine Spur aufgenommen hatte. Dass er mich ausfindig machte, kurz bevor ich wohl das Zeitliche gesegnet hätte, war ... Ich weiß es nicht, Mercedes. Ironie des Schicksals, vielleicht? Ich denke, ich wäre lieber gestorben. Als ich aufwachte, dort, in meinem Bett, in meinem Zimmer, dem Tod gerade so von der Schippe gesprungen, wusste ich, dass ich für den Rest meines Lebens ein Gefangener wäre. Ein Gefangener meines Vaters. Ich beschwor ihn, dich aus dem Lager auszulösen, bevor das Kind zur Welt käme, aber er weigerte sich. Das passte alles nicht in seinen Plan. Ich schrieb Briefe an dich, Mercedes. Glaub mir! Ich habe versucht, dich aus dem Lager auszulösen, sogar die Unterschrift meines Vaters habe ich gefälscht. Aber sein Einfluss war schon zu groß; die Lagerleitung wusste, dass sie dir die Briefe nicht weiterleiten durften.«

Seine Stimme nahm einen flehenden Ton an, aber er stimmte sie wütend. Was wäre nicht alles anders geworden, hätte sie nur einer dieser Briefe erreicht? Warum schrieb er nicht an eine ihrer Bekannten im Lager, die den Brief weitergeleitet hätten?

»Ich schrieb an Teresa, aber bekam keine Antwort. Sie konnte das Lager verlassen, nehme ich an?«

Lucía nickte.

»Ich schrieb an Joana, keine Antwort. Dass ich mich damals nicht bemüht hatte, viele Freundschaften zu schließen, machte sich nun bemerkbar. Ich kannte kaum Namen, nur hin und wieder fiel mir einer ein. Irgendwann erhielt ich eine Antwort von Asunción – erinnerst du dich an sie? Sie teilte mir mit, dass du aus der Geburtsklinik nicht zurückgekehrt seist. Ich schrieb dieser Frau Eidenbenz, der Direktorin der *maternidad*. Sie berichtete nur, dass du geflohen seist. Mit deiner Tochter. Unserer Tochter. Felicidad. Unserem Glück.«

Er schwieg. Lucía schwieg, den Kopf gesenkt. Aber die Frage, die er nicht stellte, hallte laut durch den kleinen Raum. Alles, alles wäre anders gekommen, wäre sie damals nicht aus der *maternidad* geflohen. Sie hatte alles falsch gemacht. In Gedanken streichelte sie die weiche Wange ihrer Tochter. Ihr Vater würde sie niemals kennenlernen.

»Mercedes?« Jeder Schritt, mit dem er sich ihr näherte, wurde begleitet von der traurigen Melodie ihrer lautlosen Tränen. Sein Finger legte sich sanft unter ihr Kinn und zwang sie, den Kopf zu heben. Bei der Berührung schluchzte sie auf.

»Sie ist tot, nicht wahr?«, flüsterte Agustín, und Lucía konnte nicht anders, als sich weinend in seine Arme fallen zu lassen. Der Druck seiner warmen Hände auf ihrem Rücken war derselbe wie damals, der Geruch seiner Haut am Hals, dort, wo sie seinen Herzschlag spüren konnte, viel zu schnell. Die Erinnerung an ihre Nächte voller Liebe am Strand von

Argelès überschwemmte sie mit einer Heftigkeit, die sie von den Beinen gerissen hätte ohne Agustíns Halt. Seine Nähe fühlte sich so vertraut an. Und auch so falsch. Aber waren sie in dem Augenblick nicht einfach ein Mann und eine Frau, die um ihr Kind trauerten?

Der Bann war gebrochen. Es fiel Lucía nun viel einfacher, mit Agustín zu reden. Er drückte sie sanft auf den Stuhl und setzte sich ihr gegenüber, sodass sich ihre Knie gerade eben nicht berührten, außer, sie wollte es.

»Ich weiß nicht, ob sie tot ist«, sagte Lucía, nachdem sie sich mit seinem Taschentuch – aus der Fabrik seines Vaters? – die Tränen getrocknet hatte. »Vielleicht ist sie auch einfach nur davongelaufen in ihrer Angst, so wie damals mein kleiner Bruder. Vielleicht ist sie tatsächlich noch irgendwo. Aber hier«, sagte sie und legte eine Hand an ihren Bauchnabel, »habe ich sie nicht mehr gespürt, Agustín. Dieser mütterliche Instinkt, der einem sagt, dass das Kind noch lebt. Er war weg. Und damit meine Kraft, an ihr Überleben zu glauben. Es ist meine Schuld. Ich habe falsch reagiert.«

Sie gab ihm eine Zusammenfassung dessen, was ihr alles widerfahren war, seit er aus ihrem Leben verschwunden war. Die Suche nach ihm, die in einer Bestrafung endete und mit der Bekanntschaft der Direktorin der *maternidad*. Die Geburt Felicidads, ihre Flucht aus der Geburtsklinik. Ihr Wunsch nach Freiheit und Sicherheit und einem ruhigen Leben, der einfach nicht in Erfüllung gehen wollte. Die Zeit in Perpignan, gespickt von der

Angst, entdeckt und ins Lager zurückgeschickt zu werden. Und von den beinahe zwei Jahren, die sie auf dem Weingut von Teresas und Serges Freunden lebte.

»Dort fühlte ich mich erstmals wieder einigermaßen unbeschwert. Aufgehoben. Wir waren eine kleine Gemeinschaft, abgegrenzt von der Außenwelt durch die Mauern des Grundstücks.« Wie Cadaqués, schoss es ihr durch den Kopf. Aber es sollte wohl nicht sein, dass sie auf Dauer glücklich sein durfte. »Hätte ich nicht den Zug genommen an jenem Tag ...«

Sie erzählte, was im Zug passiert war, von dieser Pistolenkugel, die ihr Herz nur so knapp verpasst hatte. Von der Suche, der Hoffnung und der Zerschlagung eben dieser.

»Genau wie du dachte ich, ich wäre besser gestorben. Ich hatte alle meine geliebten Menschen verloren. Und nun auch meine Tochter. Alles, was mir von dir noch geblieben war ... Sie hatte deine Augen.« Sie wäre jetzt schon zwölf Jahre alt. Lucía presste ihre Handballen an die Stirn, um die Erinnerung wieder zu vertreiben.

»Oh, Felicidad!« Agustín versteckte sein Gesicht in den Händen, seine Schultern zuckten. Lucía traute sich nicht, ihn anzufassen. Minuten verstrichen, sein Schweigen nahm ihr den Atem.

»Und du dachtest, wenn du einen anderen Namen annehmen würdest, würdest du alles vergessen können?«, murmelte er in seine Hände.

Sie nickte. »Ich hatte es gehofft. Aber in Barcelona haben mich alle Gesichter nur an sie erinnert. An Felicidad, Felix, meinen Vater ... Selbst dich glaubte ich einmal zu sehen.«

Agustín hob den Kopf. »Wann soll das gewesen sein?«

»Im August 1944.«

Er lachte. Nicht mehr traurig. Verzweifelt. »Zu der Zeit war ich tatsächlich in Barcelona stationiert gewesen.«

Lucía schloss die Augen. Sie hatte keinen Geist gesehen. Was wäre geschehen, wenn er sie erkannt hätte in jenem Moment?

Ihre Knie berührten sich.

»Nach meiner Genesung zwang mich mein Vater, der *Guardia Civil* beizutreten. Von allen erdenkbaren Strafen suchte er die aus, die mich am härtesten treffen würde. Ich war nur noch ein Instrument für ihn, das er so geschickt wie möglich spielen wollte. Zu dem Zeitpunkt wusste ich, dass ich deine Spur verloren hatte. Es war mir gleichgültig, was er mit mir anstellte. Es ging nur darum, mich anzupassen, nicht aufzufallen. Damit niemand merkte, dass es mit meiner Überzeugung für die Herrlichkeit des Francoregimes nicht sehr weit bestellt war. Aber ich musste Dinge sehen ... und tun ...« Er schüttelte langsam den Kopf und flüsterte: »Ich hasse mich dafür, so schwach gewesen zu sein.«

Lucía griff nach seiner Hand. Sanft strich er mit seinem Daumen über ihre Handinnenfläche, wie er es damals immer getan hatte. Und was sich vorhin eben noch verwirrend falsch angefühlt hatte, fühlte sich jetzt viel zu richtig an. Als ob er einen Schalter betätigt hätte.

»Ich habe nie aufgehört, an dich zu denken, Mercedes. Keine andere Frau hat es geschafft, mich das Gleiche empfinden zu lassen, wie ich immer noch für dich empfinde. Ich kann nicht glauben, dass das Schicksal uns wieder zusammengeführt hat.«

Schuld durchzuckte sie. Weil sie dagegen einen anderen Mann geheiratet hatte oder weil sie die Hand eines Mannes hielt, mit dem sie eben nicht verheiratet war?

»Mein Ehemann ...«, sagte sie leise und konnte ihm dabei nicht in die Augen schauen.

Sie spürte sofort, wie er sich im Geiste von ihr entfernte. Eben noch waren sie sich so nahe gewesen, aber sie hatte ihren Mann in den Raum gebracht. Er ließ ihre Hand los, sie fiel kraftlos auf ihren Schoß; eine Blumenknospe, gewaltsam von ihrem Stängel getrennt. Indem er sich hinter den Schreibtisch setzte, brachte er die räumliche Distanz zwischen sie, die sie das erste Mal seit einer halben Stunde wieder zu Atem kommen ließ. Er holte eine Akte aus dem Schrank, dünn war sie, was Lucía für ein gutes Zeichen hielt. Aber dünn war auch das Eis, auf dem sie sich bewegte.

»Agustín.« Ihre Stimme bat ihn, von den Papieren aufzuschauen. Er schaute sie stoisch an, aber der Schmerz über ihre Zurückweisung glänzte in seinen Augen. Sie sah sich gefangen in einem Spiegellabyrinth aus Scherben; Gesichter überall, Agustín, Luís, aber egal, welchen Weg sie einschlug, er schien sie zu keinem von beiden zu führen.

»Ich dachte, du wärst tot, Agustín«, versuchte sie, sich zu rechtfertigen.

Er nickte ruckartig. »Du hast das Richtige getan, Mercedes.«

Sie war sich nicht mehr sicher.

Agustín widmete sich ausführlich den paar Blättern in der Akte, länger, als unbedingt notwendig, um zu verstehen, was darin stand. Schließlich musste er den Inhalt schon kennen.

»Eifersucht?«, fragte er nach langen Minuten endlich.

»Ich gehe davon aus«, antwortete Lucía, ebenso distanziert.

»Ich habe schon vieles gesehen. Aber das niederste aller Gefühle ist Eifersucht, ist es nicht so? Zusammen mit Neid. Daran erkennt man die wahre Größe eines Menschen.« Er seufzte. »Das sind schwere Vorwürfe. Gegen den Widerstand wird hart gekämpft. Sind sie wahr?«

Was sollte sie schon sagen? Aber ihr Schweigen war ihm Antwort genug. »Ich will dich nicht anlügen: Dafür werden sie ihn wahrscheinlich erschießen.«

Sie nickte automatisch. »Wir haben zwei Söhne, Agustín«, sagte sie leise. Alles in ihr wand sich, die Kinder als Argument zu bringen, wo sie doch ihre gemeinsame Tochter verloren hatte. »Nimm ihnen nicht den Vater weg. Ich bitte dich!« Und als sie sah, dass er immer noch nicht reagierte, streckte sie ihre Hand aus und ergriff seine, strich mit dem Daumen über die Innenfläche. Sie wusste, dass es falsch war. Und sie wusste, dass er es auch wusste, trotz aller Liebe, die sie beide noch füreinander fühlten.

Er sprang auf. Lucía erschrak. War sie zu weit gegangen? In drei langen Schritten war er bei der Tür und drehte den Schlüssel. Noch einmal drei lange Schritte, und er stand vor ihr. Sie erhob sich, langsam. Um die Hast, die in der Luft lag, zu beruhigen.

Um ihr pochendes Herz zu beruhigen. Ja, sie war dabei, einen großen Fehler zu begehen; sie bestach Agustín mit ihrer Liebe, um ihren Ehemann zu retten. Aber es war der schönste Fehler, den sie jemals begehen würde. Ihre Hand wanderte wie von selbst an Agustíns Wange – wie oft hatte sie davon geträumt! Er bebte vor Ungeduld, aber Lucía genoss den Augenblick. Dieses eine Mal. Es würde nur ein Mal geschehen. Danach wären sie wieder Fremde. Sie tat das nur für Luís, redete sie sich ein. Seine schmalen Hände mit den Pianistenfingern fühlten sich ganz anders an auf ihrem Arm als Luís' breite, beschützende Pranken. Sie erschauerte unter der Berührung, legte den Kopf in den Nacken und bot Agustín ihre Lippen an. Sie spürte, wie er versuchte, sich zurückzuhalten. Er schaffte es nicht. Der Kuss, heftig und unsicher zugleich, erinnerte sie an ihren ersten Kuss unter dem Sternenhimmel von Argelès. Selbst der Boden, auf den sie sanken, war gleich hart, und sie fühlte sich nicht wohl dabei. Es war zu primitiv. Die Wände waren dünn. Jederzeit konnte jemand an die Tür klopfen. Agustín schien die Welt um ihn herum vergessen zu haben. Er verschlang sie mit seinen Händen, seinem Mund, seinen Augen. Es war, als könnte er sich nicht sattsehen an ihr, obwohl sie sich nicht einmal die Mühe gemacht hatten, die Kleider auszuziehen. Nachdem er sich in ihr ergossen hatte, sackte er über ihr zusammen. Sein Gewicht lastete so schwer auf Lucía wie der Betrug an Luís auf ihrem Gewissen. Sie bekam kaum Luft.

»Agustín ...«, murmelte sie, die Augen geschlossen. Er verströmte einen animalischen Duft nach

Schweiß und Lust, den sie so früher nicht an ihm wahrgenommen hatte. Obwohl sie ihn von sich wegschieben wollte, schlang sie stattdessen ihre Arme um ihn und presste ihn fester an sich. Er schluchzte auf. Sie küsste seinen Hals, schmeckte das Salz auf ihren Lippen. Streichelte seinen Rücken, beruhigend erst, dann federleicht. Nahm sein Gesicht in ihre Hände.

»Schau mich an«, flüsterte sie. Er öffnete die Augen. Die Traurigkeit darin traf sie unvorbereitet, aber sie wusste, dass sie nur ein Spiegelbild ihres eigenen Ausdrucks war. Nur dieses eine Mal, schwor sie sich.

Agustín reichte ihr erneut sein Taschentuch, um sich zu säubern. Sein Hemd war zerknittert, was er achselzuckend zur Kenntnis nahm. Ein Glühen umgab ihn, das seine Züge weich schliff und die Kanten aus seinen Bewegungen nahm. Wenn Lucía ihn so sah, verblasste die Reue ein wenig. Sie waren zu einem Abschluss gekommen, den sie beide gebraucht hatten. Ihr Kopf fühlte sich befreit an.

»Wirst du etwas für Luís tun können?«, fragte sie ihn. Er legte fein säuberlich die drei Stück Papier in die Akte zurück. Sie sah leichter aus als noch vor einer halben Stunde.

Er nickte. »Ich werde alles versuchen. Versprochen.«

»Kann ich ihn sehen?«

Seine Kiefermuskeln zuckten. »Nein.«

Der Stuhl scharrte unangenehm laut, als Agustín ihn zurückschob, um aufzustehen. Bei der Tür angelangt, nahm er noch einmal ihre Hand. »Ich werde auch versuchen, Einsicht in die Akte deines Vaters zu bekommen. Vielleicht erfahre ich, weswegen er angeklagt worden ist. Und wer weiß … vielleicht finde ich Informationen zu Felix und Felicidad. Sie können nicht vom Erdboden verschwunden sein. Ich finde sie, das verspreche ich dir!«

KAPITEL 19

Es könnte alles gut werden

Cadaqués, Juni 1952

Zurück in Cadaqués fühlte sich Lucía das erste Mal seit Tagen wieder voller Lebensmut. Das schlechte Gewissen, das sich versuchte, in ihrem Kopf breitzumachen, kam nicht an gegen das Hochgefühl, zu wissen, dass Agustín ihr helfen würde, ihren Ehemann wiederzubekommen. Dass Agustín lebte und nicht elendiglich in der Ecke eines Krankenhauses verreckt war, ergänzte ihre Freude. Sie hatten keine gemeinsame Zukunft zugestanden bekommen vom Schicksal, aber sie hatten sich wiederfinden dürfen. Und was nun zwischen ihnen passiert war ... Niemand würde es erfahren. Sie hatte gespürt, dass es notwendig gewesen war. Ein Zugeständnis, ein Beweis dieser Liebe, die sie einst verbunden hatte. In all dem Unglück, das Luís' Festnahme bedeutete, war es doch ein Funken Glück, dass es genau Agustín war, dem die Verantwortung dafür oblag. Sonst hätte sich Lucía wohl nie getraut, diesen Weg einzuschlagen.

Es galt jetzt aber trotzdem, sich zu organisieren. Der Ertrag aus der Fischerei musste anderweitig erwirtschaftet werden, und Lucía zerbrach sich den Kopf darüber, wie sie das anstellen sollte. Sie würde jede Arbeit annehmen. Immer öfter kamen Auswärtige, die vom Charme dieses abgeschiedenen Ortes gehört hatten, Touristen, wie man sie nannte. Seit kurzer Zeit gab es daher in Cadaqués einen Müllmann, der täglich mit seinem von einem Maultier gezogenen Karren durch die Gassen lief, damit die Hausfrauen ihre Eimer in den Karren leerten, statt in die Entwässerungskanäle, die schlussendlich im Meer endeten. Er sammelte Abfälle auf, die sich am Strand und den angrenzenden Straßen häuften, damit die Erwartungen der Besucher an ein idyllisches, jungfräuliches Fischerdörfchen erfüllt wurden. Vielleicht könnte er Unterstützung brauchen. Oder sie könnte in einem der Lokale nachfragen, ob sie eine Köchin bräuchten.

»Wir könnten Seife herstellen aus unseren Oliven«, schlug ihr Paulina vor. Um das Öl herzustellen, wurden die Oliven zwischen zwei großen schweren Steinrädern zerquetscht und mit den Kernen zu einer Paste vermahlen. Aus dieser Paste wurde das Öl gepresst. Und wenn sich, nach einigen Wochen, die letzten Rückstände am Boden der Krüge absetzten, wurden diese zu Seife verarbeitet. Es gab nur zwei Probleme dabei: Die Olivenernte fand erst wieder im November statt. Und Lucía würde den Geruch der Seife nicht ertragen – war es doch eine der letzten Erinnerungen an Felicidad. Auch wenn sie das Bild kaum mehr erkennen konnte, verschwommen nach beinahe zehn Jahren – den Geruch von Madame Louises Olivenölseife auf Felicidads Haut, den sie in jenem Zug als Letztes gerochen hatte, würde sie nie wieder vergessen.

Sie lehnte Paulinas Vorschlag ab. Aber ihre Schwiegermutter, die seit einer Woche das Haus nicht mehr verlassen hatte, packte sie am Arm.

»Die Oliven verarbeiten wir im Winter. Im Frühling die Mandeln. Und jetzt gehen wir raus und suchen Lavendel und andere Kräuter.«

Lucía stolperte hinter der Frau her, überrumpelt von deren plötzlichem Aktionismus. Paulina wusste nicht, dass sie als Bittstellerin in Figueras gewesen war. Sie wusste nur das, was Lucía ihnen erzählte. Dass Luís im Gefängnis auf sein Urteil wartete. Welches das sein könnte, hatte sie sicherheitshalber verschwiegen. Sie hatten auch nicht gefragt. Wahrscheinlich konnten sie sich das denken. Aber wenn diese seifige Idee Paulina davon abhielt, vorzeitig um ihren Sohn trauernd zu Hause im dunklen Haus zu sitzen, dann würde sie sie bei dem Spaziergang begleiten. Vielleicht würde die würzige Luft ihr beim Nachdenken helfen. Sie marschierten in flottem Tempo zum Llaner, und im Vorbeigehen fragte sich Lucía, wann Ana María endlich von ihrer Reise zurückkehren würde. Von der Bucht aus nahmen sie den Weg zum Mas Baltra. Hier oben befanden sie sich schon inmitten von Gestrüpp, Büschen und alten Steinmauern. Die Stille umhüllte sie wie ein seidenes Tuch, weich und ätherisch, ein Trost in schweren Zeiten. Der Ausblick über das Dorf raubte Lucía jedes Mal den Atem; der dunkelblaue Arm des Meeres, der in die Bucht hineingriff, um nach den in der Sonne perlweiß flimmernden Häusern zu greifen, dahinter nur grün, silbern, grün, Olivenbäume, so weit das Auge reichte. Sie konnte verstehen, dass dieses Bild Besucher anlockte.

Paulina saß gedankenverloren auf einem Stein und schien die Aussicht, die sich ihr bot, genauso in sich aufzunehmen wie Lucía. Sie fragte sich kurz, ob ihre Schwiegermutter nur einen Anlass gebraucht hatte, eine Entschuldigung an sich selbst, um das Haus zu verlassen. Sie zupfte an einem Strauch wilden Rosmarins, der sofort begann, seinen kräftigen Duft zu verströmen.

»Morgen Abend ist die *víspera* von San Juan«, sagte Paulina ohne jeglichen Zusammenhang. Am 24. Juni wurde des Heiligen Johannes dem Täufer gehuldigt. Am Abend davor jedoch stieg das eigentliche Fest, die *víspera*. Am Strand wurde ein großes Feuer errichtet, es gab Tanz und Musik bis weit in die Nacht oder sogar in den Morgen hinein. Lucía dachte an die *coca*, das traditionelle Gebäck, das sie in Figueras beim Bäcker gesehen hatte. Sie hatte eigentlich einen Hefeteig ansetzen wollen, aber danach nicht mehr daran gedacht. Die Kinder wären enttäuscht.

»Ich weiß nicht, ob wir hingehen«, hörte sie sich sagen. Sie zerrieb einige Rosmarinnadeln zwischen den Fingern und hielt sie sich unter die Nase. Sie wollte die Buben nicht den nur nachlässig versteckten, mitleidigen Blicken der Dorfgemeinschaft aussetzen, den Fragen oder dem Spott ihrer Freunde. Sie selbst konnte damit umgehen. Aber Miguel und Francisco verstanden nicht, warum ihr Vater nicht nach Hause kam. Warum sie ihn mitgenommen hatten. Wie konnte ihr Vater jemand sein, der eingesperrt war? Ein Verbrecher? Miguel zog sich immer weiter zurück. Er sprach kaum ein Wort. Francisco hingegen war völlig aufgedreht. Lucía hatte ein scharfes Verbot verhängt, Katalanisch zu sprechen, aber da er nicht zwischen den beiden Sprachen unterscheiden konnte, quasselte er völlig unzusammenhängendes Zeug in einer Fantasiesprache, begann zu weinen, dann wieder rannte er ohne Grund die Treppen rauf und runter. Sie wusste nicht, wie sie anders Trost spenden konnte, als ihnen immer aufs Neue zu versichern, dass ihr Vater bald nach Hause käme. Aber eine Woche war verstrichen, eine Ewigkeit für ein Kind, und ihre Worte, erst schillernde Versprechen in den Ohren der Buben, verpufften mittlerweile wie Seifenblasen, kaum hatten sie ihren Mund verlassen.

»Du solltest auf jeden Fall mit ihnen hingehen«, sagte Paulina. »Wir werden alle zusammen gehen. Es wird uns ablenken. Und jetzt lass uns Kräuter sammeln.«

Meine Geliebte,
ich werde dich nicht Lucía nennen, denn der Name passt nicht zu dir. In meinem Herzen wirst du immer meine kleine Mercè sein. Ich bitte dich, komm am nächsten Donnerstag in die Stadt. Wir treffen uns im Hotel Duran, in der Calle Lasauca, um 14 Uhr.
Hochachtungsvoll, Agustín

Den Brief brachte ihr Busfahrer Ernesto am Abend vorbei. Lucía wusste nicht, was sie davon halten sollte. Ihr Herz pochte dermaßen laut, dass das Rauschen in ihren Ohren sogar Franciscos Geplapper zu einem entfernten Murmeln verkommen ließ. Sie hätte nicht gedacht, dass sie sich so bald wiedersehen würden. Was würde er ihr sagen? Dass Luís freigelassen würde? Oder hatte er vielleicht sogar schon etwas über Felix' Verbleib herausgefunden,

Informationen über ihren Vater oder Felicidad? *Meine Geliebte* ... Sie musste lächeln. Das Wort liebkoste ihr Gemüt, so wie es Agustíns Mund mit ihrem Körper getan hatte. Ein Zittern lief über sie.

»Warum bist du so fröhlich, *mamá?*« Miguel stand vor ihr und schaute sie ernst an. »Kommt *papá* nach Hause?«

Das Gefühl, ertappt worden zu sein, schlang sich wie ein Strick um ihren Hals. Fahrig strich sie sich eine Haarsträhne aus dem Gesicht. »Bald, mein Schatz. Bald.«

Wieder eine Seifenblase, die zerplatzte.

Es kostete Lucía einen Teil ihrer Ersparnisse, beim Bäcker eine *coca de San Juan* zu kaufen. Eine der letzten erwischte sie. Aber die Augen ihrer Kinder endlich wieder leuchten zu sehen, war genug der Entschädigung. Sie trafen sich zu einem Abendessen bei Paulina und Francisco, das seltsam fröhlich verlief. Paulina hatte einen *arroz caldoso* zubereitet, ein Reisgericht, saftig und aromatisch, mit Garnelen und Muscheln. Zum Kaffee gab es das Gebäck; die kandierten Früchte wanderten alle auf die Teller der Kinder, die mit vollen Backen kauten und als Abschluss genussvoll die Süßigkeiten lutschten. Selbst Alonso, der normalerweise gefangen in seiner eigenen Welt Löcher in die Luft starrte, summte heute leise vor sich hin. Bei seinem Anblick wurde Lucías Hals eng; die Ähnlichkeit mit Luís war frappant. Er fehlte hier. Er fehlte ihr. Am Donnerstag wüsste sie wieder mehr. Wenn sie Agustín wiedersah. Vorfreude erfüllte sie und gleichzeitig kniff sie das schlechte Gewissen. Sie bat diesen Johannes den

Täufer, ihren Kopf unter das Wasser zu stecken, um sie reinzuwaschen von der Schuld, die sie auf sich geladen hatte. War es dann trotzdem falsch, wenn diese Schuld ihrem Mann vielleicht das Leben rettete?

Als es begann zu dunkeln, machten sie sich auf den Weg zum Fest. Aus allen Gassen strömten die Dorfbewohner hinunter zum Strand, Gelächter erfüllte die Luft mit Funken, die von einem zum anderen übersprangen. Auf dem Platz vor dem Strand spielte ein kleines Orchester auf, etliche Paare drehten sich schon auf der Tanzfläche. Wer wollte, brachte einen Stuhl mit, und so war der Platz umringt von Stühlen jeglicher Formen und Farben. Die Bar Casino und ihr ewiger Konkurrent, die Bar Marítimo, hatten beide Tische bereitgestellt, auf denen Kerzen und Öllampen brannten und mit ihrem flackernden Licht lustige Schatten auf die Feiernden warfen. Miguel und Francisco, die sich erst nicht von Lucías Rock trennen wollten, tauten in der lockeren Atmosphäre rasch auf und liefen zu ihren Freunden. Lucía beobachtete sie eine Weile, atmete dann beruhigt auf, als sie sah, dass die Kinder ganz normal miteinander umgingen. Beim Umdrehen stieß sie mit einem tanzenden Paar zusammen.

»*Perdonad!* Entschuldigt bitte.«

Es waren Carmencita und Guillermo. Erschrocken trat Lucía einen Schritt zurück.

»Lucía!« Carmencitas Lächeln wurde durch das flackernde Licht zu einer Fratze verzerrt. »Wir haben uns seit Tagen nicht gesehen. Wie geht es dir? Den Kindern? Kommt ihr zurecht?« Guillermo senkte den Blick. Es war ihm anzusehen, dass er nicht der

Drahtzieher hinter der Anzeige gewesen war. Abgehalten hatte er seine Frau allerdings auch nicht. Die Aussicht, in den Besitz eines der besten Fischerboote des Dorfes zu gelangen, war wohl bedeutender gewesen als die jahrelange Freundschaft zu Luís. *War Eifersucht nicht eines der niedersten aller Gefühle?*, klangen Agustíns Worte in ihren Ohren. Sie brachte keinen Ton heraus. Carmencita schaukelte im Rhythmus der Musik, ihren Triumph voll auskostend. Lucía wollte, sie könnte diese Frau noch einmal mit ihrem Blick in Stein verwandeln wie bei ihrem letzten Aufeinandertreffen. Aber nun ekelte sie Lucía dermaßen an, dass sie sich abwenden musste. Wortlos, besiegt.

Ein Raunen lief durch die Menge, als am Strand der große Holzstoß angezündet wurde. Die blauen Flammen leckten erst zögerlich am Petroleum, das am Fuß des Haufens verteilt worden war. Dann wurden sie gieriger, züngelten sich nach oben, von Ast zu Ast, wurden kräftiger, orange, rot. Das trockene Holz sang knisternde Wehklagen, während es starb, zerbarst, glühende Funken in die Luft schleuderte. Sternenstaub gleich. Hand in Hand mit ihren Söhnen verfolgte Lucía das Spektakel. Durch die wabernde Hitze des Feuers erkannte sie etwas entfernt Luís' Fischerboot, mit neuem Namen versehen. Glaubte Carmencita wirklich, Rache wäre so einfach und süß? Sie schwor beim Leben ihrer Kinder, sie würde alles tun, damit die Anschuldigungen gegen Luís fallen gelassen würden. Sie würde ihn nach Hause holen. Und das Boot konnte Carmencita behalten. In Lucías Kopf begann sich langsam, aber sicher eine Idee herauszukristallisieren.

Da der Schwarzmarkt mit der Lockerung der Lebensmittelrationierung dabei war, seinen Einfluss zu verlieren, warteten am Donnerstagmorgen um sieben Uhr hauptsächlich Frauen auf die Abfahrt des Busses, die ganz normal auf dem Wochenmarkt einkaufen wollten.

»Schon wieder nach Figueras?«, fragte Ernesto Lucía erstaunt.

Es fiel ihr schwer, den langjährigen Freund anzulügen, aber sie lächelte und sagte: »Ich habe eine alte Freundin wiedergetroffen letzte Woche. Wir werden uns wohl ab und zu sehen.«

Ernesto tätschelte ihr väterlich den Arm, ohne dass er wirklich ihr Vater sein könnte. »Es wird dir guttun, ein wenig hier rauszukommen. Um sechs Uhr nachmittags fahre ich zurück.«

Sechs Uhr nachmittags, das hieße, sie hätte erst vier Stunden, die sie in der Hitze des Spätjunis würde vertreiben müssen, und dann noch einmal vier Stunden mit Agustín. Sie erwischte sich dabei, sich vorzustellen, was sie in dieser Zeit alles tun könnten, und ihre Wangen wurden heiß. Sie sollte nicht. Aber sie musste. Sie wollte. Aber sie durfte nicht. Oder heiligte der Grund die Mittel?

Wie erwartet, wollte die Zeit bis zu ihrem Treffen mit Agustín nicht vergehen. Lucía schlenderte über den Getreidemarkt an der Plaza del Grano, vorbei am Schutzraum, wobei sie wieder die Sirenen kreischen hörte und die Angst von damals verspürte. Hinauf bis zur Rambla, wo sie im Schatten der sechsundzwanzig majestätischen Platanen auf einer Bank saß und dem Treiben der Leute zusah. Auf dem Markt vor dem Rathaus kaufte sie etwas Obst, aber sie brachte keinen Bissen runter. Je eher die Zeit gegen zwei Uhr vorrückte, desto mehr bekam sie das Gefühl, dass alle sie anstarrten. Als ob sie wüssten, dass sie mit einem Mann verabredet war, der nicht ihr Ehemann war. Wie wild wedelte sie sich mit ihrem Fächer Luft zu. Sie schwitzte nicht nur wegen der Hitze, und mehr als einmal dachte sie daran, einfach nicht hinzugehen. Aber der Gedanke an Luís, der nur ein paar Straßen weiter, in der Calle Sant Pablo, in einer Zelle saß, ließ Lucía ihren Kopf hochhalten. Sie würde dafür sorgen, dass er frei käme, selbst wenn das bedeutete, ihn betrügen zu müssen. So stand sie um Punkt vierzehn Uhr vor dem Hotel Duran. Keine Minute später bog Agustín um die Ecke. Und hätte sie sich nicht schon einmal in ihn verliebt, und hätte sie nicht einen anderen Mann geheiratet, so hätte sie in diesem Moment ohne jeglichen Zweifel ihr Herz an ihn verloren. Mitten auf der Straße, das spürte sie, prallten ihrer beiden Seelen aufeinander. Vom Zusammenstoß bekam sie weiche Knie.

»Hoppla, junge Frau!« Agustín eilte ihr zur Hilfe, bevor ihre Beine unter ihr nachgaben. »Du bist ganz blass.«

»Die Hitze ...«, murmelte Lucía.

Er geleitete sie zu einem Sessel im Empfangsraum des kleinen Hotels. Von dort aus hörte sie ihn leise mit einer Dame mittleren Alters reden. Unwohl, ausruhen. Nein, kein Arzt. Wasser. Als sie aufstand, tanzten bunte Sterne durch ihren Kopf. Sie musste einige Stufen steigen, aber kaum waren sie außer Sicht, hob Agustín sie hoch und trug sie bis zum Zimmer.

»Leg dich hin«, befahl er ihr, ein Tonfall, der keinen Widerspruch duldete. Nicht, dass sie den erbringen wollte.

»Du bist so dünn ...« Nun war seine Stimme wieder ganz sanft, als ob er sich daran erinnerte, dass sie keine seiner Untergebenen war. »Du bist fast so mager wie damals.«

»Kein Geld, kein Essen.« Es klang beinahe patzig. »Wenn mein Mann nicht fischen kann ...« Agustín legte ihr den Finger auf den Mund und verbannte damit Luís aus dem Raum. Sie küsste den Finger.

Es klopfte an der Tür. Agustín öffnete und nahm eine Schüssel und ein Tuch in Empfang, versicherte noch einmal, dass kein Arzt vonnöten war, und schloss die Tür von innen ab. Er tauchte das Tuch in die Schüssel und wrang es aus. Akkurat faltete er es zu einem schmalen Streifen und legte es Lucía sorgfältig auf die Stirn. Die Kälte sandte eine erfrischende Welle des Erschauerns über ihren Körper. Langsam fuhr Agustín mit dem feuchten Tuch über ihre Schläfen und Wangen, erst links, dann rechts, ihren Hals hinab. Feuchtete das Tuch erneut an, träufelte kaltes Wasser in ihre Halskehle und trank daraus. Es kitzelte wohlig. Lucía schloss die Augen, spürte, wie er ihr Kleid von oben bis unten aufknöpfte und es ihr von den Schultern streifte, mit dem feuchten Lappen zwischen ihre Brüste fuhr, über ihren Bauch. Ein leises Stöhnen entfuhr ihr. Ihr war nicht mehr schwindlig. Auf jeden Fall nicht mehr vor Hitze. Als er innehielt mit seiner Waschung, öffnete sie die Augen. Mit dem tropfenden Tuch in der Hand stand Agustín am Bettende und betrachtete sie. Entrückt, fiel ihr als erstes Wort ein, als ob er nicht glauben könnte, dass sie vor ihm lag, beinahe nackt. Als wäre sie eine Kostbarkeit unermesslichen Wertes, nach der er lange gesucht und endlich gefunden hatte. Sein Schatz. Vorsichtig, um ihn nicht zu erschrecken, streckte sie die Hand aus und zog ihn zu sich auf das Bett.

Leise summte sie ein Lied, während sie am nächsten Tag das Mittagessen vorbereitete. Es war ein reichhaltigeres Mahl. Agustín hatte darauf bestanden, ihr zum Abschied etwas Geld mitzugeben.

»Du willst mich bezahlen?« Lucía musste sich beherrschen, um ihm in ihrer Empörung keine Ohrfeige zu verpassen. Die Zärtlichkeit der letzten beiden Stunden flog aus dem Fenster, das sie geöffnet hatte, um das Zimmer vom schweren Duft der Liebe zu lüften.

Agustín nahm vorsichtshalber ihre Hände. »Nein, *querida*, Liebste. Ich möchte, dass du für dich und die Kinder etwas Anständiges zu essen kaufen kannst. Ich bin es dir schuldig. Sehe es als Geschenk, als Wiedergutmachung, nein, als Überbrückung ...« Das Unbehagen verzerrte seine Miene. Sie hatten den ganzen Nachmittag über den Grund ihrer Zusammenkunft nicht erwähnt. Jetzt war Luís' Schatten praktisch spürbar, sein Gewicht lastete auf Agustíns gebeugten Schultern.

Lucía trat einen Schritt zurück und musterte ihn scharf. »Was genau willst du mir sagen?«

»Das geht alles nicht so schnell, Mercedes. Der Fall liegt dem Richter vor und ich muss Wege finden, die Anklage rückgängig zu machen. Es ist ein heikles Thema. Dem Widerstand zu helfen, zieht Konsequenzen mit sich. Ich muss ein paar Verbindungen spielen lassen. Aber das dauert. Und in der Zwischenzeit ...« Sein Gesicht erhellte sich, auch wenn Lucía ihm ansah, dass er sich zusammenriss, seine Freude nicht allzu offensichtlich auszudrücken. »In der Zwischenzeit werde ich dafür sorgen, dass es dir – euch – an nichts fehlt.«

Alles, was sie dafür bräuchte, wollte ihm Lucía sagen, war Luís. Aber sie schluckte die Bemerkung runter und nahm das Geld.

In der Metzgerei hatte sie Kaninchenfleisch gekauft.

Als sie eben dieses am nächsten Tag zu einem Eintopf verarbeitete, klopfte es vorsichtig an der Tür. Kurz setzte Lucías Herz aus. Aber es war Ana María. Die Freundinnen fielen sich in die Arme. Ohne es zu wollen, ohne überhaupt die Möglichkeit zu haben, sie zurückzuhalten, sprangen Lucía die Tränen in die Augen.

»Ernesto hat es mir erzählt«, flüsterte Ana María. »Wie konnte Luís dir das nur antun? Wie leichtsinnig und dumm von ihm. Ich wollte, ich wäre hier gewesen!«

Lucía trocknete sich das Gesicht und setzte Wasser für Kaffee auf. Sie wollte Ana María alles erzählen, aber nicht einmal ihrer Freundin konnte sie sich anvertrauen. Zu sehr hatte sie sich selbst in eine Ecke manövriert mit ihrem Lügengebilde, das über die Jahre immer realer und verfestigter geworden war, sodass ihr altes Leben Lucía bereits unwirklich vorkam. Würde sie nicht gerade tagtäglich daran erinnert. Vielleicht, wahrscheinlich sogar, könnte Ana María verstehen, dass sie ihr altes Leben hatte abstreifen müssen wie eine zu eng gewordene

Haut. Aber war sie, die Bohemienne, auch offen genug, um zu verstehen, was sie jetzt für ein Opfer erbrachte? Lucía reichte es, diesen Einsatz, der so wenig opfermäßig war, vor sich selbst zu rechtfertigen.

»Er wollte seinen Teil beitragen.« Sie goss den Kaffee in die Tassen, gab einen kleinen Schluck Milch und einen Löffel Zucker dazu. Das Thema behagte ihr nicht. Sie mochte nicht darüber reden. Zu viele gefährliche Klippen. Die Vorhänge mit den Fischerbooten schaukelten sachte im Wind und verhöhnten sie. Selbst schuld, flüsterten sie ihr zu. Der Krieg war schuld, flüsterte Lucía in Gedanken zurück.

»Aber er hätte an dich und die Kinder denken müssen.« Ana María wollte das Gespräch nicht so einfach beenden. »Wo ist er, in Figueras? Konntest du ihn besuchen? Weißt du, ob es ihm gut geht? Weißt du, ob er ...« Die Hände ihrer Freundin zitterten. Die unausgesprochene Vermutung hing in der Luft und verbreitete ihr Gift, das langsam in Lucías Körper drang. Jeder Herzschlag dröhnte laut in ihrem Kopf. Agustín würde nicht zulassen, dass Luís gefoltert würde. Oder doch? Ein kleiner Unfall und sie wäre frei für ihn.

»Nein«, sagte sie laut, um den Gedanken zu verbannen. Ana María zuckte zusammen. »Nein, er wird nicht gefoltert. Aber es geht ihm gut. Das hat man mir versichert.« Sie schob das Dröhnen beiseite. Ihr Kopf musste klar bleiben. »Die Anklage wegen Beihilfe zur Rebellion ist lächerlich, es steht Aussage gegen Aussage. Sie haben keine Beweise dafür.« Sie sprach laut aus, was sie seit der

Festnahme piesackte. Niemand hatte Luís je gesehen, wie er Kämpfer an Land brachte. Diese waren immer in einer kaum einsehbaren und unbewohnten Bucht auf der anderen Seite des Kaps ausgestiegen. »Und für den Rest kann er keine allzu harte Strafe bekommen. Er wird freigelassen. Bald. Ich weiß es.«

»Dein Wort in Gottes Ohr«, antwortete Ana María. Aber Gott hatte in der Entscheidung wenig zu sagen.

»Wenn er freikommt, kann er nicht wieder als Fischer arbeiten. Wir haben kein Boot mehr, wie du ja bestimmt weißt. Und dass ihn jemand nach diesen Anschuldigungen auf seinem Boot mitnimmt, wage ich zu bezweifeln. Aber ich habe eine andere Idee ...«

Und so erzählte Lucía Ana María, die ja nun einige Monate verreist gewesen war, von den Tagesgästen, die immer häufiger im Dorf auftauchten, von den Maßnahmen der Gemeinde, den Ort in einem besseren und saubereren Licht zu präsentieren. Die wirtschaftliche Lage anderer europäischer Länder verbesserte sich langsam, aber sicher.

»Es gibt Leute, denen steht das Wasser ökonomisch gesehen nicht bis zum Hals«, meinte sie lakonisch. »Vor drei Wochen bin ich mit einem Franzosen ins Gespräch gekommen, der sich bei Dominica eingemietet hat. Was er hier in einer Woche bezahlte, sagte er mir, würde er in Frankreich in zwei Tagen ausgeben. Du weißt selbst, welchen Eindruck Cadaqués und seine Umgebung auf die Menschen hat, auf die Besucher, die Künstler. Aber die Anreise ist mühsam. Ich möchte ein kleines Hotel eröffnen.« Sie setzte sich auf ihre Hände und beugte sich auf dem Stuhl nach vorne, gespannt, was ihre Freundin von ihrem Vorschlag hielt.

Ana María klopfte nachdenklich mit dem Kaffeelöffel gegen die Zähne, wieder und wieder, wie das Ticken einer Standuhr. Die Zeit zog sich in die Länge, bis Lucía das Schweigen nicht mehr aushielt.

»Ich habe schon eine ganz genaue Vorstellung davon. Fünf, sechs Gästezimmer zum Anfang und die Möglichkeit, auf Vorbestellung auch bei uns essen zu können. Mit der Zeit könnten wir ausbauen, mehr Zimmer und ein kleines Restaurant.« Wie Lucía die Worte das erste Mal laut aussprach, geriet sie selbst ins Schwärmen. Sie würde die Pension liebevoll dekorieren, schließlich sollte es keine einfache Absteige werden. Luís könnte den Gästen die schönsten Ecken der Umgebung zeigen, und sie würde hervorragendes Essen kochen. Sie würden nach vorne schauen. Endgültig.

»Das klingt nicht schlecht«, räumte Ana María endlich ein. »Vielleicht könnte es sogar funktionieren. Ich weiß manchmal selbst nicht, wohin mit all meinen Besuchern. Aber du brauchst ein geeignetes Gebäude dafür. Hast du daran schon gedacht?«

Lucía lachte. Das war das Erste, woran sie gedacht hatte, natürlich. Und die Antwort war ihr sozusagen in den Schoß gefallen. »Du erinnerst dich an *Don* Vicente, den alten Witwer? Auch ihn haben sie festgenommen, eine Woche vor Luís, wegen Schwarzhandels mit Olivenöl. Er saß einige Tage im Wachposten hier in Cadaqués und musste eine saftige Buße zahlen.« Ana María schüttelt sprachlos den Kopf. »Er wird nun zu seiner Tochter nach Figueras ziehen und verkauft seinen Olivenhain und das Haus. Es wäre perfekt!«

Es wäre so perfekt. Durch das geöffnete Fenster trug die leichte Brise die sich nähernden Stimmen ihrer Kinder. Sie würde auf die Schnelle einen Tomatensalat zubereiten und den Eintopf auf später verschieben. Sie räusperte sich. Die Frage, die sie stellen musste, kratzte im Hals. »Ich bräuchte …«

Die Buben stürmten durch die Tür herein, die Wangen erhitzt von der Mittagssonne und der ausgelassenen Stimmung. Ungeduldig scharrten sie mit den Füßen, während Ana María sie zur Begrüßung umarmte und ihnen einen Kuss auf die Wange drückte.

»Ich habe euch etwas mitgebracht«, flüsterte sie ihnen verschwörerisch zu. Aus ihrer Tasche holte sie zwei sepiabraune Fotografien des Eiffelturms. Francisco klatschte begeistert in die Hände und rannte nach oben, um seinen neuen Schatz zu bewundern. Miguel drehte das Bild in der Hand und starrte auf seine nackten Füße.

»Kommt Papa jetzt auch nach Hause?«

»Bald, Miguel. Bald. Ich verspreche es dir.« Lucía war sich sicherer denn je. Aber der Junge wandte sich nur enttäuscht ab und kroch die Treppe hoch. Das Bild lag auf dem Fußboden. Lucía hob es zerknirscht auf. »Tut mir leid. Er versteht das alles nicht.«

»Ist schon in Ordnung. Was wolltest du vorhin sagen?«

Lucía atmete noch einmal tief durch. »Ich brauche einen Kredit, Ana María. Kannst du mir damit helfen?«

Mein lieber Agustín,
ich möchte dich ersuchen, bei allem, was zwischen uns war und ist, bei allem, was ich dir bedeute: Bitte behandle meinen Mann gut. Ich habe Angst um ihn, genauso, wie ich damals Angst um dich hatte, als du ins Krankenhaus gebracht wurdest. Wenn du mich liebst – und ich weiß, dass du das tust, es ist unmöglich zu übersehen –, dann sorge dafür, dass ihm kein Leid zugefügt wird.
In Liebe, Mercedes

Lucía hatte lange überlegt, mit welchem Namen sie unterschreiben sollte. Agustín beharrte darauf, sie Mercedes zu nennen, und es fühlte sich richtig an. Lucía gehörte zu Luís. Mercedes gehörte zu Agustín. Ebenso lange zweifelte sie, ob sie den Brief Ernesto mitgeben sollte. Sie konnte sich nicht vorstellen, wie Agustín darauf reagieren würde. Aber es war erst Freitag, und Ana Marías Sorge, Luís könnte gefoltert werden wie einst sie, brachte Lucía um den Schlaf. Bis nächsten Donnerstag zu warten, war unmöglich. Erst die Hoffnung, dass er sich auf ihre Liebe besinnen würde, gab ihr die Kraft und den Ruck, den sie brauchte.

»Du schickst einen Brief an die Kaserne der *Guardia Civil*?« Ernesto zog die Augenbraue hoch.

Die Luft stand still und sog jedes Geräusch auf. Sie zwang sich, zu lächeln, ein wenig traurig. Verzweifelt. »Ein Gnadengesuch.« War es das nicht irgendwie?

Bereits am Dienstagabend bekam sie eine Antwort.

KAPITEL 20

Ist es zu spät, amor?

Cadaqués, Juli-August 1952

Meine Geliebte,
ich verstehe deine Sorge; soweit es in meiner Kraft steht, werde ich dieser Bitte entgegenkommen.
Ich kann es kaum erwarten, dich wieder in meinen Armen zu halten. Dir zu schreiben, beschwört dein Bild herauf und macht das Warten erträglicher. Dich getroffen zu haben, hat meinem Leben wieder einen Sinn gegeben. Du bist die Luft, die ich einatme. Die Sonne, die meine Haut liebkost. Die Farben, die meinen Augen schmeicheln. Ich zähle die Stunden.
Hochachtungsvoll, Agustín

Soweit es in seiner Kraft stand ... Die Aussage war furchtbar unverbindlich. Beinahe vermochte Lucía die eigentliche Botschaft dahinter zu lesen, mit geheimer Tinte unter die vagen Worte geschrieben: Es hängt nur von dir ab. Und wenn sie noch eine Schicht tiefer drang, konnte sie die Verzweiflung spüren, seine Angst, sie wieder zu verlieren. Dieses Glück, das er ihr beschrieb, wäre nur so lange von Dauer, wie Luís im Gefängnis säße. Sie fragte sich, wie lange Agustín es mit seinem Gewissen vereinbaren könnte, die Freilassung ihres Mannes hinauszuzögern. Wie lange er diese trügerische Süße auskosten würde, sie für sich zu haben. Der Gedanke gefiel ihr nicht, aber sie wusste, es war nun Teil der Abmachung.

Lucía bemerkte die Anschrift des Absenders; statt der Kaserne der *Guardia Civil* hatte Agustín den Namen Felicidad angegeben – von allen Namen der Welt musste er unbedingt Felicidad auswählen! Glaubte er, ihr damit einen Gefallen zu tun, sie an ihre gemeinsame Tochter zu erinnern? – und die Adresse des Hotels Duran. Sie legte den Brief in eine Schachtel, zusammen mit dem ersten, und verwahrte sie in ihrem Schrank.

In dieser Nacht träumte sie von ihrer Tochter. Und in dem Traum war Felicidad am Leben.

Träge beobachtete Lucía, wie Agustín sich langsam das Hemd zuknöpfte. Schweiß perlte zwischen ihren Brüsten. Wer auch immer nach ihnen das Zimmer betreten würde, wüsste sofort, dass sich darin zwei Menschen stundenlang geliebt hatten. Vielleicht müsste ihr der Gedanke peinlich sein. Aber das verschob sie auf später. Später, wenn auch die Schuldgefühle auf sie einprasseln würden. In dem Augenblick wollte sie nur Agustíns Gegenwart in sich einsaugen: ein paar verfrühte graue Haare an seiner Schläfe, die Erhebungen und Senkungen seiner Ohrmuschel, wie eine zu erforschende Landschaft. Die langen Finger, die eben noch ihren Körper gestreichelt hatten, seine Haut auf ihrer, selbstverständlich wie die Erinnerung daran. Sein Lachen, sein geliebtes Lachen, das ihr Innerstes nach außen stülpte. Wie oft würde sie all das noch sehen, hören, fühlen?

»Ich bin die nächsten zwei Wochen in Barcelona.« Agustíns Stimme wob sich durch die Hitze im Raum. Lucía schreckte auf. Das bedeutete, dass Luís auch in den nächsten vierzehn Tagen nicht freikäme. Ihr Gesicht musste sie verraten haben, denn Agustín beugte sich über sie und küsste sie sanft auf die Stirn. »Ich muss eine wichtige Person sprechen. Es wird alles gut werden. Vertrau mir.«

Bevor er ging, legte er wieder Geld auf den Tisch. Es war deutlich mehr als sonst.

»Kaufst du den Kindern auch etwas Anständiges zu essen davon? Brauchst du mehr? Du bist immer noch so dünn.« Seine Besorgnis war die eines Vaters und Lucía musste lächeln. Sie würde ihm nicht sagen, dass die Buben zwar genug zu essen bekämen, aber sie den Teil des Geldes, der für ihren vollen Teller gedacht war, lieber zur Seite legte. In den letzten vier Wochen war damit eine Summe zusammengekommen, zwar nicht beachtlich, die aber immerhin für einige Unkosten ihres Projekts aufkommen würde.

»Warum Felicidad?« Die Frage musste Lucía loswerden, bevor Agustín, wie immer als Erster, das Zimmer verließ. »Auf den Briefen. Warum unbedingt Felicidad?«

»Damit wir sie nicht vergessen.«

Oder damit sie nicht vergaß, dass Felicidads Verschwinden – oder sogar ihr Tod – ihre Schuld war? Seit sie von ihr geträumt hatte, zerrte der

Zweifel wieder an ihr. Was, wenn sie tatsächlich noch lebte?

»Ich habe einen Käufer gefunden für zwei Bilder, die mir Salvador noch vor unserem Streit geschenkt hat!«, frohlockte Ana María am nächsten Tag. »Zwar bekomme ich nicht den Preis, den sie eigentlich wert wären, jetzt wo Salvador so berühmt ist. Aber es reicht, um einen Teil der Kosten zu decken.«

Lucía schloss ihre Freundin in die Arme. Ihre Großzügigkeit rührte sie. »Ich danke dir«, flüsterte sie in die Umarmung. »Ich werde dir alles zurückzahlen.«

»Weiß ich doch«, flüsterte Ana María zurück, als wäre es ein Geheimnis. »Das hat Zeit. Schau, dass ihr auf die Beine kommt.« Dann hielt sie Lucía eine Armlänge von sich weg. »Du weißt aber schon, dass nur Luís den Kaufvertrag unterschreiben kann? Du als Frau hast kein Recht dazu.«

Lucía nickte und schüttelte gleichzeitig den Kopf. Das Thema machte sie wütend. »Das hat mir *Don* Vicente auch gesagt. Er hat mich sogar ausgelacht: Eine Frau, die ein Hotel eröffnen möchte. Wird nicht funktionieren, meinte er. Ich würde unsere Situation nur verschlimmern. Aber solange er das Haus loswird, ist es ihm egal, was ich damit anstelle.«

Jetzt blieb ihr nur zu hoffen, dass Agustín mit guten Neuigkeiten aus Barcelona zurückkäme.

Meine Geliebte,
leider haben mich meine Pflichten als *Guardia Civil* länger als notwendig in Barcelona festgehalten. Die Zeit ist ein elender Betrüger; je eher man möchte,

dass sie vergeht, desto langsamer tickt sie die Minuten weg.

Nun aber bin ich wieder in Figueras und kann es kaum erwarten, dich zu sehen.

Hochachtungsvoll, Agustín

Schon beim Betreten des Zimmers bemerkte sie eine Veränderung. Während Agustín sonst immer bereits die Jacke ausgezogen hatte und ihr voller Ungeduld entgegenkam, stand er an diesem Tag am Fenster und starrte mit hinter dem Rücken verschlossenen Händen auf die Straße hinab. Die Luft war angespannt, als würde sich gleich ein Gewitter im Zimmer entladen. Leise schloss Lucía die Tür und blieb dann an Ort und Stelle stehen. Ihr Puls raste.

»Agustín?«

Ein Seufzer, tief und gequält wie der letzte Atemzug eines tödlich getroffenen Tiers. Als er sich schließlich zu ihr umdrehte, glänzten seine Augen verräterisch, aber er lächelte.

»Ich habe dich so vermisst, meine kleine Mercè. Wie soll ich nur wieder ohne dich leben?«

Lucía konnte kaum schlucken. Ihr Kopf wurde ganz leicht. Vorsichtig tastete sie sich zum Stuhl und setzte sich.

»Bitte, Agustín ... Was ist passiert?«

Er kauerte sich vor sie. Seine Hände, das spürte sie durch ihr Sommerkleid, waren kalt.

»Ich habe gestern eine gute Nachricht erhalten.« Eine Träne löste sich aus seinem Augenwinkel, eine kleine Scherbe aus dem zerbrochenen Spiegel. »Die Anklage gegen deinen Mann wird fallen gelassen. Er kommt frei.«

Lucía schloss die Augen. Ein Zittern durchlief sie, schmerzhaft richteten sich die Härchen auf ihren Armen auf.

Luís. Frei.

Sie presste sich die Hand vor den Mund, um das Aufschluchzen zu unterdrücken, aber es war zu spät. Kraftlos sank sie in Agustíns Arme und so, auf dem Boden kniend, weinten sie gemeinsam; um das, was sie wiederbekommen hatten, und um das, was sie verlieren würden. Lucía beschwor mit aller Macht Luís‘ geliebtes Gesicht herauf, aber sie sah nur Agustíns verzweifelte Traurigkeit. Sie sollte sich freuen, aufstehen und tanzen, lachen, lachen. Sich bedanken. Aber die Worte starben in ihrem Mund, bevor sie ihn verlassen konnten. Sie würde Agustín zum zweiten Mal verlieren, und obwohl sie gewusst hatte, dass es so kommen würde, raubte es ihr den Atem. Das Leben war ein Spiel, das sie beide nicht mehr gewinnen konnten.

Es war Agustín, der sich als Erster erhob. Die Tränen hatten jegliche Emotionen aus seinem Gesicht gewaschen.

»Du hast keinen Grund mehr, mich zu besuchen.« Seine Stimme klang brüchig. Ein toter Ast, der im Wind brach. Er rückte seine Uniform zurecht, legte wie gewohnt das Geld auf den Tisch, griff nach dem dreieckigen Hut und verließ, ohne sie noch einmal anzusehen, das Zimmer.

Die nächsten Tage lief Lucía durch dicken Nebel. Ihre Umgebung nahm sie nicht wahr, sie hörte nichts, sie sah nichts. Automatisch verrichtete sie ihre häuslichen Pflichten, kochte für die Kinder, tätschelte ihnen verloren den Kopf, bis sie es vorzogen, den Tag bei den Großeltern zu verbringen. Ihnen hatte Lucía noch nichts gesagt von der bevorstehenden Freilassung ihres Sohnes. Agustín hatte kein Datum genannt. Was, wenn es am Schluss nicht wahr wäre? Konnte er es sich noch anders überlegen?

Sie schlief auf Luís' Seite des Bettes und hüllte sich in die Erinnerung seiner Umarmungen. In seinen Kleidern suchte sie seinen ganz eigenen Duft, nach Meer – Salz und Seetang. Stundenlang saß Lucía auf einem Stuhl, drückte ihre Nase in sein Hemd, um ihren Mann wieder in sich aufzunehmen. Und doch fand sie immer nur Agustín. So groß das Glück auch war, Luís daheim willkommen heißen zu können, so groß war die Verwirrung darüber, dass sie Agustín schmerzlich vermisste. Wie konnte sie solche Gefühle für beide Männer gleichzeitig empfinden? Es war falsch und zugleich das einzig Richtige: Die Liebe zwischen Luís und ihr hatte sich entwickelt, ein kleiner Olivensprössling, weich, zart und biegsam, der im Laufe der Zeit zu einem knorrigen, stämmigen Baum herangewachsen war und nun jedem Sturm trotzte. Aber die Liebe zu Agustín war wie die Erde um diesen Baum: Sie war schon immer da gewesen. Selbstverständlich. Unanzweifelbar. Erst aus dieser Erde war alles andere entstanden. Ohne Agustín wäre sie nie zu Luís gelangt. Wie also könnte sie diesen fruchtbaren Boden abtragen?

Sie buk frisches Brot, nur um es am nächsten Tag Paulinas Hühnern zu verfüttern. Sie kochte Luís' Lieblingsessen, woran sich schlussendlich die Kinder erfreuten.

»Wann kommt Papa nach Hause?«

»Bald, Miguel. Bald.«

Sie wartete …

Ana María erzählte ihr freudestrahlend, dass sie das Geld für die Bilder erhalten hätte. Aber jetzt, wo der Moment kam, in dem ihr Projekt vielleicht aus der Welt der Utopien vor das Fadenkreuz der Realität trat, wollte sie, sie hätte nie begonnen, davon zu träumen. Schon wieder ein neues Leben? Wie oft hatte sie bereits von vorne angefangen?

Sie wartete …

Als er dann endlich auftauchte, war sie nicht darauf vorbereitet. Mit den beiden Buben spazierte sie durch die Gassen, in denen sich die Hitze der späten Augustsonne selbst bis abends noch speicherte. Lucías Gedanken schwappten wie träge Wellen durch ihren Kopf, was sollte sie morgen kochen, bald würde Miguel die erste Klasse der Dorfschule besuchen, sie brauchten einen Haarschnitt und neue Schuhe. Das Geldbündel, säuberlich in ein Papier eingeschlagen und tief in ihrem Schrank versteckt, löste Unbehagen in ihr aus. Sie stand nun noch mehr in Agustíns Schuld.

Nur unbewusst nahm sie Carmencita wahr, die mit grimmiger Miene in ihrer Eingangstür stand.

Dann bemerkte sie ihre eigene Tür, die offen stand. Ein Ruck ging durch die Welt. Die Kinder rannten hinein, ohne sich darüber zu wundern. Sie mussten ihn doch gespürt haben? Ihr Geschrei bestätigte, worauf Lucía die ganzen Tage gewartet hatte. Mit klopfendem Herzen bohrte sie einen Finger durch die Nebelwand, die sie die letzten Tage über begleitet hatte, zog und zerrte an dem Gewebe, bis ein Riss entstand, groß genug, um hindurchzusteigen. Dort im

Halbdunkel des Esszimmers sah sie Luís bereits sitzen, ihr Luís, ihr Halt, ihr Leben. Ihre Beine zitterten, aber plötzlich ploppte es in ihren Ohren und sie hörte das glückliche Weinen der Kinder, das Scharren des Stuhles, als er aufstand, ihr eigenes, unkontrolliertes Schluchzen. Noch einen Schritt auf ihn zu. Noch einen Schritt weg von Agustín. Den Riss hinter ihr aber, den ließ sie offen.

Er war noch ganz.

Alles an ihm war heil. Wie einfach hätte Agustín seine Macht über ihn ausspielen können, aber er hatte es nicht getan. Weil er sie liebte. Und nie würde Luís erfahren, wer ihn beschützt hatte.

»Ich wurde nur einmal befragt.« Immer noch verwundert darüber, schüttelte Luís den Kopf. »Mit allem hatte ich gerechnet. Mit allem.« Er sackte ein wenig zusammen, gefangen wohl in der Vorstellung daran, was alles hätte geschehen können. »Ich habe keine Namen preisgegeben. Ich kenne keine Namen. Und sie müssen mir geglaubt haben. Sie ließen mich in Ruhe. Ich war allein in dieser kleinen, dreckigen Zelle, die ganzen acht Wochen lang.«

Wenig zu essen gab es auch, dachte Lucía, während sie ihm die mit Essig ausgespülten Haare schnitt. Seine sonst so imposante Statur war auf die Hälfte zusammengeschrumpft.

»Und die ganze Zeit habe ich nur an dich gedacht, Lucía. Du hast mich am Leben erhalten.«

Sie ließ die Schere sinken. Schuld und Liebe waren wie Öl und Wasser: Selbst wenn man sie kurzzeitig vermischen konnte, schwamm die Schuld über kurz oder lang wieder obenauf.

»Ich wusste nicht, ob sie auch dich verhaftet hatten oder ob sie uns das Haus weggenommen hatten, ich habe keinerlei Informationen bekommen. Nicht einmal schreiben durfte ich dir.«

Sanft fuhr ihm Lucía durch die nun wieder kurzen, lausfreien Haare. »Sie haben uns nur das Boot weggenommen. Es gehört jetzt Guillermo. Wir sind über die Runden gekommen. Und du bist wieder zu Hause, das ist das Wichtigste.« Sie beugte sich über ihn und küsste ihn. Luís zog sie nach vorne, vor sich, und hielt sie eine Armlänge von sich weg, als ob er die Wahrhaftigkeit ihrer Aussage überprüfen wollte. Das Licht der Öllampe war zu unruhig, um in seiner Miene lesen zu können. Vermutete er etwas? Keimte da ein Verdacht in ihm, dass sie auf unehrenhafte Art und Weise seine Freilassung bewirkt hatte? Lucía würgte die Angst hinunter und begegnete seinem Blick mit all der Liebe, die sie für ihn empfand.

»Du bist so wunderschön«, murmelte Luís schließlich, und strich ihr mit dem Finger über den Arm. Es kitzelte, angenehm und anregend. Sie fasste ihn am Hemd, zupfte daran, bis er aufstand. Sein Geruch, den sie all die Tage nicht gefunden hatte, war nun auf einmal allgegenwärtig, er drängte sich durch alle Poren hinein in ihren Körper und sie nahm ihn vollständig in sich auf. Luís schob sich an sie heran, die Pupillen geweitet, sodass seine braunen Augen fast schwarz erschienen. Er küsste sie, wild und drängend, hob sie hoch und trug sie die Treppe hinauf ins Schlafzimmer. Die Erinnerungen an vergangene Umarmungen stoben aus den Laken, alt und verbraucht, und machten Platz für neue.

Ihre Körper erforschten sich, als ob sie das erste Mal aufeinandertreffen würden, als ob es möglich wäre, Stellen zu finden, die sie noch nicht kannten. Die Dringlichkeit, mit der sie sich liebten, verbannte alle Erlebnisse der letzten Wochen, ließ ihnen keinen Platz. Jetzt und hier gab es nur sie zwei. Ihre Seelen, umschlungen und verwoben, flogen hinaus in die Nacht und hinterließen Sternschnuppen am unendlichen Firmament.

Die Morgendämmerung sickerte bereits durch die Lamellen der Fensterläden. Lucía lag neben Luís auf dem zerwühlten Bett. Das Licht changierte von Dunkelblau zu Lila, die Umrisse traten langsam hervor. Sie hätte erwartet, dass Luís eingeschlafen wäre. Er atmete tief und regelmäßig, aber jetzt bemerkte sie, dass seine Augen offen waren. Er trank sie mit seinen Augen, trank ihr Antlitz bis zum letzten Tropfen, als ob er dieses Bild bis in alle Ewigkeiten in sich aufnehmen wollte. Sie fuhr sich langsam mit der Zunge über ihre geschwollenen Lippen und entlockte ihm damit ein feines Lächeln.

»Wie Frischverliebte, nicht wahr?«

Lucía nickte. Ein Neuanfang. Wieder einmal. Mit voller Kraft voraus. Keine Zweifel mehr.

»Du weißt, dass du nicht mehr als Fischer arbeiten kannst? Das Boot bekommen wir nicht wieder.« Sie sprach leise, um ihn mit dieser Tatsache nicht zu erschrecken.

Wie erwartet, runzelte Luís die Stirn. »Wieso nicht? Ich bin Fischer. Was soll ich denn sonst tun?« Er richtete sich auf, stopfte sich das Kissen hinter den Rücken. Ein Zeichen dafür, dass sie eine ernste Unterhaltung führen würden. Lucía tat es ihm gleich. »Wir haben kein Boot mehr. Gut. Aber ich kann bei jemandem anheuern. Das gibt weniger Geld, ich weiß. Vielleicht müssen wir uns noch etwas anderes einfallen lassen.«

Lucía nahm seine Hand und spielte mit seinen Fingern. Sofort tauchte Agustín vor ihr auf. Sie verscheuchte das Bild mit einem kurzen Kopfschütteln. Luís musste gemeint haben, sie beziehe sich auf seine Aussage.

»Wieso nicht?«, wiederholte er, die Stimme kratzig vor Müdigkeit und einer Spur Ungeduld.

»Sie haben die Anklage fallen gelassen, Luís. Aber wer weiß, ob sie dich nicht im Auge behalten? Dieses Risiko will doch keiner der Fischer eingehen. Und ich auch nicht. Ich würde es nicht ertragen, wenn sie dich noch einmal holen kämen.«

»Das ist doch Unsinn ...« Er klang verunsichert. Und dort hakte sie ein.

»Ich könnte es nicht ertragen! Ich musste um dein Leben fürchten, wusste nicht, ob du gefoltert wurdest, ob sie dich einfach erschießen würden, ohne mich jemals zu informieren. Ich bin kein kleines Kind, Luís. Ich weiß, dass gegen Widerstandskämpfer – und ihre Helfer – hart vorgegangen wird. Warum wohl haben sie dich laufen lassen? Vielleicht, damit du weitermachst und sie so ganz einfach zu den Drahtziehern führst?« Ein kleines Fünkchen Wahrheit könnte natürlich in ihren Worten liegen, aber eigentlich reimte sich Lucía das alles zusammen. Und die Zweifel gruben bereits tiefe Täler in Luís‘ Stirn. »Du kannst dir nicht vorstellen, wie Miguel und Francisco gelitten haben. Deine Eltern! Sie haben schon Alonso an den Krieg verloren;

was ist von ihm geblieben? Eine kaputte Hülle. Sollen sie das etwa noch einmal durchmachen?«

»Aber Franco ...«

»Du kannst die Welt nicht retten! Wir sind deine Welt, Luís. Wir! Du und ich, wir sind der Baum, der jeder *tramontana* trotzt, aber nur zusammen sind wir stark. Luís ...«

Mit angespanntem Kiefer starrte Luís geradeaus. Sie wusste, dass sie ihm seine Bestimmung nahm, dass sie die generationenlange Familientradition auslöschte damit. Aber die Zeiten änderten sich, und hatte nicht er selbst den Umschwung eingeläutet?

»Wir gehören zusammen. Du und ich«, wiederholte sie. »Du könntest tot sein. Dass du wieder hier bei mir bist, ist das größte Geschenk für mich. Nur die Hoffnung, dich wiederzusehen, hat mich davon abgehalten, verrückt zu werden. Jede Stunde, jeden Augenblick des Tages war ich in Gedanken bei dir, *amor*, mein Liebster. Wir haben einen zweiten Anfang zugestanden bekommen. Wir müssen ihn nützen.«

Sie hatte stark sein und ihn mit Souveränität überzeugen wollen. Aber nun strömten die Tränen über ihr Gesicht. Alles, was sie gerade zu Luís gesagt hatte, hatte sie im gleichen Moment auch zu Agustín gesagt. Diese zwei Männer, die sie beide liebte, jeden auf seine Weise, sie waren eins geworden in ihrem Herzen. Ihre drei Leben waren miteinander verknüpft, bis dass der Tod sie schiede, oder sogar darüber hinaus. Nur, dass Luís davon nichts wissen durfte. Es war ein zweiseitiges Dreieck. Eine plötzliche Wut packte sie; warum tauchte Agustín nach all den Jahren einfach auf und brachte ihr Leben durcheinander?

Luís schloss sie in die Arme und wiegte sie wie ein Kind. Die Bewegung und die Geborgenheit, die die Wärme seines Körpers ausstrahlte, lullten sie ein. Sie schwamm in einer Bucht, umspült von warmem glasklarem Wasser. Sie hörte ihren Namen. Aber es war nicht ihr Name. Majestätisch zog ein Fisch seine Kreise um sie. Auf einmal verwandelte er sich in eine Sirene, Algen wickelten sich um ihre Beine.

»Lucía. Du bist mein Zuhause«, flüsterte Luís. »Ohne dich kann ich nicht sein. Verlass mich bitte nie.« Oder war es Agustíns Stimme in ihrem Kopf? Einerlei. Alles verschwamm in ihrem Kopf, formte einen Strudel, der sie hinabriss in den Schlaf. Und sie ließ los, ließ sich fallen.

Luís schlief den ganzen Tag. Aß kurz etwas. Schlief die ganze Nacht. In der Zwischenzeit benachrichtigte Lucía seine Eltern, Ernesto und Ana María schauten vorbei und freuten sich, die Kinder hielten es kaum aus, ihren erschöpften Vater ausruhen zu lassen. Das Haus füllte sich wieder mit Leben und als endlich Luís' dunkle Bassstimme durch die Räume hallte, fühlte es sich beinahe an wie früher.

Und doch war nichts wie früher.

»Du weißt, wir müssen reden«, sagte Lucía zu Luís und schenkte ihm Kaffee ein. Es war guter Kaffee, von Agustíns Geld gekauft.

Luís roch genießerisch daran, länger als notwendig. Mit geschlossenen Augen versteckte er sich hinter dem aromatischen Dampf.

»Ich habe bereits einen Plan. Hörst du mir zu?« Sie stupste ihn mit dem Fuß an. Er blies in die Tasse, noch mehr Dampf stieg auf. »Es ist alles vorbereitet, Luís. Wir müssen nur noch zum Notar gehen, damit du unterschreiben kannst.«

Damit hatte sie seine Aufmerksamkeit. Er stellte die Tasse hin, ohne getrunken zu haben. »Was soll das heißen, unterschreiben? Was muss ich unterschreiben?«

Ihm bei vollem Tageslicht gegenüberzusitzen, irritierte sie. Er war es, Luís, ihr Mann, und dann doch wieder nicht. Sein Gesicht war eingefallen, wodurch seine Nase und die Wangenknochen stärker hervortraten. Als wäre es mit groben Zügen aus hartem Holz geschnitzt worden. Es verlieh ihm eine ganz neue Mimik. Als wäre das ewige Kind endlich zum Mann geworden. Die Zeit des Spielens war vorbei.

»Wir werden eine Pension eröffnen. Gästebetten anbieten. Ein Restaurant. Für die Touristen.« Mit jedem Satz vertiefte sich die steile Falte zwischen seinen Augen. Lucía rutschte unruhig auf ihrem Stuhl hin und her. »Das ist die Zukunft«, plapperte sie weiter, um ihn nicht zu Wort kommen zu lassen. »Es ist schon alles vorbereitet. Das Gebäude, das Grundstück, das Geld, es fehlt nur die Unterschrift. Wir können das schaffen. Wir können etwas Neues schaffen, verstehst du?« Sie fürchtete sich vor seiner Reaktion. Alles hing nun von dieser Antwort ab. Mit den Innenflächen nach oben legte sie ihre Hände auf den Tisch, damit er sehen konnte, wie sie zitterten. Entblößten Gedanken gleich. »Schau mich an, Luís.« Widerwillig begegnete er ihrem Blick. Sie sah, dass er mit sich kämpfte. »Du und ich. Wir beide gemeinsam. Bitte.«

Er setzte zum Sprechen an, schloss den Mund aber wieder. Auf einmal glänzten seine Augen. Behutsam nahm er ihre Finger in seine Hände und sofort legte sich Lucías Zittern. Sie wurde ganz ruhig. Abermals öffnete Luís den Mund. Seine Stimme klang brüchig wie das dünne Eis, das sich im Winter auf dem feuchten Sand absetzte.

»Du sagtest, wenn ich nicht aufhöre, verlässt du mich und nimmst die Kinder mit. Als sie mich verhafteten, dachte ich, ich sehe euch nie wieder. Dass du gehen würdest, weil ich dich enttäuscht, weil ich unsere Familie in Gefahr gebracht hatte. Nur die Hoffnung, dich wiederzusehen, hat mich vor dem Wahnsinn bewahrt. Womit habe ich es verdient, dass du mir so einfach verzeihst?«

Lucía war verwirrt über diesen Gedankensprung. Aber die Antwort lag ihr auf der Zunge, ohne dass sie nachdenken musste. »Weil ich dich liebe.«

Luís schluchzte auf. Die ganze Angst und Belastung der vergangenen Wochen flossen aus ihm heraus, salzig und weit wie das Meer, das er von nun an nicht mehr befahren würde. Und sie, Lucía, war nun sein sicherer Hafen.

»Kommt dich deine Freundin Felicidad nicht einmal besuchen?«, fragte Ernesto, als er ihr den Brief aushändigte.

Lucía erstarrte. Lauter als sonst hörte sie ihr Herz schlagen, das Klimpern des Bestecks und Luís' Stimme hinten im Esszimmer. Rasch nahm sie den Brief an sich und konnte sich nur mit Mühe beherrschen, ihn nicht eilig in der Tasche ihrer

Schürze zu verstecken. »Sie hätte eigentlich schon abgereist sein sollen«, murmelte sie und konnte Ernesto nicht in die Augen schauen.

> Meine Geliebte,
> ich kann mir nicht verzeihen, dich bei unserem letzten Treffen allein zurückgelassen zu haben. Aber ich wollte deine Freude nicht mit meinem Schmerz schmälern. Dennoch sehe ich, dass ich es nicht verkrafte, auf die Tage, Wochen und Monate vor mir zu blicken, ohne dich darin zu sehen. Stündlich frage ich mich – was wäre, wenn? Wenn ich im Lager nicht erkrankt wäre? Wenn ich stärker gewesen wäre? Kein *Guardia Civil* geworden wäre, der Widerstandskämpfer aufspüren muss? Wären wir jetzt glücklich miteinander? Wir haben so viel verloren ... Und nun ist es zu spät. Ist es zu spät, amor?
> Es steht mir nicht zu. Und dennoch bitte ich dich erneut um ein Treffen. Ich habe wichtige Neuigkeiten. Komm, wann immer du kannst, ich warte auf dich, immer donnerstags. Du weißt wo.
> Hochachtungsvoll, Agustín

Sie wollte, Agustín würde aufhören, ihr mit jedem Brief aufs Neue das Herz aus der Brust zu reißen.

KAPITEL 21

Hotel del Mar oder die Schuld bleibt draußen

Cadaqués, August-September 1952

Lucía konnte nicht mit Bestimmtheit sagen, warum sie überhaupt zurückschrieb. War es, weil sie während der wertvollen Stunden ihres Zusammenseins nicht über die Fehler der Vergangenheit und das Fehlen einer Zukunft hatten sprechen wollen? Oder wollte sie ihren Zorn loswerden über die unglückliche Lage, in der sie sich befanden – ohne dabei in den Spiegel zu schauen, den seine Augen ihr automatisch vorhalten würden?

Lieber Agustín,
unsere Leben haben sich in Bahnen entwickelt, die unterschiedlicher nicht sein könnten. Du bist nun Polizist, trägst eine Waffe im Dienste des faschistischen Regimes, das wir beide hassen. Du magst von deinem Vater gezwungen worden sein, aber heute, als erwachsener Mann, kannst du frei über dein Tun entscheiden. Also tue es!
Auf mich zu warten, verändert nichts. Wir sind ein Teil des jeweils anderen. Wir sind auch zusammen, wenn wir getrennt sind. Ob wir es wollen oder nicht. Ob wir es können oder nicht.
In Liebe, Mercedes

Erst, nachdem sie Ernesto den Brief mitgegeben hatte, fiel ihr ein, dass sie Agustín ihr Kommen nicht bestätigt hatte. Denn natürlich würde sie das Treffen einhalten. Ganz neutral, ohne Berührungen. Luís war frei und Agustín durfte für sie nicht mehr sein als das Überbleibsel einer Vergangenheit, die nicht mehr die ihre war. Welche Art von Neuigkeit er wohl für sie bereithielt? Gute, schlechte? Wen betreffend? Luís trat hinter sie und strich ihr zart über den Rücken. In ihren Gedanken an Agustín versunken griff sie nach seiner Hand und hauchte einen Kuss darauf. Morgen würden sie nach Figueras fahren, um alle Papiere zu unterzeichnen.

»Es gehört nun uns. Das Hotel del Mar.«

Feierlich überreichte Lucía Luís den Schlüssel der großen Eingangstür, aber er winkte ab.

»Das ist nur dein Verdienst.«

Schließlich durften Miguel und Francisco die Tür öffnen. Der Schlüssel kratzte im Schloss; ein kleiner Vogelschwarm stob in die Luft, ihr Gezwitscher Vorbote freudiger Tage. Das L-förmige Gebäude war schlicht, aber groß. Früher, als Vorbesitzer *Don* Vicente selbst noch ein Kind gewesen war, hatten hier drei Generationen gelebt. So gab es bereits vier Schlafzimmer, die für Besucher hergerichtet werden konnten. Und das Grundstück bot Platz, um nach und nach anzubauen. Lucía sah das alles schon vor ihrem inneren Auge. Die Mauern waren solide, das Dach wind- und wetterfest. All das hatte sie sich ganz genau angeschaut, bevor sie die Entscheidung traf. Die Olivenbäume stellten eine Extraeinnahmequelle dar. Sie hatte von einem Baum in Rosas, gleich auf der anderen Seite des Hügels, gehört, der um die tausend Jahre alt sein sollte. Mit einem knorrigen Stamm, so dick, dass vier erwachsene Männer vonnöten wären, um ihn zu umfassen. Davon waren sie noch weit entfernt, auch wenn es einige Exemplare gab, die majestätisch anmuteten. Der Gedanke, dass sie nach und nach einige davon würden fällen müssen, tat kurz weh. Nur kurz, denn insgeheim hoffte sie darauf; es würde bedeuten, dass ihre Idee aufging und sie mit ihrem Hotel Erfolg hätten. Als sie an jenem Vormittag vor dem Gebäude stand und über das dunkelblaue Wasser der Bucht blickte, kam ihr Geist das erste Mal seit Langem zur Ruhe. Tief sog sie die Luft ein, nahm dabei diesen Ort, der ihre Zukunft darstellte, in sich auf, bis er sie zur Gänze ausfüllte. Er erfüllte sie mit Kraft, dieser Ort, dieser Fleck Erde. Sie spürte sie mit jeder Faser ihres Körpers.

»Du strahlst«, sagte Luís. Sie nickte und zog ihn an sich. Die Buben hängten sich wie ausbalancierende Gewichte an ihre Beine, und so standen sie eine Weile. Eine glückliche Familie. Lucía konnte sich nicht vorstellen, was sie jetzt noch aus dem Gleichgewicht bringen könnte.

Am Donnerstag fuhr sie mit der Ausrede nach Figueras, sich in der Stadt etwas umsehen zu wollen. Juan, der Schreiner, dem Salvador Dalí die Herstellung seiner Rahmen anvertraute, hatte sich einverstanden erklärt, die Betten und Schränke zu bauen. Aber Bettwäsche, Küchenutensilien, Geschirr und andere Kleinigkeiten würde sie in Cadaqués nicht finden. Luís wollte sie begleiten, aber Lucía beauftragte ihn mit der Zusammenstellung der Männer, die den Teil des Grundstücks, den sie als Garten angedacht hatte, zu säubern. Es gab einen alten Brunnen, dessen Wasserqualität geprüft werden sollte. Auch musste das ganze Gebäude innen wie außen neu gestrichen werden, die verblasste Farbe der einst blauen Fensterläden brauchte eine Auffrischung, die Küche musste mit einer zweiten Feuerstelle ausgestattet werden. Es gab viel zu tun. Männerarbeit, Frauenarbeit.

Da ihr genug Zeit blieb vor dem Treffen mit Agustín, konnte sie tatsächlich ein paar Geschäfte aufsuchen und war glücklich, gute Bettwäsche zu einem anständigen Preis gefunden sowie die Adresse einer Porzellanfabrik in La Bisbal erhalten zu haben. Sie konnte nicht verhindern, nach den schwarzen Hüten der *Guardia Civil* Ausschau zu halten, auch wenn sie wusste, dass es unsinnig war. In ein, zwei Stunden würde sie Agustín so oder so sehen. Aber die Zeit plätscherte langsam dahin wie ein austrocknender Fluss. Der Sommer war heiß und trocken gewesen und die Platanen, die die Rambla säumten, wiesen, obwohl erst Mitte September, schon gelbe Blätter auf. Und immer noch vermochte die Sonne Lucía den Schweiß aus den Poren zu treiben. Mit jedem Schritt, den sie in Richtung des Hotels Duran tat, baute sich der Druck in ihrem Kopf weiter auf. Die Brust wurde ihr ganz eng, während sie sich wieder und wieder die Frage stellte: Welche Neuigkeiten würde Agustín für sie bereithalten?

Wie schon beim letzten Mal stand er voll angezogen am Fenster. Wahrscheinlich hatte er sie bereits beobachtet, als sie noch mit ihren Gedanken beschäftigt die Straße hochgelaufen war. Er gab ihr einen schüchternen Kuss, direkt neben den Mund. Ein Fragezeichen.

»Wie geht es deinem Mann?«, fragte er steif, dicht vor ihr stehend. »Er ist wohlauf, nehme ich an?«

Lucía nickte. »Danke.«

»Brauchst du mehr Geld?«

Das Gespräch entwickelte sich nicht in die Richtung, mit der Lucía gerechnet hatte. Mit zwei Sätzen schaffte er es, ihr Gewissen zu belasten.

»Nein. Danke. Wir haben einen Kredit bekommen.« Er sah sie fragend an. Wie sollte er auch wissen, wovon sie sprach. »Wir eröffnen eine Pension in Cadaqués. Ein kleines Hotel.«

Agustín nickte. Er wirkte verloren dabei. »Du warst immer schon eine starke Frau, Mercedes. Eine Kämpferin.« Er nahm ihre Hände und führte sie zum Bett. »Setz dich.«

Kleine Schweißperlen bildeten sich auf Lucías Oberlippe. Fahrig wischte sie sie weg.

»Felicidad?« Ihre Stimme war kaum hörbar. Sie räusperte sich, aber Agustín legte ihr einen Finger an den Mund und schüttelte den Kopf.

»Ich habe Einblick in die Akte deines Vaters erhalten.«

Vater. Wie viele Jahre waren vergangen, seit er so überraschend festgenommen worden war und ihre Flucht begann, die scheinbar nie enden wollte? Dreizehn Jahre ... Was hatte er durchleiden müssen in all der Zeit?

»Dein Vater«, fuhr Agustín fort, »war ein angesehener Kinderarzt. Aber leider auch sehr engagiert in der Politik. Er gehörte der linken republikanischen

Partei an, der *Esquerra Republicana de Catalunya*, und war Mitglied einer Freimaurerloge, die sich für die Unabhängigkeit Kataloniens starkmachte.«

All das hatte Lucía nicht gewusst. Wie hätte sie auch?

»Die bloße Mitgliedschaft in einer linken Partei machte ihn im Auge der Faschisten zu einem Kommunisten und damit zu einem Staatsfeind«, sagte Agustín. »Er vereinte jede Eigenschaft in sich, gegen die sie kämpften. Leider hat er, wie viele andere, die Konsequenzen seiner Aktivitäten nicht richtig eingeschätzt.«

Lucías Kopf wurde mit jedem Satz leichter und kälter, bis sie das Gefühl hatte, komplett neben sich zu stehen.

»Indem er euch aufgefordert hat, zu fliehen, hat er euch vermutlich das Leben gerettet. Er hingegen ... Es tut mir so leid, *cariño*, mein Schatz. Er wurde bereits zwei Tage später erschossen.«

Eigentlich dachte Lucía, sie würde in Ohnmacht fallen. Oder zumindest in Tränen ausbrechen. Stattdessen kehrte das Blut in ihren Kopf zurück und sie vernahm ihren Herzschlag, ruhig und regelmäßig. Ruhig und regelmäßig atmete sie ein und aus, ein und aus, bevor sie sicher war, auch ihre Stimme unter Kontrolle zu haben.

»Ich hatte immer gehofft, ihn eines Tages wiedersehen zu können.« All die Jahre der Zweifel, der Hoffnung ...

»Glaub mir, Mercedes: Besser tot, als in einem von Francos Gefängnissen oder Straflagern. Er wäre schlussendlich auch gestorben. Aber er hätte weitaus mehr gelitten.«

»Vielleicht hast du recht.« Gedankenversunken nickte sie. Ihre Reaktion überraschte sie. Aber nach all dieser Zeit Gewissheit erlangt zu haben, schliff die scharfen Konturen der Trauer zu einer glatten Kugel. Sie anzufassen, verschaffte Lucía Trost, und ein kleiner Teil der Last fiel von ihren Schultern. Sie würde sich nicht vor ihm rechtfertigen müssen, warum sie ihm nie zu Hilfe geeilt war. Warum sie ihren Bruder für diesen Bruchteil einer Sekunde losgelassen hatte.

»Danke, Agustín.« Sie musste lächeln. Heute schien sie sich nur bei ihm zu bedanken. »Und ... die Kinder?«

Hatte er sie eben noch liebevoll angesehen, verschlossen sich seine Züge schlagartig. »Felicidad ... Ich bin dabei, ihre Spur mithilfe deiner Angaben zu rekonstruieren. Vielleicht habe ich etwas gefunden. Ich hoffe, bald Genaueres zu wissen. Ich hoffe es so sehr!«

Lucía packte seine Hand. »Ist das wahr?«

»Nächste Woche kommst du wieder?«

»Natürlich! Und Felix?«

Er schüttelte den Kopf und wich ihrem Blick aus. »Es tut mir leid. Ich kann keine Information über ihn finden.«

Die Arbeiten am Hotel schritten gut voran. Während die weiße Farbe an den Innenwänden trocknete, widmeten sich die Männer der Fassade. Lucía überwachte die Ausführungen mit Adleraugen. Der Garten war vom schlimmsten Unkraut befreit, sodass sie die Steine für die Terrasse legen konnten. Der Brunnen war sauber und funktionstüchtig. Jeden Tag sah das Gebäude mehr aus wie das Bild in ihrem Kopf. Beinahe jeden Tag fuhr sie nach Figueras oder in andere umliegende Orte, um all die Kleinigkeiten zusammenzusuchen, die sie benötigten, um speziell die Küche in Betrieb nehmen zu können. Die langen und unangenehmen Reisen Hügel rauf, Hügel runter ermüdeten sie, erfüllten sie aber gleichzeitig mit der Genugtuung, für ihren Traum zu arbeiten. Sie brannte darauf, zu hören, was Agustín über Felicidads Verbleiben hatte ausfindig machen können, aber vor Donnerstag würde sie nichts erfahren. Trotzdem hielt sie nach ihm Ausschau, mit einer ambivalenten Vorfreude, die in ihr wogte und an ihrem Herzen zerrte wie unberechenbare Windböen. An den Abenden jedoch schmiegte sie sich in Luís' Arme. Dort fühlte sie sich zu Hause. Beschützt vor dem Sturm.

Obwohl die Gästezimmer noch nicht bezugsbereit waren, hatte Ana María für Mittwochabend die ersten Besucher angekündigt: langjährige Freunde ihrer Familie, die alle paar Monate einige Tage in Cadaqués verbrachten. Lucía war aufgeregt. Sie würde ihnen das Haus zeigen und für sie kochen. Es war eine Feuertaufe, und obwohl sie es besser wusste, machte sie den zukünftigen Erfolg des Hotels von der Meinung dieser Gäste abhängig. Seit der Verhaftung ihres Mannes mied sie die Fischer – hauptsächlich, um Carmencita nicht über den Weg zu laufen –, aber nun lief sie zum Strand. Carmencitas Plan war nicht aufgegangen. Sie hatten vielleicht das Boot an sie verloren. Aber in allen anderen Aspekten hatten sie gewonnen, denn nach wie vor war Luís ihr Mann und er war frei und sie würden den Rest ihres Lebens miteinander verbringen, in Frieden und

Harmonie und mit ihrem eigenen Hotel. Und Lucía sah ihr an, dass sie es wusste. Carmencitas kleines Spielchen, das so böse hätte enden können, war nicht aufgegangen. Erhobenen Hauptes ließ Lucía ihr altes Boot mit dem neuen Namen links liegen und steuerte Héctor an.

»Lange nicht gesehen«, brummelte der Fischer und umarmte sie herzlich. »Ich habe von euren Plänen gehört. Ihr müsst verrückt sein.« Er schüttelte den Kopf.

»Den Verrückten gehört die Zukunft.« Lucía lachte. »Ihr werdet schon sehen!«

Das Gute war, dass sie ihren Worten selbst Glauben schenkte. Wenn nur dieses Abendessen ein Erfolg würde. Sie bestellte Fisch und Langusten bei Héctor, die sie für ihr morgiges Menü bräuchte, und machte sich gleich darauf auf den Weiterweg. Bei Paulina holte sie Eier, Tomaten, Zwiebeln und sonstiges Gemüse aus dem spätsommerlichen Garten, in dem kleinen Laden kaufte sie Kartoffeln und die restlichen Zutaten. Auf dem Rückweg kreuzte sich ihr Weg mit dem ihrer Kinder. Miguel besuchte seit einer Woche die erste Klasse der Dorfschule. In diesen Tagen, in denen sie ihn weniger sah als früher, schien er mindestens eine Handbreite gewachsen zu sein. Stolz sah sie zu, wie der Größere seinem kleinen Bruder Francisco das Schwimmen beibrachte. Die Ereignisse der letzten Monate hatten Spuren in seiner kleinen Kinderseele hinterlassen. Er redete seltener und sein Blick war immer ein wenig misstrauisch. Umso mehr freute sich Lucía, ihn nun fröhlich mit Francisco herumtollen zu sehen. Vielleicht brauchte auch er nur Zeit. Manchmal, wenn er nicht merkte, dass sie ihn ansah, glaubte sie, ihren Bruder in seinen Zügen zu erkennen. Musste sie die Hoffnung, ihn wiederzusehen, tatsächlich auch begraben? Was hätte nicht alles aus ihm werden können. Sie würde es wahrscheinlich niemals wissen. Und sie allein war dafür verantwortlich.

»*Mamá!*« Francisco hatte sie entdeckt und winkte ihr aufgeregt zu. »*Mira*, schau!« Hektische Arm- und Beinbewegungen, Prusten und Japsen, fröhliches Kinderlachen, das im harten Kontrast stand zu Lucías plötzlichen Anfall an Melancholie. Sie zwang sich zu einem Lächeln, aber die Kinder hatten ihre Anwesenheit bereits wieder vergessen. Der Korb an ihrem Arm wog schwer, als ob darin die ganze Last ihrer über die Jahre angehäuften Schuld läge. Sie schleppte sich die enge Gasse hinauf zum Hotel, begrüßte geistesabwesend die Männer, die im Hof die Fensterläden blau anmalten, und wankte in die Küche. Luís musste ihr gefolgt sein, stand er doch auf einmal hinter ihr.

»Alles in Ordnung? Du bist einfach an mir vorbeimarschiert.«

Er war ihr Fels in der Brandung. Er war Hier und Jetzt. Sie drehte sich zu ihm um und küsste ihn. Seine Lippen schmeckten nach Kaffee, bitter und süß zugleich. Genau wie ihr Leben.

»Ich bin nervös wegen morgen«, log sie und wünschte sich, ihm die Wahrheit sagen zu können. Ihm zu gestehen, wer sie wirklich war, was ihr wirklich passiert war. Wofür sie alles verantwortlich war. Aber das würde bedeuten, dass er auch von Agustín erführe. Und das konnte sie nicht zulassen. Niemals. Es würde ihm das Herz brechen.

Noch waren nicht alle Tische fertig geschreinert, weswegen Luís behelfsmäßig eine Platte auf einen der gerodeten Olivenstämme legte. Lucía fand die Idee so großartig, dass sie sich vornahm, diesen Tisch als solchen zu behalten und in die Mitte des Raumes zu stellen. Er übermittelte ihre Verbundenheit mit der Natur, mit der Landschaft, die sie hier umgab. Sie deckte die Tische mit den neuen weißen Tüchern, dem blitzenden Besteck und all ihrer Hoffnung auf einen gelungenen Abend. Kerzen gaben dem Raum einen freundlichen Glanz, der sie eigentlich ruhig stimmen sollte. Aber kurz bevor die Gäste eintrafen, überfiel sie von einem Moment auf den anderen eine Übelkeit, dass sie meinte, sich direkt vor dem Eingang übergeben zu müssen. Die Aufregung. Wie hatte sie nur einwilligen können, überhaupt jemanden zu empfangen, bevor alles fertig war? Sie hängte sich an Luís' Arm, der wiederum nicht zu wissen schien, was mit sich anzufangen. Was für ein lustiges Paar sie abgeben mussten! Lucía fing an zu kichern, kicherte, bis ihr die Tränen über die Wangen liefen, und hörte erst auf, als sie Ana María und die Besucher am Ende der Gasse erkannte. Sie atmete tief durch und drückte die Hand ihres Mannes. Ein Druck zurück. Die Übelkeit schwand. Sie würden das schaffen.

»Willkommen im Hotel del Mar«, begrüßte sie die drei Paare und ihre Freundin. Dann überließ sie Luís das Feld, der zusammen mit Ana María den Gästen das Gebäude und das Grundstück zeigte.

In der Küche duftete es bereits. Schon am Vormittag, nachdem sie den bestellten Fisch bei Héctor abgeholt hatte, hatte sie begonnen, den Fischsud für das Hauptgericht zu kochen, einen *suquet de pescado*, einen für die Gegend typischen Fischeintopf. In einer anderen Pfanne bereitete sie die zweite Grundlage dafür vor, den *sofrito*. Dafür briet sie Zwiebeln in Olivenöl an, ganz langsam und ganz vorsichtig, sicher eine halbe Stunde, bis sie goldgelb, aber noch weich waren. Dann gab sie den Knoblauch und etwas Petersilie hinzu, eine Minute später die gestückelten Tomaten und ließ das Ganze eine weitere halbe Stunde schmoren, immer darauf bedacht, hin und wieder einen Löffel des Fischsuds beizugeben, damit die Soße nicht zu sehr eindickte.

Zur Vorspeise würde sie eine *esqeixada* reichen, einen Stockfischsalat. Dazu musste sie den gepökelten Stockfisch erst einige Stunden im Wasser einlegen, um ihn zu entsalzen. Jetzt, während sie ihn in Stücke zupfte, tauchte das Bild vor ihr auf, wie Agustín und sie zusammengekauert am Strand, zitternd im Wind, ihre kleine Ration salzigen, sandigen Stockfischs in sich hineinstopften und sich schworen, nach ihrem Freikommen nie wieder Salz zu essen. Sie seufzte, wehmütig auf der einen Seite – was hätte alles aus ihnen werden können? –, vorwurfsvoll auf der anderen, diese Gedanken überhaupt zuzulassen. Sie vermischte den Fisch energisch mit klein geschnittener grüner und roter Paprika, Tomaten und Zwiebeln, gab eine Handvoll schwarze Oliven darüber, einen Schuss Olivenöl und etwas Essig. Gestern hatte sie bereits eine frische *alioli* zubereitet, eine Paste bestehend aus Olivenöl und Knoblauch. Dazu frisch geröstetes Brot. Sie konnte nicht widerstehen, ein wenig davon zu naschen. Die Paste war kräftig, aber nicht zu stark, passte auch gut zum Fischeintopf. Lucía entspannte sich langsam. Das hier war ihr Reich. Der einzige Krieg, der hier ausgetragen wurde, war der zwischen ihr und den tränentreibenden Zwiebeln. Die einzige Schuld, die sie sich hier aufbürden konnte, war, das Essen anbrennen zu lassen. In dieses Reich drangen keine Gedanken ein, die sie nicht zulassen wollte. An nichts. An niemanden.

Sie wärmte den *sofrito* vorsichtig auf und gab den Fischsud dazu sowie die in dicke Scheiben geschnittenen Kartoffeln. Gemurmel aus dem Gastraum ließ sie den Kopf aus der Küche stecken. Die Gäste saßen am Tisch und unterhielten sich angeregt. Es war bereits neun Uhr, die Sonne hatte dem Kirchturm schon vor geraumer Zeit ihren Abschiedskuss auf die Stirn gedrückt. Das Abendlicht floss silbern durch die geöffneten Fenster und spielte mit den Flammen der Kerzen. Wenn Lucía die Augen ein wenig zusammenkniff, dann verdreifachten sich die Menschen und erzeugten den Effekt eines vollen Raumes. Ihr wurde wohlig warm bei dem Gedanken, dass dies bald die Realität sein könnte. Sie könnte sich gut daran gewöhnen; ein Traum, der schließlich doch noch wahr würde. Ein geordnetes Leben, eine gesicherte Existenz für sie und ihre Familie.

»Wo ist der Wein?«, flüsterte Luís, der wie aus dem Nichts unversehens neben ihr stand. Erschrocken zuckte Lucía zusammen, dann aber ergriff sie seine Hand und zog ihn in die Küche, wo sie ihn gegen die Wand drückte und küsste.

Luís schnappte nach Luft. »Was ist in dich gefahren?«

Statt einer Antwort drückte sie ihm lachend die Weinflasche in die Hand und schickte ihn zu den Gästen. Sie selbst röstete die Brotscheiben über dem Feuer, richtete den Stockfischsalat auf den Tellern an und servierte die Vorspeise. Die Kartoffeln waren beinahe durch; in den letzten fünf Minuten legte sie die Langusten hinein und die dicken Tranchen Seeteufel sowie, weil es so schön aussah, noch ein gutes Dutzend Venusmuscheln. Durch die Hitze öffneten sich die Muscheln langsam und gaben ihr zartorange gefärbtes Inneres preis wie eine Verheißung, die wahrgenommen werden wollte.

Das Essen war ein voller Erfolg. Nach der Vorspeise bestanden die Gäste explizit darauf, dass sich Lucía und Luís zu ihnen setzen sollten. Auch wenn Lucía stolz war auf ihren Eintopf, brachte sie kaum einen Bissen hinunter. Trotzdem lächelte und lachte sie mit den anderen, pries den Ort und die Landschaft darum herum mit seinen magischen Spielen zwischen Licht und Schatten, die Felsen die Formen von Kamelen und Adlern gaben und denen der Wind Leben einhauchte. Ein Brausen verkündete im selben Moment die Ankunft der *tramontana*; rasch schloss Lucía die Fenster, bevor der Luftzug alle Kerzen auslöschte. Draußen blies der Sturm, drinnen umhüllte sie eine Blase der Gemütlichkeit, mit der Lucía verschmelzen wollte, um eins mit ihr zu werden, um den Augenblick nicht vergehen zu lassen. Beinahe vergaß sie, dass sie die Gastgeberin war, bis sie peinlich berührt aufsprang, um den Nachtisch zu holen. Sie hatte eine samtene *crema catalana* vorbereitet: Eine Eiercreme mit leichter Zimtnote, die sie nun in ihren jeweiligen flachen Tonschüsselchen mit etwas Zucker bestreute. Sie hielt das eigens dafür vorgesehene, spiralförmige Eisen ins Feuer, bis es rot glühte, und schwebte damit über dem Zucker, bis er zu brutzeln begann und die Küche mit dem süß-rauchigen Duft nach frischem Karamell erfüllte.

Einer ihrer Gäste, das kristallisierte sich heraus, während sie die Nachspeise genossen, war Flamencosänger. Bevor Lucía wusste, was eigentlich aus ihrem Mund kam, gestand sie begeistert, selbst Flamenco zu tanzen. Aber so lange war es schon her, würde sie sich überhaupt an die Schritte und Bewegungen erinnern, die sie in Barcelona gelernt hatte? Noch während die Gäste ihren Kaffee genossen, begann Pablo, der Sänger, bereits zu summen und rhythmisch auf den Stuhl vor ihm zu klopfen. Die Melodie schwebte durch die Luft, schlug Kapriolen wie der Wind vor dem Fenster, strömte durch die Poren in Lucías Körper und nahmen von ihm Besitz. Das Lied war ihr bekannt. Als wäre es gestern gewesen, begannen sich ihre Füße zu bewegen, tappten, stampften, Schritt vor, Schritt zurück. Pablo hob seine Stimme, ein Wehklagen stieg empor und die Härchen auf Lucías Armen stellten sich auf. Sie klatschte den Rhythmus mit, Hände seitlich des hoch erhobenen Kopfes. Stampfen, stampfen, Drehung, die Finger klapperten auf imaginären Kastagnetten, eine Hand spielte mit dem Kleid, warf es hin und her, als wäre es ein rüschenbesetzter, weiter Rock. Die andere Hand vollführte anmutige Bewegungen, die den von Pablo besungenen Schmerz und Stolz gleichermaßen ausdrückten. Ein letzter Triller, ein letztes Aufbäumen, begeistertes Klatschen der Anwesenden. Lucía atmete schwer. Nie hatte sie vor Publikum getanzt, immer nur mit zwei, drei ihrer selbst ernannten Lehrer. Aber sie verstand nun die Anziehungskraft, die die Tänzer auf die Bühne zog. Die Gesichter vor ihr verschwammen, sie blinzelte gegen das aufkommende Blitzen hinter ihren Augen an. Ihr war flau im Magen.

Luís sprang auf, um sie zu stützen. »*Todo bien*, alles in Ordnung? Du bist blass.«

Lucía nickte und setzte sich langsam. »Zu viel Aufregung.« Dankbar nahm sie das Glas Wasser, das ihr Ana María reichte.

»Du hast ganz wunderbar getanzt.« Zärtlich strich er ihr über die Wange. Der Stolz war ihm anzusehen, als er sich zu den Gästen umdrehte. »In all den Jahren, die wir nun verheiratet sind, wusste ich nichts von diesem Talent meiner Frau. Sie steckt immer noch voller Überraschungen; wer weiß, welche Geheimnisse sich noch hinter diesen hübschen Augen verbergen!« Er lachte, gelöst und unschuldig. Nichtsahnend, wie recht er hatte. Und doch merkte Lucía in dem Moment, dass sich die Klauen der Schuld nicht so tief in ihr Fleisch gruben wie sonst. Diese neue Existenz, dieses Hotel, war ihr sicherer Hafen vor dem tosenden Sturm in ihrem Herzen. Das waren Luís und sie. All ihre Geister konnten hier nicht eindringen. Ihr Vater war tot – hatte sie sich nicht jahrelang schuldig gefühlt, weil sie ihn nicht finden, ja nicht einmal suchen konnte? Alles umsonst. Ihr Bruder blieb unauffindbar. Würde sie ihm nicht eines Tages direkt über den Weg laufen, war es aussichtslos, darauf zu hoffen, ihn wiederzusehen. Damit sollte sie sich abfinden. Es war ja nicht so, dass sie über all die Jahre mit dieser Schuld gelebt hätte.

Nein, sie war immer vor ihr davongerannt, hatte sich versteckt, verdrängt und gelogen. Sie musste eine Vollbremsung vollziehen, anhalten, damit diese Last mit all ihrem unaufhaltsamen Gewicht in sie hineinfiel, von ihr Besitz nahm wie die Musik. Um sie zu verarbeiten. Sie selbst musste sich dafür vergeben. Und das tat sie nun. War sie nicht einfach nur ein sechzehnjähriges Mädchen gewesen, verängstigt und überfordert? Alle hatten sie Fehler begangen in jenen Tagen des Krieges, des Hungers und des Elends, jeder auf seine Weise, große und kleine, freiwillig oder noch viel öfter unfreiwillig und unwissend. Ihre Gedanken schweiften von Felix zu Felicidad. Was würde sie tun, wenn Agustín tatsächlich eine Spur fände? Was, wenn sie die Möglichkeit bekäme, ihre Tochter wieder in die Arme schließen zu können? Das flaue Gefühl in ihrem Magen verstärkte sich.

Kaum war Cadaqués am nächsten Morgen aus ihrem Sichtfeld entschwunden, fühlte sie, wie zwei entgegengesetzte Kräfte begannen, an ihr zu ziehen. Ihr Herz zerriss in zwei Hälften, jedes Mal, in der Mitte der Strecke. Es war ein hässliches Geräusch, vergleichbar mit dem Ratschen von Stoff. Verstohlen drehte sie sich um, um zu sehen, ob es einer ihrer Mitreisenden wahrgenommen hatte, aber natürlich nahm niemand Notiz von ihr. Sobald sie in Figueras ausstieg, fügten sich die beiden Hälften wieder zusammen und gehörten allein Agustín, nur um bei der Rückfahrt erneut zu zerreißen, schmerzhaft und laut, und sich bei ihrer Ankunft in Cadaqués zu vereinen und nur für Luís zu schlagen. Irgendwann, dachte sie an diesem Tag, irgendwann würde ihr

Herz diese ewige Belastung nicht mehr aushalten, die beiden Hälften würden sich nicht mehr zusammenfügen und sie würde hier, im Bus, sterben. Und sie fragte sich, urplötzlich, der Gedanke kam aus dem Nichts:

War es das wirklich wert?

Frühnebel lag über den *aiguamolls*, dem Sumpfgebiet, das sich über die halbe Ebene ausbreitete. Vogelschwärme, die das Feuchtgebiet als Rastplatz auf ihrem Weg in Richtung Süden nutzten, flogen schwarzen Wolken gleich durch den dämmrigen Himmel. Lucía hörte sie nicht, aber ihre Schnäbel pickten in einem fort von innen an ihre Schläfen.

War es das wirklich wert?

War es das wirklich wert?

War es das wert, ihre Ehe aufs Spiel zu setzen? Sie war immer stark gewesen oder hatte sich zumindest dafür gehalten. Hatte selbst nach all den Tiefschlägen, die das Leben für sie vorbereitet hatte, den Kopf wieder erhoben und eine wegweisende Entscheidung getroffen. Aber Agustín zwang ihre Stärke in die Knie. Er war ihre Schwäche und sie schämte sich dafür auf eine eigenartige Art und Weise, die eine warme Welle durch ihren Unterleib fließen ließ.

Oder war es doch nur die Sehnsucht nach ihrer Tochter, die sie nicht aufgeben ließ? Nach Felicidad, die ihre unsichtbare Nabelschnur um sie beide gezurrt, Mutter und Vater und Hoffnung aneinandergekettet hatte? Felicidad, ihr Glück und ihr Unglück zugleich, sie wollte, sie könnte sagen, dass die Frage nach ihrem Verbleib der einzige Grund war, warum sie Agustín sehen wollte. Aber sie wusste, dass sie sich damit selbst belog.

Als Lucía im Hotel ankam, dröhnte ihr Kopf von den Schnabelhieben. Als sie das Zimmer betrat, blieben die Schmerzen vor der Tür und sie trat ein in eine andere Sphäre, leicht und beflügelt. Sie eilte in Agustíns Arme, empfing ihn in den ihren, und sie verschlangen sich wie zwei Hungrige, die nicht wussten, dass sie eigentlich dabei waren, zu ertrinken.

Zart wie die letzten Sonnenstrahlen des Tages hauchte Agustín Küsse auf Lucías nackten Oberarm. Sie hatten sich satt gegessen aneinander und Liebe schwamm in seinen Augen. Liebe und etwas anderes, das Lucía nicht zu definieren vermochte, sie aber irritierte. Gänsehaut überzog ihren Arm.

»Konntest du …?«

Er erriet sofort, was sie fragen wollte, aber nicht über die Lippen brachte, und schüttelte bedauernd den Kopf. »Ich dachte, ich hätte eine Spur, aber sie führte schlussendlich ins Leere. Es gibt so viele Personen mit dem Nachnamen Dupont in Frankreich. Und wenn sie ihre Papiere nicht bei sich trug – sie war damals erst drei Jahre alt. Wer weiß, ob sie überhaupt weiß, wie sie sich zu nennen hatte. Aber ich habe jetzt ein paar Leute darauf angesetzt, die Kranken- und Waisenhäuser in der Umgebung der Unglücksstelle zu besuchen, um vor Ort Einblicke in die Akten zu verlangen.«

Sie fixierte ihn, aber er wich ihrem Blick aus und sah zum Fenster. Was würden sie tun, sollte er sie tatsächlich finden, wollte sie ihn fragen. Aber wieder wollten die Worte ihren Mund nicht verlassen. Aus Angst vor der Antwort.

»Ich habe von ihr geträumt«, murmelte Agustín, immer noch aus dem Fenster blickend. »Ohne zu wissen, wie sie aussieht, wusste ich ganz genau, dass sie es war. Ich habe sie gespürt, die Verbindung.« Er seufzte schwer und sein Schmerz schnitt tief in Lucías Gewissen. Sie legte ihre Hand an seine Wange. Endlich drehte er den Kopf zu ihr. »Kommst du nächste Woche wieder?«

KAPITEL 22

Wenn die Wahrheit besser Lüge bliebe

Cadaqués, Oktober 1952

Es war Mitte Oktober und nicht nur die Platanen an der Rambla präsentierten sich in einem erbärmlichen Zustand. Die ganze Vegetation der Region litt unter der Trockenheit, die dieses Jahr das Gestrüpp an den Berghängen verdorren ließ, den Bäumen den Saft entzog und die Flussbetten versteinerte. Sobald regenverheißende Wolken am Himmel auftauchten, konnte man sicher sein, dass die *tramontana* sie davonjagte, der Regen nur bis Figueras fiel und die nördliche Ecke des Alto Ampurdán leer ausging. Lucía überlegte, wann sie das letzte Mal den Duft von nasser Erde geatmet hatte. Im Juni? Im Mai? Sie konnte sich nicht erinnern. Natürlich war es praktisch für sie, dass die Witterung während der Zeit des Umbaus trocken geblieben war. Aber nun, wo das Hotel gestrichen, der Garten gerodet und präsentabel hergerichtet war und tatsächlich die offizielle Eröffnung bevorstand, merkte sie, dass ihr Körper und ihr Geist nach Erfrischung lechzten. Die letzten Monate hatten sie verzehrt, so wie die Hitze die Böden ausgelaugt hatte. Über Figueras jedoch spannte sich grenzenloses Blau, als ob sich das Meer unendlich im Himmel spiegeln würde. Sie seufzte tief.

»Bist du müde?«, fragte Luís sie. »Du solltest es doch mittlerweile gewohnt sein, einen ganzen Tag durch die Stadt zu streifen.«

Lucía schaute verstohlen zu ihm hinauf, aber ihr Mann trug eine ahnungslose Miene zur Schau. Sie zuckte mit den Schultern. »Ich wünschte, es würde endlich regnen.«

Luís lachte. »Aber bitte erst, wenn wir den Papierkram erledigt haben und wieder zu Hause sind.«

Wenn sie den Gewerbeschein abgeholt hätten, stand der Eröffnung am Wochenende nichts mehr im Weg. Am Samstag würde sie eine große Paella kochen, zu der jeder eingeladen war, der vorbeikommen wollte. Und danach, danach hieß es warten und schauen, ob dieses Projekt, in das sie ihre ganze Zukunft legten, funktionieren würde. Aus reiner Gewohnheit hielt sie Ausschau nach der typischen Kopfbedeckung der *Guardia Civil* zwischen den Menschen, die ihrer ganz normalen Montagsroutine nachgingen. Straßenfeger mit ihren Karren, Männer in schwarzen oder grauen Anzügen und steifen Hüten auf dem Weg ins Büro, die Bank oder eine Behörde. Hausfrauen oder Kindermädchen, die mit den Kleinen unterwegs waren, um den Einkauf zu erledigen. Größere Kinder mit Lederranzen auf dem Weg in die Schule. Hin und wieder ein Automobil, das vorbeiratterte und die Luft verpestete. Zeitungsverkäufer priesen die Nachrichten des Tages an, nichts, was sich in Lucías Kopf festsetzte. Da – vorne an der Ecke der Gasse, die zum Rathausplatz führte, glaubte sie, eine olivgrüne Uniform entdeckt zu haben. Ihr Herz machte einen veritablen Hüpfer. Aber nein, es war nur das graue Hemd eines Arbeiters, das im

Spiel von Licht und Schatten changierte. Sie spazierten weiter, ohne Hast, und wo Lucía normalerweise links abbiegen würde, um zum Hotel Duran zu gelangen, bogen sie rechts ab. Sie griff nach Luís' Hand und schwang sie sanft. Der Duft nach frisch gebackenem Brot drang ihr in die Nase und sie merkte, wie hungrig sie war. Schon wieder. In der Küche zu arbeiten, regte ihren Appetit an. Erneut bogen sie rechts ab, in eine schattige Seitengasse. Ihre Augen mussten sich erst an das schummrige Licht gewöhnen und sie drehte den Kopf, um noch einmal zu schnuppern. Als sie wieder nach vorne sah, machte ihr Herz einen neuen Satz. Wäre ihr Mund nicht geschlossen gewesen in diesem Moment, wäre es ihr wohl durch den Hals gerutscht und herausgesprungen. Keine zwanzig Meter von ihr entfernt bewegten sich zwei *Guardia Civiles* auf sie zu. Es hätte stockfinster sein können und sie hätte Agustín trotzdem erkannt, seine hagere Gestalt, die Art, wie er seinen Kopf hielt, den Klang seiner Schritte. Der zweite Uniformierte redete, den Kopf ihm zugewandt, auf ihn ein, schien ihm etwas Wichtiges zu erklären, denn er legte ihm die Hand auf den Arm, um sich seine volle Aufmerksamkeit zu sichern. Agustín aber starrte Lucía an, nur Lucía, sein Blick hielt sie gefangen, als wollte er ihn daran hindern, abzuschweifen. Aber er tat es, ihr Blick, er schweifte ab zu dem anderen Mann, und ihre Hand krampfte sich um die von Luís. Nur am Rande nahm sie wahr, wie Agustín den Kopf schüttelte, ganz leicht, verschwommen. Dann hatten sich ihre Wege gekreuzt.

Luís war einen Schritt zur Seite getreten, um die Polizisten vorbeizulassen. »Sie können mir nichts mehr tun, *amor*, Liebes«, beruhigte er sie und bewegte seine gequetschten Finger, damit sie losließ. Lucía nickte, mechanisch, weil es das war, was er sehen wollte. Und dabei wünschte sie sich nichts sehnlicher in diesem Augenblick, als ihn mit sich zu ziehen, den beiden *Guardia Civiles* hinterher, die bereits um die Ecke verschwunden waren, und zu sagen: Das, Luís, das ist mein Bruder Felix. Mein kleiner Bruder. Er war zehn Jahre alt, als ich ihn während der Flucht vor den Nationalisten aus den Augen verlor, weil ich für einen Moment seine Hand losließ. Unsere Mutter war gerade erschossen worden, weißt du, Luís, von den Aufständischen, aus dem Flugzeug, hinterhältig und feige. Nur kurz hatte ich seine Hand losgelassen, um ihr zu helfen. Ich dachte, ich könnte ihr noch helfen. Und dann war Felix weg. Ich war sechzehn. Nie hatte ich die Hoffnung aufgegeben, ihn wiederzusehen. Bis vor wenigen Wochen, als mir jemand sagte, es wäre unmöglich, ihn zu finden. Und hier ist er, schau ihn dir an, gesund, groß und gut aussehend. Lebendig.

Lebendig.

Lucía hörte, wie Luís redete. Er sprach mit dem Beamten, der ihnen den Gewerbeschein aushändigen sollte. Er erzählte ihm von ihrem Hotel, sie hörte den Stolz in seiner Stimme, und tief drinnen freute sie sich darüber. Dass er ihrer Zukunft mit Enthusiasmus entgegensah. Sie sollte sich auch freuen. Sie sollte auch stolz sein. Aber sie konnte kaum einen klaren Gedanken fassen. War es wirklich Felix gewesen? Vielleicht hatte sie sich getäuscht. Das Licht, der Schatten, das abgewandte

Gesicht. Die Hoffnung, die ihr einen Streich spielte. Agustín hätte ihr doch bestimmt …

»Lucía? Du bist gar nicht bei der Sache.« Luís stupste sie an. »*Señor* Rodríguez hat dich etwas gefragt.«

Langsam schwankte ihr Blick von Luís zu dem Beamten und wieder zurück. Beide sahen sie voller Erwartung an. »Ich brauche Wasser«, sagte sie nur und fixierte den Gewerbeschein, der bereits vor Luís auf dem Schreibtisch lag.

Stille.

Luís lachte. »Meine Frau wünscht sich Regen«, sagte er zu *Señor* Rodríguez und lachte wieder. Wie glücklich und unbeschwert er doch war.

Señor Rodríguez schnaufte auf, so trocken wie der Himmel. »Tun wir das nicht alle? Selbst ich kann mich an keinen dermaßen niederschlagsarmen Sommer erinnern. Aber ich spüre es in meinen alten Knochen: Der Wind dreht. Der Wind dreht.«

Ja, der Wind drehte. Am nächsten Morgen blies eine sanfte Brise aus östlicher Richtung, *Levante*. Sie brachte Feuchtigkeit und Wärme und presste Lucía bereits früh morgens den Schweiß aus den Poren. Es gab so viel zu tun und sie fühlte sich so unfähig, überhaupt etwas zu erledigen. So müde. Müde bereitete sie den Kindern ein Frühstück, müde trank sie Kaffee, der sie nur noch müder machte. Müde schickte sie Miguel zur Schule und Francisco zu Paulina. Luís war schon früh losgegangen, er hatte seinem Vater versprochen, deren Olivenbäume zu inspizieren. Müde schleppte sie sich durch die Gassen hinunter zum Strand, vorbei am Casino. Sie würden ihr

Häuschen verkaufen müssen, oder zumindest vermieten, und im hinteren Teil des Hotels ihre Bleibe beziehen. Wenn Gäste kämen, wollte sie in der Nähe sein, Tag und Nacht. Die Wellen schlugen unruhig ans Ufer, drehten scharrend die Kieselsteine hin und her, so wie Lucía die Gedanken in ihrem Kopf hin und her drehte. Ihr Kopf war gefüllt mit Steinen, die unberechenbar von einer Seite zur anderen rollten, schmerzhafte Fragen, die sie nicht schlafen und nicht denken ließen. Fragen nach dem Wie und dem Warum.

Es konnte nicht ihr Bruder gewesen sein. Agustín hatte ihr erklärt, dass er keine Spur von ihm gefunden hätte. Oder hatte er schlussendlich doch noch, und am Donnerstag, bei ihrem nächsten Treffen, wollte er sie davon unterrichten? Noch drei Tage musste sie warten. Oder hatte er sie angelogen? Weshalb sollte er sie anlügen? Dieser Ausdruck in seinen Augen, der sie letztes Mal hatte stutzen lassen, sie konnte ihn immer noch nicht deuten. Und warum, warum trug auch Felix die Uniform der *Guardia Civil*?

Die Antworten, die sie einzufangen versuchte, waren so flüchtig wie Sternschnuppen.

Unfassbar.

»*Buenos días*, Lucía, guten Tag!«

Zerstreut sah sie sich um und grüßte murmelnd zurück. An der Spitze der Landzunge, die die Buchten von Cadaqués und Portlligat trennte, bemerkte sie eine dünne, schräg im Wind liegende Rauchsäule. Die Bewohner des Mas Caials verbrannten wahrscheinlich bereits die trockenen Blätter und gerodeten Büsche, die die Hitze nicht überlebt hatten. Es war ein kleiner Hof fünfhundert Meter vom Hotel entfernt. Sie hielten ein paar Ziegen und bereiteten einen wunderbaren Käse daraus zu, den Lucía auch ihren Gästen anbieten wollte. Am Nachmittag würde sie kurz hinüberlaufen, um einen Laib zu kaufen. In der Zwischenzeit ging sie die Einkaufsliste durch, bemerkte, dass sie gut und gerne noch zwei weitere Wasserkrüge bräuchten, schrieb ein paar Briefe an diverse Organisationen, die den Fremdenverkehr förderten, sowie an die zwei größten Zeitungen der Region. Sie konnte nicht mit Gewissheit sagen, ob sie das alles richtig machte – sie war nur eine einfache Frau, ihren Schulabschluss hatte ihr das Leben selbst erteilt. Oft starrte sie die Wörter auf dem Papier an und wusste nicht, wie sie dahingekommen waren, wo ihre Gedanken doch in einer anderen Welt umherflogen. Gegen Mittag heizte sie den Herd an, um erneut Kaffee zu kochen. Auch Luís würde bald kommen, dann würde sie anfangen, das Mittagessen vorzubereiten. Sie sah aus dem Fenster. Der Wind blies stärker, die Pinien, die das Grundstück Richtung Meer abgrenzten, wogten heftig. Der Himmel hatte eine seltsame Farbe angenommen. Schmutzig. Er brauchte so dringend eine Wäsche. Der Wind drückte den Rauch durch das Abzugsrohr hinein in die Küche und brachte sie zum Husten; rasch schloss Lucía die Ofentür und öffnete zum Lüften das Fenster. Aber sie zuckte erschrocken zurück: Der Rauch kam nicht aus ihrem Abzugsrohr. Nicht nur.

Sie ließ alles stehen und liegen und rannte hinaus. Vom Zentrum her sah sie eine Menschentraube in ihre Richtung rennen, vor ihnen das kleine

Löschfahrzeug. Als sie sich umdrehte, konnte sie einen Aufschrei nicht unterdrücken. Die Landspitze stand in Flammen.

»Die Menschen …«, stotterte Lucía, als Luís schwer atmend bei ihr ankam und sie fest an sich drückte. »Die Tiere …« Eine erneute Windbö peitschte das Feuer an, Aschepartikel fielen sanft wie Schneeflocken vom Himmel, als wüssten sie nichts von der Zerstörung, die sie geboren hatte. Lucía presste ihren Arm vor Nase und Mund.

»Du musst zu meinen Eltern und den Kindern, sofort«, wies Luís sie an, aber Lucía schüttelte den Kopf. Zwischen den Flammen und ihnen – und dem Hotel, ihrem Hotel – lagen noch hundert, zweihundert Meter trockenes Land, Olivenbäume, Pinien und Sträucher. Der perfekte Zündstoff.

»Der Brunnen!«, schrie Lucía und riss sich von Luís los. Sie rannte zurück in die Küche, benetzte zwei Küchentücher mit Wasser und band sich eines davon um, sodass nur noch ihre Augen frei waren. Das zweite wollte sie Luís geben, aber der eilte bereits weiter, dem Löschwagen hinterher. Ihre Augen tränten, der Rauch trieb in Schwaden direkt auf sie zu.

Die Luft brannte.

Jeder Atemzug brannte.

Wild entschlossen kurbelte sie, bis der Eimer ins Wasser platschte, kurbelte, bis er wieder oben ankam, jagte zwanzig Meter nach vorne und begoss die Büsche, jagte zurück und begann erneut zu kurbeln. Eimer für Eimer. Rauf und runter. Hin und her. Was machte es für einen Sinn? Das Wasser schien zu verdampfen, bevor es die Erde berührte.

Husten.

Wieder und wieder benetzte sie das Tuch vor ihrem Gesicht. Der Rauch verdunkelte den Himmel immer mehr, grau-braune Schlieren auf dunklem Grund, ein hässliches Kunstwerk. Irgendwo im Zenit müsste die Sonne stehen, aber Lucía schien es, als läge sie direkt vor ihr auf der Erde. Bizarr zuckten rote Flammen zwischen dem Rauch auf, ihr Fauchen und Knistern dröhnte in Lucías Ohren und brachte sie zum Zittern. Ihre nackten Arme glühten vor Hitze. Kaum mehr war Lucía fähig, die Kurbel zu betätigen, so sehr schmerzten sie. Tränen trockneten schneller auf ihren Wangen, als sie sie wegwischen konnte. Völlig außer Atem kroch sie mittlerweile vom Brunnen zu den Büschen, anstatt zu rennen. Der Wind heulte, oder waren es die Tiere, die vor den Flammen flohen?

»Verschwinde!«, brüllte sie zornig den Rauch an, der, angetrieben von Luftwirbeln, Formen und Gestalten annahm. Ungebetene Gäste hinter einem Vorhang. Geister. Ihre Geister. Kamen sie schließlich doch noch, sie zu holen?

»Das ist unseres!«, schrie sie weiter, heulend, und zeigte auf das Gebäude. »Das ist unser Leben, unsere Zukunft! Das könnt ihr mir nicht nehmen!« Sie krümmte sich in einem Hustenanfall, würgte. »Das dürft ihr mir nicht nehmen. Nicht auch noch das.« Durch die zusammengekniffenen Augen erkannte sie einen Schemen, der auf sie zuhielt. »Felix«, flüsterte sie. Der Gedanke an ihren Bruder verzehrte sie von innen, wie es das Feuer von außen tat. Existierte Gott tatsächlich? War dies der Eingang zur Hölle, in der sie büßen sollte für ihren Moment der Unachtsamkeit? Jeder Atemzug schmerzte. »Nimm ihn mir nicht weg!« Wer? Wen? War es wirklich Felix gewesen?

»Lucía!« Luís. Angestrengt rang sie nach Luft, aber alles, was sie inhalierte, war Asche. Sie schwankte. Luís würde sie retten. Luís war immer ihre Rettung.

»Ich bringe dich hier weg.« Er keuchte. Sein Gesicht war schwarz. Der Himmel war schwarz. Vor ihren Augen wurde es schwarz.

Das Erste, was sie roch, als sie aufwachte, war Rauch. Aber darunter verbarg sich eine feinere Note, ein Duft, den Lucía schon zu lange vermisst hatte: das Parfüm des Regens. Ihre Augen waren gereizt, selbst als sie sie öffnen konnte, nahm sie ihre Umgebung nur verschwommen wahr. Ihre Finger schmerzten, sie spürte pralle Brandblasen. Ihre Kehle brannte immer noch. Sie tastete sich zum Fenster, öffnete es weit. Regen trommelte sein beruhigendes Lied im Zwielicht der Dämmerung. Tief sog sie die Luft ein, um ihre in Mitleidenschaft gezogene Lunge zu kühlen.

»Du bist wach.« Luís betrat leise das Zimmer. Sie wollte sich die Augen reiben, aber er hielt sie davon ab. »Morgen wird es besser sein. Ich bin auch halb blind.« Er lachte, ein heiseres Bellen.

»Das Hotel?«, wisperte Lucía und wollte die Antwort gar nicht hören. Sie schloss die Augen, die ihr sowieso nichts nützten, aber sie konnte die Tränen trotzdem nicht zurückzudrängen.

»Es ist alles gut, *amor*, meine Liebste. Es ist alles gut. Durch den Rauch haben wir die Wolken nicht wahrgenommen, die der Wind herangeblasen hatte.

Es fing an zu regnen, kurz nachdem wir den Brandort verließen. Zusammen mit dem Löschfahrzeug konnte das Feuer so unter Kontrolle gebracht werden. Die Männer haben ihr Bestes gegeben. Nur eine Wand ist schwarz, die kann man streichen. Und viele der Olivenbäume sind angekokelt. Dieses Jahr werden wir nicht ernten können, aber die Bäume werden sich erholen.« Er hustete.

»Mas Caials?«

»Der Hof hat keinen großen Schaden genommen, weil der Wind das Feuer vom Gebäude wegblies. Die Leute konnten fliehen. Einige der Ziegen auch. Nicht alle, aber einige.«

Lucía nickte betroffen.

»Du hast dich in Gefahr gebracht, Lucía.« Seine Stimme war eindringlich. »Was hätte ich nur getan, wenn dir etwas passiert wäre? Du bist mein Leben, verstehst du mich? Was bliebe von mir übrig, wenn du nicht mehr hier wärst?«

Lucía schluchzte auf, tastete sich auf die verschwommene Gestalt ihres Mannes zu, krallte die Finger in sein Hemd. Er würde sie nie anlügen, das wusste sie. Er würde nie an ihr zweifeln. Feuer reinigte, sagte man. War sie nah genug dran gewesen, damit es all ihre Verfehlungen hatte ausmerzen können?

Es regnete zwei Tage lang ununterbrochen, ein stetiger, aber nicht übertrieben heftiger Regen. Das Wasser gurgelte in den Dachrinnen und plätscherte auf die Gassen, die schwüle Wärme war erfrischenderen Temperaturen gewichen. Lucía stand in der Küche des Hotels, die Fenster weit geöffnet, und starrte in das hypnotisierende Rauschen. Sie sollte eigentlich zu Hause im Bett sein, wie der Arzt verordnet hatte, aber nach einem Tag mit in Kamillesud getränkten Kompressen auf den Augen und Salbe an allen Fingern hielt sie es nicht länger aus, untätig herumzuliegen. Sie nahm ihre gewohnte Routine wieder auf und begutachtete als Erstes den Schaden am Hotel. Die Regentropfen hinterließen ihre Fingerabdrücke auf der dem Feuer zugewandten Ostwand des Gebäudes und malten ein unwirkliches Bild in Schwarz und Grau. Ein Bild des Grauens, das die Verfassung ihrer Seele widerspiegelte. Bis zur Eröffnung würden sie sie nicht streichen können. Das Hotel würde sich nicht in einem perfekten Zustand präsentieren, aber sie war nun mal nicht perfekt – wie sollte es dann irgendetwas sein, das sie anfasste? Es gab viel zu tun, alles stank nach Rauch, sie wollte die Bettwäsche der Zimmer waschen, die bereits reserviert waren, aber sie fühlte sich ausgebrannt und all ihrer Kraft beraubt. Morgen stand ihr Treffen mit Agustín an, und auf einmal wusste sie nicht, ob sie ihn überhaupt sehen wollte. Ob sie hören wollte, was er ihr sagen würde. Sie wusste nicht, ob sie hoffen sollte, dass es ihr Bruder gewesen war, den sie gesehen hatte, oder doch nicht. Es würde so viel Erklärung brauchen vonseiten Agustíns, es würde bedeuten, dass er sie angelogen hatte. Ihr Magen verknotete sich, wenn sie daran dachte, und der kalte Schweiß brach ihr aus. Bevor sie wusste, wie ihr geschah, kniete sie vor dem Putzeimer und übergab sich.

Luís war dagegen, sie nach Figueras fahren zu lassen.

»Ich bin gesund und es geht mir gut«, verteidigte Lucía die Fahrt. Wenn er wollte, könnte er es ihr verbieten. Sie schlang ihre Arme um ihn und küsste ihn. »Es fehlen noch einige Sachen für Samstag. Ich muss fahren.«

»Dann komme ich mit.«

Lucía erstarrte kurz. Sie wollte, sie könnte zustimmen. Das bedeutete, dass sie keine Geheimnisse vor ihm hätte. Sie wollte keine Geheimnisse mehr vor ihm haben. Und doch musste sie Agustín treffen; er war das Tor zu ihrer Vergangenheit. Er hielt den Schlüssel in der Hand, der sie zu ihrem Bruder und zu Felicidad führen konnte. Er musste nur aufsperren. Er würde doch aufsperren?

»Du musst die Wand waschen«, wandte sie schwach ein. Wann hätte diese Lügerei ein Ende?

Die Fahrt glich einer Tortur. Der Regen hatte Schlaglöcher und Rinnen in die Straßen gefressen, die den Bus noch mehr holpern und rumpeln ließen als sonst. Als Lucía in der Stadt ankam, wünschte sie sich, nie wieder einen Fuß in das Fahrzeug setzen zu müssen. Unter größter Anstrengung schleppte sie sich von einem Geschäft zum anderen, kaufte auf dem Markt, was sie brauchte, und bat die Zeit, sie möge Mitleid mit ihr haben und schneller vorbeigehen. Um ein Uhr, statt wie üblich um zwei, stand sie bereits vor dem Hotel. Die Dame am Empfang erkannte sie und reichte ihr den Schlüssel. Die Missbilligung in ihrem Gesicht trieb Lucía Hitze in die Wangen. Gerne wollte sie ihr erklären, dass es nicht so war, wie sie wahrscheinlich dachte, aber was war es denn wirklich? Sie traf sich mit einem Mann, der nicht ihrer war. Wer würde das schon verstehen? Wer würde verstehen, dass ihre Seelen seit Jahren oder noch länger miteinander verflochten waren, dass das Band eines verschwundenen Kindes ihre Herzen miteinander verband?

Als sie Schritte im Gang hörte, setzte sie sich auf. Die Dame unten musste Agustín informiert haben darüber, dass sie, entgegen ihrer Abmachung, vor ihm das Zimmer bezogen hatte. Seine Schritte wurden langsamer, je näher er der Tür kam. Zögernder. Blieben stehen. Lucía ahnte, wie Agustín seinen Hut abnahm. Den Kopf senkte. Zögerte, zauderte. Er schuldete ihr eine Erklärung. Und sie hoffte so sehr, dass sie plausibel war.

»Du bist schon hier.« Er schloss die Tür hinter sich und blieb an Ort und Stelle stehen.

Lucía erhob sich vom Bett und zupfte ihren Mantel zurecht, den sie nicht einmal ausgezogen hatte. Heute stand ihr der Kopf nicht nach Berührungen und Zärtlichkeiten. Tief atmete sie ein und wieder aus und sah ihn dann direkt an. Die Angst in seinen Augen erübrigte die Frage, aber sie stellte sie trotzdem: »War es mein Bruder, den ich mit dir gesehen habe?«

»Ja.«

Ihre Welt und ihr Glaube an Agustíns Liebe zu ihr erzitterten und vorsichtig setzte sie sich wieder aufs Bett. Agustín machte einen Schritt auf sie zu, aber Lucía hob die Hand.

»Wie lange? Wie lange hast du mir vorenthalten, dass mein Bruder hier in Figueras ist?«

»Mercedes«, flehte Agustín.

»Nenn mich nicht so!« Sie konnte nicht mehr Mercedes sein für ihn.

»Lucía. Verzeih mir, Lucía. Es ist alles nicht so einfach ... Ich wusste doch selbst nicht ...«

»Antworte mir, Agustín!« Sie wollte stehen, um ihrer Wut mehr Kraft zu verleihen, aber ihre Beine trugen sie nicht. Agustín bewegte sich vorsichtig, als ob er Angst hätte, dass sie ihn anspringen würde in einem unbedachten Moment, und setzte sich steif auf den Stuhl.

»Er ist mein Vorgesetzter.«

Das Wort hing zwischen ihnen in der Luft wie eine Wolke.

Ungreifbar.

Lucía schüttelte verwirrt den Kopf. »Dein Vorgesetzter? Er ist viel jünger als du.«

»Mehr Ehrgeiz. Mehr Verdienste. Er ist der Hauptmann der Kompanie, Lucía. Ich bin nur sein Stellvertreter.«

Capitán F. Heras Gonzalez. Die Unterschrift unter der Benachrichtigung leuchtete vor ihr auf. F für Felix. Dort, auf jenem Stück Papier, hatte er die ganze Zeit existiert, ohne dass sie von ihm gewusst hatte. Ohne dass Agustín ihr von ihm erzählt hatte.

»Wie konntest du mir das verschweigen, Agustín? Wie konntest du nur? Ausgerechnet du von allen Menschen, wo du doch weißt, wie sehr ich unter seinem Verschwinden gelitten habe!« Tränen strömten über ihr Gesicht. Stumm reichte ihr Agustín sein Taschentuch, aber Lucía wischte sich die Wangen mit der Hand trocken. »Du hast mir gesagt, dass du nach ihm geforscht hast, während er die ganze Zeit in der Kaserne saß. Du hast gesagt, es sei unmöglich, ihn zu finden, und ich solle die Hoffnung endlich begraben, ihn wiederzusehen. Was habe ich dir getan, dass du mich dermaßen bestrafst? Reiße ich mich nicht schon in zwei Stücke, jede Woche, damit ich bei dir sein kann? Riskiere ich nicht, meinen Mann und den Vater meiner Kinder zu verlieren, nur um bei dir zu sein?« Dann verstand sie. »Es ist wegen Felicidad, nicht wahr? Du bestrafst mich dafür, dass ich unsere Tochter verloren habe, ist es das?«

»Lucía, *amor*, Liebes ...«

»Wie kannst du mir sagen, dass du mich liebst?«, schrie sie.

Agustín schlug mit der Faust auf den Tisch. »All das tue ich doch nur aus Liebe zu dir! Du bist die Luft, die ich zum Atmen brauche; jahrelang war ich kurz davor zu ersticken, bis du endlich wieder in mein Leben getreten bist! Ich war eine leere Hülle, nichts und niemand bedeutet mir so viel wie du, und doch kann ich dich nur stundenweise haben. Du hättest mir doch schon lange den Rücken zugekehrt, wenn ich mich nicht für deinen Mann eingesetzt hätte. Wenn ich dich nicht hätte glauben lassen, deinen Bruder oder unsere Tochter finden zu können. Meinst du, ich weiß nicht, dass es keine gemeinsame Zukunft für uns gibt? Meinst du, ich hätte nicht gesehen, mit welcher Hingabe du für deinen Mann gekämpft hast? Ich wollte die Zeit, die uns blieb, einfach strecken. Das Ende hinauszögern. Ich brauche dich, Lucía, und ich werde dich niemals haben können.« Er war weiß im Gesicht. Und Lucía verstand nun, was sie an dem Tag vor einer Woche in seinen Augen gesehen hatte. Macht. Die Macht, die er über sie hatte, indem er eine Karotte vor ihrer Nase baumeln ließ, der sie bereitwillig folgte. Er hatte sie geködert, hatte sie hingehalten und sie hatte ihm geglaubt in ihrer Verzweiflung. Von diesem Triumph war nichts mehr übrig.

»Ich habe dich geliebt«, flüsterte sie. »Ich dachte, es wäre möglich, euch beide zu lieben.«

Bei ihren Worten brach Agustín in Tränen aus. Hart und abgehackt schluchzte er, versteckte sein Gesicht zwischen den Fingern. Ein kleiner Teil ihres Herzens wollte die Hand ausstrecken, um ihn zu trösten. Aber ihr Verstand hielt sie zurück.

»Was ist mit Felicidad? War das auch nur eine Masche, um mich länger an dich zu binden?« Bitte nicht. Bitte, bitte nicht.

Er hob den Kopf. Es war kein Licht mehr in seinen Augen. Sie hatten ihre Magie verloren, waren glanzlos und stumpf.

»Ich habe nach ihr gesucht. Ich schwöre es dir. Ich habe getan, was in meiner Macht stand, und mehr. Lag es etwa nicht auch in meinem Interesse, sie zu finden? Dir waren wenigstens drei Jahre mit ihr vergönnt gewesen. Ich durfte sie nie kennenlernen!« Er war laut geworden und Lucía konnte seinen Schmerz verstehen. Sie konnte. Aber sie wollte nicht. »Es gibt keine offizielle Todesurkunde. Aber es gibt auch sonst keine Spur von ihr. Es ... es tut mir so leid. Ich habe versagt.«

Lucía war sich sicher, dass Agustín das Geräusch auch hörte oder dass er es zumindest spürte. Das Geräusch, als das unsichtbare Band zwischen ihnen riss, das Band jener verzweifelten Verbindung, die Felicidad noch dargestellt hatte. Gesprengt wie eine

Eisenbahnbrücke. Stumm saßen sie sich gegenüber, sie auf dem Bett, er auf dem Stuhl, den Kopf gesenkt. Lucía betrachtete ihn, und so sehr sie sich bemühte, konnte sie die Zärtlichkeit nicht vollständig unterdrücken. Erneut stiegen ihr Tränen in die Augen und sie ließ sie laufen, leise, jede von ihnen eine Erinnerung an die viel zu kurze Zeit, die sie miteinander hatten erleben dürfen. An diese Liebe, die schon existiert hatte, bevor sie davon wussten, und nun von Schuld und Lügen zerfressen vor ihnen lag. Lautlos entschuldigte sie sich bei dieser Liebe.

»Wie lange weißt du schon ...« Ihre Stimme brach. Wie lange belog er sie schon?

»Dass Felix dein Felix ist?« Lucía nickte. Agustín blickte an ihr vorbei zum Fenster. Sie erkannte den Wunsch auf seinem Gesicht, davonzufliegen, sich ihrer Frage nicht stellen zu müssen. Sie erkannte den Wunsch, sein Schweigen bereits vor vielen Wochen gebrochen zu haben, um etwas zu retten, was nie hätte gerettet werden können. »Erinnerst du dich, dass ich in Barcelona war? Ich habe Wege gesucht, deinen Mann zu befreien. Ich dachte, ich grabe ein wenig in der Vergangenheit des *Capitán*, finde vielleicht etwas, mit dem sich Druck ausüben ließe. Wie Politik halt funktioniert.« Es klang furchtbar bitter und so, wie das Licht nun auf sein Gesicht fiel, war sich Lucía sicher, Fältchen zu sehen, die sich erst in den letzten paar Tagen in seine Haut gegraben hatten. »Felix ist kein ungewöhnlicher Name, mir wäre nie in den Sinn gekommen ... Aber als ich auf seine Adoptionspapiere stieß und seinen ursprünglichen Nachnamen sah – Sants Duran, so wie du, Mercedes. Da wusste ich es.«

»Adoptiert«, murmelte Lucía.

»An dem Tag, als ich dir von der Freilassung deines Mannes berichtet habe, hätte ich es dir sagen sollen. Ich konnte nicht. Und dann ... Er wird bald nach Gerona versetzt werden. Ich dachte, ihr würdet euch nie über den Weg laufen. Du würdest nie erfahren ...«

»Ich möchte ihn sehen.«

Agustín richtete sich ruckartig auf. »Nein. Das ist keine gute Idee.«

»Bist du mir das nicht schuldig?«

»Es dreht sich nicht immer alles um Schuld, Lucía. Verstehst du das nicht? Du meinst, du hättest dein ganzes Leben lang die Schuld mit dir herumgeschleppt, deinen Bruder verloren zu haben. Inmitten eines Luftangriffs, gerade nachdem deine Mutter tödlich getroffen worden war! Die Umstände waren an all dem schuld, nicht du allein. Warum auch ist er davongerannt, anstatt bei dir zu bleiben?«

Lucía wurde unruhig. Er hatte recht. Schlussendlich war es der Krieg gewesen, der in seiner Kettenreaktion dafür gesorgt hatte, das passierte, was passiert war.

»Aber was hat das nun damit zu tun, dass ich Felix nicht sehen soll?«

»Hast du verstanden, was ich dir gesagt habe?«, fragte Agustín eindringlich. Sie nickte irritiert. »Es ist nicht deine Schuld, dass er geworden ist, wer er heute ist.« Seine Worte formten kalte Wellen, die sich auf ihre Haut legten und das Blut darunter langsam einfroren.

»Dein Bruder ist zwar Hauptmann der Kompanie hier in Figueras. Aber er ist auch, und vor allem, Leiter der Spezialeinheit, die in der Provinz Jagd auf die *Maquis*, die Widerstandskämpfer, machen. Wenn er in den Pyrenäen unterwegs ist, wo sich die Kerle bevorzugt verstecken, dann halte ich hier als sein Stellvertreter die Stellung.«

Lucía nickte. Bis hierhin konnte sie alles verkraften.

»Er ist nicht mehr der kleine Junge von damals. Auch ihn haben die Umstände geformt. Während ich nur so tue, als ob ich Francos Ideologien folge, damit ich in Ruhe gelassen werde, ist Felix überzeugter Faschist. Er glaubt an das Recht des Gewinners, und Franco hat nun mal gewonnen. Und alles, was sich ihm in den Weg stellt, muss vernichtet werden. Felix hasst die Widerstandskämpfer. Sie sind Abschaum für ihn. Eine Beleidigung für Spanien.«

Lucía fror mit jedem Wort mehr. Sie konnte sich kaum mehr bewegen. Das war nicht ihr kleiner Bruder. Wie konnte er sich so verändert haben?

»Ihm kam zu Ohren, dass es eine Zelle gibt, die *Maquis* über das Meer einschleust. Er war verantwortlich für Luís' Festnahme, Lucía. Nicht ich. Ich führte sie nur aus, weil er unterwegs war. Und wäre es nach ihm gegangen, wäre Luís bereits tot. Er kennt keine Gnade.« Er stand auf, tigerte in dem kleinen Raum auf und ab, immer darauf bedacht, Abstand zu ihr zu halten. Aber sie hätte sich nicht rühren können, hätte sie es gewollt. Sie war zu Eis erstarrt.

Agustín setzte sich wieder. »Ich habe ihm gesagt, wer du bist. Ich habe ihm gesagt, dass Luís der

Mann seiner Schwester ist. Es war ein unangenehmes Gespräch. Natürlich ist seine Adoption kein Geheimnis, aber ihm zu erklären, warum ich meine Nase in seine Akte stecke ... Sagen wir so: Ein paar Lügen mehr auf meinem Konto.« Bitter lachte er auf. »Schwer genug war es, ihn davon zu überzeugen. Noch schwerer, ihm zu erklären, woher wir uns kannten, ohne zu viel zu verraten. Aber es war ihm sowieso egal. Ihr steht auf der falschen Seite des Gesetzes. Schließlich habe ich einige schmutzige Details gefunden, die ich gegen den Richter des Falles verwenden konnte, um Luís vor dem Erschießungskommando zu retten. Ich habe viel riskiert für deinen Mann, Lucía. Felix war wild wie der Teufel, als er von dessen Freilassung erfuhr. Ich erklärte ihm, dass er uns vielleicht zu weiteren Mitgliedern der Zelle führen würde. Er war ja Fischer, mit oder ohne eigenem Boot. Er würde wieder hinausfahren, dachten wir. Aber da hast du ihm einen Strich durch die Rechnung gemacht mit deiner Idee vom Hotel.«

Sie konnte nicht anders, als hysterisch zu lachen. Das Eis sprang ab. »Das ist genau die Argumentation, die ich verwendet habe, um Luís davon zu überzeugen, nicht mehr aufs Meer zu fahren.« Sie lachte, bis ihr die Tränen kamen, und dann weinte sie. Sie hörte, wie Agustín aufstand und sich ihr näherte, spürte, wie das Bett neben ihr einsank, als er sich hinsetzte, und fühlte seine Hand auf ihrem Rücken, wie sich nur seine Hand auf ihrem Rücken anfühlte. Als wäre sie sein Klavier, auf dem er mit langen Fingern melancholische Melodien spielte. Da weinte sie nur noch stärker, denn sie wusste instinktiv, dass es das letzte Mal war, dass sie so nebeneinandersitzen würden.

Sie wollte, sie könnte ihn hassen.

Lucía wusste nicht, wie sie es geschafft hatte, sich mit ihren beiden Körben vom Hotel bis zum Bus zu schleppen. Agustín hatte ihr angeboten, sie zu begleiten, aber sie hatte abgelehnt. Wozu den Abschied hinauszögern? Er blieb unausgesprochen, lautlos schließlich, und sie fragte sich, ob Agustín damit rechnete, sie wiederzusehen.

Ernesto erschrak, als er sie in dem Zustand sah, aber sie erklärte ihm nur, dass sie sich nicht wohlfühlte. Es entsprach der Wahrheit; der Druck der letzten paar Wochen und Monate forderte seinen Preis. In der Mitte der Strecke wartete sie auf das übliche Geräusch des reißenden Herzens, aber dieses Mal blieb es aus. Sie wusste nicht, ob sie froh sein sollte darüber oder wehmütig. Sie wusste nur, dass sie sich von Kurve zu Kurve schlechter fühlte. Ihr Kopf dröhnte von den vergossenen Tränen und den Fragen, die Agustíns Enthüllungen über Felix aufwarfen. Die Übelkeit, die in den letzten Stunden nachgelassen hatte, überrollte sie erneut wie eine Sturmflut. Erschöpft schloss sie die Augen, nur um sich auf dem Heuwagen wiederzufinden, auf dem sich ihr Leben so abrupt verändert hatte. Um sie herum spritzten Maschinengewehrkugeln, die leeren Augen ihrer Mutter starrten sie an und sie sah zu, wie ihre Finger sich im Zeitlupentempo von der Hand ihres Bruders lösten, einer nach dem anderen, jeder Finger ein Mahnmal für den Verlust eines geliebten Menschen: Vater, Mutter, Felix, Felicidad, Agustín. Sie hörte sich den Namen ihres Bruders schreien, sah ihn verloren durch die Landschaft irren, plötzlich hatte er eine Pistole in der Hand, wozu die Pistole, Felix? Vor ihr tauchten Pfähle auf, an jedem Pfahl stand angebunden eine Person, und ihr Bruder erschoss eine nach der anderen, kaltblütig, eine nach der anderen knickte ein und kippte nach vorne, nur noch von der Handfessel am Pflock gehalten. Vor der Letzten hielt er inne. Sie erkannte Luís.

»Nein!«, schrie sie. Felix blickte über die Schulter und lächelte, ein kindliches Lächeln, ganz und gar nicht bösartig. Dann drückte er ab.

»Nein!«, schrie sie wieder, riss die Augen auf. Ihr war, als würde die Kugel in ihrem Unterleib einschlagen. Sie beugte sich in den Mittelgang und übergab sich.

Luís war außer sich, als er sie in dem Zustand sah, packte sie ins Bett und rannte los, um den Arzt zu holen.

Es sei die Erschöpfung, versuchte ihm Lucía zu übermitteln, die Aufregung, der Druck, das Feuer. Der Arzt nickte, horchte, drückte und stellte Fragen. Nach einigen Minuten der Untersuchung drehte er sich zu Luís um.

»Ich glaube, ich darf gratulieren. Ihre Frau ist einfach nur schwanger.«

Luís starrte den Arzt an. Lucía starrte Luís an. Dann breitete sich ein seliges Lächeln auf seinem Gesicht aus, er setzte sich zu ihr aufs Bett und umarmte sie.

»Ist das nicht wunderbar? Vielleicht wird es endlich ein Mädchen! Eine kleine Lucía, die so aussieht wie du. Die wunderschönste Frau der Welt.«

Der Arzt räusperte sich, um Aufmerksamkeit zu erlangen. »Sie ist geschwächt, wahrscheinlich durch all die, ähm, Ereignisse der letzten Zeit. Ein paar Tage Bettruhe würden ihr guttun.«

»Wie weit bin ich?«, fragte Lucía leise.

»Circa acht Wochen, würde ich sagen. Sechs bis acht Wochen.«

Luís strahlte sie an und flüsterte ihr ins Ohr: »Die erste Nacht nach meiner Freilassung. Du erinnerst dich? Wie Frischverliebte ...«

Automatisch nickte Lucía. Sechs bis acht Wochen.

Sie fing an zu weinen.

Sie fing an zu lachen.

Der Arzt zog Luís mit sich. »Wir sollten sie ausruhen lassen. Frauen in ihrem Zustand reagieren manchmal, ähm, etwas hysterisch.«

KAPITEL 23

Sie waren für die Ewigkeit

Cadaqués, Oktober-November 1952

Lucía protestierte gegen die verordnete Bettruhe, aber schließlich war es ihr Körper, der sie dazu zwang, zumindest den ganzen Freitag und den halben Samstag zu ruhen. Paulina kümmerte sich aufopfernd um sie, ihre Augen glänzten vor Vorfreude auf einen dritten Enkel. Sie war es auch, die mit Luís zusammen das Hotel für die Eröffnungsfeier vorbereitete, sodass Lucía am Samstag nur mehr die Paella kochen musste.

Und die kochte sie gut. Hervorragend, wenn sie den Stimmen der Gäste Glauben schenken wollte. Die Dorfbewohner waren erst nur zögerlich hereingetropft, aber in dem kleinen Ort verbreiteten sich gute Nachrichten schnell und bald wurde aus dem Tropfen ein stetiger Strom. Wer bis zu dem Tag ihr Vorhaben für eine Schnapsidee gehalten hatte, nickte nun zustimmend mit dem Kopf. Fremde im Ort – ein Gedanke, den die Alteingesessenen mit Zweifel betrachteten, wie sie selbst zu spüren bekommen hatte vor all den Jahren. Aber die Zeiten änderten sich, und sie mussten sich mit ihnen ändern. Und ja, unter dem Strich kam der Fremdenverkehr allen zugute.

In all diesen Stunden und den Tagen, die darauf folgten, stand ihr kaum Zeit zur Verfügung, an anderes zu denken. Abends, oder spät nachts, besser gesagt, fiel sie erschöpft ins Bett und schlief sofort ein. Sie war froh darum. Die Übelkeit, die ihr in den beiden letzten Schwangerschaften erspart geblieben war, plagte sie weiterhin, was vor allem die älteren Frauen zu der Vermutung antrieb, dass sie ein Mädchen erwartete. Lucía wollte kein Mädchen. Und doch wünschte sie sich nichts mehr als ein Mädchen. Miguel und Francisco waren noch skeptisch, was ein weiteres Mitglied der Familie anging.

»Da ist ja nichts drinnen«, sagte Francisco und stupste gegen ihren Bauch. Doch, es war etwas drinnen und Lucía war froh, dass sie ihre Stimmungsschwankungen der weiblichen Hysterie zuschreiben konnte, sodass Luís nicht bemerkte, wie sehr sie innerlich mit sich kämpfte. Aber als Paulina erneut eines Tages weise nickte und auf ein Mädchen verwies, warf Lucía frustriert die Hände in die Luft. »Und wenn es kein Mädchen wird, geht dann die Welt unter?«

Luís lachte. »Egal, ob Junge oder Mädchen. Das Geschlecht spielt doch keine Rolle. Es ist aus Liebe entstanden, das ist alles, was zählt. Nicht wahr?«

Ja. Aber aus Liebe zu wem war es entstanden?

»Herzlichen Glückwunsch.« Ernesto deutete auf Lucías Bauch und zog dann einen Brief hervor. Lucía erkannte die Schrift auch im schwachen Schein der Laterne und schluckte. Als sie danach griff, ließ Ernesto nicht los, sondern sah sie eindringlich an.

Sie verstand die unausgesprochene Frage und es schmerzte, ihn zu belügen. Sachte schüttelte Lucía den Kopf. »Nur eine alte Freundin, Ernesto. Nur eine alte Freundin.« Sie drehte den Umschlag um, auch wenn sie sicher war, dass Ernesto den Absender bereits kannte. Felicidads Name prangte in Agustíns gleichmäßiger Schrift auf der Rückseite. Vergangenheit. Nur alte Freunde, beide, die man einst lieb gewonnen und dann aus den Augen und aus dem Herzen verloren hatte.

Meine Liebe,
der Donnerstag kam und ging und ich habe vergeblich auf dich gewartet. Damit musste ich rechnen und hoffte doch, mich zu irren. Dass ich dich enttäuscht habe, verfolgt mich bis in meine Träume. Deine Tränen brennen wie Säure auf meiner Haut. Ich wünschte, es gäbe eine Zukunft für uns, aber inzwischen glaube ich, dass unsere Liebe von vornherein unter einem schlechten Stern stand. Und trotzdem kann ich sie nicht aufgeben. Ich habe vieles falsch gemacht in meinem Leben. Dich zu lieben, ist eines der wenigen Dinge, die ich nicht bereue. Erinnerst du dich, was ich dir damals am Strand von Argelès sagte? Dein Name stand schon in meinem Herzen geschrieben, bevor ich dich kennenlernte. Dort wird er ewig stehen bleiben.
Ich bin der Waffen und der Befehle müde. Vielleicht werde ich deinen Rat befolgen und frei über mein Tun entscheiden. Bis ich den Mut dazu finde, werde ich weiterhin jeden Donnerstag auf dich warten.
Hochachtungsvoll, Agustín

Lieber Agustín,
wir waren Träumer, Agustín, geliebter Agustín, wir haben uns glückliche Stunden erträumt, die in dieser Wirklichkeit nicht existieren können. Und nun sind wir aufgewacht aus diesem Delirium, enttäuscht vom Leben, enttäuscht voneinander. Du magst aus dieser Liebe heraus gehandelt haben, die uns unser halbes Leben bereits miteinander verbindet. Vielleicht wolltest du mich sogar beschützen, indem du mich angelogen hast. Könnte ich dir verzeihen? Ja, ich könnte. Ich wollte, ich könnte in deine wunderschönen grauen Augen schauen und sagen: Wir sind für die Ewigkeit. Aber der Moment ist gekommen, in dem ich mein Herz nicht mehr länger aufteilen kann. Ich erwarte ein Kind, Agustín, und ich muss Stellung beziehen. Deswegen werden wir uns nicht wiedersehen.
In Liebe, Lucía

Bevor sie es sich anders überlegte, faltete sie den Brief zusammen und steckte ihn in den Umschlag. Er wog so schwer in ihrer Hand, und noch viel schwerer in ihrer Seele. Hatte sie die richtigen Worte gewählt? War es überhaupt möglich, einen Abschied in so wenigen Zeilen richtig zu formulieren? Sie dachte, sie würde sich befreit fühlen. Ihr Entschluss stand fest. Die Wurzeln des Olivenbaums waren in tiefere Schichten vorgedrungen und er konnte aus eigener Kraft stehen. Der Baum brauchte die Erde nicht mehr, aus deren Schoß er einst als Sprössling emporgewachsen war. Also hatte der Krieg im Nachhinein auch etwas Gutes an sich gehabt – über all die Schmerzen und Verluste hatte er sie schließlich zu Luís geführt. Bei ihm war sie zu Hause. Und doch brachte sie es nicht über ihr Herz, den Brief abzuschicken. Noch nicht. Sie steckte ihn zu Agustíns Briefen, ganz hinten in ihrem Schrank, in einem Mantel eingewickelt, der ihr dieses Jahr sowieso nicht mehr passen würde. Zärtlich strich sie über ihren noch flachen Bauch. Natürlich war das Kind von Luís. Ganz bestimmt.

Zwei Wochen verstrichen wie im Flug, der Oktober verabschiedete sich mit kühlen Temperaturen und rauer See. Das Dorf rüstete sich für die Olivenernte, Paulina freute sich darauf, ihre Seife herstellen zu können, und Lucía fühlte sich endlich besser. Körperlich. Wieder waren zwei Donnerstage vergangen, an denen Agustín vergeblich auf sie gewartet hatte, und immer noch lag ihr Brief im Schrank. Schließlich war es Paulina, die ihr die Entscheidung abnahm.

»Fühlst du dich gut genug, um nächste Woche zum Markt zu fahren?«, fragte sie. »Ich bräuchte noch Natronlauge für die Seifenherstellung.«

An dem Nachmittag setzte sich Lucía an den Tisch, wohl wissend, dass Luís mit den Kindern noch auf dem Feld war und der Kanincheneintopf bereits im Topf schmurgelte, und verfasste einen neuen Brief.

Lieber Agustín,
Abschied lässt sich nicht schreiben, aber der Zeitpunkt ist nun gekommen: Ich bin schwanger. Von Luís. Noch ein letztes Mal werde ich dich

sehen, nächsten Donnerstag, in der Kaserne, wo unsere Treffen ihren Anfang nahmen. So wird sich der Kreis schließen.
Es ist das einzig Richtige.
Lucía

Gerade, als der Bus den Hügel hinter sich ließ, der Cadaqués vom Rest der Welt abschnitt und in die Ebene des Alto Ampurdán einfuhr, durchbrachen die ersten Sonnenstrahlen das graue Licht des frühen Novembermorgens und badeten die schneebedeckten Berge der Pyrenäen am Horizont in ein weiches rosafarbenes Licht. Sie fuhren direkt hinein in dieses friedliche Bild und eine besonnene Ruhe legte sich über Lucía. Ihr Herz blieb ganz und schlug kräftig und regelmäßig, beide Hälften zu einer Einheit verschweißt. Ihr Herz war ihr Leben, und auch wenn sich Wege trennten, Freunde und Liebste zurückblieben, blieben unauslöschbar ihre Fußabdrücke in ihm zurück. Das Herz würde trotzdem weiterschlagen, unbeirrbar in seinem Willen, das Leben zu leben. Jetzt. Nicht in der Vergangenheit. Die Sanduhr ihrer Schuldigkeiten war abgelaufen.

Ruhig und entspannt verrichtete sie ihre Einkäufe. Ruhig aß sie ihr mitgebrachtes Essen auf einer Bank auf der Rambla. Die Platanen hatten ihre Blätter beinahe alle verloren, nur noch vereinzelte hingen an den Ästen und wehrten sich gegen den Kreislauf des Lebens. Der nächste Wind würde ihr Schicksal besiegeln. Alles, was einen Anfang hatte, hatte auch ein Ende. Kurz vor zwei Uhr erhob sie sich und schritt in Richtung der Avenida José Antonio. Da wurde sie langsam nervös. Sie erinnerte sich an den Tag vor fünf Monaten, kurz vor *San Juan*, als sie das erste Mal diese Straße entlanggegangen war. Voller Furcht um das Leben ihres Mannes, voller Ungewissheit darüber, was sie erwartete. Der gleiche schnauzbärtige Mann saß am Eingang, um sie durch den Gang nach hinten zu begleiten.

»Herein«, erklang es sofort von drinnen und nur Lucía war fähig, den leichten Misston in Agustíns Stimme zu erkennen. Eine feine Nuance nur, die erwartungsvoll von hoffnungslos unterschied. Nun, als sie die Klinke hinunterdrückte, zitterten ihre Hände doch, und sie atmete tief ein und wieder aus.

Ganz kurz glaubte sie, Verwirrung in seinem Gesicht zu sehen, dann legte sich eine neutrale Maske darüber.

»Du bist zu früh.«

Lucía sah auf die Tischuhr. Fünf Minuten vor zwei. Gab es einen geeigneten Zeitpunkt, um sich Lebewohl zu sagen? Er hatte sie mit seinem Kommentar aus dem Konzept gebracht und sie blieb stehen, unschlüssig, was sie darauf antworten sollte. Agustín beobachtete sie, die Hände hinter dem Rücken verschränkt, als ob er sich selbst Fesseln angelegt hätte.

»Du strahlst, Lucía. Die Schwangerschaft bekommt dir gut.« Sie nahm es ihm nicht übel, dass er ihr nicht gratulierte. »Es ist also von deinem Mann?«

In dem Wissen, dass sie mit ihrer Antwort all seinen verbliebenen Hoffnungen den Todesschlag versetzte, log sie: »Ja. Ja, es ist von Luís.« Ihre Stimme bebte. Es wäre so leichter für ihn, sie loszulassen.

Agustín schloss die Augen und senkte den Kopf. Die Uhr auf dem Tisch tickte leise. Lucía zählte mit. Nach langen fünfundvierzig Sekunden sah er sie endlich an.

»Dann soll es so sein«, flüsterte er.

Sie wollte auf ihn zugehen – wozu eigentlich? Keine tröstende Geste oder sanften Worte wären kraftvoll genug, um seinen Schmerz zu lindern – als es an der Tür klopfte und sie eine Sekunde später aufflog. Lucía fuhr herum und erstarrte mitten in der Bewegung. Das Ticken der Uhr hielt inne.

»Warum haben Sie mich herbestellt, *teniente?*«, polterte Felix, aber er sah dabei nicht Agustín an, sondern Lucía. »Was macht sie hier? Was zum Teufel machst du hier?«

Agustín räusperte sich. »*Capitán*, Ihre Schwester wollte Sie gerne treffen. Sie haben sich bestimmt einiges zu erzählen.«

»Und Sie spielen den freundlichen Verkuppler, Oberleutnant?«, knurrte Felix, aber sein Gesicht nahm weichere Züge an. Lucía erkannte darin einen Rest des kleinen Jungen, der er einmal gewesen war, und die Sehnsucht nach ihrer Kindheit, nach dem Herumtollen mit ihrem kleinen Bruder, raubte ihr den Atem.

Agustín nickte und salutierte. »Mit Ihrer Erlaubnis, *capitán*, würde ich mich jetzt zurückziehen.« Aber als er an Lucía vorbeiging, griff sie nach seiner Hand. Sie war kalt.

»Bitte bleib«, flüsterte sie.

Stoisch starrte er geradeaus. Felix zog die Augenbraue hoch. Dann drückte Agustín einmal kurz ihre Finger und die Anspannung fiel sofort von ihr ab. Alle drei setzten sich.

»Lucía heißt du jetzt also«, sagte Felix und tippte mit dem Finger auf den Tisch. War er nervös, unter Zeitdruck oder verabscheute er sie tatsächlich so, wie Agustín behauptet hatte? »Was ist mit Mercedes geschehen?«

»Felix ...« Lucía legte ihre Hand auf die seine. Sie sah nur ihren kleinen Bruder vor sich, keinen Hauptmann. Aber Felix versteifte sich sofort und sein Blick zuckte zu Agustín. Der verzog keine Miene. Er schien mit seinen Gedanken in einer anderen Welt zu sein.

»Felix«, wiederholte Lucía. Ihre Stimme klebte in ihrem engen Hals, sie musste sich räuspern. »Es tut mir leid, dass wir einander verloren haben. All die Jahre habe ich mich mit Vorwürfen gemartert. Ich freue mich so sehr, dich wiederzusehen.« Ihr Bruder schien mit sich zu kämpfen. Aber schließlich nickte er und sie fuhr fort, ihre Geschichte zu erzählen. Sie bevorzugte, ihm eine oberflächliche Zusammenfassung zu geben, solange sie nicht wusste, ob sie ihm wirklich alles anvertrauen konnte. So verschwieg sie ihre wahre Beziehung zu Agustín und stellte sie als pure Freundschaft in der Not dar. Dementsprechend erfuhr er auch nichts von Felicidad und natürlich nichts von ihren Aktivitäten bei der *Résistance*, dem Widerstand in Frankreich.

»Und um nach Spanien zurückkehren zu können, musste ich eine neue Identität annehmen. So wurde aus Mercedes Lucía. Kurz darauf fand ich mich in Cadaqués wieder, heiratete einen einfachen Fischer, bekam zwei wunderbare Kinder und war glücklich.«

Felix runzelte die Stirn. »Allein dafür, dass du unter falscher Identität lebst, könnte ich dich festnehmen. Wie kommst du nur auf so eine dumme Idee?«

»Ich nehme an, du weißt, dass Vater erschossen wurde? Und weshalb?«, fragte Lucía.

»Natürlich.«

»Dann weißt du auch, was mir hätte blühen können als Angehörige. Das Regime, dem du dienst, geht nicht zimperlich um mit den Verlierern des Krieges.«

»Du hättest dich rehabilitieren können.«

»Ich hätte mich niemals einer Partei angeschlossen, die für den Tod meiner Eltern verantwortlich war und so viel Leid über das Land gebracht hat«, antwortete Lucía kühl.

»Diese Kommunisten und Umstürzler waren es, die Unglück über das Land gebracht hätten, früher oder später! Ein unabhängiges Katalonien, das wäre der Tod gewesen für die Einheit des Landes; das Baskenland wäre ihnen gefolgt und dann vielleicht Galizien oder Andalusien? Was wäre geblieben von diesem einst so stolzen Land? All diese linken Ideen von Gleichheit und Demokratie! Es braucht Ordnung und eine starke Hand, damit eine Nation wachsen kann. Und dafür sorgt Franco. Wer sich dagegen stellt, ist gegen die Nation. Ein Verräter. So wie dein Mann.« Felix schnaubte verächtlich und entzog ihr seine Hand.

Seine Worte kratzten hässlich an den Gefühlen der geschwisterlichen Liebe, die Lucía für ihren Bruder empfand. Würden sie jemals eine Brücke über diesen gähnenden Abgrund der unterschiedlichen Ansichten schlagen können?

»Was haben sie nur mit dir gemacht, Felix?«

Er lachte. »Mit mir hat niemand etwas gemacht, Lucía. Es nennt sich einfach Verstand. Meine Adoptiveltern haben mich gelehrt, ihn zu verwenden, und scheinbar mache ich das ganz gut, sonst wäre ich nicht, wo und wer ich jetzt bin.«

»Adoptiveltern. Daher dein neuer Nachname.«

»Ja. Ganz legitim. Nicht so wie du.«

»Was ist passiert, damals? Als Mutter ... Nachdem ich ...« Kraftlos flatterte ihre Hand, die verräterische, durch die Luft und landete wieder in ihrem Schoß wie ein lahmer Vogel. Sie wollte, sie könnte Felix jetzt festhalten, aber sie spürte, wie er sich ihr entzog.

»Bei dem Angriff damals bin ich weg von der Straße gerannt, über die Felder, in einen kleinen Wald. Als die Gefahr vorüber war, ging ich zurück, fand aber nur unsere Mutter. Du warst weg. Ich wusste nicht, ob du irgendwo auch tot am Straßenrand lagst, ob du verwundet oder einfach ohne mich weitergegangen warst. Niemand kümmerte sich um mich. Jeder war mit sich selbst beschäftigt. Ich dachte, ich könnte mich allein nach Figueras durchschlagen und sprang auf das nächstbeste Fahrzeug auf, aber das fuhr nach Gerona. In der Stadt verlor ich mich komplett. Jetzt, wo ich weiß, was dir zugestoßen war und dass du mich tatsächlich gesucht hast, will ich dir kein schlechtes Gewissen einreden. Aber ich hatte große Angst, Mercedes. Lucía, meine ich. Hunger, Durst, Angst, Verzweiflung, all das habe ich auch erlitten. Irgendeine gute Seele brachte mich schließlich zum Kloster von San Daniel, und die dortigen Nonnen kümmerten sich um mich und andere elternlose Kinder. Kurz nach dem Krieg wurde ich adoptiert. Ich war gut aufgehoben bei meinen neuen Eltern.«

Er zuckte mit den Schultern, und Lucía fragte sich, ob er sich insgeheim dafür entschuldigte, dass er in einem Bett hatte schlafen können, während sie im Sand liegen musste.

»Ich konnte mich glücklich schätzen«, fuhr er fort. »Es waren gute Menschen, sie hatten sich lange ein Kind gewünscht und wollten nach dem Krieg helfen. Meine Mutter war sehr religiös und gütig – leider ist sie vor zwei Jahren gestorben.« Er presste die Lippen aufeinander. »Mein Vater hat an der Seite Francos gekämpft. Wir waren die Gewinner des Krieges. Uns hat es an nichts gefehlt. Mit sechzehn Jahren trat ich in die Offiziersakademie ein und nach deren Abschluss habe ich mich aktiv eingebracht bei der Bekämpfung der *Maquis*. War meiner schnellen Beförderung sehr nützlich.«

Agustín, der bis zu dem Augenblick völlig bewegungslos dagesessen war, verschob seinen Stuhl, als ob er aufstehen wollte. Lucía legte ihm die Hand aufs Bein. Wieder hob Felix die Augenbraue.

»Pure Freundschaft, so so. *Teniente*, ich denke, wir zwei werden später ein Gespräch über Loyalität führen.«

Vor Lucía tauchte das Bild ihres Traumes auf, Felix mit der Pistole in der Hand. Die Härchen auf ihrem Arm sträubten sich. »Diese Menschen kämpfen nur für ihr Recht. Wie kannst du so grausam sein, sie dafür zu töten?«

Er wirkte ehrlich erstaunt. »Ich bin nicht grausam. Ich bin kein grausamer Mensch. Ich erledige meine Arbeit. Krieg ist wie ein Spiel. Es gibt einen

Gewinner und es gibt einen Verlierer. Wer das selbst nach so vielen Jahren nicht anerkennt, der hat keine Rechte mehr. Der möchte einen neuen Krieg anzetteln und das versuche ich zu vermeiden. Meinst du etwa, sie töten keine Menschen? Meinst du, die Republikaner haben im Krieg keine Grausamkeiten begangen? Es gibt kein Gut und Böse. Es gibt Gewinner und Verlierer.«

Es tat weh, erkennen zu müssen, dass ihr kleiner Bruder, ihr süßer, kleiner, fröhlicher Bruder, mit dem sie gelacht und gespielt und gestritten und sich wieder versöhnt hatte, dass dieser Junge nicht mehr existierte. Und doch war diese Erkenntnis auch ein Balsam, der der Wunde half, zu heilen. Sie freute sich, ihn tatsächlich wiedergesehen zu haben. Sie freute sich, dass er nicht so hatte leiden müssen wie sie, dass er eine neue Familie gefunden hatte. Aber wenn sie nicht völlig falsch lag, würden sie beide darin übereinstimmen, dass auch sie sich heute zum letzten Mal sahen.

Er trommelte schon wieder mit den Fingerspitzen auf die Tischplatte und blickte ganz offen zur Uhr. Es war offensichtlich, dass er die Unterredung beenden wollte.

»Ich hätte weiß Gott genug Gründe, deinen Mann erneut einzusperren und dich gleich mit«, sagte er und fuhr fort, mit einer Schärfe in der Stimme, die Agustín und Lucía zugleich zusammenzucken ließ: »Und Sie auch, *teniente*. Ich hätte mir denken können, dass Sie die Finger im Spiel hatten. Sie waren immer schon zu schwach gewesen für diese Arbeit.« Er stand resolut auf und zeigte auf sie. »Aber wir, Lucía, wir waren einst Geschwister.

Und ich erinnere mich, dich sehr geliebt zu haben. Deswegen werde ich euch in Ruhe lassen. Anscheinend hast du mehr Köpfchen als dein Mann; deine Idee mit der Pension ist gut. Halte ihn von der Politik fern.« Die Audienz war vorüber.

Agustín sprang auf wie eine Marionette, an deren Faden gezogen wurde, und salutierte. Felix schritt an ihnen vorbei, war schon beinahe an der Tür, da hielt ihn Lucía zurück.

»Du siehst ihm ähnlich. Vater. Du kannst ihn nicht leugnen, ohne dich selbst zu verleugnen.«

Felix verharrte ein paar Sekunden, den Blick nach innen gekehrt, als versuche er vielleicht, das Bild seines Vaters zum Leben zu erwecken. Es nahm die Strenge aus seinem Gesicht und für einen kurzen Augenblick vermeinte Lucía, einen Anflug von Wehmut darin zu erkennen.

»Er war kein schlechter Mensch. Er stand einfach auf der falschen Seite«, sagte Felix leise. Wieder hielt er inne. Betrachtete seine Hände. Lucía vergaß zu atmen. »Erinnerst du dich an die Holzente, die er für mich geschnitzt hatte? Am Tag unserer Flucht ...«

»... war sie das Einzige, was du mitnehmen wolltest«, beendete Lucía den Satz und lächelte.

Felix nickte. »Ich habe sie immer noch. Eines Tages werden meine Kinder damit spielen.«

Ihre Blicke verhakten sich, einen Atemzug lang spürte Lucía ihre alte Verbindung, warm und herzlich. Näher als das würden sie sich nicht mehr kommen, das wusste Lucía nun, und es war gut so. Sie konnte ihn gehen lassen.

»Das ist also das Ende der Geschichte von Lucía und Agustín«, sagte Agustín und unterbrach damit die langen Minuten des Schweigens, die den kleinen Raum nach Felix' Verlassen mit ohrenbetäubendem Brausen erfüllt hatten.

»Ja.«

Er straffte den Rücken. »Ich werde Spanien verlassen.«

Erstaunt hob Lucía den Kopf. »Du lässt dich versetzen?«

»Nein.« Aus seiner Tasche holte er einen Brief. »Ich werde meinen Abschied nehmen von der *Guardia Civil.* Dein Bruder wird mit Freude zustimmen, dessen bin ich mir sicher. Warst es nicht du, die gesagt hat, ich sei selbst für mein Tun verantwortlich? Nun, jetzt bin ich frei. Frei von allem.« Den letzten Satz sagte er ganz leise.

Es zog kurz in ihrer Brust; der Abschied war tatsächlich endgültig. So oft hatten sie den Moment verpasst und waren stehen geblieben. Jetzt würden beide endlich weitergehen können. Ein letztes Mal warf sie sich in seine Arme, um in seinem Atem zu baden, durch seine Augen in diese alte Seele einzutauchen, in deren Weite das Echo ihrer Liebe unendlich nachhallte. Sie waren für die Ewigkeit.

EPILOG

Der Winter kam und ging, machte dem Frühling Platz, dem Neuanfang, der Wärme. Nach einem zähen Anfang florierte das kleine Hotel nun, neben Besuchern aus Frankreich fanden selbst Leute aus Spanien zu ihnen ans Ende der Welt. Lucías Kochkünste und Gastfreundschaft flogen von Mund zu Mund und auch hochschwanger ließ sie es sich nicht nehmen, den Gästen spätabends ein kleines Tänzchen darzubieten. Es erfüllte sie mit Stolz, zu sehen, dass ihr aus der Not entstandenes Projekt funktionierte. Und noch glücklicher war sie darüber, dass diese Zeit der Not Luís und sie enger zusammengeschweißt hatte, als sie es sich damals hätte vorstellen können. Gedanken an Agustín ließ sie, so gut es ging, nicht zu. Und wenn sie einmal doch zu wuchtig an ihre Erinnerungen klopften, lud Lucía sie ein, kurz zu verweilen, bevor sie sie liebevoll wieder an ihren Platz verwies in einer kleinen, vernarbten Ecke ihres Herzens.

Mitte Juni kam das Kind zur Welt. Es war ein Mädchen. Nur kurz stand die Welt still, in stummem Gedenken an ein Mädchen, das verloren gegangen war. Dann drehte sie sich weiter, so wie es nun Mal der Lauf der Dinge war. Geliebte Menschen blieben zurück, neue kamen dazu.

Lucía sollte sie heißen, selbstverständlich, wie die Mutter, erklärte Luís, denn genauso schön würde das Mädchen auch aussehen. Nur die Augen wollten einfach nicht die erwartete dunkelbraune Farbe annehmen. Über die Wochen hinweg wurde immer ersichtlicher, dass die kleine Lucía helle Augen bekam. Graue Augen. Sie hatte gehofft, während der ganzen Schwangerschaft, dass das Kind von Luís wäre, dass es ein Kind der Zukunft wäre und nicht einer Vergangenheit, mit der sie endgültig abgeschlossen hatte. Aber das Schicksal spielte erneut nicht mit. Es vergönnte ihr nur kurze Verschnaufpausen. Je länger, desto mehr runzelte Luís die Stirn, wenn er seine Tochter betrachtete, sein Blick schweifte nachdenklich zwischen den beiden Lucías hin und her. Sie wusste, irgendwann käme der Moment, dieser Moment, in dem die Wahrheit wie eine feige Betrügerin ans Licht gezerrt würde.

»Sie hat blaue Augen, wie meine Mutter«, sagte Luís schließlich eines Tages im August, als zwei Monate nach der Geburt kein Zweifel mehr daran bestand, dass die Iris der kleinen Lucía nicht mehr ins Braun wechseln würde.

»Sie sind grau«, flüsterte Lucía und ließ sich hineinfallen in dieses Grau, eine tröstende Umarmung vor dem Sturm, der unweigerlich aufzog.

Aber Luís wiegte nur den Kopf hin und her, wie um das Licht im korrekten Winkel einzufangen, auf dass es ihm die Bestätigung gäbe, richtig zu liegen. »Sie sind blau. Wie Paulinas. Hellblau. Graublau. Die

Natur hat eben etwas ganz Spezielles aus unserem Kind gemacht.« Zärtlich strich er über die Wange des Säuglings, der sofort den Kopf drehte und anfing zu schmatzen.

Lucía fragte sich, ob er wirklich so naiv war oder ob die Liebe zu seiner Tochter ihn hatte erblinden lassen. Sie nahm ihm das Kind ab, um es zu stillen. Gierig sog das kleine Mädchen an ihrer Brustwarze, krallte die Fingerchen in das weiche Fleisch und wie schon vor dreizehn Jahren blickte Lucía, überwältigt von Liebe, auf das von schwarzem Flaum bedeckte Köpfchen ihrer Tochter. Würde Luís verstehen, wenn sie ihm ihre ganze Geschichte erzählte, würde er vielleicht tatsächlich verstehen und ihr verzeihen?

So wie er vor wenigen Minuten der kleinen Lucía mit dem Finger über die Wange gefahren war, tat er es nun bei ihr. Geistesgegenwärtig drehte sie den Kopf und küsste den Finger. Er schmeckte salzig. Sie sah ihn an.

»Warum weinst du?«, fragte sie, ihre Stimme ein Flüstern, so leise wie ein flüchtiger Gedanke.

»Weil ich glücklich bin. Weil ich nicht dachte, dass ich eines Tages glücklicher sein könnte als noch vor einem Jahr. Du, unsere Kinder ... All das hätte ich verlieren können.« Lucía senkte den Blick und verlor sich in den Augen ihrer Tochter. Hellblau, graublau. »Dank deines Kampfes sitzen wir hier nebeneinander. Du hast nie aufgegeben. Ich war wütend auf dich eine Zeit lang, als du dein Machtwort gesprochen hattest, aber du hast das getan, was richtig war. Für uns.«

Die kleine Lucía gab empörte Geräusche von sich, als sich eine salzige Träne unter die süße Milch mischte. Aber so war es wohl, das Leben. Die süßen Momente existierten nicht ohne Beigeschmack, genauso wenig wie Licht ohne Schatten. Oder ein Olivenbaum ohne Erde, die ihn stützte. Es gab Dinge, über die nicht geredet werden musste. Luís bestand darauf, dass die kleine Lucía die Augenfarbe seiner Mutter hatte? Dann sollte es so sein. Für den Rest ihres Lebens. Dann wäre das nun die Wahrheit, die einzige Wahrheit.

Sie zog Luís mit ihrer freien Hand zu sich herunter, bis sie auf gleicher Höhe waren. »Du und ich. Und unsere Kinder. Das kann niemand mehr auseinanderbringen.«

Durch das geöffnete Fenster hinein blies die *tramontana* den Geruch nach Rosmarin und Lavendel, die in der Augustsonne buken, nach Meer und salziger Luft, nach Träumen und nach einem sicheren Hafen.

Nach Heimat.

Möchtest du wissen, was aus Felicidad geworden ist?

Band 2 der ergreifenden Spanien-Saga

Du möchtest auch sonst keine Veröffentlichungen verpassen? Dann melde dich für meinen Newsletter an! Ich schicke dir exklusive Einblicke in mein Leben in Spanien, das mich immer wieder zu meinen Romanen inspiriert, und du erfährst alle Neuigkeiten rund um meine Bücher.

https://astrid-topfner.com/

Rezensionen

Würdest du mir helfen?

Dann hinterlasse doch bei Amazon und/oder deinem Lieblingsportal eine Rezension. Zwei, drei Sätze genügen tatsächlich schon, und du hilfst mir, meinem Buch mehr Sichtbarkeit zu verleihen.
Denn es ist für uns Selfpublisher richtig schwierig, uns gegen die von dicken Werbebudgets unterstützten Verlagstitel zu behaupten.
Außerdem können andere interessierte Leser dank der Rezensionen besser abschätzen, ob ihnen das Buch gefallen könnte.
Win-win für alle also!

Ich danke dir sehr für deine Unterstützung!

Nachwort & Danksagung

Die Idee zu diesem Buch bekam ich bei Gesprächen mit spanischen Freunden. Zum ersten Mal hörte ich von der *retirada*, als über 250'000 Spanier im Januar und Februar 1939 vor den nationalistischen Truppen über die Grenze nach Frankreich flohen, von den Flüchtlingslagern am Strand und von der Mütterklinik in Elne. Ich erfuhr von den schwierigen Umständen, unter denen die Großeltern und Eltern unserer Freunde aufwachsen mussten, in einem Land, das bis 1975 von einem faschistischen Diktator regiert worden war. Und wie aus dem Nichts sozusagen breitete sich die ganze Geschichte von Mercedes vor meinem inneren Auge aus.

Damit ich sie aufschreiben konnte, musste ich sehr intensiv recherchieren. Unterstützt hat mich dabei Antonio Herrero, pensionierter *Guardia Civil* und passionierter Historiker, der mir viele Details und Anekdoten aus der damaligen Zeit vermitteln konnte. Eva Astarloa, Direktorin des Stadtarchivs von Figueres, hat mir mit alten Straßennamen und Details der Stadt geholfen.
Ich habe versucht, die Atmosphäre der damaligen Zeit so gut wiederzugeben, wie es mir möglich war, um die Geschichte authentisch darzustellen. Trotzdem handelt es sich um ein fiktives Werk, und so habe ich mir, wo ich es für nötig hielt und es für die Entwicklung der Geschichte notwendig war, die Freiheit genommen, die Gegebenheiten etwas anzupassen.

Einige der im Buch erwähnten Personen, neben Francisco Franco, haben tatsächlich gelebt. So zum

Beispiel Elisabeth Eidenbenz, die Direktorin der *maternidad* in Elne, Andrée Salomon, die für das Kinderhilfswerk OSE arbeitete, Mary Elmes, die unter dem Deckmantel der amerikanischen Quäker Hunderte von Kindern vor der Deportation rettete. Diese drei Frauen und noch viele mehr, von denen die Welt kaum weiß, haben Großes geleistet im Namen der Menschlichkeit, zum Teil ihre Leben riskiert. Ich verneige mich vor ihnen.
Ebenfalls wahre Persönlichkeiten sind natürlich Salvador Dalí und seine Schwester Ana María. Was ihr zugestoßen ist, entspricht der Realität.

Dieses Mal haben ziemlich viele Testleserinnen die Geschichte in der Hand gehabt, bevor sie überhaupt ins Lektorat ging. Auch wenn ich hier nicht alle persönlich nennen kann – ihr wisst, wer ihr seid und ich danke euch so sehr für eure Mühe und Unterstützung! Ihr habt mir sehr geholfen.
Mein allergrößter Dank geht wie immer an meinen Mann; seit ich meine Bücher selbst veröffentliche, sitze ich noch viel mehr am Computer, und trotzdem steht er immer voll hinter mir. Du bist der Beste, ohne dich würde ich das alles gar nicht schaffen!
Und natürlich sage ich DIR Danke, dass du dieses Buch gekauft und bis hierher gelesen hast!
Wenn du mehr über mich und meine Bücher erfahren möchten, dann folge mir unter:

www.facebook.com/astrid.topfner
www.instagram.com/astrid_topfner
www.astrid-topfner.com

Ich freue mich auf dich!

Über die Autorin

Astrid Töpfner wurde 1978 in der Schweiz geboren. Nach ihrer Ausbildung zur Tourismusfachfrau zog es sie in die weite Welt; sie lebte auf den Kanaren, in Mexiko und Los Angeles, bevor die Liebe sie nach Spanien zog. Dort wohnt sie seit 2005 mit ihrem Mann und den zwei Söhnen.

Neben ihrer Familie liebt Astrid Töpfner Regen, Eiscreme und den Geruch der wilden Kräuter, die in der wunderbaren Landschaft ihrer neuen Heimat wachsen. Quer durch den hügeligen Naturpark hinter ihrem Haus zu wandern oder am Strand die Füße in den warmen Sand zu graben und dem Rauschen der Wellen zu lauschen sind ihre Arten, abzuschalten und neue Kraft und Inspiration zu sammeln.

»Wir sind für die Ewigkeit – Hoffnung« ist ihr vierter Roman und der erste Band der Spanien-Saga.

Weitere Bücher der Autorin
finden Sie auf den nächsten Seiten.

Bis wir unsere Stimme finden

Was würdest du tun, wenn dir alles genommen wird? Familie, Identität, Würde, Zukunft? Schweigen? Oder aufstehen und kämpfen? Ein aufwühlender Roman über ein dunkles Kapitel der Schweizer Geschichte, den Kampf um das Frauenstimmrecht und eine Liebe, die unmöglich scheint.

Die Frau des Spatzen

Josefina möchte endlich sterben, Alba möchte endlich im Leben ankommen. Die beiden Frauen könnten unterschiedlicher nicht sein, und dennoch brauchen sie einander, um ihre Vergangenheit zu verarbeiten. Ein ergreifender Roman über die Kraft der Freundschaft und die Hoffnung auf ein langersehntes Wiedersehen.

Dort, wo die Feuer brennen

Ein heißer Sommer in Spanien, ein tragisches Familiengeheimnis und Liebe, die nicht immer auf den ersten Blick erkennbar ist.
Atmosphärisch und bildhaft geschrieben, voller Emotionen und Spannung!

Wenn Schmetterlinge fliegen lernen

Was hat ein mysteriöser Schmetterling mit dem frühen Tod von Olivias Eltern zu tun? Ihre an Alzheimer erkrankte Großmutter hat nicht mehr viel Zeit, die Wahrheit zu erfahren. Olivia macht sich daran, nach den wahren Gründen zu suchen – und stößt auf Unfassbares ... aber auch auf die Liebe.